„Malen ist nicht eine Angelegenheit von Träumerei oder Inspiration, es ist ein Handwerk und braucht kein millionenschweres Publikum, sondern wahre Liebhaber."
Auguste Renoir

Der Roman spielt hauptsächlich in bekannten Regionen, doch bleiben die Geschehnisse reine Fiktion. Handlungen und Charaktere sind frei erfunden. Tatsächlich existierende Personen haben ihre Zustimmung erteilt.

Bibliografische Information der Deutschen Nationalbibliothek
Die Deutsche Nationalbibliothek verzeichnet diese Publikation in der Deutschen Nationalbibliografie; detaillierte bibliografische Daten sind im Internet abrufbar über http://dnb.ddb.de

www.niemeyer-buch.de

Umschlaggestaltung: C. Riethmüller
Der Umschlag verwendet Motiv(e) von 123rf.com
Druck und Bindung: Nørhaven, Viborg
Printed in Denmark
ISBN 978-3-8271-9507-4

Lothar Schöne

Mona Lisa stirbt im Rheingau

Ein Rhein-Main-Krimi

CW Niemeyer

Den Kunstfreunden, den echten, wahren, guten,
hier und heute, in nah und fern

1 Ein schauderhaftes Bild

Jörg Wöbbeking schlurfte durch die leeren Gänge. Er war ein Mann von vierundsechzig Jahren, der Probleme mit dem Sehen hatte. Auf dem rechten Auge schielte er, auf dem linken lag seine Sehkraft bei nur noch zwanzig Prozent. Daran hatte er sich gewöhnt, es störte ihn kaum noch. Weshalb auch? Seine Tätigkeit war von der Art, dass es auf genaues Sehen nicht so sehr ankam. Bei ihm ging es um anderes. Er musste wach sein. Denn seine Arbeit begann, wenn sich niemand mehr in der Hochschule herumtrieb. Als Nachtwächter saß er meist an der Pforte, strich ab und zu seinen grauweißen Haarschopf nach hinten und musste nachschauen, ob auch überall in den Räumen das Licht ausgelöscht war. Einige Professoren vergaßen es zu gern, auch wenn sie nur wegen einer Kleinigkeit am Abend noch einmal aufkreuzten. Wach sein, Licht überprüfen – eine simple, leider aber nicht gerade hochbezahlte Tätigkeit. Wenn er seinen Geldbeutel in die Hand nahm, um sich einen Kaffee aus dem Automaten zu ziehen, kam ihm manchmal der Gedanke, dass er doch besser Direktor oder Präsident hätte werden sollen, wenigstens Hochschulpräsident – das klingt doch nach was. Aber längst hatte er sich mit seinem Los abgefunden.

Wöbbeking kam am Kaffeeautomaten vorbei, warf ein Eurostück ein und zog sich einen schwarzen Kaffee in einem Pappbecher. Er nahm einen Schluck und betrat den Gang, der zum kleinen Hörsaal 3 führte, dort war er noch nicht gewesen. Natürlich wusste er, dass manche Professoren auch Vorlesungen am frühen Abend hielten, was er scheußlich fand. Konnten die nicht wie normale Menschen tagsüber ihr Werk verrichten? Der Abend und die Nacht waren schließlich ihm vorbehalten, da gehörte diese Hochschule ganz und gar ihm, er war gewissermaßen der Nachtpräsident, und niemand hatte hier was verloren, aber auch gar niemand. Doch um diese Zeit, beruhigte er sich gleich, würde er keinen Menschen mehr finden, da war er sich ganz sicher. Er schaute auf seine Uhr, kurz nach Mitternacht zeigte sie an, da war Ruhe im Karton. Als er aufschaute, musste er blinzeln. Dort vorne – fiel da nicht ein schwacher Lichtschein unter der Tür hervor? Hatte mal wieder irgendein siecher Professor das Licht brennen lassen? Oder arbeitete um diese Zeit noch einer? Verwehrte man ihm die Hoheit über die Nacht? Oder spielten ihm seine trüben Augen den Lichtschein nur vor? Litt er schon an Lichterscheinungen, handelte es sich eventuell um die Vorstufe zum Tod?

Der Nachtpräsident zögerte keinen Augenblick und schritt aus. Als er vor der Tür des Hörsaals 3 stand, hielt er inne. Seine Ohren waren im Gegensatz zu seinen Augen vollkommen intakt, und er hörte ein leises Summen. Ein Summen? Fand hinter dieser Tür ein exklusives Experiment mit Bienen oder anderen Insekten statt? War er einer geheimen Verschwörung von Greenpeace-Aktivisten auf die Spur gekommen? Studierende aller Art waren für so einen Hokuspokus meist zu begeistern. Jörg Wöbbeking dachte keinen Moment daran anzuklopfen, er griff zur Klinke und öffnete vorsichtig die Tür.

Im ersten Moment kniff er die Augen zu. Spielten sie ihm einen Streich? Konnte er sich überhaupt nicht mehr auf sie verlassen? Doch als er sie wieder öffnete, sah er dasselbe Bild – das ihn erschaudern ließ. Was seine Augen sahen, war … grauenhaft. Der fast noch volle Kaffeebecher löste sich aus seiner Hand und fiel zu Boden, die schwarze Flüssigkeit breitete sich als Lache zu seinen Füßen aus. Und Nachtpräsident Wöbbeking musste sich am Türrahmen festhalten.

*

Kommissar Vlassopolous Spyridakis weilte zur gleichen Zeit im Bett seiner Freundin Carola. Sie hatten zuvor in einem italienischen Ristorante gegessen, Vlassi hatte in einem Anfall von Großzügigkeit eingeladen, und jetzt dachte er mit etwas Wehmut an den letzten Fall: die Senfgeschichte. Da war er nach einem Mahl bei Carola zu ganz anderen Leistungen im Bett fähig gewesen. Aber heute fühlte er sich irgendwie schlapp, schlapp, schlapp. Sie hatten zwar ein bisschen herumgeschmust, doch alle Reizungen von ihrer Seite zeigten keine Wirkung bei ihm, und schließlich war sie eingeschlafen, während er dösend über sein Versagen nachgrübelte. War das auswärtige Essen daran schuld, hatte er vielleicht Verdorbenes zu sich genommen, sah er schon einem Vergiftungssiechtum entgegen? Oder litt er nach seiner Sexsucht beim letzten Fall jetzt eventuell an Impotenz? So etwas sollte ja vorkommen, sogar schon in jungen Jahren. Müsste er sich daraufhin untersuchen lassen? Aber nicht die Suchttherapeutin Heidi Teubler-Berg, wie schon geschehen, sollte er aufsuchen, sondern einen Facharzt für die unteren Regionen. *Herr Doktor, schauen Sie mal nach bei mir, ich glaub', ich bin untenrum malad. – Wieso glauben Sie das? – Da will nichts mehr nach oben streben, und vor Kurzem fühlte ich mich noch wie ein Stier.*

Vlassi wälzte sich auf die andere Seite, und weitere üble Krankheitsfantasien stiegen in ihm auf. Konnte es eventuell sein, dass Impotenz die Vorstufe für Schrecklicheres war? Vielleicht hatte sich längst ein Tumor in den unteren Regionen bei ihm eingenistet, ein unbemerkter Tumor, der nun ausstrahlte nach allen Richtungen. Vielleicht konnte er bald nicht mehr pinkeln, vielleicht kam er zur Gänze nicht mehr hoch, aus dem Bett nämlich am nächsten Morgen, vielleicht konnte er bald keinen Schritt mehr vor den anderen setzen? Vlassi spürte plötzlich Schweiß auf seiner Stirn – es handelte sich um puren Angstschweiß. Er strich ihn mit zitternder Hand fort und sagte sich im selben Moment innerlich: Den Schweiß kannst du wegwischen, die Angst aber nicht. Kam er überhaupt noch aus dem Bett heraus? Er musste es versuchen, er konnte nicht den frühen Morgen abwarten und seiner Carola als Invalide aus den Federn heraus zuwinken: Ich schaffe es nicht mehr – bin bettlägerig geworden.

Vlassi richtete sich im Bett vorsichtig auf. Er konnte es kaum glauben, denn es gelang ihm. Ich muss sehen, ob ich auch die Beine herausbekomme und darauf stehen kann. Wider Erwarten schaffte er auch das. Kommissar Spyridakis stand hoch aufgerichtet im dunklen Schlafzimmer seiner Freundin. Jetzt ein paar Schritte machen und hoffentlich nicht umfallen, ging es ihm durch den Kopf. Gesagt, getan, er machte einige Schritte – die ein schmerzhaftes Ende fanden. Er stieß nämlich an die Kommode an der Wand, und ein Schmerz zuckte durch sein Knie. Vlassi ächzte laut auf, doch Carolas Schlaf war von der Art, dass sie nur einen sanften Brummton von sich gab. Wahrscheinlich träumte sie von einer stürmischen Eroberung ihres stierhaften Freundes, die allerdings in der Vergangenheit lag, leider einer nicht allzu fernen Vergangenheit.

Vlassi tastete sich zur Tür. Wozu sich wieder ins Bett legen? Er konnte doch nicht einschlafen, jetzt tat ihm noch das Knie weh, und seine Schlappheit verhinderte sowieso den Schlaf. Eigentlich widersinnig, dachte er, wer schlapp ist, sollte doch den Schlaf herbeisehnen. Aber seine Schlappheit hatte vermutlich tiefere Gründe – Krankheitsgründe. Wo war seine Hose geblieben, wo sein Hemd? In Carolas Wohnzimmer hatte er beides abgeworfen, und so öffnete er leise die Schlafzimmertür, um nach nebenan zu gelangen.

Nachdenklich zog sich Vlassi im Nachbarzimmer an. Den Schlaf kann man nicht herbeizwingen, es hatte keinen Sinn, sich hellwach und schweißüberströmt im Bett hin und her zu wälzen. Er musste ein paar Schritte gehen, als Nachtwandler auf dunklen Gassen würde er vielleicht Ruhe finden. Aber hoffentlich nicht zuletzt an einer

Straßenecke einschlafen. Doch vielleicht fielen ihm unterwegs noch andere Gründe für sein Versagen im Bett ein. Wenn es kein Krankheitssymptom seines maladen Körpers war – was konnte es noch sein, das ihn erotisch so übel zur Strecke gebracht hatte?

Kurze Zeit darauf sah man Vlassi auf der nachtdunklen Steubenstraße entlangwandeln. Er spürte immer noch sein Knie, aber das Gehen machte es besser. Vielleicht sollte ich, dachte er, in Zukunft eine Runde ums Viertel spazieren, bevor ich zu Carola ins Bett steige. Vielleicht war das die Lösung. Wer kann denn auch schon nach einem reichhaltigen Mahl Höchstleistungen im Bett vollbringen? Das wäre übermenschlich. Carola, ich gehe jetzt erst mal eine Weile durch die frische Luft, mach es dir im Bett schon mal gemütlich, wenn ich wiederkomme, habe ich stierhafte Kräfte gesammelt.

Vlassopolous Spyridakis war in der Nähe des Kurparks angelangt, als plötzlich eine Sambamusik ertönte. Doch nicht aus einem offenen Fenster erklang sie, hinter dem Feiersüchtige eine kesse Sohle aufs Parkett legten – die Sambarhythmen kamen aus der Innentasche seiner Jacke. Sie stammten von seinem Handy, es war sein Klingelton. Wer ruft mich zu dieser Zeit an?, fragte sich Vlassi empört. Ein Kommissar kann nicht Tag und Nacht im Dienst sein, wahrscheinlich bin ich deshalb auch erotisch überfordert – ich arbeite zu viel. Und er beschloss nicht nur, den Klingelton zu überhören, sondern ihn auch zum Anlass zu nehmen, auf der Straße einige Tanzschritte zu vollführen, Tanzschritte, die sich zu einem flotten südamerikanischen Solotänzchen entwickelten – die Gesundheit erforderte es. Und so sah man Herrn Spyridakis zu nächtlicher Stunde in den Wiesbadener Kurpark hineintanzen, und nur ein paar müde Enten vom nahe gelegenen Teich öffneten schläfrig die Augen und wunderten sich über das seltsame Geschehen.

2 Das klingenlippige Ungeheuer

Als Kommissar Spyridakis am nächsten Morgen im Polizeipräsidium eintraf, näherte sich ihm der diensthabende Beamte mit dem Namen Schuster und teilte mit gefurchter Stirn mit: „Ich habe Sie vergangene Nacht angerufen …"

Vlassi unterbrach ihn: „Warum mich? In der Nacht bin ich sakrosankt!"

„Frau Wunder habe ich auch angerufen, aber die konnte ich ebenfalls nicht erreichen", erwiderte der Kollege und wirkte jetzt missgelaunt.

„Daraus können Sie etwas lernen, Herr Schuster, die Nacht gehört zum Feierabend, sie ist die Verlängerung desselben und gewissermaßen heilig für uns Kripoleute."

Der Kollege Schuster erkannte, dass es keinen Sinn hatte, mit Kommissar Spyridakis weiter über sein vergebliches Telefonat zu diskutieren, deshalb teilte er jetzt mit: „Wie Sie meinen. Ihre Chefin wird Ihnen erzählen, worum es geht."

Als Vlassi ins Dienstzimmer trat, schien ihn Hauptkommissarin Julia Wunder schon zu erwarten.

„Sie kommen spät, Herr Wunder. Wir müssen gleich los. In der Rhein-Main-Hochschule gibt es offenbar einen Toten."

„Der Kollege Schuster sagte mir gerade an der Pforte, dass er Sie schon gestern Abend angerufen, aber leider nicht erreicht hat", erwiderte Vlassi.

„Ich war im Theater, hab' mein Smartphone abgestellt und vergessen, es wieder anzustellen. Aber Sie hätte er doch erreichen müssen."

„Diensteifrig, wie ich bin, wäre ich natürlich drangegangen", log Vlassi, „aber um diese Zeit liege ich im Bett bei Carola." Und er fügte bedauernd hinzu: „In tiefem Schlaf. In so tiefem Schlaf, dass mich nicht einmal ein Sambarhythmus daraus hervorlocken kann."

Julia sah ihn skeptisch an, streifte ihren Regenmantel über und setzte ihren blauen Afidora-Hut auf. Sie eilte wortlos aus dem Zimmer, und Vlassi beeilte sich, ihr hinterherzuhechten.

Die Hochschule im Kurt-Schumacher-Ring hatten sie mit dem Auto schnell erreicht. Julia fuhr in die Tiefgarage, und sie nahmen den Aufgang nach oben. In der Lobby standen einige Leute, die sie offenbar schon erwarteten. Julia Wunder wandte sich an den Nächststehenden, stellte sich kurz vor, worauf dieser sie an einen anderen Herrn in der Nähe verwies: „Sie sprechen am besten mit dem Präsidenten unserer Hochschule."

Der Angesprochene kam auch gleich näher: „Sie sind von der Kripo, ja?"

Kommissarin Wunder bejahte, nannte nochmals ihren Namen und stellte den hinter ihr stehenden Kommissar Spyridakis vor.

„Mein Name ist Schüttler, Professor Schüttler, ich bin der Präsident dieser Hochschule", teilte der Nähergekommene mit ernster Stimme mit.

Schüttler war ein mittelgroßer Mann von Ende vierzig. Eine Halbglatze zierte seinen Kopf, er trug einen Dreitagebart, und seine Nase war viel zu kurz für sein flächiges Gesicht. Julia musterte ihn und dachte bei sich, dass Schüttler wahrscheinlich durch seinen angedeuteten Bart seine Jungenhaftigkeit verstecken wollte. Laut aber sagte sie: „Was ist passiert, Herr Professor Schüttler?"

„Kommen Sie bitte mit, wir haben alles so gelassen, wie es Herr Wöbbeking vorgefunden hat."

Schüttler ging voraus, Julia und Vlassi folgten ihm, und Vlassi fragte von hinten: „Wer ist Herr Wöbbeking?"

„Unser Nachtbediensteter."

Wie fein der sich ausdrückt, dachte Vlassi, er könnte doch auch Nachtwächter sagen, schloss zu ihm auf und fragte: „Einen Tagesbediensteten haben Sie nicht?"

„Sie wissen vermutlich nicht, wie schwer es ist, Personal zu finden", erklärte Schüttler im Gehen, „ja, wir suchen auch einen Tageshausmeister, finden aber keinen. Und Herr Wöbbeking, dem ich die Stelle angeboten habe, will nicht. Das übersteige seine Kräfte, außerdem sei er ein Nachtmensch."

Sie kamen zum Hörsaal 3, dessen Eingang geschlossen war. Professor Schüttler öffnete die Tür, und sie traten ein. Was Frau Wunder und Herr Spyridakis sahen, war gruselig. An der großen elektrischen Tafel vorn hing eine Frau. Vlassi ging näher und teilte mit: „Sie ist tot."

„Ja", sagte Präsident Schüttler von hinten, „deshalb haben wir Sie geholt. Unser Herr Wöbbeking hat das in der Nacht auch schon festgestellt."

„Vielleicht war die Frau da aber noch lebendig", mutmaßte Vlassi, „ist Herr Wöbbeking denn ein Forensiker?"

„Sie können mit ihm selbst sprechen, ich hab' ihn gebeten hierzubleiben", erwiderte Schüttler.

„Wer ist die Tote denn?", fragte Julia.

„Es handelt sich um Frau Professor Köckel-Simons", antwortete der Präsident.

Julia nickte: „Aha. Also, dann holen Sie bitte Herrn Wöbbeking."

Schüttler verließ den kleinen Hörsaal, und Julia Wunder deutete auf einen Diaprojektor, der vor sich hin summte: „Hier sind offenbar Bilder gezeigt worden, was uns einen ersten Hinweis gibt, Herr Spyridakis. Welchen?"

„Welchen?", überlegte Vlassi laut. „Es kann nur etwas zu tun haben mit der Tätigkeit, die die aufgehängte Dame hier ausübte."

„Sehr richtig, aber warum sehen wir nichts auf der Leinwand?"

„So ein Diaprojektor macht auch mal Feierabend", antwortete Vlassi, „und dann summt er eben nur so im Halbschlaf vor sich hin."

Die Tür öffnete sich, und Schüttler kam mit dem Nachtportier herein.

„Herr Wöbbeking", stellte er ihn vor, „er hat Frau Professor Köckel-Simons gefunden."

Wöbbeking fing sofort zu sprechen an: „Ich hab' nichts angerührt, weder die Professorin noch den Projektor oder sonst was. Ich weiß, was sich gehört. Sehe alle *Tatorte* im Fernsehen."

„Natürlich, natürlich", beschwichtigte Hauptkommissarin Wunder, „Sie haben alles so gelassen, wie wir es jetzt sehen?"

Wöbbeking nickte, und Präsident Schüttler fügte an: „Er hat bei mir angerufen und auf Band gesprochen."

„Waren Sie denn nicht daheim?“, fragte Julia.

„Doch, doch, aber auch Hochschulpräsidenten müssen mal eine Mütze Schlaf nehmen.“

„Eine Mütze?“, fragte Vlassi vorlaut. „Unsereins ist dagegen immer im Dienst, wir können uns keine Mützen leisten.“

Julia warf ihm einen strafenden Blick zu und wandte sich an Wöbbeking, der sein üppiges grauweißes Haupthaar nach hinten strich: „Herr Wöbbeking, haben Sie denn noch jemanden angerufen außer Herrn Schüttler?“

„Ja, natürlich, ich hab' die Polizei angerufen, ich hab' mir gleich gedacht, dass hier eine Gewalttat vorliegt. Die Frau Professorin wird sich ja nicht selbst aufgehängt haben.“

Julia nickte und wandte sich an Schüttler: „Es handelt sich hier, wie Sie sagten, um Frau Köckel-Simons. Welches Fach hat sie denn vertreten?“

Julia ahnte die Antwort schon, wollte sie aber bestätigt wissen durch den Präsidenten.

„Frau Köckel-Simons war Kunsthistorikerin.“

„Dann hat sie hier vermutlich Kunstobjekte gezeigt …?“

„An die Wand geworfen“, ergänzte Vlassi.

„Vermutlich“, stimmte Schüttler zu.

„Wir wollen doch mal sehen, was der Diaprojektor uns zeigt“, sagte Julia.

„Spielt das denn eine Rolle?“, fragte Präsident Schüttler.

„Alles spielt eine Rolle“, antwortete Julia, „bitte bringen Sie den Diaprojektor zum Laufen.“

Schüttler warf Wöbbeking einen auffordernden Blick zu, worauf der zum Projektor ging. Es bedurfte lediglich eines Handgriffs, und ein Bild leuchtete auf der weißen Wand neben der elektrischen Tafel auf, das allerdings durch die Helligkeit im Raum nicht deutlich zu erkennen war.

„Bitte abdunkeln“, forderte Julia.

Wöbbeking ging zum großen Fenster an der Seite, und zwei Rollladen surrten herunter und verdunkelten den Hörsaal.

„Ah, was sehen wir denn hier?“, fragte Hauptkommissarin Wunder.

Schüttler fühlte sich angesprochen und antwortete wie ein Prüfungskandidat: „Das ist … soviel ich weiß … also … ein van Gogh.“

Julia Wunder musterte ihn, sie wollte herausfinden, ob der Präsident log, das wäre ein erster Hinweis auf die Sachlage gewesen.

„Sie täuschen sich, Herr Professor“, erwiderte sie schließlich und genoss ein wenig die Situation. Schüttler hatte offenbar tatsächlich keine Ahnung von bildender Kunst.

Julia wandte sich an Vlassi: „Herr Spyridakis, was ist das für ein Gemälde, und wer ist der Urheber?“

Ihr Assistent antwortete unverzüglich: „Rubens. Magd am See.“

Julia Wunder stöhnte leise auf und sah Vlassi mitleidig an: „Mit den Kenntnissen in der bildenden Kunst ist es offenbar bei gewissen Polizeibeamten nicht weither.“

Dann warf sie dem Präsidenten der Rhein-Main-Hochschule einen enttäuschten Blick zu: „Sie sind offenbar auch kein Kunsthistoriker.“

„Da haben Sie nicht ganz unrecht", gestand der, „mein Fach ist die Betriebswirtschaftslehre."

„Das erklärt viel", erwiderte Julia, „vom Fachgebiet Ihrer Frau Köckel-Simons haben Sie also keine Ahnung?"

„Meine Kenntnisse in der Kunst, will ich mal sagen, halten sich in Grenzen – leider, leider."

„Wie heißt Frau Köckel-Simons übrigens mit Vornamen?", fragte Julia.

„Margaretella", antwortete Schüttler.

„Margaretella?", ließ sich Vlassi fragend hören.

Präsident Schüttler nickte bestätigend. Von hinten schob sich jetzt Herr Wöbbeking vor, der offenbar auf Julias Frage nach der Herkunft des Bildes eingehen wollte: „Frau Kommissarin, ich glaube, das ist ein Pissarro. Ich sehe das, obwohl ich eine Augenschwäche habe."

Julia schaute ihn verwundert an: „Sehr gut, Herr Wöbbeking. Sie haben recht, das ist ein Bild von Camille Pissarro, das wir hier sehen."

Wöbbeking schnitt ein zufriedenes Gesicht, er war zwar nur Nachtpräsident, aber er wusste doch, dass er das Zeug auch zum Tagespräsidenten hatte. Pissarro, das hatte außer ihm niemand gewusst!

Hauptkommissarin Wunder zog ihr Moleskine-Notizbuch heraus und machte sich ein paar rasche Notizen. Dann wies sie Vlassi an, die Spurensicherung herbeizutelefonieren.

„Wir müssen die Tote mitnehmen", informierte sie Professor Schüttler, „lassen Sie hier alles so, wie es ist, bis unsere Leute kommen."

Sie machte Anstalten zu gehen, der Präsident folgte ihr, und als sie die Tür erreichten, sagte Julia: „Ich möchte mich gern mit Ihnen unterhalten, aber nicht in der Lobby."

„Natürlich", erwiderte Schüttler, „gehen wir doch in mein Büro."

In der Lobby, die sie durchquerten, standen inzwischen noch mehr Personen, die ihnen neugierige und fragende Blicke zuwarfen. Julia, Vlassi und Schüttler mussten ein Stockwerk höhersteigen, dort befand sich das Büro des Präsidenten. Es war weitläufig und machte den Eindruck, als residiere hier der Vorstandsvorsitzende eines Dax-Konzerns und nicht ein Wissenschaftler. Julia nahm das beiläufig zur Kenntnis, während Schüttler sie zu einer Sitzecke führte, wo sie alle drei in pompösen Sesseln Platz nahmen.

„Ich bin entsetzt über diese Tat", teilte Schüttler mit gewichtiger Miene mit.

„Verstehe ich", erwiderte Julia, der allerdings sein Entsetzen ein wenig gespielt vorkam.

„Ich bin entsetzt", wiederholte Schüttler, „dass so etwas an unserer Hochschule vorkommen kann."

Vlassi fragte: „Warum soll so etwas nicht auch an einer Hochschule vorkommen?"

„Herr Spyridakis", erwiderte Schüttler gravitätisch, „an einer Hochschule, noch dazu unserer, ist Mord nicht an der Tagesordnung."

Hauptkommissarin Wunder räusperte sich: „Herr Professor Schüttler, hatte Frau Köckel-Simons am gestrigen Abend eine Vorlesung?"

„Nein, nein, das wüsste ich …“

„Dann hat sie eine Vorlesung vorbereitet?“

„Bestimmt, sie wollte offenbar die Bilder, die sie zeigen wollte, noch einmal durchgehen.“

Vlassi teilte ungeniert mit: „Vielleicht wollte sie sich noch mal selbst prüfen, ob sie all die Maler kennt, die sie vorführt.“

„Aber ich bitte Sie“, erwiderte Schüttler ernst, „sie ist eine absolute Koryphäe auf ihrem Gebiet, natürlich kennt sie die Maler aller Epochen.“

„Kommissar Spyridakis neigt zum Scherzen“, flocht Julia ein, der die Humorlosigkeit von Schüttler auffiel, „Frau Köckel-Simons wäre ja wohl nicht Professorin an dieser Hochschule, wenn sie nicht eine Expertin wäre.“

Der Präsident nickte zustimmend: „Das ist vollkommen richtig.“

„Herr Professor Schüttler“, fuhr Julia fort, „wer käme denn infrage für eine so grausige Tat?“

„Aber Frau Wunder“, empörte sich der Präsident, „woher soll ich das wissen?“

„Ich dachte, sie könnten uns vielleicht einen Verdächtigen nennen.“ Julia hielt inne und erklärte dem humorfreien Mann an der Spitze der Hochschule, was sie meinte: „Ich will herausfinden, ob Margaretella Köckel-Simons Feinde hier an der Hochschule hatte.“

„Aber keineswegs“, widersprach Schüttler, „Frau Köckel-Simons war sogar äußerst beliebt …“

„Bei den Kollegen?“

„Bei den Kollegen und auch bei den Studierenden“, versicherte Schüttler.

Vlassi schaltete sich ein: „Dann gibt es eigentlich kein Tatmotiv für irgendwelche Kollegen von Ihnen?"

„Das würde ich vollkommen ausschließen!", erklärte Professor Schüttler.

„War Frau Köckel-Simons verheiratet?", wollte Julia wissen.

„Ja, das war sie", antwortete der Präsident.

„Ist der Ehemann schon informiert über das Ableben seiner Frau?"

„Nein, ich bin noch nicht dazu gekommen."

„Sie rufen ihn aber noch an?", wollte Vlassi wissen. Er hegte die Befürchtung, dass diese undankbare Aufgabe sonst mal wieder auf ihn zukam.

„Das werde ich tun. Ich mache es, wenn unser Gespräch beendet ist."

Vlassi nickte zufrieden, während Julia Wunder den Hochschulpräsidenten genau beobachtete. Er reagierte bisher ziemlich normal, abgesehen von seinem übertrieben theatralischen Entsetzen über den Mord. Er wirkt, überlegte Julia, eigentlich nicht wie ein Wissenschaftler, sondern wie ein Beamter, der eine Gewalttat möglichst rasch und bürokratisch aus der Welt geschafft haben will. Aber auch das schien ihr nicht unnormal – wer will einen Mord schon zu seinem ständigen Begleiter machen?

„Ich muss Sie um die Adresse von Frau Köckel-Simons bitten", sagte sie in Richtung Schüttler.

„Ja, natürlich."

Der Hochschulpräsident erhob sich, ging zu seinem Schreibtisch, drückte auf die Enter-Taste seines Computers und teilte nach wenigen Sekunden mit: „Die

Adresse ist in Mainz, es ist die Carlo-Mierendorff-Straße 32."

„Sie hat in Mainz gewohnt?", fragte Vlassi, der schon ahnte, dass er auf die andere Seite des Rheins müsste. Wenigstens konnte er da Ernst Lustig einspannen, der mit seiner derben Art vielleicht den Ehemann aus der Reserve locken würde.

„Ja, in Mainz", bestätigte Schüttler und fügte hinzu: „Eine Reihe unserer Professoren wohnen nicht in Wiesbaden. Manche in Mainz, manche in Frankfurt, manche sogar noch weiter weg."

„Mainz ist ja schon sehr weit weg", erklärte Vlassi mit Ironie in der Stimme.

Schüttler sah ihn verständnislos an, er kapierte nicht, was Kommissar Spyridakis damit sagen wollte.

Julia hatte die Adresse mitgeschrieben und fragte jetzt: „Hatte Frau Köckel-Simons denn hier an der Hochschule nähere Kontakte zu Kollegen?"

Professor Schüttler kam zur Sitzecke zurück und machte ein angestrengt nachdenkliches Gesicht: „Nicht dass ich wüsste."

„Ich dachte, sie war äußerst beliebt?", fragte Julia.

„Ja, ja, aber ich kann mich ja nicht um alle persönlichen Belange kümmern", erwiderte der Präsident.

„Also Frau Köckel-Simons hatte jedenfalls keine Feinde hier an der Schule?", wollte Julia nochmals wissen.

„Feinde?", murmelte der Präsident jetzt, als wäre ihm diese Vokabel unbekannt, um dann rasch zu antworten: „Nein, nein, ich sagte es doch schon."

Seine Worte klangen nach der nachdenklichen Einleitung jetzt bestimmt und direkt. Dennoch schob Julia nach: „Es können auch Gegner, Konkurrenten, Widersacher sein oder einfach Leute eben, die sie nicht ausstehen konnten."

Schüttler überlegte einen Moment, dann antwortete er: „Wer hat denn keine Gegner, aber bei der Kollegin Köckel-Simons wüsste ich wirklich nicht ..."

Er weiß es nicht, dachte Julia, wahrscheinlich weiß er überhaupt sehr wenig – oder tut er nur so und will sich aus allem heraushalten? Jedenfalls hat er von bildender Kunst keine Ahnung. Und ob er sich in seinem Fach, der Betriebswirtschaftslehre, wirklich auskennt, bezweifle ich auch. Aber solche Leute werden eben Präsidenten. Er ist vermutlich der kleinste Nenner gewesen, auf den man sich einigen konnte.

„Einen Racheakt schließen Sie also aus?", fragte sie.

Schüttler presste seinen dünnen Lippen aufeinander, dass sie noch dünner und schmaler wurden, sodass man den Eindruck hatte, sich daran schneiden zu können. Vlassi sah es mit Unbehagen und dachte bei sich: Dieser Präsident darf auf keinen Fall eine Frau küssen, er mutiert ja gerade zu einem klingenlippigen Ungeheuer und würde ihr Gesicht zerschneiden.

Doch da antwortete der Präsident: „Einen Racheakt ...? Ja, also einen Racheakt schließe ich aus."

„War Frau Köckel-Simons denn auch bei den Studenten beliebt?", fragte Julia.

Schüttler richtete sich auf: „Kann man so sagen, sie war sowohl bei den Kollegen als auch bei den Studierenden beliebt und geschätzt."

„Aha“, sagte Julia und erhob sich: „Das wars fürs Erste, Herr Professor Schüttler. Wir melden uns wieder.“

Der Präsident stand ebenfalls auf: „Ja, natürlich, melden Sie sich bitte bei mir, wenn Sie weitergekommen sind. Ich kann diese Untat immer noch nicht fassen.“

Die drei Personen schritten zur Tür, und Vlassi ging der Gedanke durch den Kopf, dass es vermutlich keinen Sinn hatte, den Präsidenten nochmals zu befragen, dieser Mann schien aus Pappmaschee, und man brauchte nicht zu hoffen, dass er je eigene Ansichten entwickeln würde. An diesen Fall müsste man ganz anders herangehen. Und Vlassi wusste auch schon, wie. Und vor allem, wo.

3 Man nannte sie Mona Lisa

Julia Wunder und Vlassi erreichten gerade die Tiefgarage, die Hauptkommissarin ging auf ihren Dienstwagen zu, einen VW Passat, und eben wollte Vlassi mit seinem Einfall herausrücken, wie man bei diesem Mordfall am besten weiterkam, als hinter einem Mercedes ein nicht sehr großer Mann hervortrat. Er trug eine rote Hose, ein leuchtend hellblaues Sakko und ein gelbes Hemd ohne Krawatte. Das Auffallendste allerdings waren sein aufgezwirbelter Oberlippenbart, der an Salvador Dalí erinnerte, und sein schütterer hellbrauner Kopfschmuck – lange spiralförmige Haare, die gen Himmel und nach der Seite strebten.

Ohne sich vorzustellen, fragte er mit sonorer Stimme: „Es ist Frau Köckel-Simons, die tot im Hörsaal gefunden wurde?“

Julia sah die seltsame Erscheinung erstaunt an, und Kommissar Spyridakis war nahe daran zu fragen, ob es sich bei dem Unbekannten um das elfte Weltwunder handele.

„Sie sind doch die Kommissarin, die diesen Fall untersucht?“, wollte der Mann wissen.

„Ja, das bin ich“, bestätigte Julia, „Hauptkommissarin Wunder. Vielleicht haben Sie auch einen Namen?“

„Oh, natürlich, ich vergaß, mich vorzustellen. Ich bin Ulysses Sauerinsky, ich arbeite hier an der Hochschule, bin Professor für Design.“

„Warum überfallen Sie uns in der Tiefgarage, Herr Professor Sauerinsky?"

„Bitte verstehen Sie mich, ich wollte nicht oben in Sie dringen."

Wie redet der denn?, dachte Vlassi. In uns dringen, das wird ihm nicht gelingen, höchstens mit einem Dolch, den er uns ins Fleisch stößt.

Julia allerdings erwiderte: „Haben Sie denn etwas zu verbergen, Herr Professor Sauerinsky?"

„Überhaupt nicht, ich wollte nur Gewissheit erlangen, ob es sich tatsächlich um Margaretella Köckel-Simons handelt."

Julia fiel auf, dass der Design-Professor den Vornamen der Toten nannte. Kannte er sie etwa genauer? Laut sagte sie jedoch: „Ja, es handelt sich um Frau Köckel-Simons." Sie machte eine kleine Pause: „Aber das hätte Ihnen Präsident Schüttler auch sagen können."

Sauerinsky ließ den Kopf ein wenig sinken: „Ich weiß nicht, er ist nicht sehr kommunikativ."

Julia wurde sofort neugierig: „Spricht er nicht mit dem Personal, den Kollegen, meinen Sie das?

„Nun ja … ich will ihn nicht in ein schlechtes Licht rücken … er verschanzt sich gern in seinem Büro."

Vlassi fragte vorwitzig: „Verschanzt er sich, und gräbt er sich auch ein?"

Julia warf ihm einen missbilligenden Blick zu und sagte in Richtung Professor Sauerinsky: „Mein Kollege Spyridakis – er will es immer ganz genau wissen."

Zu ihrer Überraschung antwortete der Designer: „Ausgezeichnete Berufsauffassung, ich will es auch immer ganz genau wissen."

Vlassi war von der Antwort angetan, dieser Paradiesvogel war nach seinem Geschmack. Er nickte ihm zu: „Der Präsident gräbt sich ein, stimmt das?“

„Nun ja, da Sie es ganz genau wissen wollen, sage ich ein Ja.“

„Danke für Ihr offenes Wort, Herr Professor Sauerinsky“, erklärte Julia, kam aber nicht weiter, da ihr der Design-Professor ins Wort fiel: „Lassen Sie den Professor weg, es genügt, wenn Sie mich mit meinem Namen ansprechen.“

„Wie Sie wollen, Herr Sauerinsky …“

Der Designer fiel ihr wieder ins Wort: „Stimmt es denn, dass sie erhängt wurde?“

„Woher wissen Sie das?“, fragte Julia zurück.

„Nun ja … dieser Herr Wöbbeking hat es mir gesagt.“

„Es stimmt“, erwiderte Julia, „können Sie uns vielleicht sagen, ob die Ermordete bei den Kollegen beliebt war?“

Der Angesprochene schaute sich in der Tiefgarage um, aber da war niemand zu sehen, dann antwortete er: „Wissen Sie, wie man sie hinter ihrem Rücken genannt hat?“ Er wartete keine Antwort auf seine rhetorische Frage ab, sondern gab sie selbst: „Man nannte sie Mona Lisa.“

Vlassi, dem die farbenfrohe Gestalt immer sympathischer wurde, teilte jetzt im Brustton der Überzeugung mit: „Mona Lisa kennt man natürlich. Ein Gemälde von Raffael.“

Der Professor schaute ihn mit einer gewissen Verwunderung an, während Julia Wunder schnell korrigierte: „Herr Spyridakis meint natürlich Leonardo.“

„Den meinte ich“, nahm Vlassi sofort das Angebot an, „Leonardo da Vinci.“

Professor Ulysses Sauerinsky nickte begütigend: „Ja, ja, die Mona Lisa von Leonardo ist ein Ölgemälde aus der italienischen Renaissance …“

Julia befürchtete eine Vorlesung in der Tiefgarage und ließ den Designer nicht ausreden: „Wieso nannte man Frau Köckel-Simons denn Mona Lisa?“

„Ich wollte es gerade erklären“, sagte Sauerinsky.

„Bitte fahren Sie fort“, erklärte Vlassi förmlich, der auf einmal von Wissbegier geplagt schien.

„Ich glaube“, teilte der Designer mit, „man nannte sie deshalb so, weil sie wie die Mona Lisa von Leonardo zugleich verführerisch und abweisend war.“ Er hielt einen Moment inne, um dann nachzuschieben: „Nicht wenigen galt sie als überheblich und frostig.“

Jetzt fühlte sich Vlassi gefordert: „Aber die Mona Lisa lächelt doch. Für mich wirkt das ziemlich gewinnend.“

„Sie müssen genauer schauen, Herr Spyridokoleios …“

„Spyridakis genügt mir“, sprach Vlassi in seine Antwort.

„Herr Spyridakis“, korrigierte sich der Professor, „Sie lächelt, die Mona Lisa, ja, ja, aber das ist es gerade. Sie lächelt zurückweisend.“

„Herr Sauerinsky“, griff jetzt Julia ein, „wollen Sie damit sagen, dass die Ermordete einige Leute abgewiesen hat und deshalb unbeliebt war?“

„Nun ja, manche haben sie sogar mit Furcht betrachtet.“

Vlassi begann laut zu denken: „Wenn man jemanden fürchtet – ist der dann unbeliebt?“

„Eine kluge Frage", bemerkte Sauerinsky.

„Haben Sie sich auch vor Frau Köckel-Simons gefürchtet?", fragte Julia den Designer.

„Nein, ich habe mich nicht gefürchtet, aber der Spottname für sie hat schon eine gewisse Berechtigung. Denn wie bei der Mona Lisa von Leonardo hatten manche wohl das Gefühl, dass bei der Kollegin irgendetwas nicht zusammenpasst." Er machte eine kleine Pause, um dann fortzufahren: „Sie kennen doch das Bild von Leonardo?"

Vlassi hob die Hände nach oben, eine Geste, die andeuten sollte, dass das für einen Mann von Welt wie ihn doch keine Frage war, Julia sah den Professor auffordernd an.

„Der große Leonardo hat mit einem Trick gearbeitet", fuhr Sauerinsky fort, „er hat das Bild in zwei verschiedenen Perspektiven gemalt, eine für den Hintergrund und eine für die Figur. Der Betrachter kann sich das nicht erklären, bekommt aber den Eindruck, dass hier etwas nicht stimmt ..."

Julia wurden die Ausführungen zu lang: „Und etwas stimmte auch bei Frau Köckel-Simons nicht?"

Ulysses Sauerinsky nickte.

„Sagen Sie mal", wollte Vlassi plötzlich wissen, „besaß die Tote auch einen Silberblick wie die echte Mona Lisa? Das macht doch den geheimnisvollen Charakter des Porträts aus."

„Einen Silberblick hatte Frau Köckel-Simons nicht", erwiderte der Designer bestimmt.

„Aber etwas stimmte mit ihr nicht", kam Julia auf Sauerinskys Ausführungen zurück, „aber was?"

„Ich wollte Ihnen lediglich den Spottnamen für sie erklären", antwortete der Designer.

„Was für ein Verhältnis hatten Sie denn zu ihr?", wollte Julia wissen.

„Frau Köckel-Simons war eine Kollegin, ich darf sagen, eine geschätzte Kollegin."

„Und was schätzten Sie so an ihr?", wollte Vlassi wissen.

„Sie wollen es ganz genau wissen", lächelte Sauerinsky, und die Enden seines Oberlippenbarts zeigten mit einem Mal straff nach oben, „ja, ja, das ist gut. Also – ich schätzte ihr enormes Fachwissen, sie war eine absolute Expertin auf ihrem Gebiet."

Vlassi kam in Fahrt: „Sie haben nicht vielleicht eine Idee, wer sie umgebracht haben könnte? Vielleicht hat jemand sie nicht so geschätzt?"

Julia musste grinsen, allerdings nach innen, Vlassi lernte schnell, die direkte Fragemethode, die er gerade benutzte, hatte sie ja vor Kurzem beim Präsidenten Schüttler angewandt.

Doch der Designer reagierte auf Vlassis Frage gar nicht abweisend oder empört, er hob stattdessen leicht die Schultern, und sein Dalí-Bärtchen schien sich zu entspannen: „Treffende Frage! Ich würde Ihnen am liebsten einen Namen nennen." Seine Stimme senkte sich, und er beugte sich etwas vor: „Den Namen des Mörders natürlich. Leider fällt mir keiner ein."

„Denken Sie auch angestrengt nach?", wollte Vlassi wissen, und Sauerinsky antwortete: „Unentwegt, unentwegt."

Julia machte der kleinen Komödie ein Ende. „Sagen Sie, Herr Sauerinsky, war das Verhältnis von Frau Köckel-

Simons zu den Studenten auch abweisend und überheblich?“

„Wie soll ich sagen?“, antwortete Sauerinsky ausweichend, „eher nicht, in Einzelfällen aber schon.“

„An den Einzelfällen sind wir besonders interessiert“, ließ sich Vlassi hören, „können Sie da mit einem Namen dienen?“

„Einen Namen, einen Namen …“, sinnierte Ulysses Sauerinsky, um dann wie für sich zu sprechen: „Sie hat kürzlich einen Bachelor-Kandidaten durchfallen lassen, der ist natürlich nicht gut zu sprechen auf sie …“ Er machte eine nachdenkliche Miene: „Wie heißt er noch mal …?“

„Woher wissen Sie das denn, dass sie jemanden hat durchfallen lassen?“, fragte Julia.

„Das erfährt man schnell, wir sind ja keine Massen-Hochschule, bei uns geht es überschaubar zu …“

„Fällt nur alle Schaltjahre bei Ihnen jemand durch?“, fiel Vlassi dem Design-Professor ins Wort.

Sauerinsky grinste anzüglich: „Kann man so sagen, bei uns fällt selten jemand durch … ah, und jetzt steigt auch der Name in mir auf.“

Der Mann ist nicht nur äußerlich verstiegen, dachte Vlassi, während er seinen Blick vom gelben Hemd zum Dalí-Bärtchen des Designers schweifen ließ, in dem steigen sogar die Namen auf. Wer weiß, vielleicht steigt er selbst manchmal wohin, vielleicht ist er auch auf die elektrische Tafel gestiegen und hat die Kunsthistorikerin oben aufgeknüpft.

„Wenn ich mich recht erinnere, trägt er den Namen Wiehn“, fuhr Sauerinsky fort, „wie die Stadt, nur mit h.“

Julia zog ihr Moleskine-Notizbuch hervor: „Wissen Sie auch den Vornamen?"

„Steigt er auch in Ihnen auf?", schob Vlassi fragend nach.

„Er steigt, er steigt", erwiderte Sauerinsky unverzüglich, „sicher bin ich mir nicht, aber ich glaube, er heißt mit Vornamen Florian."

„Also Florian Wiehn", fasste Julia zusammen.

„Wahrscheinlich."

Julia störte sich nicht am *Wahrscheinlich*, notierte sich den Namen, um dann zu sagen: „Danke für Ihre Hilfe, Herr Sauerinsky. Vielleicht können Sie mir Ihr Kärtchen geben, falls ich Sie noch einmal benötige."

„Kärtchen?", fragte der zurück, „ich habe keine Kärtchen, ich kann Ihnen aber eine selbst entworfene Visitenkarte geben. Sie ist, unter uns gesagt, ein Vermögen wert – behandeln Sie sie sorgfältig."

„Ein Vermögen?", fragte Vlassi gierig.

Der Designer nickte: „Kennen Sie denn nicht die Servietten-Geschichte von Picasso?" Er wartete keine Antwort ab, sondern sprach weiter: „Als Picasso in Paris lebte und nicht viel verdiente, öffnete er hin und wieder sein Atelier für Besucher. Das waren häufig Frauen, die vom Mittagessen kamen. Sie wollten ein Andenken haben, holten ihre Servietten vom Essen heraus und baten Picasso um seine Signatur. Der zeichnete eine Kleinigkeit dazu, einen Hund oder eine Katze – die Damen gingen hochbefriedigt von dannen …"

„Ja und?", unterbrach ihn Vlassi ungeduldig – er wollte schließlich wissen, was es mit dem Vermögen auf sich hatte.

Sauerinsky streckte sich, und sein Dalí-Bärtchen streckte sich mit ihm und wurde plötzlich ganz spitz: „Heute gibt es sogenannte Servietten-Ausstellungen von Pablo Picasso, die kleinen Andenken aus seiner Pariser Zeit sind inzwischen ein Vermögen wert."

Vlassi ächzte auf, während Julia den Design-Professor nachdenklich anschaute: „Ist ja hochinteressant, was man von Ihnen alles erfahren kann. Wenn ich eine Visitenkarte von Ihnen bekomme, dann sollte ich sie unbedingt für die Nachwelt aufbewahren, ja?"

Sauerinsky und sein Bärtchen entspannten sich: „Ich rate dringend dazu. Denken Sie immer an Picasso. Zu seiner Pariser Zeit waren seine Servietten nichts wert." Er machte eine kleine Pause, und sein Gesicht nahm eine schwelgerische Note an: „Aber heute!"

Vlassi fand seine Sprache wieder: „Wie viel ist denn so eine Picasso-Serviette heute wert?"

Der Design-Professor warf einen müden Blick auf ihn: „Wozu wollen Sie das wissen? Es würde Ihnen die Sprache verschlagen, und außerdem sind Sie doch überhaupt nicht im Besitz einer solchen Serviette."

Vlassi hätte gern geantwortet: *Was glauben Sie, welche Servietten ich besitze. Eine von Picasso ist bestimmt dabei, ich muss sie nur finden* – doch seine Chefin Julia räusperte sich vernehmlich und teilte mit: „Danke für Ihre kleine Vorlesung, Herr Sauerinsky. Ihre Visitenkarte bitte."

Der Designer griff in die Seitentasche seines hellblauen Sakkos und zog – nein, keine anständige Visitenkarte, sondern einen winzigen speckigen Karton hervor und hielt ihn hoch. Das Kärtchen sah nicht nur unscheinbar aus, sondern abgenutzt und verdreckt, als hätte es einige Jahrhunderte in der farbenfrohen Kleidung des Designers ausgeharrt, sodass Vlassi fragte: „Müssen wir Ihnen das zurückgeben?“

„Nein, nein“, erwiderte Professor Sauerinsky, „Sie können meine Visitenkarte behalten. Sie ist ein Geschenk von mir.“

„Und wann, meinen Sie, wird sie wertvoll?“, konnte sich Vlassi nicht verkneifen zu fragen.

Sauerinsky richtete sich auf, doch die Enden seines Dalí-Bärtchens schienen auf einmal etwas kraftlos und krümmten sich nach unten: „Warten Sie auf meinen Tod. Wenn ich unter der Erde liege und die Würmer an mir nagen, wird dieses kleine Kunstwerk hier explodieren.“

Ist denn da auch Sprengstoff drin?, wollte Vlassi fragen, unterdrückte diese Regung aber, denn Sauerinskys Miene wirkte zu feierlich.

Doch Hauptkommissarin Wunder wollte wissen: „Sie sprechen von Ihrem Tod, Herr Sauerinsky, glauben Sie denn, dass auch Sie in Gefahr sind?“

„Wer weiß, wer weiß. Wer hätte denn gedacht, dass Frau Köckel-Simons so schnell sterben würde. Auf unwürdige Weise hat sie ihr Leben hergeben müssen.“

Vlassi wollte im ersten Moment auch hier eine Frage einschieben, nämlich die, wie man auf würdige Art sein Leben hergeben kann. Er unterließ es aber, denn ihm fiel ein, dass er schließlich im letzten Fall diese bedeutsame Thematik schon für sich geklärt hatte, und er konnte sich zugutehalten, dass Julia Wunder vollkommen auf seiner Seite gewesen war.

Jetzt endlich streckte Sauerinsky seine Hand mit der Visitenkarte vor und überreichte sie mit feierlichem Gesicht der Hauptkommissarin. Sodann verabschiedete er sich, senkte dabei seinen Kopf und teilte mit: „Mein Wagen steht ebenfalls hier in der Tiefgarage."

Er drehte sich um und ging auf ein Auto zu, das vor vielen Jahrzehnten vielleicht einmal jung und hip war. Es handelte sich um eine Art Methusalem in der Autobranche, einen Citroën 2CV, im Volksmund auch als hässliches Entlein bekannt. Obendrein war das Entlein noch von einem blassen Rot. Der Designer stieg ein und ließ das Vehikel an. Nach mehreren krächzenden Versuchen des Motors, Luft und Benzin zu bekommen, nahm er endlich einen unrunden Lauf an, Sauerinsky rollte nach hinten, klappte das Seitenfenster nach oben und hob die Hand zum Gruß, dann machte er mit dem Gefährt einen hopsenden Sprung nach vorn und verließ die Tiefgarage.

Unsere beiden Wiesbadener Kommissare schauten dem hässlichen Entlein staunend nach, und Vlassi sagte nachdenklich: „Einem Fahrer von einem solchen Auto traue ich Dinge zu, von denen ein Rolls-Royce-Chauffeur vornehm zu schweigen wüsste."

4 Sind Leichen zu bewundern?

Julia schwieg, als sie zu ihrem Passat ging. Sie schwieg auch noch, als Vlassi neben ihr Platz nahm, und sie schwieg, als sie aus der Tiefgarage den Weg nach oben suchten. Vlassi überlegte bereits, was es war, das ihr die Sprache verschlagen hatte, denn er wusste: Wenn seine Chefin schwieg, dann sann sie nach, dann hatte sie eine Fährte aufgenommen. Ich sollte auch nachdenken, dachte er, vielleicht komme ich auf die gleiche Spur wie sie, und er setzte seine grüblerischste Miene auf.

Doch da begann Julia Wunder zu reden: „Diese Servietten-Geschichte von Picasso, die uns Sauerinsky erzählt hat, wie fanden Sie die?“

„Sehr informativ, geradezu rührend“, stellte Vlassi fest, „ein absolut menschlicher Künstler.“

„So könnte man denken. Leider bietet sie nur die halbe Information über den Maler“, erwiderte Julia stirnrunzelnd.

„Wieso?“

„Unter Fachleuten ist bekannt“, erzählte Julia, „dass Picasso in den Pariser Restaurants sein Essen bezahlte, indem er eine Zeichnung auf das Tischtuch malte. Aber wenn er vom Restaurant-Chef gebeten wurde, doch auch seine Unterschrift dazuzusetzen, lehnte Picasso ab. Wissen Sie, warum?“

„Keine Ahnung."

„Dann kläre ich Sie jetzt mal auf, damit Sie mehr von Künstlern verstehen", erwiderte Julia. „Picasso, um seine Signatur gebeten, sagte dem Chef des Etablissements: Glauben Sie, ich wollte das ganze Lokal kaufen!"

„Tatsächlich?", staunte Vlassi. „Das kommt mir gar nicht mehr rührend vor. Woher wissen Sie das denn?"

„Mein kunstsinniger Freund Markus Clauer hat mir das erzählt, er ist Kulturredakteur bei der Tageszeitung *Rheinpfalz* und kennt sich sehr gut aus."

Die Auffahrt nach oben kam in Sicht, eine Frau erschien hinter einer Ecke, und Julia sagte schnell zu Vlassi: „Denken Sie mal über diese kleine Geschichte nach. In Bezug auf Sauerinsky natürlich."

Die Frau, die plötzlich aufgetaucht war, stellte sich mitten auf die Fahrbahn, gerade so, als wollte sie überfahren werden. Julia bremste, und die Unbekannte kam näher. Sie trug einen Trenchcoat und Hosen, war blond und klein, ja geradezu zierlich. Ihre Frisur konnte man nur als wuschelig bezeichnen, und sie mochte um die vierzig sein. Julia ließ ihr Seitenfenster herunter und sah ihr fragend entgegen.

„Sie sind die Kommissarin, die den Fall Köckel-Simons behandelt?", fragte die Unbekannte, wartete aber keine Antwort ab, sondern fuhr gleich fort: „Ich bin Claudia Aimer."

Eimer, dachte Vlassi, mit den Namen an dieser Hochschule müssen die sich ein bisschen mehr Mühe geben, zuerst Margaretella, dann Sauerinsky, jetzt Eimer – was sollen die Studenten und wir Kripo-Leute mit solch abartigen

Namen anfangen, da bin ich ja mit Spyridakis auf der Sonnenseite. Doch im selben Moment schob die Dame draußen nach: „Aimer, mit A vorne."

„Schön, Frau Aimer", erwiderte Julia, „wie können wir Ihnen helfen?"

„Darf ich vielleicht zu Ihnen einsteigen, Sie könnten mich ein Stück mitnehmen, an der nächsten Ecke steige ich dann aus."

„Bitte – setzen Sie sich zu uns", forderte Julia die Dame auf.

Die öffnete die hintere Tür des Passats und setzte sich, während Vlassi ein unschöner Gedanke durch den Kopf ging: Die wird uns doch nicht von hinten abknallen oder mir eine Schlinge um den Hals werfen, um mich zu erdrosseln? Letzteres scheint ja an dieser Hochschule beliebt zu sein.

Julia fuhr an, und gegen alle Erwartung begann Frau Aimer nicht zu reden, sondern schwieg, ja, sie rutschte sogar etwas nach unten, als sie die Ausfahrt passierten. Erst auf der Straße in einiger Entfernung von der Hochschule begann sie zu sprechen.

„Mein Name ist, wie schon gesagt, Aimer. Ich unterrichte an dieser Hochschule das Fach Webdesign …"

„So etwas gibt es?", fragte Vlassi.

„Ja, bei uns schon", fuhr Frau Aimer fort.

„Dann sind Sie auch Professorin und Kollegin der Ermordeten?", fragte Vlassi abermals.

„Ja, ja, bin ich", antwortete Frau Aimer und wirkte etwas ungeduldig.

„Sie wollen uns sicher etwas mitteilen, Frau Professor Aimer", ermunterte sie Julia von vorn.

„Ja, das will ich …"

Nun wirkte Frau Aimer etwas zögerlich. Sie machte eine kleine Pause, die Vlassi nutzte, um sich zu ihr umzudrehen und ihr sein angespanntes Gesicht zu zeigen.

„Es handelt sich doch um einen Mord?", fragte die Professorin, als wollte sie sich vergewissern, dass sie bei den richtigen Leuten saß.

„Um einen bösartigen Erhängungsmord", antwortete Vlassi und sah sie über die Schulter mit ernster Miene an.

„Das haben Sie doch schon gewusst, Frau Aimer, oder?", erklärte Julia am Steuer.

„Man sollte immer noch einmal nachfragen", antwortete die Webdesignerin, die jetzt offenbar genug Zeit gesammelt hatte, um nachzuschieben: „Ich möchte Sie warnen."

„Wovor denn?", wollte Vlassi wissen, der sich wieder nach vorn gedreht hatte.

Julia Wunder war mit ihrem VW Passat an der nahe gelegenen Ampel angekommen, die auf Rot stand. Die Stimme der zierlichen Dame hinten schallte nun sehr klar durch den Wagen: „Vor Herrn Sauerinsky!"

„Vor Herrn Sauerinsky wollen Sie uns warnen?", fragte Julia sachlich. „Weshalb denn?"

„Der Mann ist ein Paradiesvogel …", hob die Professorin an, kam aber nicht weiter, denn Vlassi erklärte sinnend: „Paradiesvögel sind seltene Tiere, im Grunde gehören sie unter Artenschutz, da sie meist das Paradies entbehren müssen."

Julia lächelte zu seinen Worten, während Frau Aimer mit ernster Stimme erwiderte: „Lassen Sie sich nicht von seinem Äußeren täuschen. Das ist Maskerade. Ich kann Ihnen nur sagen, dass Sie sich vor ihm hüten müssen."

Die Ampel sprang auf Grün, Julia fuhr los, während Vlassi nach hinten fragte: „Haben Sie ihn denn im Verdacht, mit dem Mord etwas zu tun zu haben?"

Die Webdesignerin antwortete: „Ich will niemanden anklagen, aber ich kann Ihnen sagen, dass Sauerinsky und Frau Köckel-Simons sich …" Sie räusperte sich und fuhr fort: „… sich gewissermaßen hassten."

„Hassten?", fragte Vlassi grinsend. „Wollen Sie etwa sagen, dass die beiden ein Liebespaar waren?"

Frau Aimer ging auf seinen Scherz nicht ein: „Ich kann Ihnen nur das sagen, was ich gesagt habe."

„Gut, vielen Dank für Ihre Auskunft, Frau Professor Aimer", teilte Julia mit, „aber wenn Sie schon bei uns sitzen, können Sie uns vielleicht mitteilen, ob die Ermordete bei den Kollegen beliebt war?"

Frau Aimer schüttelte den Kopf: „Das kann ich verneinen."

„Und bei den Studenten?", wollte Julia wissen.

„Nicht wenige Studierende sind zu mir gekommen und haben sich über sie beklagt", antwortete die Webdesignerin.

„Weshalb denn?", wollte Vlassi wissen.

Ohne zu zögern, antwortete Frau Aimer: „Sie haben sich über ihre Art beklagt, über die Behandlung von ihr."

„Schlechte Noten hat sie gegeben, was?", schob Vlassi fragend nach.

Die Professorin für Webdesign gab keine Antwort darauf, sondern sagte wie für sich: „Vielleicht hat sie ihren Beruf gehasst“, um gleich darauf mit lauterer Stimme mitzuteilen: „Halten Sie bitte dort vorn, ich möchte aussteigen.“

Julia tat wie geheißen, wollte aber doch noch wissen: „Wie können wir Sie telefonisch erreichen?“

Die Mitfahrerin öffnete bereits die Tür und sagte beim Aussteigen: „Sie erreichen mich an der Hochschule, Durchwahl 224.“

Mit diesen Worten verließ Frau Aimer das Auto und verschwand zwischen den Passanten auf dem Trottoir.

Julia fuhr an und fädelte sich in den Verkehrsstrom ein, Vlassi hob den Kopf und sagte: „Diese Tote scheint vor allem Feinde gehabt zu haben.“

Julia warf ihm einen schnellen Blick von der Seite zu: „Weiter! Denken Sie weiter!“

„Jawohl, weiterdenken“, sagte Vlassi gehorsam, blieb aber stumm.

„Was meine ich mit weiterdenken?“, fragte Julia.

„Sie meinen … ja, also … was meinen Sie eigentlich?“

„Das ist doch nicht so schwer“, ermunterte ihn Julia, machte eine Pause und schob dann nach: „Wir müssen uns immer fragen, aus welcher Quelle die Informationen kommen.“

„Genau! Das wollte ich gerade auch sagen.“

„Fahren Sie also fort.“

„Ich könnte mir denken“, fuhr Vlassi mit nachdenklicher Miene fort, „dass diese Aimer vielleicht eifersüchtig war, vielleicht hat sie mit ihrem Wuschelkopf selbst einen Schmachtblick auf Sauerinsky und seine abstehenden Haare geworfen …“

„Gar nicht so abwegig“, erklärte seine Chefin, „Frauen sind ziemlich erfinderisch, wenn es um emotionale Dinge geht.“

„War die Ermordete, diese Köckel-Simons, eigentlich gut aussehend oder eher backpflaumenhaft?“, wollte Vlassi wissen. „Sie hing zu weit oben, vielleicht hätte ich hochklettern sollen. Jetzt kann ich sie nur noch als Leiche bewundern.“

„So ist der Lauf der Welt, so wird es uns auch ergehen …“, erläuterte Julia, kam aber nicht weit.

„Als Leichen werden wir bewundert?“, fragte Vlassi dazwischen.

„Na ja, Sie werden wahrscheinlich vorher als Todkranker bewundert.“

Vlassi warf ihr einen unwirschen Blick zu, seine Chefin wollte ihm offenbar nicht verzeihen, dass er im letzten Fall dem Tod ganz nahe gewesen war, ihn geradezu auf dem Leib getragen hatte.

„Auf jeden Fall werden wir die Leiche von Frau Köckel-Simons in der Pathologie bei Frau Dr. Hauswaldt inspizieren – backpflaumenhaft oder gut aussehend “, schob Julia nach.

„Ja, ja“, murmelte Vlassi, „aber eines gibt mir auch noch zu denken. Wissen Sie was?“

Julia merkte, dass er ihre Fragemethode auf sie anwandte. Der schlaue Vlassi! Sie antwortete: „Das ist gut, dass Sie darauf kommen, Herr Spyridakis. Ich wollte Sie nämlich auch gerade darauf ansprechen.“

„Ich hab’ zuerst gefragt“, erwiderte Vlassi.

„Na gut, dann sag’ ich Ihnen zuerst, was Ihnen zu denken gibt.“

Vlassi sah Julia gespannt an, doch sie fuhr völlig entspannt fort: „Ihnen geht durch den Kopf, was Frau Aimer so nebenbei sagte, nämlich dass die Tote ihren Beruf vielleicht gehasst hat."

Vlassi war geplättet, darauf wollte er tatsächlich hinaus, er nickte bestätigend: „Sie haben vollkommen recht. Ob diese Köckel-Simons wirklich ihren Beruf gehasst hat? Also, ich wäre eigentlich ganz gern Professor."

„Aber bitte nicht für Kunstgeschichte!", erwiderte Julia und dachte dabei an den Pissarro, den Vlassi für einen Rubens gehalten hatte.

*

Julia Wunder erreichte ihr gemeinsames Dienstzimmer und schaute sich nach Vlassopolous Spyridakis um. Wo steckte er? Gerade war er doch noch hinter ihr gewesen. Aber da bog er schon um die Ecke, und in den Händen hielt er zwei Becher.

„Kaffee! Ich habe uns Kaffees gezogen", teilte er mit, „nach so einem gruseligen Tatort haben wir ihn verdient."

Julia hielt ihm die Tür auf, Vlassi stellte einen Becher auf ihren Schreibtisch, den anderen auf seinen. Sie setzten sich, und Vlassi nippte vorsichtig an seinem Heißgetränk. Julia sah ihm zu und sagte dann: „Sie müssen nach Mainz zum Ehemann der Toten. Am besten, Sie nehmen Lustig mit, das ist sein Terrain."

„Jetzt gleich?", fragte Vlassi.

„Was du gleich kannst besorgen, verschiebe nicht auf später", antwortete Julia.

„Kenn ich, kenn ich, aber bei Ihnen reimt sich der Spruch gar nicht."

„Ich bin eben eine reimlose Dichterin", erklärte Julia süffisant und nahm ebenfalls einen Schluck vom Kaffee.

„Mir ist vorhin im Auto eine andere Idee gekommen", sagte Vlassi, „ich glaube, sie ist grandios."

„Rücken Sie raus damit."

„Wissen Sie, ich sollte mal wieder so ermitteln wie in dem Gesundheitsfall, das war doch sehr erfolgreich, erinnern Sie sich?"

„Ich erinnere mich nur, dass Sie in einem Weinfass gelandet sind und sich mit Müh' und Not daraus befreien konnten."

„Na ja, ich hab' damals Leib und Leben riskiert. Aber diesmal kann es nicht so dramatisch werden, ich will nämlich …"

Vlassi kam nicht weiter, denn die Tür wurde aufgerissen und Kriminalrat Robert Feuer stürmte ins Zimmer. Natürlich hatte er mal wieder das Anklopfen vergessen.

„Guten Morgen, die Herrschaften. Ich freue mich, Sie hier zu sehen." Er machte eine kleine Pause und schob dann nach: „Beim gemütlichen Kaffeeplausch, wie ich sehe!"

Seine Worte trieften vor Ironie, doch Julia antwortete seelenruhig: „Der Kaffee aus unserem Automaten könnte ruhig etwas gehaltvoller sein." Und Vlassi ergänzte: „Eine dünne Lorke eigentlich. Wir brauchen Anregenderes."

Feuer musterte die beiden von oben, um dann zu erwidern: „Kommen Sie nicht von einem Mordfall? Das sollte Ihnen Anregung genug sein."

Er stützte sich mit den Händen auf Vlassis Schreibtisch: „Herr Spyridakis, geben Sie mal einen kurzen Bericht, damit ich informiert bin."

Vlassi tat es, wobei er sich auf die puren Fakten beschränkte und Herrn Sauerinsky und Frau Aimer ausließ.

„Sehr ungewöhnlich", kommentierte der Kriminalrat seine Ausführungen, „eine Professorin an der Wiesbadener Hochschule wird erhängt aufgefunden. Vielleicht ist sie mit den Studenten nicht klargekommen. Könnte es nicht auch ein Selbstmord sein?"

„Die Leiche ist auf dem Weg zu Frau Dr. Hauswaldt", erläuterte Julia, „sie wird uns genaueren Aufschluss geben."

Feuer richtete sich auf: „Mit diesen Professoren hat man doch nur Ärger. Denken Sie nur an die Politik. Wenn da ein Professor mitnuschelt, verstehen die normalen Leute kein Wort." Er wandte sich an Kommissar Spyridakis: „Die Tote war Kunsthistorikerin, sagten Sie?"

Vlassi nickte, und Feuer fuhr fort: „Schade, dass sie nicht mehr lebt. Meine Frau hat da so einen alten Schinken auf dem Dachboden gefunden, vielleicht ist der Millionen wert, da hätte ich diese … wie hieß sie noch mal?"

„Köckel-Simons", antwortete Vlassi.

„Da hätte ich diese Köckel-Simons doch fragen können."

Julia nickte zu seinen Worten: „Es ist halt ein Jammer, dass wir mit den Menschen erst Bekanntschaft machen, wenn sie tot sind."

„Ein wahres Wort, das Sie da gelassen aussprechen", bestätigte sie Robert Feuer. Er machte ein paar Schritte im Zimmer, um sich abrupt wieder den Schreibtischen der Kommissare zuzuwenden: „Was haben Sie vor? Gibt es schon einen Verdacht?"

Julia antwortete: „Wir haben ja gerade erst angefangen, und Sie wissen doch, verdächtig sind zunächst mal alle."

„Haben Sie den Chef dieser Hochschule schon vernommen?"

„Ja, natürlich", erwiderte Julia, „der Präsident macht einen …"

Sie kam nicht weiter, denn Feuer breitete theatralisch die Arme aus: „Präsident, Präsident, wenn ich das schon höre! Heute nennt sich jeder klitzekleine Angestellte Präsident und meint, das wäre was."

„Da bin ich ganz Ihrer Meinung, Herr Feuer, in früheren Zeiten waren die Chefs von Hochschulen Rektoren, aber heute will jeder mehr scheinen, als er ist."

„Wieder mal ein wahres Wort von Ihnen, Frau Wunder, ich sehe, wir verstehen uns. Was macht denn dieser Präsident für einen Eindruck?"

Kriminalrat Feuer sprach das Wort *Präsident* sehr gespreizt aus, gerade so, als würde er es nur mit Widerwillen in den Mund nehmen.

Jetzt meldete sich Vlassi zu Wort, der bisher nur zugehört hatte, aber auch etwas beisteuern wollte: „Der Präsident mit Namen Schüttler weiß nichts, er weiß nicht mal, wer die Mona Lisa gemalt hat."

„Wie heißt er?", fragte Feuer. „Schüttler?"

Vlassi nickte.

„Den Namen kenn' ich doch. Der hat sich mal bei uns beworben, ein Betriebswirt, wenn ich mich recht erinnere."

„Bei der Polizei hat er sich beworben?", fragte Julia neugierig.

„Der wollte gleich Oberkriminalrat werden. Ist nichts draus geworden, man sah dem Mann seine Unfähigkeit geradezu an."

„Und solche Leute werden anschließend Präsidenten", murmelte Vlassi.

„Also dieser Schüttler ist jetzt Präsident der Rhein-Main-Hochschule", kam Feuer wieder zum Thema zurück, „und er hat immer noch keine Ahnung, weiß nicht mal, wer die Mona Lisa gemalt hat, sagen Sie."

Vlassi bestätigte durch Kopfnicken.

„So etwas gehört zur Allgemeinbildung, das muss man einfach wissen", trumpfte Kriminalrat Feuer auf, „die Mona Lisa gehört zur italienischen Renaissance, und ihr Schöpfer ist Tizian."

Vlassi warf einen schnellen Blick zu Julia, die aber blieb so stumm wie er, warum sollte sie ihren Chef korrigieren, sollte er doch weiterhin an Tizian glauben, vielleicht würde er ihn demnächst sogar Tiziano nennen, weil das italienischer klingt.

Robert Feuer sprach weiter: „Also dieser Schüttler weiß nichts, weder über den Mord noch über die Mona Lisa. Aber vielleicht hat er nur so getan? Wir wissen doch aus Erfahrung: Die Schlimmsten sind die, die nur so tun!" Er näherte sich dem Schreibtisch von Vlassi: „Den Mann müssen Sie im Auge behalten. Wer unfähig für den

Polizeidienst ist, ist zu jeder Schandtat fähig. Aber wir dürfen nie und nimmer vergessen, dass solche unfähigen Präsidenten doch zu einem fähig sind …“ Er sprach nicht weiter, sondern nahm Kommissar Spyridakis in den Blick.

Vlassi, der durch Julias Fragen Gestählte, antwortete prompt: „Fähig zur Verstellung.“

„Ausgezeichnet, Herr Spyridakis, ich bin begeistert, Sie verwundern mich immer wieder aufs Neue.“

Bescheiden erwiderte Vlassi: „Ich verrichte hier meinen Dienst zur Verwunderung aller.“

Kriminalrat Feuer wandte sich bereits an Julia: „Sie halten mich auf dem Laufenden, und dieser Präsident und seine Hochschule werden aufs Schärfste in den Blick genommen.“

„Natürlich“, erwiderte Julia.

„Aufs Schärfste!“, wiederholte Feuer. „Diese Hochschule scheint ja eine Mordbude zu sein.“

Er ging zur Tür, und als er die Klinke schon in der Hand hielt, drehte er sich um und sagte in Richtung Vlassi: „Fähig zur Verstellung. Sehr gut. Nie vergessen!“

Kaum hatte er den Raum verlassen, sagte Julia: „Bei Feuer haben Sie jetzt einen Stein im Brett. Bitte erhalten Sie sich den, und fallen Sie nicht wieder in den Rhein wie beim letzten Mal.“

„Auf keinen Fall, ich will doch nicht schon wieder dem Sensenmann eine Chance geben. Aber vielleicht kann ich auch bei Ihnen einen Stein im Brett gewinnen. Ich hab' nämlich eine Idee, konnte sie vorhin nur nicht ausführen, weil Feuer plötzlich hereinstürmte.“

Julia verschränkte die Hände hinter ihrem Kopf: „Ich bin immer offen für interessante Ideen."

Mit gewitzter Miene teilte Vlassi mit: „Ich könnte in der Hochschule recherchieren, und zwar undercover …"

„Man kennt Sie doch, man hat Sie gesehen."

„Na ja, ich müsste mich äußerlich etwas verändern und jünger machen. Obwohl – viel mehr Jugendlichkeit brauche ich eigentlich nicht, ich gehe als fortgeschrittener Student durch."

Julia grinste: „Als Student, der schon zweimal durchs Examen gefallen ist, meinen Sie?

„Warum denn nicht?!", erwiderte Vlassi. „Gute Leute fallen schon mal durch, um dann umso überraschender die Welt aus den Angeln zu heben."

Julia musterte ihn: „Was wollen Sie denn studieren, ich meine, wo wollen Sie beim kommenden Examen durchfallen?"

„Kunstgeschichte natürlich. Ich habe von der großartigen Professorin Köckel-Simons gehört, bin aber im Stand des Unwissens und weiß nicht, dass sie das Zeitliche gesegnet hat …"

„Und wenn man Sie aufklärt über ihren Tod?", fragte Julia.

„Dann folge ich ihr nach in die jenseitigen Gefilde der Gelehrsamkeit, Bildung ist schließlich überall vonnöten", antwortete Vlassi gelassen.

5 Gegner haben wir alle!

Kommissar Vlassopolous Spyridakis war mit seinem kleinen Opel Corsa auf der Rheinstraße unterwegs nach Mainz. Bevor er mal wieder als Undercoveragent in die Annalen einging, sollte er den Ehemann der Toten aufsuchen – so hatte Julia ihn angewiesen. Am besten zusammen mit dem Mainzer Kollegen Ernst Lustig, die andere Seite des Rheins war schließlich dessen Terrain. Diesmal kam auf Vlassi wenigstens nicht die undankbare Aufgabe zu, einen Angehörigen über den Tod zu informieren, noch dazu den Tod seiner Frau, dachte er. Dieses schwere Los hatte Präsident Schüttler gezogen, vielmehr freiwillig übernommen.

Noch vom Dienstzimmer in Wiesbaden hatte Vlassi den Kollegen Lustig angerufen, ihn aber nicht erreicht. Saß der etwa schon wieder im Weinhaus Michel und sann bei einem Schoppen Wein über den unrunden Lauf der Welt nach? Er musste es noch einmal versuchen, und Vlassi fuhr von der Straße ab zum Parkplatz einer Lidl-Filiale. Bevor er zu seinem altertümlichen Handy griff, wollte er sich aber einen kleinen Bissen gönnen, schließlich hatte er wie üblich am Morgen nur einen Kaffee getrunken. Eine Brezel würde genügen, schließlich war ein Vlassi genügsam und wollte rank und schlank bleiben. Er verspeiste im Hinausgehen die Brezel und wählte dabei die Nummer von Lustig.

„Lustig“, meldete sich eine knorrige Stimme.

„Herr Lustig, ich bin’s, ihr angenehmer Kollege von dribbdebach“, sagte Vlassi kauend.

„Was? Wer ist da? Ich kenne keinen angenehmen Kollegen, schon gar nicht von dribbdebach“, brummte Lustig.

„Wenn Sie ein bisschen nachdenken, werden Sie sich schon erinnern.“

„Dement bin ich noch nicht. Aber ich erinnere mich an einen aufsässigen Kollegen mit Namen Spyridakolus, der mich immer reinreitet.“

„Sie haben sich gut erinnert, Herr Lustoog, das bin ich.“

Die beiden foppten sich, wie an den falschen Namen zu erkennen war, mit denen sie sich anredeten. Das taten sie hin und wieder, aber nur, wenn sie sich im Prinzip einig waren.

„Ach, Sie sind’s, ich hab’ geahnt, dass mich heute noch ein Unglück ereilt“, brummelte Lustig.

„Nimmermehr! Kein Unglück! Vielmehr eine Sternstunde!“, rief Vlassi, der zu Ende gekaut hatte, in sein Handy. „Ich will Sie fortreißen zu einer Institution, die Bildung verspricht. Bildung tut not.“ Und der Wiesbadener Kommissar dachte im Stillen: Vor allem Ihnen, lieber Kollege.

„Institutionen hasse ich, vor allem, wenn sie Bildung versprechen“, war die Antwort von Hauptkommissar Lustig.

„Hab’ mich in der Wortwahl vergriffen, ich meine natürlich einen Menschen, den wir aufsuchen, um unsere Bildung aufzufrischen.“

„Sie kommen mal wieder allein nicht weiter, gelle?“, fragte Lustig unumwunden.

Jetzt musste Vlassi diplomatisch antworten: „Na ja, es ist Ihr Revier, und außerdem arbeiten Sie mit psychologischen Finessen, die mir nicht gegeben sind."

„Ah, Sie schmieren mir Honig ums Maul. Bitte weiter so, was kann ich denn noch besser als Sie?"

Nun musste Vlassi kurz schlucken, aber dann wusste er doch eine Antwort: „Na ja, wenn es darum geht, Verdächtigen brauchbare Antworten zu entlocken, sind Sie mir im Grunde weit überlegen."

Ernst Lustig besaß gute Ohren, und so hörte er heraus, dass die Wendung *weit überlegen* doch sehr gespreizt klang.

„Weit überlegen", stellte er mit Nachdruck fest, „überlegen genügt, Sie können doch mit der deutschen Sprache umgehen, Übertreibungen sind zu vermeiden, vor allem, wenn Sie es mit einem weit überlegenen Kollegen zu tun haben."

„Recht haben Sie", erwiderte Vlassi folgsam, konnte sich aber nicht verkneifen nachzuschieben: „Sprachlich sind Sie auch weit überlegen."

„Herr Spyridakolus, ich hab's schwer mit Ihnen. Aber ich nehme mein hartes Los auf mich. Kommen Sie. Aber rasch!"

Zwanzig Minuten später trat Vlassopolous Spyridakis in das Dienstzimmer von Ernst Lustig. Der saß am Schreibtisch über einigen Papieren, blickte kurz auf und befahl: „Setzen! Bin gleich so weit."

Es dauerte keine Minute, und Lustig schaute hoch. Er wirkte auf einmal sehr neugierig: „Erzählen Sie mir mehr von der Sternstunde, die mich erwartet. Wo müssen wir denn hin?"

Vlassi berichtete in knappen Worten von dem Mord in der Wiesbadener Hochschule, die Tote hieß Köckel-Simons, hing erdrosselt an einer Tafel, sie müssten ihren Ehegatten im Vorort Gonsenheim aufsuchen und ihn unter die Lupe nehmen.

„Wo ist denn da die Sternstunde für mich?", wollte Lustig wissen.

„Diese Köckel-Simons war Kunsthistorikerin, ich hab' mir sofort gedacht, dass das was für Sie ist."

„Kunst interessiert mich, da haben Sie nicht ganz unrecht, Herr Kollege. Aber vorm Kunstmarkt graut's mir, da arbeiten doch lauter Hallodris. Weiß der Ehemann eigentlich schon Bescheid, dass seine Frau nicht mehr lebt?"

„Ja, ja, der Hochschulpräsident hat ihn informiert, wir müssen in dieser Hinsicht kein Wort verlieren, wir müssen nur kurz kondolieren und dann …" Vlassi machte eine kleine Pause: „Ich baue auf Sie, Herr Lustig, Sie wissen diesen Mann bestimmt zu nehmen."

„Schauen wir mal", sagte der Mainzer Hauptkommissar und erhob sich, „er weiß doch, dass wir kommen?"

Vlassi stand ebenfalls auf. „Ja, ja, er weiß es, Frau Wunder hat ihn telefonisch informiert. Eines sollte ich Ihnen aber vielleicht noch sagen, das habe ich vorhin vergessen. Wissen Sie, wie man die Tote nannte?"

„Na, mit Ihrem Namen, will ich hoffen."

„Man nannte sie Mona Lisa."

„Mona Lisa?", staunte Ernst Lustig. „Dann muss die Ermordete eine rätselhafte Frau gewesen sein."

„Sie kennen Mona Lisa, ich meine das Gemälde?"

„Natürlich, wer kennt es nicht. Ein Bild von Leonardo da Vinci, es hängt im Louvre, so viel ich weiß."

Vlassi hätte gern seinen Hut gezogen, wenn er einen auf dem Kopf gehabt hätte. Respekt, Respekt, sein Mainzer Kollege verfügte über mehr Allgemeinbildung, als er dachte.

„Die Mona Lisa von Leonardo ist rätselhaft", machte Vlassi auf kunstsinnig, „aber die Tote soll ziemlich überheblich gewesen sein."

„Das eine schließt das andere nicht aus", beschied ihm Lustig, „meinen Sie denn, dass der Ehemann irgendwas mit dem Mord zu tun hat?"

Vlassi hob die Schulter: „Ich weiß nicht, unwahrscheinlich, obwohl Mord unter Eheleuten hin und wieder ganz beliebt sein soll."

„Kommen Sie! Und reden Sie kein Blech", sagte Lustig und streifte sich seinen Regenmantel über, „wir werden den Ehemann mal sanft begutachten."

Eine Viertelstunde später fuhren die beiden in den Mainzer Vorort Gonsenheim ein, und wenig später langten sie in der Carlo-Mierendorff-Straße an. Diesmal fuhren sie mit dem Dienstwagen von Ernst Lustig, einem betagten VW Golf, Lustig hatte seinem Wiesbadener Kollegen mitgeteilt: „In Ihre Rappelkiste steige ich nicht ein, da hab' ich beim letzten Mal schlechte Erfahrungen gemacht, mir sind beinahe die Bandscheiben rausgeflogen."

Er hielt vor der Nummer 32, die ihm Vlassi zuvor mitgeteilt hatte. Die beiden stiegen aus. Das Haus, vor dem sie standen, besaß einen weitläufigen, allerdings ungepflegten Garten – so viel konnte man durch die Stäbe des Gartentors erkennen. Das Haus selbst war eine Gründerzeit-Villa, schön altmodisch, aber nicht opulent. Vlassi musste zweimal klingeln, bevor er eine Stimme in der Gegensprechanlage hörte.

„Wer ist da bitte?"

„Hier ist Kommissar Spyridakis. Ich wurde telefonisch angekündigt."

„Telefonisch angekündigt? Ich weiß von nichts. Aber wenn Sie schon mal da sind, kommen Sie herein."

Der Türöffner summte, Vlassi drückte das Tor auf, und die beiden Kripo-Leute schritten zur Haustür, die sich beim Näherkommen öffnete. Im Türrahmen stand ein Mann, der Ende fünfzig sein mochte. Sein Gesicht war hager, seine Miene gespannt, und seine Haare hingen ungebärdig und grau vom Kopf. Die Person war lang und dünn, sodass Vlassi der Gedanke durch den Kopf ging: Ist das etwa ein Verwandter von mir? Der ist ja noch länger und dünner als ich.

„Sie kommen in Begleitung?", fragte der dünne lange Mann, und sein Blick glitt von Vlassi zu Lustig und wieder zurück.

„Ich bin Kommissar Spyridakis", klärte ihn Vlassi auf, „und das hier ist mein Mainzer Kollege, Hauptkommissar Lustig."

„Und mein Name ist Simons", erwiderte der lange Dünne, „aber das wissen Sie vermutlich. Wollen Sie hereinkommen?"

„Sehr gerne. Vielen Dank."

Die zwei Ankömmlinge traten ein, Simons ging voraus und führte sie durch einen langen Korridor in eine Art Wohnzimmer. Oder war es ein Arbeitszimmer? An den Wänden befanden sich jedenfalls ausschließlich Bücher. Kaum hatten sie den Raum erreicht, schlug eine Uhr laut und deutlich. Es war offenbar die Standuhr vom Korridor, die Vlassi nur deshalb aufgefallen war, weil sie aussah, als stamme sie aus grauer Vorzeit.

„Bitte setzen Sie sich", forderte sie der Hausherr auf – doch es standen nur zwei magere Stühle herum, außerdem gab es eine kleine Treppe, die man hin und her rollen konnte, gedacht offenbar für die höher gelegenen Bücher an den Wänden.

„Danke", sagte Vlassi, „also Frau Hauptkommissarin Wunder hat Sie nicht telefonisch informiert über unser Kommen?"

Der lange Herr Simons richtete sich auf, sodass er noch länger wurde, er musste annähernd zwei Meter groß sein: „Frau Wunder? Nicht dass ich wüsste, meine Herren. Habe ich falsch geparkt?"

„Nein … nein", stotterte Vlassi, „aber hat Sie denn Präsident Schüttler aus Wiesbaden nicht angerufen?"

„Niemand hat angerufen, den Namen Schüttler kenne ich auch nicht. Was für ein Präsident soll das sein?"

Vlassi wurde in Windeseile klar, dass seine Chefin den Ehemann der Toten nicht erreicht und Schüttler von der Hochschule sein Versprechen nicht eingelöst hatte, der Mann, vor dem er stand, hatte keinen Schimmer, dass seine Frau nicht mehr unter den Lebenden weilte. Wieder einmal kam die schwere und undankbare Aufgabe auf ihn zu, eine Todesnachricht zu überbringen. Immer er war der Leidtragende, immer fiel das Los auf ihn, die Lebenden von den Toten zu unterrichten.

„Herr Simons", setzte Vlassi mit unterdrücktem Ächzen an, „ich dachte, Sie wüssten es schon, jetzt muss ich Sie … also leider … davon in Kenntnis setzen … also … dass Ihre Frau nicht mehr lebt."

„Wie? Meine Frau lebt nicht mehr? Sie war doch bei bester Gesundheit."

Das ist es ja gerade, die Gesunden sterben, und die Kranken leben immer so fort, wollte Vlassi anmerken, unterließ es aber aus Pietät. Jetzt ergriff Ernst Lustig, der bisher nur stumm dabeigestanden hatte, das Wort: „Es tut uns leid, wir wollten kondolieren."

Simons schien bei der Nachricht vom Tod seiner Frau zwar entsetzt zu sein, war aber keinen Zentimeter zusammengerutscht, vielmehr machte er jetzt einige Schritte im Zimmer, und sein volles graues Haar schien dabei zu flattern. Im Gehen sagte er: „Tot ist sie. Und der Präsident, von dem Sie sprachen, ist der Hochschulpräsident. Und Sie sind hier, weil es sich vermutlich um ein Verbrechen handelt."

Vlassi sagte leise: „Ja." Es entstand eine kleine Pause, dann schob er nach: „Wir müssen Nachforschungen anstellen, es handelt sich um Mord."

Simons blieb stehen und schaute ihn an: „Mord? Wie ist sie denn zu Tode gekommen?"

War diese Frage echt gemeint?, überlegte Vlassi und korrigierte sich gleich gedanklich. Es war ganz natürlich, dass der Ehemann die Umstände des Todes erfahren wollte.

„Der Nachtpförtner der Wiesbadener Hochschule hat sie gefunden, sie hing an der elektrischen Wandtafel im Hörsaal 3“, antwortete er.

„Aufgeknüpft an einer Tafel?“, fragte Simons mit Erstaunen in der Stimme, und auch hier hörte Vlassi genau hin, wie er es von seiner Chefin gelernt hatte, aber es kam ihm ganz echt vor, was und wie Simons es sagte. Andererseits, was konnte in einer solchen Situation echt und unecht sein? Wenn er hören würde, dass seine Carola in der Anwaltskanzlei an ihrem Schreibtisch baumelte, würde er auch fragen: Aufgeknüpft am Schreibtisch? So klein war sie doch nicht. Hat man sie vorher geschrumpft?

Er beobachtete Simons. Wirkte dieser Ehemann traurig oder wenigstens betrübt? Überrascht und entsetzt war er jedenfalls – und das schien Kommissar Spyridakis doch eine angemessene Reaktion zu sein.

Jetzt sagte Simons: „Das ist ja furchtbar.“

Vlassi nickte und schnitt ein betrübtes Gesicht, während sein Kollege Lustig nachdenklich mitteilte: „Es ist unser täglich Brot, Verbrechen und Mord wollen kein Ende nehmen.“

Als sei er erschöpft, setzte sich Simons auf die oberste Stufe der Treppe vor der Bücherwand, die seltsamerweise nicht davonrollte. Offenbar wusste er, wie man das rollende Treppchen als Sitzplatz nutzte. Eine Weile schwiegen die drei Männer, dann war Vlassi des Kondolierschweigens überdrüssig, und er fragte: „Herr Simons, darf ich Ihren Beruf erfahren?“

Der auch im Sitzen noch lang wirkende Mann schaute auf: „Ja, natürlich, ich bin Professor für Kunstgeschichte an der Mainzer Universität.“

„Dann sind Sie ja gewissermaßen ein Kollege Ihrer Frau“, äußerte Lustig.

„Könnte man so sagen.“

Simons blickte den Fragesteller an, und Vlassi hatte für einen Moment den Eindruck, dass Simons' Stimme etwas ironisch klang. Oder war es sogar belustigt? Doch im nächsten Moment sprach Simons ernst weiter: „Ihr Spezialgebiet war der Impressionismus, die Maler dieser Richtung schätzte sie sehr.“

„Herr Professor Simons“, hob Ernst Lustig an, „wissen Sie, was Ihre Frau am Abend in der Hochschule zu tun hatte?“

„Sie wird eine Vorlesung vorbereitet haben.“

„Ist das so üblich?“, wollte Lustig wissen.

„Eigentlich nicht“, teilte Simons mit, erhob sich und streifte mit der rechten Hand sein graues Haar nach hinten. Er ging ein paar Schritte im Zimmer umher, um schließlich zu sagen: „An einer ehemaligen Fachhochschule ist aber alles möglich.“

„Ach, die Wiesbadener Hochschule ist die ehemalige Fachhochschule?“, fragte Vlassi neugierig. „Warum heißt sie denn jetzt Rhein-Main-Hochschule?“

Professor Simons drehte sich zu ihm: „Vermutlich, weil man dort nach Höherem strebt. Fachhochschule klingt zu gering, Hochschule hört sich mehr nach Universität an.“

„Ja meinen Sie denn ...“, überlegte Lustig laut, „dass Ihre Frau eine Gegnerin dieser Namensänderung war?“

Professor Simons warf ihm einen mitleidigen Blick zu: „Nein, sie war keine Gegnerin, sie hat im Gegenteil für den neuen Namen gekämpft.“

Dann hat sie auch nach Höherem gestrebt, dachte Vlassi, sagte jedoch laut: „Ihre Frau könnte doch aber Feinde an dieser ehemaligen Fachhochschule haben, sie war ja wohl, wie Sie sagten, eine Spezialistin für Impressionismus." Und er dachte im Stillen: Wahrscheinlich liebt man an dieser Hochschule eher das Mittelmaß, hasst jeden, der einen Zentimeter größer ist, und bringt ihn lieber um.

„Möglich ist das", erklärte Simons.

„Sie meinen Feinde?", fragte Lustig nach.

„Ja, ja, Feinde", bestätigte Simons mürrisch.

„Gegner ist sicher das bessere Wort", korrigierte sich Ernst Lustig.

Professor Simons sah ihn einen Moment sinnend an, dann erklärte er: „Gegner? Gegner haben wir alle! Und die anderen, die uns umschmeicheln, die verstehen nichts von unserer Arbeit. Was glauben Sie, was ich mir zu meinem letzten Aufsatz zur Arabeske in der Renaissance und im Barock alles anhören musste? Und von wem!"

In Anbetracht der Bedeutung des Themas hat sich sicher unsere Bundeskanzlerin zu Wort gemeldet, wollte Vlassi anmerken, schüttelte dann aber doch nur ratlos den Kopf.

Simons machte wieder zwei Schritte im Zimmer, um dann abrupt zu sagen: „Sie denken vielleicht, dass an einer akademischen Einrichtung alles Friede, Freude, Eierkuchen ist. Da muss ich Sie leider enttäuschen."

„Danke, dass Sie uns darüber aufklären", erwiderte Vlassi, „wir haben uns nämlich schon gefragt, warum wir Ihre Frau im Hörsaal gefunden haben." Und er schob zur Erklärung nach: „Man hätte sie doch auch außerhalb … also … umbringen können."

Professor Simons sah ihn mit einer gewissen Entrüstung an: „Wenn schon der Tod naht, dann doch bitte dort, wo man arbeitet, also im Hörsaal!“

Vlassi dachte im Stillen, dass er diesen Gedanken seinem Gevatter Tod recht bald mitteilen müsste. Sodann beeilte er sich, Professor Simons zuzustimmen: „Ja, natürlich.“

Wollte nicht auch er, überlegte Vlassi, am liebsten bei einer seiner abenteuerlichen Einsätze vom Sensenmann auf die Schippe genommen werden? Und beim letzten Fall war ihm das ja auch beinahe gelungen. Dennoch fragte er in Richtung Simons: „Aber finden Sie die Umstände nicht etwas ungewöhnlich … ich meine …“

Professor Simons blieb vor dem Bücherregal stehen: „Ich weiß, was Sie meinen.“ Er ging zwei Schritte auf Vlassi zu: „Was hat denn meine Frau im Hörsaal vorbereitet?“

„Ja, also … Bilder. Ein Diaprojektor stand da, der offenbar zuvor benutzt wurde.“

„Welche Bilder?“, wollte Professor Simons wissen.

Vlassi dankte seinem Gedächtnis und antwortete wie aus der Pistole geschossen: „Einen Pissarro konnten wir identifizieren.“

„Da gibt es nicht viel zu identifizieren, das sieht man auf den ersten Blick.“

Jetzt mischte sich Hauptkommissar Lustig ein: „Sie haben vollkommen recht, Herr Professor, der Kenner sieht das sofort.“

Vlassi warf ihm einen schnellen, unwirschen Blick zu, so hatte er sich die Dienste von Lustig nicht vorgestellt. Zu Simons, der wieder ein paar Schritte im Zimmer machte, sagte er: „Wie auch immer, der Pissarro wird Ihre Frau wohl nicht umgebracht haben."

Professor Simons drehte sich zu ihm: „Ich wusste gar nicht, dass Polizeibeamte über Humor verfügen."

„Ich habe keinerlei Humor, von dem ich wüsste", erwiderte Vlassi mit ernster Miene. Jetzt assistierte Lustig wieder auf eigenwillige Art: „Humor ist in unserer Branche unerwünscht und deshalb umso nötiger."

Simons nickte und sagte dann mit einem leichten Schmunzeln: „Vielleicht hat sie der Pissarro doch umgebracht."

Jetzt will er so witzig sein wie ich, dachte Vlassi, dabei macht er nur eine Retourkutsche. Er nahm die Bemerkung des Kunst-Professors nicht ernst, doch Lustig fragte: „Wie meinen Sie das?"

Simons sah ihn musternd an: „Es gibt Bilder, die man nicht ungestraft ansehen darf." Er machte eine kleine Pause, hob die Arme und ergänzte: „So wie Bücher, die man nicht ungestraft aufschlagen darf."

Lustig schaute nachdenklich drein, ihm ging durch den Kopf, dass er in der Tat Bücher gelesen hatte, die ihm lange nachgegangen waren. Offenbar meinte das dieser Gelehrte mit seiner verschnörkelten Rede. Auch Vlassi schien die Bemerkung von Simons ganz einleuchtend. Natürlich gibt es Bilder und Bücher, die bei empfindsamen Zeitgenossen nachwirken – dafür sind sie ja eigentlich da.

Doch jetzt ergänzte Simons: „Alte Gemälde sind eine Herausforderung für unsereinen. Der Kunsthistoriker muss moralisch einwandfrei arbeiten."

„Ja, ja“, stimmte Ernst Lustig zu und hob seine Stimme: „Aber eine Frage habe ich noch, Herr Professor Simons: Können Sie sich ein Motiv vorstellen für den gewaltsamen Tod Ihrer Gattin?“

Simons legte den Kopf in den Nacken, als suche er ein Motiv an der Decke des Raums, und sein graues Haar fiel nach hinten, schließlich antwortete er: „Ich kann mir allerlei vorstellen, aber ein Motiv … ein Motiv für einen Mord an meiner Frau … Nein.“

Vlassi überlegte, während er den Kunstprofessor beobachtete, ob das ehrlich gemeint war. Simons hätte schließlich auch sagen können, dass er sich sehr wohl ein Motiv vorstellen könne, denn seine Frau schien offenbar eine Koryphäe auf ihrem Gebiet zu sein, was man von ihren Kollegen und dem ungebildeten und wichtelhaften Präsidenten wohl nicht behaupten konnte.

„Kennen Sie denn“, fragte Kommissar Spyridakis, „einige Kollegen Ihrer Frau?“

Die Antwort kam sofort: „Nein, überhaupt nicht.“

Das war ein bisschen schnell und ließ die Vermutung zu, dass Simons die Kollegen seiner Frau auch gar nicht kennenlernen wollte.

Als Vlassi und Lustig draußen ins Auto stiegen, bemerkte der Mainzer Kripomann: „Was haben wir eigentlich von dem erfahren?“

„Nix Sachdienliches jedenfalls“, ergänzte Vlassi.

„Der ist keinen Zentimeter zusammengerutscht. Das könnte er sich doch bei seiner Länge leisten“, analysierte der bullige, eher kleine Ernst Lustig mit missgelauntem Gesicht.

„Wir Langen vermissen eben jeden Zentimeter, wir sind so groß geworden, dass wir keinen einzigen hergeben wollen“, widersprach Vlassi und fügte hinzu: „Aber im Prinzip haben Sie recht.“

Lustig brummte Zustimmung, natürlich hatte er recht. Er fuhr auf die Breite Straße, bog nach einigen Minuten in die Weserstraße ab und erreichte schließlich die Mainzer Straße, die in die Innenstadt führte. Vlassi teilte nachdenklich mit: „Erklärt hat er uns nichts, nur zwischen den Zeilen kam was rüber.“

„Ein ausgezeichneter Fachmann scheint er mir jedenfalls zu sein“, sagte Lustig.

„Schon, ja, ja, das glaube ich auch“, erwiderte Vlassi, „aber haben Sie gemerkt, wie er die Wiesbadener Hochschule eingeschätzt hat?“

Lustig gab keine Antwort, und so ergänzte Vlassi: „Dieser Simons nimmt offenbar die Professoren der Wiesbadener Hochschule nicht ganz ernst, vielleicht schaut er sogar auf sie herab.“

„Hat er nicht recht?“, fragte Lustig mit Stentorstimme, „ihr in Wiesbaden habt nur eine ehemalige Fachhochschule, die sich zur Hochschule aufgeplustert hat, wir in Mainz dagegen haben eine Universität, und zwar seit fünfhundert Jahren. Wir sind Universitätsstadt, ihr dagegen akademische Gernegroße. Ich brauche Sie doch nicht auf den Unterschied hinzuweisen, Herr Kollege Spyridakolus.“

„Nein, das brauchen Sie nicht, Herr Kollege Lustoog, ich weiß, dass den Mainzern Lokalpatriotismus ein Lebenselixier ist.“

„Und was habt ihr in eurer Kurstadt für ein Lebenselixier?“, fragte Lustig zurück und gab gleich selbst die Antwort: „Das faulige Wasser vom Kochbrunnen, gelle?“

6 Leider nur akademische Gernegroße

Als Vlassi zurück ins Büro im Polizeipräsidium kam, fand er seine Chefin nicht vor. Er setzte sich unschlüssig an seinen Schreibtisch und hoffte, dass Kriminalrat Feuer nicht plötzlich zur Tür hereinstürmte und ihn mit Fragen löcherte. Vlassi ging das Gespräch mit dem Ehemann Simons nach, und er wollte seine Gedanken ordnen. Hatte ihn etwas an diesem Professor Simons gestört – aber was? Hätte Simons in Tränen ausbrechen sollen, als er und Lustig ihm die Todesnachricht überbrachten? Unsinn – solche Leute sind beherrscht und trauern, wenn sie allein sind. Gewissermaßen im Stillen. Oder war es der Umstand, dass Simons offenbar die Wiesbadener Hochschule und deren Professoren als Leichtgewichte ansah? Warum auch nicht, Kollege Lustig lag sicher richtig mit seiner Bemerkung, dass sich diese ehemalige Fachhochschule aufplusterte wie ein eitler Pfau. Nein, nein, das konnte es nicht sein, was Vlassi irritiert hatte.

Er schaltete den Computer an und tippte ‚Fachhochschulen' ein. Was er entdeckte, verblüffte ihn kaum. Nahezu alle ehemaligen Fachhochschulen hatten sich in Hochschulen umbenannt – es war also überhaupt keine Wiesbadener Spezialität. In dem Moment öffnete sich die Tür, und Julia Wunder trat ein.

„Herr Spyridakis, schon zurück?"

„Ja, ja, habe gerade bisschen recherchiert."

„Weswegen? Aber erzählen Sie erst mal, was dieser Ehemann der Toten für einen Eindruck machte."

„Ja, also …", begann Vlassi, als ihm etwas einfiel. Mit vorwurfsvoller Stimme teilte er mit: „Er wusste gar nichts vom Tod seiner Frau, weder dieser Präsident Schüttler noch Sie haben ihn informiert!"

„Ich habe es mehrmals versucht", erwiderte Julia, „aber ihn nicht erreicht …"

„Und auf diesen Schüttler ist offenbar überhaupt nicht zu bauen", ergänzte Vlassi, „außerdem habe ich gerade herausgefunden, dass sich nahezu alle Fachhochschulen in Hochschulen umbenannt haben."

„Na ja, da haben Sie mal wieder was dazugelernt", sagte Julia und setzte ihren Affidora-Hut ab. Während sie ihren Mantel an einen Wandhaken neben der Tür hängte, fragte sie: „Nämlich was?"

„Dass die an der Wiesbadener Hochschule sich offenbar danach sehnen, echte Akademiker zu sein", antwortete Vlassi.

„Das meine ich doch nicht, das ist unwichtig, wonach die sich sehnen. Um die fehlende Info des Präsidenten Schüttler an den Ehemann der Toten geht's. Wie ist da Ihr Fazit?"

Ohne lange nachzudenken, antwortete Vlassi: „Verlass dich nie auf deine Mitmenschen, vor allem, wenn sie Präsidenten sind." Und er fügte spitz hinzu: „Auch auf die Chefin kann man sich nicht verlassen."

Julia schmunzelte: „Na, das ist doch schon mal was, sehr richtig. Dafür konnten Sie sich mal wieder üben im Überbringen unangenehmer Nachrichten."

Sie setzte sich ihm gegenüber an ihren Schreibtisch: „Lassen Sie mal was hören über diesen Herrn Simons."

„Der Mann ist Professor für Kunstgeschichte an der Mainzer Universität und ein langer Lulatsch …"

„Ein Verwandter von Ihnen?", blinzelte ihn Julia an.

„Nein, nein, ihm fehlt völlig mein edler griechischer Hintergrund", retournierte Vlassi.

„Die Ehepartner waren also Kollegen", überlegte Julia, „beide Kunsthistoriker."

„Genau, und dieser Professor Simons ist keinen Zentimeter zusammengerutscht, als ich ihm mitteilte, dass seine Frau nicht mehr lebt."

„Er wirkte nicht erschüttert?"

„Konnte ich nicht erkennen", antwortete Vlassi.

„Aha", murmelte Julia, „daraus wollen wir aber keine falschen Schlüsse ziehen, viele Menschen zeigen nicht ihr Inneres, sie trauern im Geheimen."

„Das habe ich mir auch gerade gedacht", stimmte Vlassi zu, „wahrscheinlich geht ihm ihr Tod nahe, es wäre ja direkt komisch gewesen, wenn er geheult hätte."

„Das wäre sogar ein Zeichen gewesen – wofür?", fragte Julia, und da Kommissar Spyridakis sie stumm und neugierig anblickte, antwortete sie selbst: „Für seine Schuld. Eine so offensichtliche Regung beabsichtigt fast immer etwas. Sie will eine übermäßige Anteilnahme suggerieren."

„Genau. Das ist mir nach heftigem Nachdenken auch klargeworden", teilte Vlassi mit und fuhr fort: „Ich habe ihn übrigens gefragt, ob seine Frau Feinde an der Hochschule hatte, und da hatte er … ich will mal sagen, einen emotionalen Ausbruch. Sie hätten alle Gegner, prustete er los, an einer Hochschule gäbe es weder Frieden noch Freude und Eierkuchen."

„Na, das ist doch schon mal ein Hinweis, obwohl wir Eierkuchen gar nicht erwarten würden", bemerkte Julia.

„Aber wissen Sie, was mir besonders aufgefallen ist?", sprach Vlassi weiter. „Ich habe zwischen den Zeilen herausgehört, dass er die Wiesbadener Hochschule verachtet."

„Warum denn das?"

„Es ist eine ehemalige Fachhochschule, die sich aufgeblasen hat zur Hochschule, ich glaube, das kann er nicht leiden."

„Wie reden Sie denn?", fragte Julia, hob den Kopf und wiederholte: *„Das kann er nicht leiden* – der Mann ist doch kein Kind, er findet es unangemessen, wäre die passende Formulierung. Sie sind doch sprachmächtig, Herr Spyridakis!"

„Eben das meinte ich", stimmte Vlassi zu, „aber der Gedanke, der mir durch diese Beobachtung gekommen ist und den ich bis zu Ihrem Eintritt hin und her und vor- und zurückwälzte …"

„Reden Sie jetzt wie ein Professor?", unterbrach ihn Julia. „Wollen Sie unverständlich sein? Kommen Sie zur Sache."

„Ich will nur sagen: Der Mann verachtet die Wiesbadener Hochschule und ihr Lehrpersonal vermutlich, das sind in seinen Augen akademische Gernegroße. Und stimmt das etwa nicht? Der Präsident wusste nicht einmal, was ein Pissarro ist." Vlassi machte eine kleine Pause: „Vielleicht hat Simons auch seine Frau verachtet."

Er hatte sich bei den letzten Worten in ein theaterreifes Tremolo hineingesteigert, sodass Julia ihm mit verschränkten Armen zuhörte und nahe daran war, Beifall zu klatschen. Stattdessen fragte sie: „Sie meinen, seine Frau musste sterben, weil sie eine kleinere Professorin war?"

„Sie war auf jeden Fall kleiner als er", erwiderte Vlassi schlagfertig, „jedenfalls körperlich." Und er schob nach: „Vielleicht waren sie sich über Kunstfragen uneinig, haben sich zerstritten und bis auf den Tod gehasst."

„Auch mit anderen Leuten, Kollegen wie Sauerinsky oder Frau Aimer, kann man sich zerstreiten, das wäre sogar naheliegender", sagte Julia, „und Mord aus Verachtung erscheint mir als Motiv doch sehr löchrig."

„Löchrig?", fragte Vlassi. „In diesen akademischen Kreisen ist dergleichen doch nicht löchrig." Er setzte sich aufrecht in seinen Stuhl und teilte mit klarer und etwas zu lauter Stimme mit: „Gegner haben wir alle, und die uns umschmeicheln, verstehen nichts von unserer Arbeit!"

„War das ein Zitat?", fragte Julia.

„Ebenso hat er gesprochen, dieser Professor Simons."

Julia nickte nachdenklich.

„Außerdem wollte er wissen", fuhr Vlassi fort, „welche Bilder sich seine Frau angeguckt hat. Ich habe ihm Pissarro genannt, dessen Gemälde mir natürlich geläufig sind. Aber wir sollten uns vielleicht doch mal den Diaprojektor vornehmen. Die anderen Bilder, meine ich."

„Hab' ich bereits getan, Herr Spyridakis. Ich habe mir alle Bilder des konfiszierten Diaprojektors angeschaut."

„Eine weise Entscheidung, Frau Wunder. Und? Was haben Sie gesehen? Haben Sie eventuell ein Porträt des Mörders entdeckt?"

Julia lächelte: „Leider nein. Die Bilder zeigten impressionistische Gemälde von Monet, Manet, Renoir, Degas, Pissarro und anderen. Die Vorlesung, die Frau Köckel-Simons vorbereitete, hieß: *Die Geburt des Impressionismus.*"

„Schade", sagte Vlassi, „einen Hinweis hätte uns die Tote als Lebende ja wenigstens geben können."

„Ich glaube, diesen Hinweis hat sie uns bereits gegeben, wenn auch unbeabsichtigt."

„Wie meinen Sie das?", fragte Vlassi.

„Ja, wie meine ich das? Machen Sie sich mal selbst einen Reim darauf, Herr Spyridakis, wir arbeiten hier schließlich nicht mit Schusswaffen, sondern mit unserem Kopf."

Vlassi verfiel in Schweigen, man konnte direkt hören, wie es in seinem Kopf surrte und klickte, er strengte sich mit dem Nachdenken offenbar sehr an. Julia Wunder wandte sich einigen Papieren auf ihrem Schreibtisch zu und tat so, als würde sie ihren Assistenten nicht weiter behelligen wollen. Nach einer Weile meldete der sich mit trostloser Stimme: „Ich muss gestehen, dass ich ... also bis jetzt noch auf keinen Reim gekommen bin."

Julia hob den Kopf: „Das wird demnächst schon besser gehen. Denken Sie immer daran, dass Sie Ihre grauen Zellen trainieren müssen."

Vlassi wurde klar, dass Julia nichts sagen wollte, da konnte er nachbohren, wie er wollte. Er müsste selbst in die Offensive gehen – mit einer Idee, die seinen grauen Zellen entstammte.

„Wissen Sie übrigens", hob er an, „dass ich eine grandiose Idee ausgebrütet habe?"

„Grandios ist doch alles, was Sie tun", erwiderte Julia, „aber die Idee interessiert mich."

Vlassi ging auf ihre Spitze nicht ein, sondern legte los: „Ich sollte mal wieder undercover recherchieren, was meinen Sie?"

„An der Rhein-Main-Hochschule?"

„Natürlich, am Ort des Geschehens. Ich werde mich als Student ausgeben …"

„Als Student?", fiel ihm Julia ins Wort und zog die Augenbrauen hoch.

„Ja klar, oder meinen Sie, ich bin zu jung dafür?"

„Eher das Gegenteil, würde ich meinen."

Vlassi setzte sich aufrecht: „Ich bin jung an Haupt, Herz und Gliedern."

„Jung für den Kindergarten?", grinste Julia und schob nach: „Sie schauen wohl nie in den Spiegel."

„Gut, gut", räumte Vlassi ein, „ich bin laut Geburtsschein 34 Jahre alt, aber man sieht sie mir nicht an." Er warf einen Blick zur skeptisch dreinschauenden Julia und fügte an: „Außerdem kann ich mich jünger machen."

„Auf dreiunddreißig einhalb?"

„Ich bin ein Student in fortgeschrittenem Semester, an der Uni habe ich zweimal das Examen geschmissen, und deshalb gehe ich zur Hochschule Rhein-Main, weil da kaum jemand durchfällt, wie wir wissen."

Julia legte den Kopf etwas schräg und sagte langsam: „Warum eigentlich nicht? Ich beginne, mich mit Ihrer Idee anzufreunden."

„Ich sagte doch, eine grandiose Idee! Ich werde den Fall von innen aufrollen, ich werde mit neuartigen Erkenntnissen aufwarten.“

„Aber bitte verraten Sie dem Kollegen Lustig nichts von Ihrer geplanten Recherche“, bat Julia, „der will am Ende auch jugendlich werden, kommt auf den Einfall, mitzumachen, und schleicht sich als Alt-68er mit Ihnen in die Hochschule ein.“

„Frau Wunder, wofür halten Sie mich!“, protestierte Vlassi. „Lustig wäre für die Verjüngung doch gar nicht tauglich, die Sache scheitert schon an seinem Toupet, das ihm beim wissenschaftlichen Disput von der Glatze rutschen würde, und von seinem Bauchumfang will ich gar nicht sprechen – nicht studentengemäß jedenfalls. Bei Lustig käme eher eine Laufbahn als Quasimodo in Frage.“

„Oder als Professor?“, grinste Julia.

„Sie bringen mich da auf eine Idee“, überlegte Vlassi laut, sprach aber nicht weiter.

„Das war doch eben ein Scherz, Herr Spyridakis!“

Vlassi erhob sich und breitete die Arme aus: „Aus Scherz wird Ernst, aus Ernst wird Freud'. Greift nur hinein ins volle Menschenleben, ein jeder lebt's, nicht vielen ist's bekannt, und wo ihr's packt, da ist's interessant. In bunten Bildern wenig Klarheit, viel Irrtum und ein Fünkchen Wahrheit. So wird der beste Trank gebraut, der alle Welt erquickt und auferbaut.“

Julia war seiner theaterreifen Ausführung sprachlos und mit beinahe offenem Mund gefolgt, jetzt sagte sie: „Herr Spyridakis, ich bin begeistert, Sie waren im Theater. Das ist doch …“

„Faust, der Tragödie erster Teil", erklärte Vlassi gelassen, „das Stück hat mir's angetan, vor allem das Vorspiel. So wahr, so echt, gestern wie heute. Ich fühlte mich angesprochen."

Er setzte sich gravitätisch auf seinen Stuhl, während Julia wiederholte: „Sie sind ein Theatergänger geworden? Ich bin begeistert. Nur eine Kleinigkeit stört mich an Ihrer Rede."

„Bitte?"

„Na ja, viel Irrtum und ein Fünkchen Wahrheit, sagten Sie. Das mag ja auf die lustige Person im Vorspiel vom *Faust* zutreffen, aber für uns und den Fall Mona Lisa auf keinen Fall! Kein Irrtum und die ganze Wahrheit ist unsere Devise."

Vlassi lehnte sich zurück: „Ebendeshalb muss ich mich undercover an der Hochschule einschleusen – und über Lustig als Professoren-Quasimodo … also, darüber denke ich bereits heftig nach."

*

Nachdem Julia sich auf den Weg zur Rechtsmedizinerin Dr. Silke Hauswaldt gemacht hatte, nahm Vlassi den Telefonhörer zur Hand und wählte die Nummer seiner Freundin Carola. Sie arbeitete um diese Zeit natürlich noch in der Anwaltskanzlei, aber er musste ihr unbedingt eine Frage stellen. Sie war genau die Richtige dafür, sie würde ihm die passende Antwort geben. Doch meist hatte sie gar keine Zeit für ihn, wenn er in der Kanzlei aufkreuzte. Weshalb auch hingehen. Wozu gab es Telefone – mit dem Handy in der Hand kam man durchs ganze Land. Auf der anderen Seite wurde abgehoben – und tatsächlich meldete sich sofort Carola.

„Liebste", säuselte Vlassi in die Muschel, „ich muss dich unbedingt …"

Er kam nicht weiter, denn die Liebste antwortete sehr geschäftsmäßig: „Ja, Herr Doktor Meier, Ihre Post ist angekommen und bereits in Arbeit bei unserem Notar Doktor Sauer." Sie wartete einen kleinen Moment, bis offenbar Doktor Sauer ihr Zimmer verlassen hatte, und flüsterte dann: „Du weißt doch, dass ich hier keine Privatgespräche führen kann."

„Ich will nur was wissen, es ist dringend. Wie kann man sich verjüngen?"

Carola flüsterte: „Bist du verrückt geworden?"

„Es ist dienstlich", flüsterte auf einmal auch Vlassi, als würde Kriminalrat Feuer bei ihm im Raum stehen und mithören.

„Verjüngung ist altmodisch", flüsterte Carola zurück, „heute geht's um Anti-Aging. Guck nach im Internet." Laut sagte sie plötzlich zu ihm: „Ja, Herr Doktor Meier, natürlich behandeln wir Ihr Anliegen vertraulich." Dann legte sie auf.

Vlassi sah den Telefonhörer enttäuscht an und legte ihn ebenfalls auf die Gabel. „Anti-Aging im Internet", murmelte er, „natürlich."

Der Computer war noch eingeschaltet, schlief aber. Vlassi weckte ihn per Knopfdruck auf und googelte Anti-

Aging. Was er las, begeisterte ihn, obwohl er nicht alles verstand. Hormone, Vitamine und Spurenelemente seien alles Anti-Aging-Mittel, und Antioxidantien könnten sogar den Herzinfarkt vermeiden. Folsäure habe eine gute Wirkung gezeigt bei der Vermeidung von Schlaganfällen. Das ist ja großartig, dachte Vlassi, ich muss Folsäure zu mir nehmen, das ist ja in meinem Beruf ganz wichtig. Wie oft könnte mich ein Schlaganfall … gewissermaßen überfallen. Aus heiterem Himmel. Und dann bin ich halb gelähmt, kann nur mit den Augen rollen und den großen Zeh bewegen. Leide ich eventuell an erhöhtem Blutdruck?, fragte er sich, als er weiterlas. Dann käme für mich ein ACE-Hemmer in Frage. Dadurch könnte ich sogar meine Lebenserwartung steigern. Auf wie viele Jahre? Hundertzwanzig, hundertdreißig - schade, das war auf der Webseite nicht vermerkt.

Man altere auch bei hohem Alkoholkonsum schneller, las er weiter, Übergewicht und Stress seien ebenfalls zu vermeiden. Da bemühe ich mich, Stress und Übergewicht kommen für mich nicht in Frage, murmelte Vlassi. Schlecht auch sei zu wenig Schlaf. Vlassi stöhnte auf. Das ist es! Ich muss mehr schlafen bei Carola, dieser knappe Schlaf bei ihr ist meiner Verjüngung absolut abträglich. Ich wälze mich unzufrieden in ihrem Bett hin und her, und zum Schluss tappe ich auf die Straße und tanze im Kurpark Samba. Vlassi riss die Augen auf. Was las er hier noch? Ein niedriger nächtlicher Melatoninspiegel sei ein zusätzlicher Risikofaktor für die Ausbildung von Krebs und hormonabhängigen Tumoren.

Mein Melatoninspiegel, durchfuhr es ihn mit Schrecken, sackt wahrscheinlich in der Nacht bis zur Unsichtbarkeit ab. Ein Melatonin-Schwächling bin ich. Was ist eigentlich Melatonin?, fragte er sich im nächsten Moment. Melatonin wird in der Zirbeldrüse produziert, erfuhr er lesend, die körpereigene Produktion lasse jedoch im Alter nach, was zu Schlafstörungen führe. Vlassi ächzte auf: Da haben wir's, ich bin meiner Einschlafschwäche auf die Spur gekommen – vermutlich bin ich vorgealtert, bin ein Methusalem, zähle wahrscheinlich schon weit über hundert Jahre, die man mir nur noch nicht ansieht. Aber ich spür's doch, mir mangelt's an Melatonin!

Vlassi lehnte sich zurück. „Ich muss mehr schlafen", sagte er laut, „muss meiner Zirbeldrüse Gelegenheit geben, ihr Werk zu tun", doch in seinem Innern erwiderte eine leise Stimme: Du kannst ja nicht einschlafen, deshalb verlustierst du dich nachts im Kurpark. – Ich will aber einschlafen, ich will, ich will! Kommissar Spyridakis schaute wieder auf den Bildschirm. Was las er da? Es gibt Melatoninpräparate, die in den USA als Wundermittel gelten. Sie verzögern das Altern und gelten als Waffe gegen freie Radikale. Und wie jedermann weiß, verursachen Radikale nicht nur in der Politik, sondern auch im Körper ausschließlich Unheil. Vlassi wollte sich die Vokabel Melatoninpräparate auf einen Zettel notieren, verwarf diese Idee aber sofort wieder. Etwas so Lebenswichtiges würde in seinem Gedächtnis Halt finden – oder war sein Gedächtnis etwa auch schon melatoningeschwächt, gewissermaßen geschädigt durch sein nächtliches Herumirren im Kurpark? Und das alles, weil er nicht einschlafen konnte.

Ich muss schlafen, da verjünge ich mich automatisch, ging es ihm durch den Kopf. Ich muss mich eine Weile aufs Ohr legen, vor allem, bevor ich Ernst Lustig zum Quasimodo überrede.

Ohne weiter zu überlegen, griff er nach seiner Jacke und stürmte aus dem Zimmer – geradewegs auf den vorgeschobenen Bauch von Kriminalrat Feuer.

„Schnelle Truppe, wie?!", rief der aus. „Sind Sie dem Mörder schon auf der Spur, Herr Spyridakis?"

„Gewissermaßen ja, aber ich muss vorher noch eine Mütze Schlaf nehmen."

Vlassi eilte an dem verdutzten Robert Feuer vorbei, der sich aber sogleich wieder fasste und ihm hinterherrief: „Was?! Genügt Ihnen denn nicht mehr der Büroschlaf?"

7 Nur Träumer verändern die Welt

Julia Wunder stieg derweil hinab in die Unterwelt. Sie war auf dem Weg ins Gerichtsmedizinische Institut, das unter der Erde lag. Zu Dr. Silke Hauswaldt wollte sie, um näheren Aufschluss über die Todesursache der Kunsthistorikerin Köckel-Simons zu erhalten. Kaum war sie in den etwa dreißig Quadratmeter großen Obduktionsraum eingetreten, meldete sich auch schon Dr. Hauswaldt aus einer Ecke.

„Sie kommen allein, Frau Wunder? Wo ist denn Herr Spyridakis? Den haben Sie doch sonst immer dabei."

„Der will Student werden."

„Oh, da hat er sich aber eine schwere Karriere vorgenommen."

„Er will sich vorher verjüngen", teilte Julia mit.

„Verjüngen? Ist das denn nötig? Ich habe eher den Eindruck, dass er noch in der Pubertät ist."

„Ich neige dazu, Ihnen zuzustimmen, Frau Doktor Hauswaldt, aber so etwas ist eine Frage der Perspektive."

Die Rechtsmedizinerin kam Julia zwei Schritte entgegen und sagte, jede Silbe betonend: „Per-spek-ti-ve. Ja, ja, je älter man wird, desto jünger kommen einem die Jungen vor."

„Hoffentlich kommen sie uns nicht eines Tages wie Babys vor", erwiderte Julia, „wenn wir ins Greisenalter eintreten."

„Sie sprechen weise – aber das eben ist ein Vorzug des Alters."

„Ich wusste doch, dass es auch was Positives hat, alt zu werden", erklärte Julia bestimmt.

Die hochgewachsene Dr. Silke Hauswaldt knöpfte den obersten Knopf ihres weißen Kittels zu, streifte sich Latex-Handschuhe über und drehte sich zu einer stählernen Liege um, auf der unter einem Leinentuch die Umrisse eines menschlichen Körpers zu erkennen waren.

„Die Leiche, die Sie mir geschickt haben, hat die Freuden des Alters nicht kennenlernen können", sagte sie.

„Sie ist vierundvierzig, soviel ich weiß", teilte Julia mit.

„Ja, ja, Mitte bis Ende vierzig hätte ich geschätzt. Ihr Körper befindet sich in einem altersgemäßen Zustand."

„Und sie ist erwürgt worden?", fragte Julia.

„Ja, das ist sie – aber nicht an einer elektrischen Tafel, wie Sie mir telefonisch mitgeteilt haben."

Julia machte zwei Schritte zur Liege: „Jetzt wird's interessant."

Die Rechtsmedizinerin schlug das Tuch zurück, erkennbar wurden Kopf, Hals und Brust von Frau Köckel-Simons. Dr. Hauswaldt deutete mit dem Zeigefinger ihrer rechten Hand auf den Hals der Toten: „Sehen Sie das?"

Julia beugte sich vor: „Die Spuren von dem Strick."

„Schauen Sie genauer hin", wies Dr. Silke Hauswaldt sie an.

Julia beugte sich noch tiefer: „Ich kann mich … nur wiederholen."

„Der Laie sieht das nicht", erwiderte die Rechtsmedizinerin, „selbst ich musste eine Lupe zu Hilfe nehmen." Sie machte eine kleine Pause: „Diese Frau ist mit den Händen erwürgt worden. Die Spuren bilden sich zurück, aber für unsereinen sind sie zu erkennen."

„Das ist ja hochinteressant, was Sie herausgefunden haben! Ein entsprechendes Gemälde könnte heißen: *Die erwürgte Mona Lisa*."

„Wie bitte?"

„Ach, das war nur so ein Gedanke von mir, man nannte die Tote in ihren Kreisen nämlich Mona Lisa", erklärte Julia, „auf jeden Fall haben Sie etwas Wichtiges entdeckt."

„Danke – aber dafür bin ich schließlich da."

„Das heißt also", fasste Hauptkommissarin Wunder zusammen, „dass Frau Köckel-Simons zuvor mit den Händen erwürgt und danach erst an der Tafel aufgehängt wurde."

„Ganz recht", bestätigte Dr. Hauswaldt, „hier wollte offenbar jemand auf Nummer sicher gehen."

„Haben Sie Fingerabdrücke gefunden?", wollte Julia wissen.

„Nein, keine, hier hat jemand mit Handschuhen gearbeitet. Wie ich schon sagte, hier ist man auf Nummer sicher gegangen."

Julia sah sie grübelnd an, um dann zu sagen: „Auch das … aber die Aufhängung hat einen anderen Grund."

Die Rechtsmedizinerin schaute neugierig drein: „Ach ja, welchen denn?"

„Liebe Frau Doktor Hauswaldt, das kann ich Ihnen leider nicht sagen."

Julia dachte insgeheim, dass der Fundort der Toten etwas mit ihrem Beruf und den Bildern, die sie sich angesehen hatte, zu tun haben musste, wollte der Rechtsmedizinerin aber nichts mitteilen, weil die sie sonst mit weiteren Fragen gelöchert hätte.

„Können Sie nicht, oder wollen Sie nicht?", fragte Doktor Hauswaldt prompt.

„Ich will nicht." Julia machte eine kleine Pause und zuckte mit der Schulter: „Bestimmte Dinge darf man nicht ausplaudern."

„Meinetwegen", murrte die Rechtsmedizinerin, „ich dagegen könnte Ihnen noch etwas mitteilen." Sie hob ihren Kopf, als müsse sie überlegen, doch dann erklärte sie: „Ich kann es Ihnen sagen, und ich will es Ihnen sagen."

„Da bin ich aber froh, dass Sie nicht meine Berufsauffassung teilen."

„Ich bin professionell", erwiderte Dr. Hauswaldt.

„Was haben Sie noch auf der Pfanne?", wollte Julia wissen.

„Ich habe Spuren auf der Bluse der Toten gefunden, Spuren, die nicht zu ihr gehören."

„Welche Spuren?"

„Vielleicht ist ihr jemand zu nahe gekommen. Vielleicht hat jemand nach ihr gegrapscht." Dr. Hauswaldt machte eine vielsagende Pause, um dann nachzulegen: „Jemand, der zu ihrem Mörder wurde."

Julia nickte. Das ist gut denkbar, dachte sie, laut aber fragte sie: „Ich müsste Ihnen also eine Speichelprobe von einem Verdächtigen bringen?"

„Ein Haar genügt mir!", trumpfte die Rechtsmedizinerin auf. „Schon das Schwarze unterm Fingernagel ist ausreichend. Sie wissen, ich bin professionell."

„Danke, Frau Doktor Hauswaldt, ich wusste doch, dass Sie mir weiterhelfen würden.“

Die Rechtsmedizinerin nickte zufrieden, Julia ging in Richtung Ausgang, und in ihrem Kopf machte sich schon ein Gedanke breit. Sie wusste, wem sie ein Haar ausreißen musste. Aber besser, dachte sie, macht das Herr Spyridakis, der ist fürs Ausreißen geeigneter.

*

Vlassi wollte eigentlich eine Mütze Schlaf nehmen, der Gesundheit zuliebe. Er war bereits auf dem Weg zu seiner Wohnung, als ihn sowohl Nachdenklichkeit wie auch Diensteifer überfielen. Eine ungute Mischung, könnte man meinen, jedoch nicht bei Vlassopolous Spyridakis. Denn ihm fiel ein, was ihm Kriminalrat Feuer nachgerufen hatte. Ob ihm der Büroschlaf nicht genüge? Eine Unverschämtheit, eine Frechheit! Als ob er den lieben langen Tag dösend am Schreibtisch verbrachte. Dieser Feuer hatte keine Ahnung von seiner Zirbeldrüse und wie wenig Melatonin sie produzierte – eben, weil er nicht zu einem gesunden Büroschlaf kam, weil er im Grunde zu gar keinem richtigen Schlaf kam.

Aber warum sich gleich ins Bett legen? Da würde er, Vlassi, sich vielleicht noch kränker fühlen, bettlägerig halt. Das konnte die Vorstufe von einem wirklichen Gebrechen sein. In Kommissar Spyridakis’ Hirn schlich sich ein anderer Gedanke: Er konnte doch auf einer abgelegenen Straße ein wenig vor sich hin dösen, und wenn er dabei in Morpheus' Arme glitt, sollte ihm das auch recht sein. Denn danach hatte er Bedeutendes vor, und damit er seines schweren Amtes walten konnte, musste er eine kleine Schlafpause einlegen. Die durchaus auch ein wenig länger ausfallen konnte.

Gedacht, getan. Vlassi steuerte seinen betagten Opel Corsa in Richtung Wiesbaden-Biebrich, ließ den Vorort links liegen, um in den Vorort Schierstein zu gelangen. Hier vermutete er Ruhe und Frieden, und unten am Rhein kannte er ein Plätzchen, wo ihn niemand stören würde. Die Schiersteiner liebten nicht nur ihre Nachtruhe, die spätestens um acht Uhr abends begann, sie liebten auch ihre Tagesruhe – man konnte sogar sagen, dass die Steigerung davon ihre Gemütsruhe darstellte, die ihnen das Liebste war. Vlassi fuhr an der *Buchecke* vorbei, der Buchhandlung von Andreas Dieterle, und sah den Chef sinnend an der Kasse stehen. Die Umsätze, die Umsätze – die waren wohl wieder mal nicht so, dass man jubelnd im Dreieck springen konnte.

Schließlich erreichte er die Söhnleinstraße und fuhr mit seinem Corsa die Kleinaustraße ab hinunter zum Rhein. Dort befand sich der Parkplatz Festwiese, aber heute gab es kein Fest, es musste still und ruhig dort sein. Vlassi sah sich bestätigt, auf dem Parkplatz stand nur ein Auto, ein klappriger alter Volvo, der geruhsam vor sich hin träumte. Wie er in seinem Corsa wohl bald auch, dachte er, und parkte in gebührendem Abstand von ihm.

Vlassi schob seinen Sitz nach hinten, sodass er die Beine etwas ausstrecken konnte, und lehnte sein Haupt neben die Kopflehne. Bisschen unbequem, aber meine Gesundheit erfordert es, dachte er.

Wahrhaftig dauerte es nicht lange, und Vlassi döste hinweg, ja, er begann sogar zu träumen. Carola kam in einem luftigen hellblauen Sommerkleid auf ihn zu geschwebt, sie sah reizend aus und warf ihm Kusshände zu, und in der Hand hielt sie ein Senfglas. Ihr Mund öffnete sich, sie rief ihm etwas zu, aber er verstand es nicht und wollte umgekehrt fragen, warum sie ein Senfglas bei sich trug. War da ein Anti-Aging-Senf drin? In dem Moment warf sie ihm das Glas in hohem Bogen zu. Fangen musste er es, fangen, aber er fühlte sich so schwer, er kam nicht hoch, das Glas zerschellte auf dem Boden, und sein gelbgrüner Inhalt spritzte nach allen Seiten. Carola warf ihm einen erschrockenen Blick zu, und in derselben Weise, wie sie auf ihn zu geschwebt war, schwebte sie nun wieder zurück …

In diesem Moment hörte Vlassi ein Geräusch, ein Geräusch, das überhaupt nicht zu seinem Traum passte, es handelte sich um ein Klopfen. Wer zerklopft mir da meinen Traum?, arbeitete es in ihm, die fortschwebende Carola konnte es nicht sein, überhaupt war der Traum bisher ausgesprochen stumm gewesen. Es klopfte schon wieder – und Vlassi öffnete die Augen. Aus seinem Traum gerissen war er, das wurde ihm jetzt klar. Neben der Fahrertür stand ein Mann mit sorgenvoller Miene. Vlassi richtete sich auf und drehte das Fenster herunter.

„Entschuldigen Sie“, sagte der Unbekannte, „ich bin hier vorbeigekommen und habe Sie leblos im Auto sitzen sehen. Haben Sie einen Schwächeanfall erlitten?“

Vlassi schüttelte den Kopf: „Nein, nein. Ich habe nur geträumt."

„Ah, nur Träumer können die Welt verändern", sagte der Mann draußen, „und ich dachte, ich könnte helfen. Ich bin nämlich Arzt, wissen Sie."

„Träumer können die Welt verändern?", wiederholte Vlassi fragend, um dann unwillig nachzuschieben: „Sie haben mich aus meinem Traum geklopft, ich hatte gerade den Eindruck, mich selbst zu verändern …"

Der Unbekannte fiel ihm ins Wort: „Im Traum, nicht wahr? Aber der Traum hat Auswirkungen auf die Realität. Nicht die Realisten verändern die Welt, wie die meisten Menschen glauben, nur die Träumer sind dazu imstande."

Vlassi ging auf seine Feststellung nicht ein: „Mir ist da jemand davongeschwebt, im Traum."

„Davongeschwebt – das ist ja hochinteressant. Schwebeträume haben durchweg einen seelischen Hintergrund, es ist eine Art Reinigung."

Soll ich mich etwa von Carola reinigen?, ging es Vlassi durch den Kopf, er fragte aber den Mann am Fenster: „Sie sind Arzt?"

Der Unbekannte nickte.

„Das trifft sich gut. Ich habe da mal eine Frage. Es geht um meinen Schlaf. Ich habe zu wenig davon."

„Aha, dann müssen Sie mehr schlafen."

„Wollte ich ja gerade, aber Sie haben es verhindert."

„Ich dachte, Sie wären ein Fall für den Notarzt."

„Wenn ich weiterhin zu wenig Schlaf finde, könnten Sie recht haben."

„Aber warum", fuhr der Arzt am offenen Autofenster fort, „schlafen Sie denn nicht im Bett, sondern hier auf freiem Feld?"

„Ich muss doch arbeiten! Ich bin gewissermaßen dienstlich im Schlaf. Da kann ich mich nicht ins Bett legen."

Der unbekannte Arzt legte den Kopf etwas schief und sah Vlassi nachdenklich an, schließlich erwiderte er: „Verstehe, Sie sind im Dienst, wahrscheinlich Tag und Nacht."

„Sie sagen es, unsereiner findet keine Ruhe."

„Sie werden von üblen Gestalten verfolgt, und die Träume schweben Ihnen davon?", fragte der Arzt mit inzwischen besorgter Miene.

„Genau so ist es, Sie haben mein schweres Los erkannt."

„Ja, ja", murmelte der Arzt draußen und warf ihm einen argwöhnischen Blick zu, „Sie tragen offenbar wirklich ein schweres Los."

„Hinzu kommt, dass meine Zirbeldrüse nicht genügend Melatonin produziert", erklärte Vlassi eifrig, als ihm dazu gleich eine Frage einfiel: „Was würden Sie als Fachmann sagen: Bin ich vorgealtert?"

„Vorgealtert?" Der Arzt zog eine bedenkliche Miene: „Wie alt glauben Sie denn zu sein?"

„Ich fühle mich derzeit wie hundert", antwortete Vlassi prompt.

Der Arzt setzte einen sehr skeptischen Blick auf: „Hundert scheint mir ein wenig übertrieben. Ich würde Sie auf Mitte bis Ende dreißig schätzen."

„Sehen Sie, da haben wir's. In Wirklichkeit bin ich erst vierunddreißig – wenn ich meinem Geburtsschein trauen kann."

Der Arzt draußen wirkte nun nicht nur besorgt, sondern auch ratlos, da saß ein Patient im Auto, offenbar ein schwerer Fall – doch er wusste nicht recht, wie er ihm helfen konnte.

„Wissen Sie was", sagte er, „am besten ist es, Sie schlafen weiter. Sie wissen ja jetzt, was die Träumer bewirken können. Sie werden sich vermutlich als Wohltäter der Menschheit erweisen."

Er nickte begütigend und wollte weitergehen, Vlassi sank für einen Moment in sich zusammen, doch kaum hatte der Arzt zwei Schritte vom Auto weggetan, rief er: „Sie haben mich doch geweckt! Jetzt kann ich nicht weiterschlafen und mich als Wohltäter der Menschheit erweisen."

„Versuchen Sie es, Sie müssen an den Schlaf glauben", war die Antwort von draußen.

„Halt!", rief Vlassi. „Eine Frage habe ich noch: Was halten Sie von Melatonin-Präparaten? Sie als Arzt haben bestimmt eine Meinung dazu."

Der Weggehende drehte sich um: „Um Ihren Schlaf anzukurbeln? Nein, nein, davon rate ich ab. Diese Mittel gibt's auch nur auf Rezept."

„Sie könnten mir so ein Rezept ausstellen", erwiderte Vlassi, „Sie haben meinen Schlaf torpediert, und ich bin dringend auf ihn angewiesen. Vielleicht hatte ich gerade einen Weltveränderungstraum, es ging um Senf."

Dem Arzt ging durch den Kopf, dass er nie mehr einen im Auto sitzenden Notfallpatienten bemerken wollte. Helfen ging auch nicht, denn der Notfall entwickelte sich zu einem Fiasko, und daraus konnte sich eine ernsthafte

Gefahr für ihn und seinen Beruf entwickeln. Was konnte er diesem Menschen in seinem Kleinwagen nur sagen?

„Sie brauchen kein Melatonin-Präparat", rief er Vlassi aus einigen Metern Entfernung zu, „legen Sie sich wieder hin, und versuchen Sie, in den Schlaf zu finden, dann wird es Ihnen bald besser gehen." Er machte zwei weitere Schritte vom Auto weg und rief: „Vertrauen Sie einem erfahrenen Arzt."

Vlassi sah ihm nach und fragte sich, ob dieser Mann die Wahrheit gesprochen hatte. Konnte er als Träumer die Welt verändern? Brauchte er wirklich keine Melatonin-Pillen? Dieser vermeintliche Arzt hatte doch zu Beginn einen Schwächeanfall diagnostiziert. So verkehrt kam ihm das auf einmal gar nicht vor, schließlich war er, Kommissar Spyridakis, sofort auf dem Parkplatz in einen tiefen Schlaf gesunken – und warum? Weil er geschwächt war. Ein Schwächeanfall war überhaupt nicht auszuschließen. Welcher gesunde Mensch fährt denn auf den Festwiesen-Parkplatz, um dort unvermittelt in einen enormen Schlaf zu fallen, einen Schlaf, der sogar einen rätselhaften Traum gebar. Der gesunde und nicht weltveränderungswillige Wiesbadener fährt auf diesen Parkplatz, um einen Spaziergang am Rhein zu unternehmen, um sich am Schiersteiner Hafen zu erquicken und sich an den Booten und Jachten zu erfreuen.

Vlassi rückte seinen Fahrerstuhl nach vorn, einschlafen konnte er jetzt nicht mehr, er hatte Unheilvolles erlebt und war vermutlich im Schlaf vorgealtert, obwohl er zurückaltern wollte. Und dieser Arzt hielt sich wahrscheinlich für einen Gutmenschen, doch in Wirklichkeit war er das genaue Gegenteil, denn er hatte ihn, Vlassi, aus einem träumerischen Verjüngungsschlaf herausgerissen und ihm noch dazu ein Melatonin-Rezept verweigert. Musste denn seine Zirbeldrüse alle Arbeit allein machen?

8 Ernst Lustig prustet los

Vlassi fuhr bereits auf die Theodor-Heuss-Brücke, die den Wiesbadener Vorort Kastel mit Mainz verbindet, als ihm einfiel, dass er sein Handy einschalten müsste. Er hatte sein altertümliches Gerät abgeschaltet, also ebenfalls in den Schlaf geschickt, und eventuell war das der Grund, weshalb er auf dem Festwiesen-Parkplatz so rasch in Morpheus' Armen gelandet war.

Vielleicht wollte ihn inzwischen Julia Wunder erreichen und ihm etwas Wichtiges mitteilen – ach, man ist abhängig von solch technischen Geräten, bis man schließlich süchtig nach ihnen wird. Kaum hatte er die Mainzer Seite erreicht, fuhr er auf einen Standstreifen, zog sein Handy hervor und schaltete es ein. Allein – es blieb beim Vorsatz. Denn das Display des Geräts blieb dunkel. Offenbar wollte das Handy weiterschlafen, so, wie es ja auch Vlassi mit sich selbst vorgehabt hatte. „Muss aufladen", murmelte er, steckte es ein und reihte sich wieder in den Verkehrsstrom ein.

Zwanzig Minuten später betrat er das Mainzer Polizeipräsidium und eilte in den ersten Stock zum Zimmer des Kollegen Lustig. Vlassi hatte sich für das Gespräch mit ihm präpariert, wusste allerdings nicht, ob seine Präparation ausreichend war und verfangen würde. Vlassi klopfte höflich an die Tür von Hauptkommissar Lustig – einmal, zweimal, dreimal. Kein freundliches Herein ertönte, kein brummbäriges Ächzen war zu hören. Vlassi legte ein Ohr an die Tür – wusste etwa Lustig von seinem Besuch, war er informiert? Und wollte er testen, wie weit der Kollege aus Wiesbaden ging? Möglicherweise verhielt er sich mucksmäuschenstill und lauerte drinnen auf das Öffnen der Tür? So was war ihm zuzutrauen, der arbeitete mit gewissen Mainzer Tricks, die er sich von der Fastnacht abgeschaut hatte. Vlassi war ganz Ohr an der Tür, doch in dem Moment tippte ihm jemand von hinten auf die Schulter.

„Der Lauscher an der Tür hört seine eigene Schand", brummte eine Stimme, die eindeutig Lustig gehörte.

Vlassi fuhr herum: „Da sind Sie ja, Herr Lustig. Es war so still in Ihrem Zimmer, ich hab' mir schon Sorgen gemacht. Möglich wäre ja, dass sie aufgehängt an Ihrem Kronleuchter hängen."

Ernst Lustig öffnete die Tür: „Am Kronleuchter soll ich hängen? Welchem Kronleuchter? Bei uns gibt's nur funzelhafte Glühbirnen."

Er ging in sein Dienstzimmer, Vlassi folgte ihm und sagte: „Kronleuchter ist doch eine Metapher, die für die luxuriöse Ausstattung Ihres Büros steht. Aber wenn Sie schon von Glühbirnen sprechen, dann bitte LED."

„Was issen das?", fragte Lustig.

„Glühbirnen, die Strom sparen."

„Sind Sie versetzt worden ins Finanzamt? Müssen Sie jetzt die Ausgaben von unsereinem kontrollieren?", wollte Lustig wissen.

„Auf keinen Fall", erklärte Vlassi mit gequältem Gesicht und dachte dabei: Ich habe keinen guten Einstieg erwischt, gleich wird mich Lustig zusammenscheißen.

Seine Hoffnung erwies sich als richtig, denn sofort fragte Ernst Lustig: „Sie wollen doch nicht wirklich Glühbirnen kontrollieren? Das ist ja die Höhe!"

Vlassi mimte auf zerknirscht: „Darf ich mich setzen, Herr Lustig?"

„Was ist denn los, warum so förmlich – und bin ich nicht mehr Herr Lustoog?"

Hauptkommissar Lustig ließ sich in seinen Schreibtischstuhl fallen, und sein Wiesbadener Kollege senkte sich vorsichtig auf ein wackeliges Stückchen vor dem Schreibtisch.

„Reden Sie!", befahl Lustig.

„Die Sache ist kompliziert, ja geradezu verzwickt", hob Vlassi an, „es geht um unseren Hochschulmord …"

Lustig fiel ihm ins Wort: „Ihre ehemalige Fachhochschule meinen Sie und die dortigen Professorchen."

Vlassi nickte schwermütig: „Ja, ja, Sie haben die Sache durchschaut."

„Nicht nur ich, auch der Ehemann der Toten, dieser … wie heißt er noch mal …?"

„Simons", ergänzte Vlassi.

„Richtig! Dieser Simons hat uns doch aufgeklärt, vor allem Sie, ein hervorragender Fachmann ist das, das hab' ich sofort festgestellt."

„Sie haben ja so recht, Herr Lustoog …", ächzte Vlassi.

„Endlich werden Sie normal, Herr Spyridokolus", brummte sein Gegenüber ihn an.

„Sie haben ja so recht", nahm Vlassi seinen Satz wieder auf, „diese ehemalige Fachhochschule im fernen Wiesbaden, die sich aufgeplustert hat und deren Präsident keinen Leonardo von einem Pissarro unterscheiden kann …"

Er kam nicht weiter, denn Lustig wurde es der Ausführungen zu viel: „Menschenskind, was wollen Sie eigentlich sagen, wir sind doch hier nicht im Mainzer Theater, wo überflüssig Zeug gebrabbelt wird."

Vlassi wollte widersprechen, da ihm seine Liebe zum *Faust*-Drama in den Sinn kam, unterließ es jedoch, da Lustig nicht vom Theater generell, sondern vom Mainzer Theater gesprochen hatte. Es war gewissermaßen eine Selbstkritik, und darin wollte er seinen Kollegen nicht irremachen.

„Da haben Sie schon wieder recht", erwiderte er deshalb, „ich meine, was das Mainzer Theater angeht. Bei mir aber geht es um Wesentliches …"

„Wesentliches?", fiel ihm Lustig ins Wort, „wenn Sie Wesentliches sagen, horche ich auf. Da rollt doch was Grauenhaftes an."

„Na ja, ehrlich gesagt kommt das Grauenhafte auf mich zu – aber es ist gar nicht so grauenhaft, wenn man es genau bedenkt."

„Raus mit der Sprache. Was ist das Grauenhafte?"

Vlassi setzte sich aufrecht auf sein Stühlchen: „Ich werde undercover recherchieren – an der Rhein-Main-Hochschule."

Ernst Lustig schaute ihn erst verwundert an, dann fing er kollernd an zu lachen, und mitten in einer Lachsalve fragte er prustend: „Sie wollen Student werden?"

Vlassi nickte: „Unbedingt. Ich hab da was verpasst in meinen jungen Jahren."

„Da müssen Sie sich aber ganz schön verjüngen, aber enorm verjüngen."

„Ich müsste mehr Schlaf finden", teilte Vlassi mit betrübter Miene mit.

„Mehr Schlaf wird nicht reichen", befand Lustig, „da ist eine Generalüberholung fällig."

„Der Schlaf ist ganz wichtig", beharrte Vlassi und beugte sich vertraulich vor, „ich muss schlafen und träumen, denn die Träumer verändern die Welt, nicht die Realisten."

„Sind Sie meschugge geworden?", raunzte Lustig.

„Ich will Ihnen doch nur klarmachen, welch harte Aufgabe auf mich zukommt." Vlassi setzte sich wieder aufrecht: „Aber ich nehme sie mit Freuden an, weil ich daran wachse." Und in seinem Innern dachte er: Und gleich sage ich dir, mein lieber Lustig, wie du auch wachsen kannst. Du hast es viel nötiger als ich.

Sein Mainzer Kollege sagte: „Na, dann wachsen Sie mal. Aber versuchen Sie, im Rahmen zu bleiben, bis einen Meter fünfundneunzig gebe ich Ihnen – mehr nicht."

„Geistiges Wachstum ist wertvoller, lieber Herr Lustoog, und ich möchte Ihnen einen Vorschlag machen, wie Sie mitwachsen können."

„Soll ich mich auch zum Studenten zurückentwickeln, Herr Spyridakolous?"

„Nie und nimmer. Für Sie habe ich einen anderen Wachstumsplan erdacht."

Ernst Lustig sah Vlassi mit großen Augen und halb geöffnetem Mund an.

Vlassi sprach weiter: „Ja, da staunen Sie, ich denke eben auch immer an liebe Kollegen wie Sie …"

„Was?“, unterbrach ihn Lustig. „Wollen Sie mich wie beim letzten Fall wieder in einen Giftgarten schleppen, wo ich einen Eisenhut überziehen muss?“

„Ich habe Sie gerettet, ich war doch der Leidtragende“, beeilte sich Vlassi zu versichern.

„Es war genau umgekehrt“, trumpfte Lustig auf, „ich habe Sie gerettet, hab' Sie zu diesem Arzt in der Eusebius-Klinik gefahren – unter Einsatz meines Lebens.“

„Dafür bin ich Ihnen heute noch dankbar“, versicherte Vlassi mit treuherziger Miene, „und deshalb habe ich ja jetzt auch an Sie gedacht. Mein Wachstumsplan!“

Ernst Lustig räusperte sich, schaute zur Decke und befahl dann mürrisch: „Lassen Sie mal hören, wie Ihr Wachstumsplan für mich aussieht.“

Ich möchte, dass Sie Quasimodo werden, ging es Vlassi durch den Kopf, aber das durfte er natürlich nicht sagen. Selbst wenn Lustig nicht wusste, wer Quasimodo war, würde ihn der Name abschrecken.

„Mein Plan ist, dass Sie mir an der Hochschule beistehen …“

„Sie wollen wohl sagen, dass Sie mir an der Hochschule beistehen“, korrigierte Lustig.

„So könnte man es auch sagen“, bestätigte Vlassi eilig, „so ist es sogar richtiger.“

„Ich soll also Professor werden an der ehemaligen Wiesbadener Fachhochschule?“, fragte Lustig.

„Nahezu, nahezu“, erklärte Vlassi etwas zögerlich, um nachzuschieben: „Im Grunde sollen Sie eine bedeutendere Stellung einnehmen.“

„Welche denn?“, wollte Lustig wissen und machte eine neugierige Miene.

„Also … stören Sie sich nicht an einem Wort, Wörter sind Schall und Rauch. Auf die Aufgabe kommt’s an.“

Lustig musterte ihn jetzt skeptisch.

„Sie sollen … also … einen Blick aufs Haus werfen. Einen Blick aufs Haus, einen Blick auf die Studenten, einen Blick auf die Professoren … Sie sollen gewissermaßen den schönen Beruf des Hausmeisters übernehmen, zeitweilig und undercover natürlich.“

Ernst Lustig prustete los, er konnte sich nicht mehr halten, er lachte, bis ihm sogar eine Träne über die Wange lief. Vlassi glaubte, dass sein Mainzer Kollege deshalb lachte, weil er seinen Vorschlag für einen Witz hielt, und beeilte sich, ein erklärendes Wort nachzuschieben: „Ich arbeite Ihnen als Student natürlich zu, Sie sind der Hausmeister-Chef.“

Zu Vlassis Verwunderung lehnte sich Lustig, immer noch glucksend, in seinem Schreibtischstuhl zurück und sagte langsam, gewissermaßen Wort für Wort: „Sie werden es nicht glauben. Seit meiner Schulzeit wollte ich Hausmeister werden.“

„Tatsächlich?“, fragte Vlassi verwundert.

„An einer Schule“, bestätigte Lustig, „und jetzt soll ich’s an einer Hochschule werden, wenn auch nur an einer ehemaligen Fachhochschule.“ Er stöhnte leicht auf: „Und noch dazu in Wiesbaden.“

Vlassi hatte es sich nicht so leicht mit Lustig vorgestellt und wollte gerade nachfragen, wann er anfangen könne, doch in dem Moment klingelte das Telefon. Sein Wiesbadener Kollege hob ab: „Lustig.“

Er lauschte einen Moment und sagte dann mit ausgesprochen liebenswürdiger Stimme: „Meiner verehrten Kollegin erfülle ich jeden Wunsch. Wann sehe ich Sie denn mal mit Ihrem Afidora-Hut – Sie haben es mir versprochen."

Vlassi dachte bei seinen Worten: So kenne ich ihn gar nicht, der kann ja auch auf Charmeur machen. Offenbar spricht er mit meiner Chefin.

Lustig hielt den Hörer noch einen Moment am Ohr, um dann zu sagen: „Ich reiche sogleich weiter. Er hat mich soeben mit einem ungewöhnlichen, aber keineswegs uninteressanten Vorschlag behelligt." Um sich mit flötender Stimme zu verabschieden: „Bis auf bald mit Afidora."

Ernst Lustig hielt Vlassi den Hörer hin, und der sprach trocken und dienstlich in die Muschel, als wüsste er nichts vom Gegenüber: „Spyridakis."

„Wunder", erwiderte Julia ebenso trocken, um dann mitzuteilen: „Sie wissen doch längst, dass ich am Apparat bin."

„Soll ich den Apparat vielleicht umarmen?", erwiderte Vlassi. „Hauptkommissar Lustig fände das verstiegen."

„Was es auch wäre", hörte er Julia sagen. „Herr Spyridakis, ich brauche Sie für einen Besuch bei Sauerinsky …"

„Bei diesem Ulysses?"

„Sehr richtig. Machen Sie sich auf. Die Adresse ist in der Mainzer Altstadt, Badergasse 25."

„Müsste es nicht Bädergasse heißen?", wollte Vlassi wissen.

„Nein, nein, Badergasse, die Bader waren im Mittelalter die Ärzte der kleinen Leute, ein sehr geachteter Beruf, obwohl von der Wissenschaft nicht anerkannt."

„Na, da wohnt ja unser Ulysses genau richtig."

„Beeilen Sie sich, Sie können zu Fuß in die Altstadt gehen", erklärte Julia, „wir treffen uns am Eingang zur Badergasse."

9 Dem Mörder auf der Spur

Keine halbe Stunde später sah Vlassi schon von Weitem den roten Afidora-Hut seiner Chefin. Als er sie erreichte, fragte er sofort: „Also Sauerinsky ist tatverdächtig und unser Mann?"

„Vielleicht", antwortete Julia und erzählte ihm im Gehen von ihrem Besuch bei der Rechtsmedizinerin Dr. Hauswaldt.

„Sie hat Spuren an der Kleidung der Toten gefunden. Jemand ist Köckel-Simons zu nahe gekommen, und möglicherweise ist dieser Jemand ihr Mörder."

„Aber warum musste er sie dann noch im Hörsaal aufhängen?", fragte Vlassi.

„Ja – warum? Sagen Sie es mir, Herr Spyridakis."

Wieder so eine typische Frage von Julia Wunder, dachte Vlassi, als hätte ich nicht gerade ein Meisterwerk vollbracht. Das soll mir mal einer nachmachen, wie ich Lustig auf die Hausmeisterstelle gehoben habe.

Laut aber sagte er: „Die Aufhängung als Ablenkungsmanöver scheint mir hier sehr wahrscheinlich."

Julia warf ihm einen Blick von der Seite zu: „Meinen Sie?"

„Na ja", murmelte Vlassi, „das meine ich schon."

„Auf jeden Fall brauchen wir ein Haar von Sauerinsky", erklärte Julia, „deshalb habe ich Sie herbeordert."

„Ein Haar?“

„Für Frau Doktor Hauswaldt! Bitte werden Sie gedanklich etwas quicker!“

„Und das soll ich ihm vom Kopf ziehen?“, wollte Vlassi wissen.

„Seien Sie doch nicht so schwerfällig. Ich erwarte Einfallsreichtum von Ihnen! Wenigstens ein bisschen.“

Die beiden waren vor der Badergasse 25 angekommen, es handelte sich um ein altertümliches schmales Haus mit einer noch schmaleren Eingangspforte, einstöckig war es und sah nicht sehr einladend aus.

„Dicke Leute schaffen es nicht durch diese Tür“, bemerkte Vlassi, während Julia bereits auf einen winzigen Klingelknopf drückte, der weit unten am Türrahmen angebracht war. Sie musste sich dabei etwas bücken.

Der lange Vlassi sagte: „Waren die Leute im Mittelalter eigentlich Zwerge? Und mussten sie sich eventuell sogar nach der Klingel strecken?“

Julia antwortete nicht, an der Tür regte sich nichts, eine Gegensprechanlage gab es nicht, sie bückte sich nach einer Weile noch einmal nach unten, doch ehe sie die Klingel erreicht hatte, ging die Tür mit einem Ruck auf, und vor ihnen stand Professor Ulysses Sauerinsky. Er wirkte durch die schmale und kleine Tür auf einmal wie ein Riese. Und sein Salvador Dalí-Schnurrbart bäumte sich geradezu auf, als er Hauptkommissarin Wunder erblickte.

„Sie sind zu mir vorgedrungen! Wunderbar! Treten Sie ein!“

„Danke“, erwiderte Julia, „Sie haben mich am Telefon so charmant eingeladen, da konnte ich nicht Nein sagen.

Und Ihre wunderbare Visitenkarte hat mir den Weg gewiesen."

„Veruntreuen Sie meine Karte nie. Ich sagte Ihnen ja schon, dass Sie ein wertvolles Stück in den Händen halten."

„Wertvoll in hundert oder tausend Jahren", murmelte Vlassi für sich, „und auch nur, wenn wir heftig daran glauben."

Professor Sauerinsky hörte es nicht, denn er hatte sich bereits umgedreht und ging von der Haustür weg durch einen schmalen Gang.

„Kommen Sie, kommen Sie!", wedelte er mit der Hand. „Und schließen Sie das Portal."

Das Portal?, dachte Vlassi, das ist doch eher eine Pforte, tat aber wie geheißen und folgte seiner Chefin, die wiederum Sauerinsky im Blick behielt. Der Flur war so schmal wie das ganze Haus, Besucher konnten hier nur hintereinandergehen, und wenn kein Licht brannte, mussten sie sich an der Wand entlangtasten. Zum Glück erhellte gerade eine Glühbirne von oben funzelhaft die Szenerie. Der Design-Professor und seine Besucher erreichten eine nicht allzu große Stube, in deren Mitte ein grober Holztisch stand mit ein paar Stühlen aus demselben Material, in einer Ecke befand sich eine Art Bullerofen, sodass Vlassi dachte: Hier wird sicher noch mit Holz geheizt. Auf der gegenüberliegenden Seite befanden sich ein Küchenschrank, eine Spüle sowie ein Herd.

Sauerinsky drehte sich zu ihnen: „Sind Sie weitergekommen? Sind Sie dem Mörder auf der Spur?"

„Wir sind … gewissermaßen nah dran", antwortete Julia.

„Sehr gut.“ Sauerinsky deutete auf die Holzstühle: „Nehmen Sie Platz, Frau Wunder. Und Sie natürlich auch, Herr Spyridakis.“

Der hat sich meinen Namen gemerkt, und noch dazu richtig, wunderte sich Vlassi und setzte sich auf einen der Stühle. Julia Wunder allerdings blieb stehen und schaute sich um.

„Gemütlich haben Sie's hier, Herr Sauerinsky“, sagte sie, „das wirkt ja wie eine Höhle, in die man sich zurückziehen …“

„Ja, ja“, fiel ihr der Designer ins Wort, „die Besucher sind immer verwundert, die denken, ich sei ein Bauhaus-Typ, wenn Sie wissen, was ich meine.“

„Verstehe“, erwiderte Julia und warf einen Blick zu Vlassi. Ob der auch verstand, was Sauerinsky mit Bauhaus-Typ meinte? Vlassi ließ klugerweise nur seinen Kopf ein wenig sinken, um sein Einverständnis anzudeuten, gab aber vorsichtshalber keinen Kommentar. Plötzlich fiel ihm aber doch etwas ein, und er sagte in Richtung Sauerinsky: „Ich halte mehr von engagierter Kunst, wissen Sie.“

Der Design-Professor warf ihm einen mitleidigen Blick zu: „Engagierte Kunst?“ Er ging zu einem kleinen Fenster und öffnete es.

„Wenn ich diesen Begriff höre“, erklärte Sauerinsky, „lüfte ich sofort das Zimmer. In schweren Fällen muss es desinfiziert werden.“

Vlassi verstand, dieser Mensch hatte was gegen engagierte Kunst, warum auch immer. Wenigstens griff er nicht zur Desinfizierung.

Sauerinsky hob die Arme, als wolle er auf einen Garten Eden hinweisen: „Das ist die Küche hier, ich mag's gemütlich, bin aus der Art geschlagen. Darf ich Ihnen einen Kaffee anbieten?"

„Sehr gern", antwortete Julia, die genau wusste, dass Zeit vonnöten war, um ein Haar oder Ähnliches von ihm zu ergattern.

Sauerinsky ging zur Spüle, füllte Wasser in einen Kessel und setzte ihn auf eine Herdplatte, um dann aus dem Küchenschrank einen Beutel hervorzuziehen, in dem sich offenbar Kaffeemehl befand.

„Bei mir gibt es Filterkaffee, den guten alten Filterkaffee, eine Kaffeemaschine zu kaufen, habe ich mir untersagt", erklärte er.

In dem Moment ertönte ein seltsames Geräusch, eine Art Krächzen. Hielt dieser seltsame Professor in einem Kellergewölbe Gefangene, überlegte Vlassi, handelte es sich um Leute, die sich in engagierter Kunst betätigten? Wollte er die Ausgemergelten mit einer Hungerkur zu wahrer Kunst führen? Vielleicht waren sie schon halb tot und wollten mit ihrem Krächzen endlich Zustimmung bekunden?

Wieder ertönte das Krächzen, aber jetzt kam es Vlassi so vor, als stamme es nicht aus einer menschlichen Kehle. Er schaute sich beunruhigt um und nahm eine aufrechte Haltung in seinem Stuhl an. Auch Julia, die sich eben setzen wollte, blieb irritiert stehen.

Sauerinsky häufte etwas Kaffee in den Filteraufsatz und teilte mit ruhiger Stimme mit: „Möglicherweise kommt er gleich um die Ecke geflogen. Da müssen Sie nicht erschrecken."

Wer kommt um die Ecke geflogen?, überlegte Vlassi, ein Flugsaurier etwa? Hält dieser ungewöhnliche Mensch seltene Tiere aus der Vorzeit bei sich im Haus? Vielleicht neuseeländische Nager, die fliegen und krächzen können und obendrein fresslustig sind. Und lässt er sie eventuell auf unliebsame Besucher los? Vielleicht passen die auch auf seinen verqueren Haarschopf auf, wie soll ich dem auch nur ein einziges Haar vom Schädel zupfen?

Aufs Neue ertönte das komische Krächzen, doch weder flog etwas um die Ecke, noch tapste eine seltsame Kreatur in die Küche. Julia warf einen fragenden Blick zu dem Designer, der gerade das kochende Wasser in den Kaffeefilter fließen ließ.

„Er tut Ihnen nichts", ließ sich Sauerinsky hören, „falls er sich überhaupt sehen lässt. Im Allgemeinen scheut er fremde Menschen."

Jetzt hielt es Julia für angebracht, höflich zu fragen: „Dürfen wir erfahren, um wen es sich handelt bei Ihrem scheuen Mitbewohner?"

Hoffentlich ist er wirklich scheu, dachte Vlassi und warf Blicke in die dunklen Ecken der Stube, solch eigenartige Tiere, wenn es denn welche sind, können üble Krankheiten übertragen, allein durch ihre Anwesenheit.

„Ja, natürlich", antwortete der Design-Professor auf Julias Frage, während er drei Becher auf den Holztisch stellte und sogleich aus einer altmodischen Kaffeekanne eingoss, „setzen Sie sich doch, Frau Wunder."

Julia nahm Platz neben Vlassi, das Krächzen war verstummt, doch nach dem ersten nippenden Schluck aus seinem Becher teilte Sauerinsky mit: „Ich habe hier einen indischen Plaudervogel, mit dem ich mich hin und wieder angeregt unterhalte."

Von dem werde ich kein einziges seiner Haare ergattern, dachte Vlassi bei seinen Worten, auf die ist sicher sein Vogel scharf, wenn sie sich streitend in den Haaren liegen.

„Wunderbar", erwiderte dagegen Julia, „Sie haben sich bestimmt viel zu erzählen."

„Cracula papperlapappa ist sein wissenschaftlicher Name, ich nenne ihn aber Egon." Sauerinsky beugte sich etwas vor, die Spitzen seines Dalí-Barts zitterten, und er sagte leise: „Egon neigt zur Übertreibung, manchmal lügt er auch."

Jetzt mischte sich Vlassi ins Gespräch ein: „Ein Fall für den Polizeipsychologen offenbar, Ihr Cracula namens Egon."

„Ich habe auch schon daran gedacht, ihn in eine psychologische Behandlung zu geben", stimmte Sauerinsky zu, „aber Egon ist mir ans Herz gewachsen, da muss man manches hinnehmen."

Offenbar hatte der indische Plaudervogel seine Worte gehört, denn abermals ertönte ein leises und, wie es schien, zustimmendes Krächzen. Vlassi hatte sich schon daran gewöhnt, er nahm seinen Kaffeebecher und trank einen Schluck, um dann den Becher auf den freien Stuhl neben sich zu stellen. Julia sah ihn verwundert an, und Sauerinsky schien ebenfalls überrascht, lächelte jedoch. Machte dieser griechischstämmige Polizeibeamte mit solch seltsamen Manieren seinem Cracula etwa Konkurrenz?

„Herr Spyridakis, hier gibt es einen Tisch", sagte Julia mahnend zu Vlassi.

„Ja, ja, ich weiß, aber der Kaffee ist so schwach, dass ich dachte, er muss sich dringend setzen."

Professor Sauerinsky lachte los, unüberhörbar gefiel ihm, was der junge Kommissar da eben von sich gegeben hatte. Nachdem er ausgelacht hatte, sprach er zu Vlassi: „Sie haben nicht ganz unrecht, Herr Spyridakis, wenn Sie das nächste Mal kommen, werde ich mich anstrengen und ein paar Bohnen mehr nehmen."

Vlassi nickte gnädig, während Ulysses Sauerinsky schon weitersprach und sich dabei zu Julia Wunder wandte: „Sie sind also weitergekommen bei Ihren Nachforschungen, sehr schön. Haben Sie bereits einen Verdacht, wer Frau Köckel-Simons aus dem Leben gerissen hat?"

„Noch keinen ganz konkreten", antwortete die Hauptkommissarin, „deshalb wollten wir Sie noch einmal befragen."

„Natürlich, natürlich, das hab' ich mir schon gedacht. Sie wollen in einer neutralen, gewissermaßen hochschulfreien Umgebung mehr erfahren." Sauerinsky machte eine kleine Pause und schob listig nach: „Über die Hochschule und ihr Personal, nicht wahr?"

„Ganz genau", bestätigte Julia, während Vlassi dachte: In dieser von einem Cracula verkrächzten Umgebung bekommt man einen sehr schwachen Kaffee, doch es herrscht immerhin ein freier Geist.

Der Design-Professor streckte sich in seinem Stuhl und fasste sich mit beiden Händen seitlich an seinen Kopf, als wolle er die davonstrebenden Haare zusammenhalten:

„Haben Sie sich schon einmal gefragt, warum hierzulande niemand stolz ist auf die Hochschule, die er oder sie besucht hat?“

Julia verneinte, und Sauerinsky sprach weiter: „Das ist ganz einfach. Schuld daran sind die vielen Professorchen, die lediglich auf den Titel und die soziale Versorgung scharf sind. Die meisten von ihnen sind keine Zierde für eine Bildungseinrichtung.“

„Das hab ich mir fast schon gedacht“, warf Vlassi ein.

„Aber Sie wussten es nicht!“, erwiderte Professor Sauerinsky. „Ich dagegen weiß es. Unsere Hochschule in Wiesbaden ist eine ehemalige Fachhochschule, die Professorchen, von denen ich eben sprach, hat das furchtbar gestört, sie sind süchtig nach mehr Ansehen und Würde und glauben, sie könnten beides durch eine Namensänderung erreichen.“

„Sie sind sehr selbstkritisch“, warf Julia ein, „Sie gehören doch auch zum Lehrpersonal.“

„Schon, aber das hat mir nicht die Sinne vernebelt. Viele Menschen in diesem Land glauben, dass Professoren eine höhere fachliche und ethische Kompetenz besitzen – Sie auch?“

Julia gedachte zuzustimmen, einfach deshalb, um den kritischen Design-Professor in seiner Rede anzustacheln, doch Vlassi kam ihr zuvor: „Ich glaub’ das überhaupt nicht!“

Sauerinsky wandte sich zu ihm: „Sehr gut, Herr Spyridakis, ich habe gleich gemerkt, dass Sie ein vortreffliches Gespür haben. Sie müssen wissen, dass Professoren lediglich auf ihrem Fachgebiet einen gewissen Kompetenzvorsprung besitzen, ansonsten sind sie so dumm wie alle anderen."

„Na ja", meinte Julia, „sagen wir vielleicht, sie sind so klug oder dumm wie alle anderen."

„Einverstanden!", stimmte ihr Sauerinsky zu. „Aber an den ehemaligen Fachhochschulen sucht man nach Genie vergeblich, hier feiert das Mittelmaß Triumphe." Er hielt inne und nippte an seinem Kaffeebecher, um dann zu sagen: „Es gibt Professoren bei uns, die in der freien Wirtschaft schon längst Sozialfälle geworden wären."

Julia beugte sich vor: „Tatsächlich?"

„Wenn ich es Ihnen doch sage. Manche meiner Kollegen wären Hartzer, wenn sie sich nicht als Professoren an den ehemaligen Fachhochschulen eingenistet hätten, das wären Leute, die von Almosen leben müssten."

„Gehörte denn dazu auch die Ermordete?", fragte Julia.

Sauerinsky blies etwas Luft durch die Zähne: „Frau Köckel-Simons natürlich nicht. Die war eine Ausnahmeerscheinung. Deshalb hatte sie auch kein Ansehen bei den Kollegen." Der Professor machte eine kleine Pause, um dann weiterzusprechen: „Ich will Ihnen mal was sagen. Ich habe im vorletzten Semester den international renommierten Designer David Quay engagiert, einen Engländer, leider nur für ein Semester. Ein absoluter Gewinn für die Rhein-Main-Hochschule, die Studenten waren begeistert. Aber von den Kollegen wurde er geschnitten."

„Mobbing an der Hochschule?", warf Vlassi fragend ein.

„So kann man es sagen", nickte Sauerinsky, „vor einiger Zeit ist Hans-Peter Wilberg gestorben, einer der berühmtesten Buchgestalter Deutschlands, der große Verdienste um das Fach Design und die Fachhochschule besaß. Die Kollegen reichten ihm gerade mal bis zur Brust, manche nur bis zum Hosengürtel. Natürlich haben sie ihn lediglich geduldet und sind nicht zur Beerdigung erschienen."

„Wollen Sie sagen, dass Neid an der Hochschule ...?", fragte Julia.

Sauerinsky fiel ihr ins Wort: „Ja, natürlich, Neid ist an der Tagesordnung. Die vielen kleinen und mittelmäßigen Professoren ertragen es nicht, neben einem Bedeutenden zu stehen. Und der Bedeutungswahn geht noch weiter. Ehemalige Fachhochschulen nennen sich neuerdings Universities of Applied Sciences – sie wollen auf Englisch vorgaukeln, dass sie mehr sind, sie wollen am liebsten wie eine Universität erscheinen."

Vlassi fiel bei den letzten Worten Sauerinskys sein Auftrag ein: Er musste ihm ein Haar abzupfen. Vielleicht würde es der Designer in seiner Erregung gar nicht merken, wenn er hinter ihn trat und ihm eines der abstehenden ausriss? Vielleicht doch nicht so gut, da musste man feinmotorisch auf der Höhe sein. Dann fiel Vlassi etwas anderes ein, er könnte doch pinkeln gehen, er müsse auf die Toilette – und eben da würde er wahrscheinlich eine Haarbürste oder einen Kamm finden, wo er sich bedienen konnte.

„Darf ich mal die Toilette benutzen?", fragte Vlassi. „Ihr Kaffee ist sogar zu schwach zum Sitzen, er will sich dünnemachen."

Sauerinsky grinste und wies mit der rechten Hand in eine unbestimmte Ferne, Vlassi stand auf und entfernte sich in die angegebene Richtung, während der Professor weitersprach: „Frau Wunder, die Qualität jedes Unterrichts hängt von den Lehrern ab. Mittelmaß in der Lehre produziert Mittelmaß bei den Studierenden. Das ist seit jeher so. Übrigens ist die Professur für den berühmten Wilberg, von dem ich vorhin sprach, umbenannt worden. Statt Buchgestaltung findet sich jetzt nur noch das Wort Typografie. Man duldet keine Erinnerung an das große Vorbild."

Julia nickte nachdenklich: „Ja, also, wenn Neid eine Triebfeder für Ihre Kollegen an der Hochschule ist …"

„Nicht nur Neid", fiel ihr der Designer abermals ins Wort, „sachliche und soziale Inkompetenz, wohin man schaut. Ich kann Ihnen von einem weiteren Fall berichten, von einem bekannten Betriebswirt, der jetzt in Pension ging. Zum Abschied erhielt er – na, was meinen Sie?"

„Einen Geschenkkorb und eine Dankesrede des Präsidenten", antwortete Julia.

„Sie haben keine Ahnung", fauchte Sauerinsky, „es ist ein Segen, dass Sie den Weg zu mir gefunden haben, damit ich Sie aufklären kann. Der in den Medien bekannte Betriebswirt erhielt nichts! Weder einen Dank noch einen Geschenkkorb. Und der Grund dafür?"

Der Designer wartete keine Antwort ab, sondern gab sie selbst: „Er war den Kollegen und dem Präsidenten zu bedeutend, man tat so, als gäbe es ihn nicht."

„Verstehe", murmelte Julia, „wir haben es also mit Neid und Missgunst an der Hochschule zu tun."

„Ich würde noch weiter gehen", sprach Sauerinsky, „die armseligen und erfolglosen Lehrer an unserer Schule, und die sind leider in der Mehrzahl, hassen den Erfolg. Vollblut-Professoren gibt es an den ehemaligen Fachhochschulen, die sich in Hochschulen umbenannt haben, nicht. Die meisten Lehrenden nehmen ihren Beruf nicht ernst und leisten ihre Stunden mit Ach und Krach ab, sie kommen eigentlich nur, um das Geld für die Miete abzuholen."

„Hmm", machte Julia, „Sie stellen Ihren Kollegen ein wahrhaft schlechtes Zeugnis aus. Sehen Sie da auch ein Motiv für den Mord an Frau Köckel-Simons?"

Sauerinskys Miene wurde nachdenklich, schließlich erwiderte er: „Natürlich, Neid ist doch häufig das Motiv für Verbrechen."

„Auch für einen Mord?"

„Warum nicht? Frau Köckel-Simons hat ja auch als Gutachterin für große Galerien gearbeitet – so etwas haben ihre Kollegen gar nicht gern gehört."

„Haben Sie eigentlich auch Expertisen geschrieben?", fragte Julia.

Sauerinsky schüttelte den Kopf: „Nein, niemals."

Das klang ehrlich. Julia fragte noch einmal nach: „Aber Frau Köckel-Simons schon, und deshalb haben sich ihre Kollegen noch kleiner gefühlt?"

Sauerinsky nickte: „Nicht mal bis zum Rockzipfel haben ihr manche gereicht."

„Können Sie mit Namen dienen?", fragte Julia. „Wer hat sich denn besonders klein gefühlt neben ihr?"

„Ich mache so etwas nicht gern, Frau Wunder. So eine Form des Verpetzens gibt mir ein schlechtes Gefühl."

„Hier geht es um Mord und ein Ermittlungsverfahren, da ist die Vokabel verpetzen nicht angebracht!", machte ihm Julia resolut klar.

Sauerinsky rutschte auf seinem Stuhl etwas zusammen, auch die Spitzen seines Dalí-Schnurrbarts wirkten plötzlich kraftlos, schließlich aber redete er: „Ja, also … es gibt da die Kollegin Aimer, die war wohl besonders neidisch."

Julia wusste natürlich sofort, wen er meinte. Frau Aimer war ihr ja vor der Tiefgarage der Hochschule aufgelauert und wollte ein Stück mitgenommen werden. Und Julia erinnerte sich auch sofort daran, dass die Professorin Aimer sie vor Sauerinsky gewarnt hatte. Eine interessante Konstellation. Aber wem war mehr Glauben zu schenken, ihr oder Sauerinsky?

„Wissen Sie", sagte der Design-Professor in ihre Überlegungen hinein, „Frau Köckel-Simons war eine anerkannte Sachverständige für Kunst, außerdem war sie promoviert. Claudia Aimer dagegen vertritt das Fach Webdesign, das hört sich nach was an, aber wissen Sie, um was es da geht?"

Julia schüttelte leicht den Kopf: „Klären Sie mich auf."

„Die sitzt mit den Studenten vorm Computer und sagt denen bei einer zu gestaltenden Webseite, dass oben die Farbe blau rein muss, und unten sollen sie's weiß machen."

„Tatsächlich?"

„So ist es. Mit Wissenschaft hat das nichts zu tun, sie hat auch keinen Doktortitel und kam vom ZDF – das sind schon Unterschiede zu Frau Köckel-Simons."

Julia räusperte sich und sagte dann: „Soviel ich weiß, müssen Professoren doch berufen werden. Wie war das möglich bei Frau Aimer?"

Sauerinsky straffte sich, und die Spitzen seines Dalí-Barts zeigten wieder nach oben: „Die Fachhochschulen wurden vor mehr als vierzig Jahren gegründet und sollten die praktische Alternative für die Unis werden. Heute kann man feststellen, dass die ehemaligen Fachhochschulen, die sich neuerdings Hochschulen nennen, durch ihre klägliche Berufungspolitik zu einer Lachnummer geworden sind."

Sauerinsky nahm einen Schluck von seinem selbst gebrauten Kaffee, der inzwischen längst lau geworden war. Als er den Becher absetzte, schob er nach: „Wer einmal zum Professor ernannt wird, ist unkündbar, er kann machen, was er will, denn entlassen werden kann er nicht. Das Beamtenrecht verhindert das."

„Was Sie sagen, gibt mir zu denken, ich bin schließlich auch Beamtin", sagte Julia stirnrunzelnd.

„Sie können versetzt werden auf eine unbedeutende Stelle, nach Rüdesheim etwa", erklärte Sauerinsky mit einem Grinsen, „aber Professoren können dreißig Jahre lang faulenzen, und niemand kann sie in die Pampa komplimentieren oder gar aus dem Amt entfernen. Das ist ein Skandal, nur hat es noch niemand bemerkt."

„Der normale Bürger hat im Allgemeinen doch Respekt vor Professoren", erwiderte Julia.

„Viel zu viel", stöhnte Sauerinsky auf, „aber auf den normalen Bürger kommt es überhaupt nicht an, das wäre eine Angelegenheit für die Politik."

Julia gab ihm innerlich recht, war mit ihren Gedanken aber woanders. Wo blieb Kommissar Spyridakis? Er musste doch schon längst sein Geschäft verrichtet haben. Was hatte er angestellt? War er etwa dem Plaudervogel Cracula begegnet und hatte sich mit ihm festgeplappert? Sie erhob sich.

„Herr Sauerinsky, ich danke Ihnen sehr für die Hintergründe, die Sie mir aufgezeigt haben, die Zeit ist vorangeschritten, und ich muss mich leider verabschieden. Könnten Sie mal nach meinem Assistenten forschen?"

Sofort erhob Sauerinsky seine Stimme: „Herr Spyridakis, wir erwarten Sie am Tisch bei einem lauen, nahezu kalten Kaffee. Erscheinen Sie, sonst weinen Sie! Will sagen, sonst wird der Kaffee noch kälter." Und leise sprechend, wandte er sich zu Julia: „Und vielleicht noch schwächer."

Julia bestätigte lächelnd seine Diagnose.

Es dauerte nicht lange, und Vlassi ließ sich blicken. Er wirkte erschöpft und etwas strubbelig um den Kopf herum, teilte jedoch unverzüglich mit, als müsse er Rapport erstatten: „Alles erledigt."

„Keine Einzelheiten bitte", ermahnte ihn Sauerinsky.

Julia stand bereits im engen Korridor, wohin ihr Vlassi folgte.

An der offenen Haustür teilte der Designer den beiden Kommissaren mit ernster Stimme mit: „Ich habe Ihnen ein Bild gegeben von den inneren Zuständen unserer ehemaligen Fachhochschule. Machen Sie was draus. Sie wissen jetzt, wo Sie suchen müssen."

10 Der Kunstmarkt – ein glitschiges Pflaster

Kaum hatten Julia Wunder und Vlassopolous Spyridakis ein paar Schritte in der Badergasse gemacht und sich vom Haus Sauerinskys entfernt, fragte Julia: „Wo haben Sie denn so lange gesteckt? Sind Sie ins Klo gefallen?“

„Schlimmer, viel schlimmer“, entgegnete Vlassi, „ich wollte doch auf der Toilette etwas von Sauerinsky finden. Für Frau Doktor Hauswaldt, Sie verstehen.“

„Natürlich verstehe ich. Und – haben Sie?“

„Das war ja das Problem. In der Toilette gab es kein Licht, es war stockdunkel, ich musste mich vorantasten …“

Julia fiel ihm unwirsch ins Wort: „Sie haben nur nicht den Schalter gefunden.“

„Dieses Haus ist ein einziges altmodisches Provisorium, glauben Sie mir. Da findet man nicht mal einen Lichtschalter. Per tasten habe ich schließlich die Kloschüssel entdeckt. Vielleicht handelt es sich um ein Plumpsklo, und wenn man da reinfällt – das wäre mein Ende gewesen. Ein verstunkenes Ende gewissermaßen …“

„Herr Spyridakis, bitte kommen Sie zur Sache!“

„Ja, ja, aber mir ist ein Rätsel, wie der Mann eilige große Geschäfte erledigt, er muss ja alles per Tastsinn machen. Ich habe also die Kloschüssel erfühlt und tastete mich weiter nach oben in der Hoffnung, dort eine Ablage zu finden mit einem Rasierapparat oder Ähnlichem."

„Eine benutzte Klinge hätte schon genügt", unterbrach ihn Julia, „da wäre Frau Doktor Hauswaldt glücklich. Haben Sie eine?"

„Nein, nein, das ist es ja. Ich tastete mich vorsichtig voran, und plötzlich hörte ich ein Flügelschlagen. Und dann flog mir was auf den Kopf – es war schrecklich. Ich dachte, ich sei in die Urzeit zurückgeworfen."

„Der Cracula?", fragte Julia.

„Ich will hoffen, dass er's war und kein anderes schreckliches Tier. Dieser Sauerinsky hat ja einen Hang für seltsame Existenzen, die keiner kennt. Vermutlich stammen sie aus vorgeschichtlichen Zeiten."

Julia drehte sich zu ihm und sagte belustigt: „Na, jedenfalls haben Sie etwas Ungewöhnliches erlebt, das ist doch auch was."

„Ich hätte Ihnen das Erlebnis gern abgetreten, aber ich bin nun mal der Mann für besondere Fälle, daran hab' ich mich schon gewöhnt."

„Weiter, weiter!", mahnte Julia. „Was ist noch passiert?"

„Ich hab' mich geschüttelt wie ein nasser Pudel, wollte diesen Plaudervogel auf keinen Fall anfassen, wer weiß, welche Krankheiten der auf mich übertragen hätte. Dann hörte ich dieses seltsame Krächzen wieder, aber sehr leise, und plötzlich war es still."

„Ich vermute", sagte Julia, „der Cracula papperlapappa hat sich vor Ihnen mehr erschreckt als Sie vor ihm."

„Da bin ich mir nicht sicher", widersprach Vlassi, „vielleicht ist er auch ins Plumpsklo gefallen, dieser

Egon. Das ist immerhin besser, als wenn ich reingefallen wäre."

„Ach was, wahrscheinlich ist das ein gut erzogener Vogel, der sein Geschäft auf der Toilette verrichten wollte – und Sie haben ihn dabei gestört. Ich vermute, sein Krächzen hörte sich protestierend an?"

Vlassi hielt in seinem Schritt inne: „Protestierend? Da liegen Sie nicht ganz verkehrt. Wenn ich es recht bedenke, kam es mir eigentlich auch so vor."

Vlassi schloss wieder zu seiner Chefin auf, die weitergegangen war.

„Der Vogel ist also verstummt", sagte sie, „haben Sie beim Tasten was gefunden?"

Nun bekam Vlassi Oberwasser: „Auf mich können Sie sich verlassen, natürlich habe ich was gefunden." Er machte eine bedeutsame Pause.

„Nun reden Sie schon! Was ist es? Ich hoffe, Sie sagen mir jetzt nicht, dass Sie eine Feder dieses Vogels ergattert haben."

„Nein, etwas viel Besseres. Ich habe einen Kamm erfühlt. Und denselben an mich genommen. Und natürlich hatte ich vorher meine Handschuhe übergestreift."

„Und haben den Kamm etwa einfach in Ihre Hosentasche gesteckt?", fragte Julia.

„Keineswegs, Frau Wunder. Ich musste mit der linken Hand mühselig in meinen Taschen nach einem Plastikbeutel fahnden. Wie ein Fakir habe ich mich dabei verdreht, dass ich mich nicht verrenkt habe und mir ein Wirbel rausgesprungen ist, grenzt an ein Wunder. Denn der Beutel befand sich in der rechten Seitentasche. Wenn ich in aller Bescheidenheit darauf hinweisen darf, es handelte sich um eine absolut akrobatische Leistung."

Julia lächelte vor sich hin und sagte: „Ich bin froh, einen Akrobaten an meiner Seite zu haben. Einen Akrobaten, der einen Kamm aus Sauerinskys Toilette stibitzt hat. Wo ist er?"

„Der Akrobat steht neben Ihnen, und der Kamm ist hier", antwortete Vlassi, fingerte in seiner rechten Jacketttasche, zog einen Plastikbeutel hervor und händigte ihn seiner Chefin aus. Die warf einen verwunderten Blick darauf, denn der Kamm kam ihr etwas groß vor, dann verstaute sie ihn in ihrer Handtasche. Die beiden waren mittlerweile in der Augustinerstraße angelangt und bogen nach links ab zum Kirschgarten.

Vlassi fuhr sich über den Kopf und bemerkte seine verstrubbelten Haare: „Jetzt laufe ich schon wie Sauerinsky rum, da ist dieser Cracula Egon dran schuld."

Julia warf einen Blick zu ihm: „Steht Ihnen gar nicht schlecht. Egon hat Ihnen offenbar eine Kopfmassage verpasst, Sie sollten ihn öfter aufsuchen, da kommt mehr Schwung in Ihr Oberstübchen."

Vlassopolous bemerkte sehr wohl die feine Ironie in ihren Worten, ging darauf aber nicht ein, sondern sprach weiter: „Ich frage mich allerdings, wozu Sauerinsky einen Kamm benötigt. Hat dessen Haupt je einen Kamm erlebt? Auf seinem Kopf herrscht doch Kraut-und-Rüben-Durcheinander."

„Eine zutreffende Beobachtung mit passender Folgerung", nickte Julia anerkennend. „Ich wusste doch, dass die Cracula-Massage Ihr Denkvermögen in Schwung bringt."

Der Dom kam vor ihnen in Sicht, und Vlassi sagte: „Ich habe Ihnen noch gar nicht erzählt, dass ich mit einer weiteren weltmeisterlichen Leistung aufwarten kann."

Julia erwiderte im Gehen: „Weltmeisterliche Leistung. Haben Sie es geschafft, zehn Stunden zu schlafen?"

Vlassi stöhnte auf: „Das würde ich gern, ach, wie gern. Mir fehlt es an genügend Schlaf." Er machte ein Päuschen, in dem ihm offenbar durch den Kopf ging, welche negativen Auswirkungen das demnächst für seine Gesundheit haben könnte, um dann weiterzusprechen: „Aber ich habe etwas anderes geschafft, ich kann Sie gewissermaßen mit einer Überraschung überraschen."

Julia warf einen kurzen neugierigen Blick zu ihm.

„Sie werden es nicht glauben", fuhr Vlassi fort, „ich habe Lustig dazu gebracht, Hausmeister zu werden. Einfach war es nicht, aber meine Überzeugungskraft war so überzeugend, dass er schließlich zustimmte. Es war eine harte Nuss, ihn zu knacken, viel Transpiration auf meiner Seite, aber es ist mir gelungen ..."

Julia fiel in seine Rede: „Augenblick mal, ich dachte, Sie wollten ihn zum Professor machen. Zum Quasimodo-Professor."

„Ich hab's mir anders überlegt, ich habe Lustig den Hausmeister-Posten angetragen, war sehr schwierig, wie schon gesagt, aber ich hab's geschafft, er ist drauf eingegangen."

„Braucht die Wiesbadener Hochschule überhaupt einen Hausmeister?", fragte Julia.

Vlassi spielte nun seine ganze Überlegenheit aus: „Da sehen Sie mal, Frau Wunder, wo ich überall meine Ohren habe." Und lässig führte er aus: „Sie haben es nicht gehört, Sie waren auf die tote und aufgehängte Mona Lisa fixiert. Der Präsident Schüttler teilte mir so nebenbei mit, dass sie einen Hausmeister für den Tag brauchten, da dieser Wöbbeking ein ausschließlicher Nachtmensch sei."

„Gratuliere!", nickte Julia. „Ich muss Sie loben und rühmen, Sie sind ja manchmal richtig auf Zack."

Vlassi richtete sich im Gehen zu voller Größe auf und erwiderte: „Die Vokabel *manchmal* halte ich für überflüssig."

Julia überhörte seinen Kommentar und sagte: „Also Sie werden sich zum Studenten verjüngen, und Lustig wird sich als Tageshausmeister bei der Wiesbadener Hochschule vorstellen."

„Und wir werden beide undercover ermitteln", ergänzte Vlassi.

„Na, ich bin gespannt, was dabei rauskommen wird", erwiderte Julia, „und da Sie so gute Ohren haben, brauchen Sie sie auch nicht anzuspitzen. Das erlasse ich Ihnen. Sie haben völlig freie Hand, und Lustig wird sowieso machen, was er für richtig hält."

„Einen Eisenhut wie im letzten Fall wird er sich diesmal nicht aufsetzen müssen, mit Gift haben wir's nicht zu tun", erklärte Vlassi. „Obendrein wache ich über ihm, Studenten sind ja wohl harmlose Gemüter, und über die Professoren sind wir gerade aufgeklärt worden."

Julia warf Vlassi einen skeptischen Blick zu. Die beiden waren am Domplatz angekommen, wo reges Treiben herrschte. Sie verabschiedeten sich voneinander, denn Julias Auto stand in der Nähe des Fastnachtsbrunnens in der Gaugasse, während Vlassi in Richtung Polizeipräsidium wanderte. Doch kaum war er einige Schritte gegangen, ereilten ihn geistesblitzmäßig mehrere Ideen, sodass er gewissermaßen vom Pfad der Tugend abwich und nicht das Büro von Hauptkommissar Ernst Lustig ansteuerte, wie vorgehabt, sondern in polizeifremde Gefilde strebte.

*

Julia kam in der Gaugasse bei ihrem Passat an, und ihr fiel ein, dass sie ihren Vater anrufen wollte. Sie musste sich unbedingt nach seinem Befinden erkundigen, denn eine Erkältung hatte ihn für einige Tage malad gemacht. Um eine richtige Grippe handelte es sich wohl nicht, aber sie machte sich doch Sorgen. Julia zog ihr Smartphone aus der Manteltasche und wählte die Nummer von Wolfgang Hillberger in Eltville.

„Hier Hillberger", meldete sich eine Stimme, die etwas krächzend klang.

Julia dachte im ersten Moment, er wird doch nicht die Stimme des indischen Plaudervogels angenommen haben, dann hätte ich im Rheingau auch einen Cracula, sprach jedoch frohgemut: „Ich bin's, Papa, wollte nur mal hören, wie's dir geht."

„Gut, gut, glaubst du, dass mich eine Erkältung lahmlegt?"

„Nimmermehr, aber ich wollte mich doch mal erkundigen."

„Ich sollte mich nach dir erkundigen, mein Julchen! Bist du unterwegs, woran arbeitest du?“

„Wieder mal ein undurchschaubarer Fall, bin gerade in Mainz, aber am Telefon kann ich dir nichts Weitergehendes sagen.“

„Verstehe, du wirst abgehört“, brummte ihr Vater, „wir werden alle abgehört, ohne es mitzukriegen, das ist der Fluch der Moderne.“

„Bitte keine Untergangsstimmung heraufbeschwören“, mahnte Julia.

„Ja, ja, aber die Menschen in der Shakespeare-Zeit hatten es einfacher, jedenfalls in dieser Hinsicht.“ Hillbergers Stimme klang auf einmal gar nicht mehr krächzend, er hatte sich offenbar warmgesprochen und forderte seine Tochter auf: „Wenn du nicht schon dem Mörder direkt auf der Spur bist, besuch’ mich! Ein wunderbarer und starker Kaffee erwartet dich. Und außerdem mein brennendes Interesse.“

Eigentlich wollte Julia zur Rechtsmedizinerin Dr. Hauswaldt, um ihr den Kamm zu übergeben, den Vlassi bei Sauerinsky stibitzt hatte, doch würde sie Frau Hauswaldt jetzt überhaupt antreffen? Morgen ist auch noch ein Tag, dachte sie, mein Vater ist wichtiger.

„Ich eile zu dir und zum Kaffee“, rief Julia in ihr Smartphone, und im selben Moment fiel ihr der schwache Kaffee bei Sauerinsky ein, ein so schwacher Kaffee, dass er sich setzen musste, wie Kollege Spyridakis treffend bemerkt hatte.

„Eile mit Weile“, sagte Wolfgang Hillberger, „fahr gut und vorsichtig.“

Eine halbe Stunde später klingelte Julia am Haus ihres Vaters in Eltville. Die Tür ging sofort nach dem ersten Klingeln auf, und Wolfgang Hillberger stand in voller Größe vor ihr. Er strahlte übers ganze Gesicht, es war ihm anzusehen, wie sehr er sich über den Besuch seiner Tochter freute. Er umarmte sie und gab ihr einen Kuss auf die Wange.

„Komm rein, mein Julchen. Bin froh, dass du da bist, ich habe immer das ungute Gefühl, dass dir noch was dazwischenkommen könnte."

„Aber doch nicht, wenn ich zu dir will", erwiderte seine Tochter mit einem Lächeln.

Ja, sie liebte ihren Vater, den ehemaligen Oberstudienrat für Englisch und Deutsch, aber sie wusste auch, was sie an ihm hatte und wie er ihr mitunter half. Nicht, dass sie ihn jemals gebeten hätte. Er machte es vollkommen freiwillig, gewissermaßen spontan, und Julia war sich inzwischen sicher, dass ihr Vater so etwas wie ein Detektiv-Gen besaß. Hatte er sich das durch seine literarischen und Shakespeare-Kenntnisse erworben? Beim letzten Fall, der Senfgeschichte, war er sogar mit eigenen Ideen und auf eigene Faust tätig geworden und hatte so den springenden Punkt gewissermaßen ausfindig gemacht. Kaum waren die beiden im Flur angelangt, sagte Wolfgang Hillberger: „Was hast du denn für ein verqueres Ding auf dem Kopf sitzen? Schnaffidora hat mir besser gefallen."

„Das ist ein Seafolly. Außerdem gibt es Schnaffidora nicht, das Wort hast du erfunden, es war ein Afidora-Hut."

„Seafolly, das hört sich englisch an", hob Hillberger den Kopf, „trittst du in die Fußstapfen von Sherlock Holmes?"

„Das will ich doch sehr hoffen, Papa."

„Und was macht dein Doktor Watson? Behindert er dich sehr bei deinen Nachforschungen?"

„Kann man nicht sagen. Kommissar Spyridakis ist derzeit richtig auf Zack." Und mit verschwörerischer Stimme teilte Julia mit: „Er wird jetzt undercover ermitteln."

„Undercover", brummte ihr Vater, „das ist doch nichts als ein Filmwort!"

Julia hing ihren Mantel an die Garderobe und legte ihren Seafolly-Hut auf die Ablage. Wolfgang Hillberger eilte in die Küche und machte sich an der Kaffeemaschine zu schaffen, er rief: „Willst du die neuesten Nachrichten von Frau Becker hören?"

Frau Becker war seine Nachbarin, mit der er sich nach dem Tod seiner Frau angefreundet hatte. Julia ließ sich im Wohnzimmer auf dem Sofa nieder und antwortete: „Natürlich."

„Du weißt ja, dass ich ihr die Kaffeemaschine zu verdanken habe", ließ sich ihr Vater aus der Küche hören, „und du weißt auch, dass sie selbst nur Gesundheitstees trinkt, Salbei-, Brennnessel-, Blasen-und-Nieren-Tee – so Sachen. Aber vor einigen Tagen habe ich sie zu einem Kaffee überredet, einem selbst gebrühten. Der hat ihr wider Erwarten geschmeckt, jetzt hege ich den Verdacht, dass sie zu einer Kaffeetante mutiert."

Julia schmunzelte und rief zurück: „Ich dachte, du musst mit ihr immer den Moringa-Tee trinken?"

„Aus Gefälligkeit habe ich das auch getan, man ist ja kein Unmensch. Scheußliches Gebräu, während sie aufs Klo ging, hab' ich meine Topfpflanze damit gewässert, die einen Tag später einging."

Ihr Vater kam mit einem Tablett ins Wohnzimmer, stellte es auf das niedrige Tischchen vorm Sofa, goss aus einer zierlichen Kanne den Kaffee in die Tassen und teilte mit: „Zucker nehmen wir nicht, du weißt ja Bescheid."

Ja, Julia wusste Bescheid. Bei ihren letzten Besuchen hatte ihr Vater sie aufgeklärt: *Keinen Zucker, wir wollen uns nicht aus dem Leben zuckern!*

„Milch kannst du nehmen", teilte Hillberger sanft mit, als würde er ein Rezept verordnen.

Julia schaute auf zu ihm: „Papa, ich vermisse einen etwas theatralischeren Einstieg in unsere Kaffeerunde."

Wolfgang Hillberger richtete sich auf, besann sich einen Moment, um dann mit sonorer Stimme zu sprechen: *„Ein solcher Vorwurf lässt mich ungekränkt, ein Mann, der recht zu wirken denkt, muss auf das beste Werkzeug halten, bedenkt, ihr habet weiches Holz zu spalten, und seht nur hin, für wen ihr wirkt …"*

Seine Tochter fiel ihm ins Wort: „Und seht nur hin, für wen ihr *schreibt* – so muss es heißen."

Ihr Vater sah sie staunend an: „Ausgezeichnet, du hast natürlich recht. Mir ist neu, dass du auch auf Zack bist, literarisch gesehen, meine ich. Was habe ich da gerade rezitiert?"

Julia antwortete prompt: „Das ist aus dem *Faust*, aus dem Vorspiel."

„Sehr gut. Ich wollte den Text etwas aktualisieren, aber du weißt es besser, und Goethe hatte schon recht."

„Danke, Papa, dass du zuerst mich und dann erst Goethe nennst."

Hillberger setzte sich ihr gegenüber in den Sessel und sagte in gewöhnlichem Alltagston: *„Ja, ja, wenn diesen Langeweile treibt, kommt jener satt vom übertischten Mahle, und, was das Allerschlimmste bleibt, gar mancher kommt vom Lesen der Journale."*

Julia erkannte sofort das Zitat: „Wieder der *Faust*, Papa, aber auf mich trifft dein Zitat nicht zu. Vom Lesen der Journale komme ich überhaupt nicht!"

Ihr Vater nahm einen Schluck aus seiner Kaffeetasse, um dann zu sagen: „Du hast den Test glänzend bestanden. Ich sehe, du bist wahrlich meine Tochter."

„Na, da bin ich ja zufrieden, dass du mich über einen literarischen Test anerkennst", erwiderte Julia ironisch. Sie ließ einige Tropfen Milch in ihre Tasse fallen, trank einen Schluck und sagte anerkennend: „Das nenne ich Kaffee. Der ist nicht so schwach, dass er sich setzen muss."

„Wie sprichst du, Julchen? Hat ein neuer Mord dich wirr gemacht?"

„Überhaupt nicht", antwortete seine Tochter, „aber du warst doch neugierig auf meinen aktuellen Fall. Brennendes Interesse!"

„Ja, natürlich. Arbeitest du an einem Kaffee-Fall?"

„Das gerade nicht. Aber Herr Spyridakis und ich waren gerade bei einem Professor in Mainz, der uns einen so schwachen Kaffee vorsetzte, dass meinem Assistenten die Idee kam, er müsse sich dringend setzen – der Kaffee."

„Sparsame Leute begnügen sich mit dünner Lorke", bemerkte ihr Vater, „da hast du schon einen Hinweis auf den Charakter des Professors. Um was ging es bei eurem Gespräch? Hat es was mit dem Fall zu tun?"

„Na klar. Eine Kollegin des Professors wurde umgebracht, sie hing an der elektrischen Tafel in einem Hörsaal."

„An der Wiesbadener Fachhochschule ist das passiert?", fragte Hillberger.

„Ja, sie nennt sich jetzt nicht mehr Fachhochschule, sondern Hochschule."

„Ach, alle wollen alle mehr scheinen, als sie sind, ein Gebrechen unserer Zeit."

„Darüber hat uns der Professor auch aufgeklärt, Sauerinsky heißt er übrigens", teilte Julia mit, „er sieht seine Kollegen äußerst kritisch."

„Vermutlich hat er recht, aber weshalb hast du ihn befragt, wolltest du mehr über die Situation an der Fachhochschule erfahren?"

„Auch", erwiderte Julia, „dieser Sauerinsky scheint mir so eine Art Paradiesvogel zu sein. Was er sagt, klingt aber sehr rational und vernünftig. Doch der Hauptgrund, weshalb ich ihn mit Spyridakis aufgesucht habe, ist: Ich habe ihn selbst im Verdacht."

„Ach was! Und warum?"

„Er spricht mir zu gut über die Ermordete, und außerdem brauchte ich ein Haar von ihm für unsere Rechtsmedizinerin."

„Verstehe", murmelte Wolfgang Hillberger, um gleich fortzufahren: „Wie heißt die tote Professorin, und welches Fach hat sie vertreten?"

Julia beugte sich vor: „Es bleibt natürlich alles unter uns, was ich dir sage ..."

„Selbstredend", fiel ihr der Vater ins Wort, „das weißt du doch, ich schweige wie ein Grab, nicht einmal Frau

Becker erfährt ein Wörtchen, und wenn sie mich noch sosehr mit Moringa-Tee quält."

Julia lächelte und sprach weiter: „Sie heißt Margaretella Köckel-Simons und war Kunsthistorikerin."

„Kunst hat sie unterrichtet, die Margaretella", wiederholte Hillberger, und in seiner Stimme lag leichter Spott.

„Nicht jeder kann schließlich englische und deutsche Literatur unterrichten wie du", sagte Julia.

„Gut gesprochen, und gegen den Lehrbetrieb hab' ich auch nichts. Aber weißt du denn nicht, dass der Kunstmarkt eine ziemlich halbseidene Angelegenheit ist? Hast du nichts von der ‚Salvator Mundi'-Angelegenheit gehört?"

Julia musste passen, offenbar war ihr da was entgangen.

Ihr Vater fuhr fort: „Die Medien haben darüber berichtet, und die Illustrierte *Stern* hat sogar eine Titelgeschichte daraus gemacht."

„Klär mich bitte auf, Papa."

„Das Gemälde *Salvator Mundi* lagerte jahrzehntelang auf einem Dachboden, irgendjemand hatte es mal für einen Appel und ein Ei gekauft und dann vergessen. Jetzt ist es für 400 Millionen Dollar bei Christie's in New York unter den Hammer gekommen."

„Unglaublich", staunte Julia. „Wie ist es zu diesem Preis gekommen?"

„Abgesehen davon, dass der Kunstmarkt schon seit Langem völlig durchgeknallt ist, haben Fachleute festgestellt, dass ‚Salvator Mundi' ein Werk von Leonardo da Vinci ist …"

„Von Leonardo?“, fragte Julia. „Weißt du, wie man die Ermordete nannte? Man nannte sie Mona Lisa, natürlich hinter ihrem Rücken.“

„Die Mona Lisa ist das berühmteste Gemälde von Leonardo aus der italienischen Hochrenaissance“, erklärte Wolfgang Hillberger. „Wie kommt sie zu diesem Namen?“

„Ein Spottname, er ist mir eingefallen, weil du gerade von Leonardo gesprochen hast. Die Tote galt als überheblich und rätselhaft.“

„Verstehe“, murmelte Hillberger, „ich wollte lediglich sagen, dass der Kunstmarkt ein glitschiges Pflaster ist. In dieser Branche gibt es ein geflügeltes Wort: Tod, Scheidung und Pleite halten ihn in Bewegung und machen ihn undurchschaubar.“

„Tod?“, fragte Julia und setzte ihre Kaffeetasse wieder ab, die sie gerade in die Hand genommen hatte. „Das wäre die passende Vokabel für meinen Fall.“

„Auf jeden Fall geht's im Kunstmarkt meist um viel Geld, wie du an der ‚Salvator Mundi‘-Angelegenheit siehst. Da gibt es Kunden, die hochspekulativ in den Zeitgeschmack investieren. Es wäre naiv zu glauben, ein Kunstfreund hätte für sein Idol Leonardo tief in die Tasche gegriffen. Der übrigens anonyme Käufer des Bildes wird es wahrscheinlich für 500 Millionen Dollar weiterverkaufen wollen.“

„Aber wer hat so viel Geld?“, fragte Julia. „Die Museen können sich so einen Ankauf wahrscheinlich doch nicht leisten.“

Ihr Vater trank einen Schluck Kaffee und sagte dann: „Es gibt Leute, für die 400 Millionen so viel sind wie für unsereinen 40 Euro. Die märchenhaft reichen Kataris etwa oder ihre nicht weniger potenten Widersacher aus Saudi-Arabien und den Emiraten."

„Da hast du wohl recht", stimmte Julia zu.

„Übrigens habe ich vor wenigen Tagen gelesen, dass sich der Louvre Abu Dabi darauf freue, den ‚Salvator Mundi' von Leonardo da Vinci zu zeigen", sagte Vater Hillberger mit einem Grinsen im Gesicht.

„Ah, da wissen wir wenigstens, wo es ausgestellt wird."

„Richtig", stimmte Hillberger seiner Tochter zu, „die arabischen Länder sind unproduktiv und bringen selbst keine große Kunst hervor – aber sie haben 'ne Menge Kohle, mit der sie einen Leonardo kaufen können."

Julia lehnte sich zurück: „Du machst mich ganz kribbelig. Willst du sagen, ich muss jetzt in den Nahen Osten für meinen Fall?"

Ihr Vater lachte sie an: „Vielleicht – das wäre doch mal was Neues. Du sagst mal für ein paar Tage dem Rheingau ade. Und ich würd' dich begleiten." Er machte eine kleine Pause und sprach weiter: „Aber ich wollte eigentlich etwas über die Mechanismen des Kunstbetriebs sagen …"

Julia fiel ihm neugierig ins Wort: „Unbedingt. Denn da scheinen ja die Hintergründe für diesen Mord zu liegen."

Ihr Vater nickte: „Deine Nachforschungen werden dich zu Zeitgenossen führen, die durch Kunst ihr Leben bereichern. Und sie werden dich zu üblen Typen führen, die sich lediglich an der Kunst bereichern. Erstere sind selten, Letztere häufig anzutreffen."

11 Vlassi – dem Fegefeuer entstiegen

Während Julia durch ihren Vater aufschlussreiche Einsichten über den Kunstmarkt erhielt, war Kommissar Spyridakis in der Mainzer Innenstadt unterwegs. Er wusste genau, was er wollte, und strebte in Geschäfte, die nicht nur polizeifremd, sondern gewissermaßen auch vlassifremd waren. Aber es musste sein, davor konnte er sich nicht drücken. Etwa anderthalb Stunden später betrat er das Polizeipräsidium Mainz, eilte in den ersten Stock und klopfte an die Tür des Kollegen Lustig. Diesmal erscholl sofort ein kräftiges „Herein, wenn's kein Schnorrer ist".

Vlassi öffnete die Tür und breitete die Arme aus, als wolle er sich in seiner ganzen Pracht zeigen. Ernst Lustig schaute vom Schreibtisch auf, seine Miene wechselte von erstaunt zu belustigt, dann schob er sich auf seinem Stuhl vom Tisch etwas zurück und fing an zu lachen. Es war ein bollerndes Gedröhn, das seinem Mund entwich, und er wollte gar nicht aufhören damit.

Vlassopolous Spyridakis zog seine ausgestreckten Arme zurück und fragte: „Was ist denn mit Ihnen los? Ich bin's! Ihr werter Kollege von der anderen Rheinseite."

Lustig klopfte sich mit beiden Händen auf seine Schenkel: „Ich hab' Sie erkannt, liebwerter Kollege, obwohl mir's schwergefallen ist. Unter welche Räder sind Sie denn gekommen?"

„Räder? Ich hab' mich verjüngt, und zwar erheblich, wie Sie doch sicher bemerken."

Lustig grinste ihn an: „Ihren frischen Bart hab' ich schon mal wo gesehen?"

„Das will ich hoffen", gab Vlassi zurück, „das ist ein Salvador Dalí nachempfundener Bart, und untendrunter am Kinn ist ein Spitzbart, wir ermitteln schließlich in einem Kunstfall, und ich wirke als Kunststudent in diesem Drama."

„Dalí ist also Ihr Favorit", merkte Lustig an, „wusste gar nicht, dass Sie so einen schlechten Geschmack haben. Aber was ist denn mit Ihren Haaren oben auf dem Kopf passiert?"

„Ich war beim Friseur", gestand Vlassi, „Haare lang lassen, hab' ich ihn angewiesen, und dabei etwas verstrubbeln, kreative Verstrubbelung gewissermaßen. Außerdem musste etwas rote Farbe hinein. Ich will schließlich authentisch wirken."

„Sie wirken wie ein gerade dem Fegefeuer entstiegener Teufel", sagte Lustig.

„Das ist mir recht!", erklärte Vlassi. „Ich bin ein Teufel für die Mordbuben dieser Welt und schleppe sie höchstpersönlich ins Fegefeuer."

„Ach, wir wollen nicht zu katholisch werden", winkte Lustig ab, um gleich grinsend zu fragen: „Wie war's denn so im Fegefeuer, sehr schmerzhaft?"

Kommissar Spyridakis ging nicht auf seine Frage ein, sondern näherte sich Lustigs Schreibtisch, griff nach hinten zu seinem Rücken und setzte sich eine verbeulte Kopfbedeckung auf: „Beachten Sie bitte mein kleines

Hütchen, Kunststudenten lieben so etwas. Alles im Dienst der Authentizität."

„Ist ja grauenhaft, wie Sie sich verschandelt haben", stöhnte Lustig auf, „Sie sollten die gegenteilige Marschrichtung einschlagen, ihre Devise sollte heißen: Verschönern! Nur das kommt doch für Sie in Frage."

„Damit kann ich ebenfalls dienen, auch wenn Sie es noch nicht bemerkt haben." Vlassi beugte sich über den Schreibtisch von Lustig: „Sehen Sie mein Gesicht?"

Lustig wich zurück: „Ich bin ja nicht blind."

„Sehen Sie meinen Teint?"

„Die Haut? Ja, ja, leider."

„Fällt Ihnen nichts auf, Herr Lustoog?"

„Haben Sie Ihre Gesichtshaut gerben lassen, Herr Spyridokolus?"

„Unsinn!", rief Vlassi aus. „Sie sind ja mit der modernen Welt überhaupt nicht vertraut. Ich habe eine Anti-Aging-Creme aufgetragen, die hat mich ein Vermögen gekostet, irgendwas aus Paris, ich will hoffen, dass ich diese Auslage erstattet bekomme."

„Von mir jedenfalls nicht", bemerkte Lustig ganz unbeeindruckt, „wollen Sie mit dieser Creme aus Paris Ihr Alter zurückdrehen?"

„Ja, natürlich, die Falten an meinen Augen sind schon so gut wie verschwunden, sehen Sie doch mal hin!"

Ernst Lustig beugte sich im Sitzen vor und erklärte mit besorgter Stimme: „Ich sehe Falten, so riesig, dass sogar ich in sie hineinfallen könnte."

„Sie brauchen eine neue Brille!", entgegnete Vlassi. „Sie sehen ja kaum noch was."

Lustig lehnte sich wieder zurück: „Eine Anti-Aging-Brille, was?“

Vlassi ging auf seine spöttische Bemerkung nicht ein, sondern teilte mit: „Bei täglicher Anwendung der Creme wird der Teint rein und sauber, es ist eine Verjüngung von innen.“

„Sind Sie unter die Pharma-Vertreter gegangen?“, grinste Lustig. „Ich will hoffen, dass wir nur einen Tag an der Hochschule ermitteln müssen – wenn es mehrere werden, entwickeln Sie sich ja zu einem Baby, und ich erkenne Sie nicht mehr wieder.“

Vlassi sagte unbeeindruckt: „Student in jungen Jahren genügt mir. Ich habe gewissermaßen die Rolle des jugendlichen Helden übernommen, während Sie die Rolle des greisen Hausmeisters spielen.“

„Greiser Hausmeister?“, wiederholte Lustig nachdenklich. „Meinetwegen greise, aber nicht tumb und tapernd.“

Vlassi drehte sich mit dem Rücken zu seinem Mainzer Kollegen: „Sehen Sie, was ich noch habe? Einen kleinen Rucksack, das ist bei Studenten heute so üblich.“

„Sind da Quackersteine drin?“, fragte Lustig. „Sie haben schließlich ein schweres Los auf sich genommen.“

Vlassi wandte sich zu ihm: „Lieber Herr Lustoog, ich musste etwas für mich tun, Sie dagegen brauchen sich überhaupt nicht zu verändern, schon gar nicht äußerlich. Sie haben bereits jetzt die Statur und das perfekte Aussehen eines Hausmeisters.“

*

Eine halbe Stunde später fuhren die beiden in den Kurt-Schumacher-Ring ein, in dem die Wiesbadener Rhein-Main-Hochschule beheimatet ist. Ernst Lustig hatte dagegen protestiert, im engen kleinen Corsa seines Kollegen Spyridakis zu fahren, er forderte Rücksicht auf seine Bandscheiben, hatte aber schließlich mit Grimmen zugestimmt. Vlassis Auto war einfach studentengemäßer. Nur nicht auffallen, lautete die Devise, sie ermittelten schließlich undercover.

Vlassi wies seinen Mainzer Kollegen in der Tiefgarage an, den Präsidenten Schüttler aufzusuchen und sich vorzustellen, er käme auf Empfehlung des Nachthausmeisters Wöbbeking, im Gegensatz zu ihm sei er aber tagestauglich und arbeite lieber bei Sonnen- als Mondlicht. Kopfschüttelnd widersprach Lustig, er arbeite am liebsten im Weinhaus Michel in der Mainzer Altstadt, wenn draußen die Sonne nicht mehr scheine. Diesen Einwand verwarf Kollege Vlassi. Aber brauche er nicht einen Decknamen?, wollte Lustig wissen, so was wie Lustidakis?

„Sie sehen überhaupt nicht griechisch aus", beschied ihm Vlassi, „Ihnen fehlt das edle griechische Profil."

„Ich habe ein edles Mainzer Profil, außerdem könnte ich auch meinen Vornamen zum Nachnamen machen", widersprach Lustig. „Was halten Sie von Ernstis, Ludwig Ernstis?"

„Man kennt Sie doch gar nicht, Sie brauchen kein Pseudonym."

„Das muss ich mir noch mal durch den Kopf gehen lassen", blieb Lustig störrisch und strebte davon, während Vlassi oben in der Lobby der Hochschule sich unter die Studenten mischen wollte. Den Kripo-Mann würde man ihm jedenfalls nicht ansehen, er war so gut wie neugeboren. Doch als er in der bekannten Halle umherblickte, sah er sich auf weiter Flur allein. Waren der Hochschule die Studenten ausgegangen? Ob er einen Hörsaal aufsuchen sollte? Aber da musste er still sitzen, sich irgendeinen Kram anhören, der auf wissenschaftlich machte, und könnte niemanden kennenlernen. Vlassi schlenderte herum und wurde bald anderweitig fündig. Er entdeckte nämlich eine Kaffeestube. Ein Café in der Hochschule? Endlich mal was Vernünftiges, und da saßen auch einige junge Leute herum. Das war es, was er brauchte!

Vlassi holte sich eine Tasse Kaffee für einen Euro, und kurz ging ihm durch den Kopf, dass der hoffentlich nicht so schwach war wie der von Sauerinsky. Mit seiner Tasse setzte er sich an einen Tisch, wo zwei junge Burschen und eine junge Frau saßen.

„Grüß euch", sagte er.

„Hallo", nickten ihm die Männer zu, während die Frau ihn lediglich neugierig anschaute.

„Bin neu hier", teilte Vlassi mit.

„Ach ja", sagte einer der Studenten und fragte freundlich: „Was machste denn hier?"

„Na, das sieht man doch", meldete sich jetzt die junge Frau.

Kommissar Spyridakis hoffte, dass sie nicht das sah, was er mit seiner Verkleidung zu verbergen versuchte. Mit zurückhaltender Stimme teilte er mit: „Hab' mich für Design und Kunst eingeschrieben."

„Das hab' ich dir schon angesehen", sagte die Studentin, „aber trägst du nicht ein bisschen dick auf?"

Jetzt musste Vlassi in die Offensive gehen: „Bin nun mal ein Salvador Dalí-Fan, was soll ich machen? Und außerdem komme ich gerade aus dem Fegefeuer."

Jetzt lachte die Studentin, Vlassis Antwort gefiel ihr offenkundig.

„Darf ich dich korrigieren?", sagte sie. „Du kommst nicht aus dem Fegefeuer, du bist gerade in ihm gelandet."

Ihre beiden Kommilitonen grinsten zustimmend.

Vlassi machte auf distanziert, trank einen Schluck von seinem Kaffee, der wider Erwarten nicht so schwach wie erwartet war, und erwiderte: „Ehrlich? Da bin ich ja in heimatlichen Gefilden."

Jetzt ließen auch die beiden jungen Männer einen kleinen Lacher los, dann teilte der eine mit: „Ich bin Florian, das ist Bastian …"

Er kam nicht weiter, denn die junge Frau fiel ihm ins Wort: „Und ich bin Rosella."

Rosella, dachte Vlassi, bei so einem Namen kann ich auch mit meinem aufwarten, das fällt gar nicht auf.

„Ich bin Vlassopolous", teilte er mit und schob nach: „Es ist gewissermaßen mein Künstlername …"

Rosella lachte ihn an: „Du bekennst dich dazu, das ist gut. Rosella ist nämlich auch mein Künstlername."

„Du studierst Kunstgeschichte?"

„Ja, die beiden hier auch", antwortete Rosella.

Vlassi griff sofort den Ball auf und fragte leicht empört die beiden Männer: „Und ihr? Habt ihr denn keine Künstlernamen?"

Florian und Bastian sahen sich an, als wollte man ihnen ein Geheimnis entreißen, schließlich antwortete Florian: „Findest du unsere Namen unkünstlerisch?"

„Na, absolut", erklärte Vlassi, „du solltest Salvador heißen und Bastian sich Pablo nennen, oder besser noch Pablissimo."

Rosella klatschte in die Hände: „Gefällt mir, was du sagst, und irgendwie finde ich, dass dein rotes Haar zu dir passt."

Vlassi war glücklich mit dieser Einschätzung, für einen Mann, der aus dem Fegefeuer kam, konnte er mit diesem Hochschuleinstieg zufrieden sein. Jetzt musste er sich weiter vorantasten.

„Sagt mal, es gibt hier ... also ich habe von einer Professorin gehört, die man unbedingt kennen sollte, so eine Art Koryphäe. Wie heißt sie noch mal? Koklewinsky oder so?"

„Es gibt einen Sauerinsky hier, dem siehst du direkt etwas ähnlich mit deinem Bart", sagte Florian.

„Tatsächlich?", empörte sich Vlassi. „Und ich dachte, ich wäre einmalig."

„Ich weiß, wen du meinst", schaltete sich Rosella ein, „du meinst Köckel-Simons."

Vlassi schnitt ein nachdenkliches Gesicht: „Ja, das kann sein ... Köckel-Simons. Die soll gut sein, hab ich gehört."

„Gut?", fragte Florian, und seine Stimme wirkte angewidert.

Rosella sagte: „Du kommst zu spät, Vlassopolous, die Dame ist tot."

„Tot?" Vlassi legte sein ganzes sprecherisches Können in dieses Wort, und um der Sache Nachdruck zu verleihen, holte er sogar mimisch das Letzte aus sich heraus. Mit ungläubiger Miene und geweiteten Augen wiederholte er: „Tot?“

„Ist dir neu, dass Menschen sterben?“, fragte Bastian.

„Eigentlich nicht, aber war sie nicht vor Kurzem noch lebendig?“, wollte Vlassi wissen. „Ich hab’ das wenigstens gehört.“

„Vor Kurzem noch, ja“, antwortete Florian, „vor Kurzem noch hat sie mich bei einer Semester-Prüfung durchfallen lassen.“

Ah, dachte Vlassi, hier vor mir sitzt also dieser Durchfaller, von dem Sauerinsky gesprochen hatte, mit diesem Florian scheint nicht viel los zu sein, vermutlich eine trübe Tasse. Laut teilte er allerdings mit: „Wie unschön, man sollte doch zuallererst an uns denken und uns die Prüfungen bestehen lassen.“ Und mit viel Wärme in der Stimme erklärte er dem Kommilitonen: „Aber du weißt ja sicher, dass Picasso an seiner Akademie auch mal durchgefallen ist. Das gehört zu einer Künstlerkarriere.“

Für Florian war das offensichtlich kein Trost, er schüttelte unwillig den Kopf: „Künstlerkarriere? Ich bin froh, wenn ich bald mal einen Job in einer Werbeagentur kriege.“

Vlassi fragte scheinheilig: „Woran ist sie denn gestorben, diese Köckel-Simons?“

„Sie ist ermordet worden“, antwortete Rosella, „hing aufgeknüpft im Hörsaal.“

Vlassi machte auf entgeistert: „Unglaublich. Ein Mord hier in der Hochschule?“

Die beiden jungen Männer nickten ihm zu, während Rosella sagte: „Warum nicht, ein Mord muss auch hier mal drin sein."

Vlassi dachte bei sich: Die beiden Studenten sind Einfaltspinsel, aber diese Rosella hat's drauf, macht ganz auf cool, die könnte mehr wissen, bei der liege ich richtig.

Er wandte sich zu ihr: „Aber warum ist sie umgebracht worden? Sie war doch nur eine Professorin, eine harmlose."

„Harmlos? Sie hat mich durchfallen lassen", schaltete sich Florian wieder ein, „von harmlos keine Spur."

„Ich weiß, aber deshalb bringst du sie doch nicht gleich um", beruhigte ihn Vlassi.

„Wer weiß?", ließ sich Rosella hören. „Florian ist zu allerhand fähig, eine Affekt-Tat ist da möglich."

Der Angesprochene warf ihr einen mahnenden Blick zu, dem allerdings nicht zu entnehmen war, ob er sie wegen ihrer vorlauten Rede tadeln wollte oder ob er einen tieferen Grund hatte. Vlassi entging dieser Blick, er überlegte fieberhaft, wie er das Gespräch aufs richtige Gleis heben konnte, diese Rosella wollte mit ihrer Bemerkung doch nur ablenken.

„Also bei Florian kann ich mir einen Mord nicht vorstellen", sagte er und nickte ihm wohlwollend zu, „er hat so einen verzeihenden Zug um den Mund." Er nahm Rosella in den Blick: „Bei dir schon eher."

Rosella lachte auf: „Du sprichst absonderlich, Vlassopolous, einerseits solltest du wissen, dass Menschen sich verstellen können, andererseits erkennst du richtig, dass bei mir allerhand möglich ist." Sie grinste ihn an.

Menschen können sich verstellen, ging es Vlassi durch den Kopf, aber wie verstellst du dich gerade, Rosella? Er nickte ihr zu und versuchte, charmant zu klingen: „Ich kann mir dich als Täterin schon vorstellen, du hast das gewisse Etwas. Aber ich frage mich doch, ob diese Köckel nicht vielleicht echte Feinde hatte."

„Außer mir? Meinst du ihre Kollegen hier an der Hochschule?", fragte Rosella.

Vlassi nickte, und Rosella schaute ihn an, als käme er von einem fremden Planeten: „Du hast ja wirklich gar keine Ahnung. Feindschaften an der Hochschule? Die sind normal, aber überwiegend herrscht hier Ignoranz unter den Professoren, man beachtet sich nicht, man geht sich aus dem Weg, jeder murkst an seinem eigenen Stiefel herum, jeder von den Kackern lebt für sich allein." Sie machte eine kleine Pause und sagte dann: „Außerdem war die Köckel-Simons eine Intrigantin, das weiß doch jeder hier, die konnte niemand ausstehen."

Das war Vlassi in der Tat neu, nicht einmal Sauerinsky hatte etwas in der Art gesagt, er machte ein betrübtes Gesicht, als würden ihn die Ignoranz der Hochschullehrer und das Intrigantentum von Köckel-Simons höchstpersönlich betreffen.

Dann fragte er: „Wieso intrigant?"

„Weißt du nicht, was das bedeutet?", antwortete Rosella. „Die hat jedem zu schaden versucht."

Jetzt ließ sich Bastian hören: „Rosella hat ganz recht, die Köckel war ein Aas, und unsere Professoren halten sich für Spitze, sind aber eigentlich arme Hunde."

„Arme Hunde?“, wiederholte Vlassi zaghaft. „Dann könnte sich doch ein Kollege an ihr gerächt haben.“

Florian und Bastian sahen ihn zweifelnd an, als habe er nicht verstanden, dass arme Hunde zu kaum etwas fähig sind, schon gar nicht zu einem Mord. Rosella verdrehte leicht den Kopf, was Zustimmung bedeuten mochte, doch schließlich sagte sie: „Feinde müssen nicht unbedingt Kollegen sein.“

*

Während der auf Student getrimmte Vlassi aus seinen Kommilitonen etwas Brauchbares herauszuholen suchte, war Ernst Lustig derweil freudig zu seinem Hausmeisterzimmer geeilt. Das Gespräch mit Präsident Schüttler hatte er, mit den Ratschlägen des Kollegen Spyridakis ausstaffiert, hinter sich gebracht, auf Empfehlung des Nachthausmeisters Herrn Wöbbeking sei er gekommen, doch im Gegensatz zu diesem sei er absolut tagestauglich. Auch sehne er sich nach gescheiter Arbeit – und Lustig setzte noch einen drauf, indem er Schüttler treuherzig mitteilte, dass er von Wissenschaft und Kunst leider nichts verstehe. Letzteres schien den Präsidenten sehr für ihn einzunehmen, vielleicht sah er auch einen Geistesverwandten in ihm, jedenfalls teilte er ihm schnell mit, dass er auf Probe angenommen sei.

Lustig ließ sich in seinem Zimmer auf einem wackeligen Stühlchen vor einem winzigen Schreibtisch nieder.

Die Tür machte er weit auf, jeder sollte sehen, dass er da und betriebsbereit war – allein, es ließ sich niemand sehen.

Es mochte eine knappe halbe Stunde vergangen sein, als eine Person an seiner Tür vorbeiging, im Schritt innehielt, zurückkam und in sein Zimmer schaute. Es war eine Frau mit verstrubbeltem blondem Haarschopf.

„Haben wir jetzt einen Hausmeister?“, fragte sie.

Lustig erhob sich: „Genau, das haben Sie. Ich bin derjenige, welcher …“

Sie unterbrach ihn: „Sie können gleich mal mit mir in den Arbeitsraum gehen, da ist mit einem Fernsehapparat was nicht in Ordnung.“

„Natürlich, ich komm' gleich mit. Mein Name ist übrigens Lustidakis.“

„Klingt griechisch“, erwiderte die Frau ernst.

„Ja, wir Griechen versuchen überall in Europa Arbeit zu finden, es ist ja bei uns im Land so schwer.“

Die Frau zog ihre Augenbrauen hoch: „Wenigstens sind Ihre Deutschkenntnisse ausreichend …“

„Ach, ich lebe schon ein Weilchen drüben in Mainz.“

„Kann man da leben?“, fragte die blonde Frau hochnäsig und fuhr fort: „Sie sind doch von Ihrer Heimat ganz anderes gewöhnt.“

„Na ja, man lebt sich ein, die Mainzer sind ja ein gemütlicher Volksstamm, wenn ich so sagen darf.“

„Gemütlich? Meinen Sie damit deren Hang zu Wurst und Wein?“, fragte die Frau spitz.

„Diese scheußliche Fleischwurst“, ächzte Lustig auf, „und dieser stinkende Handkäse, nein, nein, das ist nichts für meinen griechischen Gaumen. Ich bevorzuge nach wie vor griechischen Wein, griechische Oliven, griechischen Feta und natürlich auch unser Olivenöl."

Die Frau vor ihm nickte beruhigt und erklärte unvermittelt: „Ich bin übrigens Professor Aimer."

Eimer, komischer Name, ging es Lustig durch den Kopf, da bin ich ja geradezu adlig mit der griechischen Version meines Namens. Aber das Eis ist gebrochen, frohlockte er, von der erfahr' ich sicher mehr als ihren Namen.

„Zu Ihren Diensten, Frau Professor."

Frau Aimer verließ sein Zimmer, und Lustig tappte hinter ihr her. Ihm ging durch den Kopf, dass er ihr nicht zu nahe kommen dürfte. In Zeiten der Political Correctness konnte sie ihm eine falsche Bewegung als sexuelle Belästigung auslegen, und er wäre seinen Kurzzeitjob schneller los, als ihm lieb war. Wer würde ihm denn schon glauben, dass seine Handbewegung seinem schütteren Haupthaar galt und nicht ihrem Busen. Die eifernden Wächter der Korrektheit jedenfalls nicht, die würden ihn sofort an den Sexualpranger stellen. Und letzten Endes würde er durch eine feministische Intrige kläglich scheitern und zugrunde gehen. Also auf Distanz bleiben. Wenn eine Frau schon Eimer hieß, musste man besonders vorsichtig sein.

Bald schon erreichten sie den Arbeitsraum, von dem sie gesprochen hatte. Es handelte sich um ein Zimmer von etwa dreißig Quadratmetern, in dem auf Tischen ziemlich altmodische Fernsehapparate standen, etwa zwanzig an der Zahl. Frau Aimer deutete auf einen und sagte: „Schauen Sie sich den mal an, Herr Lustidakis, der will nicht mehr anspringen."

„Das haben wir gleich“, teilte Lustig aus gebührendem Abstand mit.

„Ich muss mal kurz was erledigen“, sagte Frau Aimer und verließ den Raum.

Ernst Lustig suchte sogleich nach dem Einschaltknopf am Fernseher. Nach einer Weile fand und drückte er ihn. Der Apparat blieb dunkel und stumm. Lustig überlegte. Was tun? Dumm war, dass er keine Ahnung hatte, weder von Fernsehapparaten noch von sonstiger Elektronik – oder war's nur Elektrik? Vielleicht half munteres Klopfen auf den Rücken des Geräts. Warum sollte es sich nicht angesprochen fühlen und seinen Geist wiederfinden? Gedacht, getan. Lustig klopfte zuerst zögernd und mit leiser Ansprache dem Gerät auf den Rücken. Als es störrisch blieb, wurde der Mainzer Hauptkommissar heftiger. Es ist wie mit Verdächtigen, die partout nichts sagen wollen, dachte er und haute mit seiner rechten Pranke auf die hintere Abdeckung. Aber auch jetzt blieb das Gerät stumm und, schlimmer noch: Die Abdeckung fiel polternd zu Boden. Als er nach unten sah, bemerkte er, dass er ein Loch in die Abdeckung geschlagen hatte. Schnell hob er sie auf und versuchte, sie wieder zu befestigen, als er Schritte hörte.

Im nächsten Augenblick stand die Professorin Aimer im Raum: „Ah, Sie sind schon so weit.“

„Noch nicht ganz“, erklärte Hausmeister Lustidakis, „ich habe gerade festgestellt, dass die Abdeckung hinten ganz locker ist. Ein marodes, wahrscheinlich ein griechisches Modell. Vermutlich hat noch jemand dagegengeschlagen. Ein Fall von Vandalismus, fürchte ich.“

„Was ich immer sage!", empörte sich Frau Aimer. „Die Studierenden heute zeigen keine Achtung mehr vor staatlichem Eigentum. Ich habe das gar nicht mitgekriegt. Man verlässt den Arbeitsraum für wenige Minuten, und schon gebärden sich manche Studierende wie Urzeitmenschen. Natürlich hat sich auch niemand zu dem Schaden bekannt."

Hausmeister Lustidakis nickte: „Das ist schlimm, ja, ja, ich fürchte, ich muss den Apparat mitnehmen, die inneren Organe scheinen mir auch angegriffen zu sein."

„Die inneren Organe?", fragte Frau Aimer verdutzt.

„Na ja, die Schaltkreise und Röhren, meine ich."

„Sie sprechen wie ein Arzt."

„Ein früher Berufswunsch von mir", bestätigte Lustidakis, „da bleibt was hängen." Und er schob zur Beruhigung der Professorin nach: „Es hat nicht sein sollen, für ein Studium hat's bei mir nicht gelangt."

Frau Aimer nickte zufrieden, und Lustidakis schien die Gelegenheit günstig, zu seinem wahren Begehr vorzudringen.

„Hier geht ja ab und zu mal was kaputt … ich hab' gehört, eine Kollegin von Ihnen ist auch …"

„Kaputt gegangen?", fragte Aimer spitz.

„So ähnlich wohl", nickte Lustig.

„Sie ist aufgehängt worden", teilte die Professorin Aimer mit, „da kann man wirklich behaupten, dass sie kaputt ist."

„Schrecklich, schrecklich – wie ist denn das passiert?"

Frau Aimer sah Lustig mit einem prüfenden Blick an und kam zu dem Ergebnis, dass sie mit diesem schlichten

Menschen weiterreden konnte – ein Hausmeister war's nur.

„Warum schrecklich?", fragte sie. „Es gibt Menschen, die sich so einen Tod erarbeiten."

Das war eine ungewöhnliche Formulierung, Lustig fühlte sich schauspielerisch gefordert, er riss die Augen auf und sagte: „Den Tod erarbeiten? Wie meinen Sie das?"

Jetzt lachte Frau Aimer auf: „Die Polizei tappt im Dunkeln, dabei wäre es einfach, mehr über Köckel-Simons herauszufinden. Ich habe bereits einen Hinweis gegeben."

Lustig vergaß für einen Moment seine Undercoverexistenz und fragte ganz unverblümt: „Welchen Hinweis?"

Frau Aimer näherte sich ihm auf einen Schritt und antwortete leise: „Die Tote hat ihren Beruf gehasst."

„Ihre Professur hier?"

Aimers Miene verwandelte sich ins Verschwörerische, doch sie sagte kein einziges Wort mehr, sondern nickte bloß.

12 Ah ja, das Todesspiel

Es war später Nachmittag geworden, und Vlassi schlenderte durch die Gänge der Wiesbadener Hochschule. Genauer gesagt, er zwang sich zum Schlendern, denn das hielt er für studentengemäß. Er suchte den Kollegen Lustig. Wo war der abgeblieben? Irgendwo strömten Studenten aus einem Hörsaal, einen davon fragte Vlassi: „Weißt du, wo der Hausmeister hier ist?"

„Haben wir überhaupt einen?", fragte der zurück, zuckte mit der Schulter und ging weiter.

Hier liegt einiges im Argen, überlegte Kommissar Spyridakis, meine Kommilitonen wissen nicht mal, dass sie einen Hausmeister haben, einen neuen, der mit Argusaugen alles überwacht und sich noch dazu einen griechischen Namen überstreifen wollte. Er schlenderte weiter zum Schwarzen Brett in der Nähe der Lobby, da würde er doch sicher einen entsprechenden Aushang finden. Doch auch hier wurde Vlassi enttäuscht. Weit und breit kein Hinweis auf den Hausmeister und wo man ihn erreichen konnte. Das wäre doch die Aufgabe des Chefs hier gewesen! Doch dieser Präsident Schüttler schien ja vollkommen unfähig zu sein, nicht mal einen winzigen Hinweis auf den neuen Tageshausmeister bekam er hin. Die Hochschule konnte weiter im Unrat versinken. Als was hatte sich Schüttler bezeichnet – als Betriebswirtschaftler? So arbeiten solche Leute also, die obendrein nichts von Kunst verstehen.

Vlassi suchte die Toilette auf, und als er sich eben am Pissoir erleichtern wollte, hörte er hinter sich unfeine Geräusche in der Art von Donnergrollen. Da scheint einem die Erbsensuppe zu schaffen machen, ging es Vlassi durch den Kopf, die haben hier doch wahrscheinlich eine Mensa, wo man tagaus, tagein Erbsen und Bohnen und Linsen vorgesetzt bekommt. Kaum war er fertig mit seinem Geschäft, er verstaute gerade sein bestes Stück, ging eine Spülung hinter ihm, dann wurde die Klotür geöffnet, und er hörte eine bekannte Stimme:

„Lassen Sie auch ab, Herr Spyridokulos? Bei dieser Gesellschaft hier bleibt einem nichts anderes übrig, was?“

Vlassi drehte sich um, vor ihm stand natürlich Ernst Lustig, wer hätte es bei dieser Ansprache auch sonst sein können.

„Hab schon nach Ihnen gefahndet, Herr Lustoog und dachte mir, Sie sind vielleicht ins Klo gefallen.“

„Ich bin der perfekte Undercoveragent“, erwiderte Lustig, „ich hab' Sie hier vermutet, Leute wie 007 treffen sich mit Kollegen immer auf dem Klo, da sind sie ungestört.“

„Auch gefeit vor unangenehmen Geräuschen?“, fragte Vlassi, um versöhnlich fortzufahren: „Nicht ganz verkehrt, was Sie sagen, nur vergessen Sie, dass wir raffinierter als die Bonds dieser Welt sind. Uns sieht man nichts an. Mir jedenfalls nicht, ich habe festgestellt, dass ich als Student mit meinem Outfit vollkommen akzeptiert werde.“

„Das macht die Anti-Aging-Creme“, grinste Lustig, „die beginnt offenbar schnell zu wirken.“

Vlassi schaute prüfend in den Spiegel über dem Waschbecken und stellte fest, dass sein Antlitz sich spürbar verjüngt hatte. Er wusste es ja, diese Produkte der Kosmetikindustrie hatten's in sich, die waren auch bei Männern überhaupt nicht verkehrt.

„Bewundern Sie Ihren verschlissenen Teint?", hörte Vlassi die spöttische Stimme seines Mainzer Kollegen.

Er ging nicht darauf ein: „Haben Sie was rausgefunden?"

„Und wie! Ich habe mit einer Frau Eimer gesprochen, die ist Professorin …"

„Die kenne ich", unterbrach ihn Vlassi, „die schreibt sich mit A vorne."

„Eimer bleibt Eimer", beharrte Lustig, „es kommt immer drauf an, was im Eimer drin ist."

„Da haben Sie ausnahmsweise recht."

Hauptkommissar Ernst Lustig stellte sich ans zweite Waschbecken neben Vlassi, öffnete den Hahn und wusch sich die Hände.

„*Ausnahmsweise* will ich überhört haben", erklärte er mit Dozentenstimme, um im gleichen Ton fortzufahren: „Was also ist im Eimer drin? Ich will mal sagen, ich bin auf etwas gestoßen, was meine werten Wiesbadener Kollegen übersehen haben."

„Tatsächlich?"

Lustig griff zu einem Papierhandtuch und schaute Vlassi von der Seite an: „Ja, ja, Hilfe aus Mainz tut not, gelle? Bei kniffliger Polizeiarbeit braucht ihr halt mich, sonst heißt es *Land unter*."

„Nun reden Sie schon! Ich nenne Sie ab sofort auch James Lustig."

„Wird aber auch Zeit", sagte der zum Geheimagenten Geadelte, warf nach dem Abtrocknen das Papiertuch in den Abfalleimer und sprach gravitätisch: „Eure Tote hat ihren Beruf gehasst."

Vlassi stöhnte auf: „Das ist der Inhalt des Eimers? Das wissen wir doch schon. Sie hat ihre Professur gehasst, das hat uns diese Kollegin von ihr schon im Auto erzählt."

„Na und? Ihr wisst was und macht nix draus!"

„Ja, sollen wir vielleicht daraus schließen, dass sich die Köckel selbst umgebracht hat – weil sie ihren Beruf so hasste?"

Lustig sprach unbeirrt weiter: „Das ist eine Möglichkeit, aber es gibt noch eine andere …"

„Der Möglichkeiten sind viele", fiel ihm Vlassi ins Wort.

„Gar nicht so viele. Sie müssen nur mal überlegen, was Sie machen würden, wenn Sie Ihren Beruf hassen würden."

„Ganz einfach, ich würde ihn wechseln", teilte Vlassi mit.

„Ich kann Ihnen hiermit bestätigen, dass Sie einfallslos sind, Herr Spyridokolus."

„Und Sie sind besserwisserisch, Herr Lustoog!"

In dem Moment ging die Tür der Toilette auf, und zwei Studenten kamen herein. Die beiden Kripoleute waren in Fahrt gekommen, sahen sich aber gezwungen zu schweigen. Lustig winkte mit dem Kopf zur Tür, und Vlassi und er verließen das Abort-Etablissement.

Draußen auf dem Gang flüsterte Lustig seinem Kollegen zu: „Sie waren schon nah dran mit Ihrer Vermutung."

„Dass ich wechseln würde?"

„Man muss ja nicht gleich die Professur hinschmeißen, ein gutes Beamtengehalt in den Gully treten."

„Sie meinen schwarz arbeiten?"

„Schwarz, schwarz! Hier geht es doch nicht um eine Steuererklärung, hier geht es um viel mehr."

„Was kann schon ein Professor nebenbei machen?", fragte Vlassi. „Das sind doch lebensuntüchtige Leute, deshalb arbeiten sie ja hier."

„Nicht so laut", ermahnte ihn Lustig, „wir sind hier auf professoralem Terrain", um nach ein paar Sekunden weiterzusprechen: „Denken Sie doch an die Tätigkeit der Ermordeten! Kunsthistorikerin, nicht wahr?"

Vlassi nickte.

„Fällt bei Ihnen bald der Groschen!", knurrte Lustig, „oder muss ich Sie zur Müllabfuhr strafversetzen?!"

Vlassi schluckte, was konnte eine Professorin für Kunstgeschichte machen, was nicht in einer Hochschule geschah? Doch nach einigen Schritten kam ihm die Erleuchtung, und er teilte mit einer Stimme mit, als hätte er's schon immer gewusst: „Sie könnte im Kunstbetrieb tätig werden."

„Na endlich", murmelte Lustig.

„Wir müssten also …", hob Vlassi an, kam aber nicht weiter, denn Lustig fiel ihm ins Wort: „Nicht hier, nicht jetzt!"

Sie gingen ein paar Schritte weiter, die Lobby kam in Sicht, und der Mainzer Kollege fragte leise: „Wie sieht's bei Ihnen aus, was haben Sie rausgefunden?"

Vlassi antwortete ebenso leise: „Enormes. Feindschaften an der Hochschule sind an der Tagesordnung, aber eigentlich herrscht Ignoranz unter den Professoren, jeder von den Kackern lebt für sich."

„Das hab' ich mir schon immer gedacht", erwiderte Lustig, „die sind doch weltfremd, diese Professoren. Wenn das alles ist, was Sie rausgefunden haben, entziehe ich Ihnen den 007-Status, Sie werden höchstens ein 000er und machen bei der Fastnacht mit."

Vlassi fühlte sich gefordert: „Natürlich ist das nicht alles. Ich bin doch mitten in der Recherche." Und leiser teilte er mit: „Aufgrund meines überzeugenden und verjüngten Aussehens wurde ich zu einer Party heute Abend eingeladen, die Kommilitonin machte dunkle Andeutungen ..."

Lustig ließ ihn nicht aussprechen: „Und Sie wollen Licht reinbringen?"

„Ja, natürlich, ich werde das Dunkel erleuchten, dass es alle Geheimnisse preisgibt."

„Meinen Segen dafür haben Sie, denn Glück allein wird nicht langen", sagte Lustig und ging zu einer Treppe, die nach unten führte.

„Was soll denn an einer Party gefährlich sein?", fragte Vlassi kopfschüttelnd.

„Partys sind immer gefährlich", beharrte Lustig, „da muss man tanzen, ich hab' schon allerhand üble Gesellschaften dieser Art mitgemacht."

„Geht's zurück zu Ihrer gefährlichen und aufreibenden Arbeit, Herr Lustoog?", fragte Vlassi anzüglich, der nicht wusste, dass sein Kollege sich um einen schwierigen Patienten kümmern musste, einen kaputten Fernseher nämlich.

Lustig, schon auf der Treppe, drehte sich um, aber nicht, um ihn aufzuklären: „Mein Name ist Lustidakis, mein Herr, ich bin ins griechische Fach gewechselt."

*

Es dunkelte bereits, als Vlassopolous Spyridakis in die Yorckstraße im Wiesbadener Westend einfuhr. Hier wohnte Rosella in der Nummer 25, und hier sollte die Party steigen, zu der er eingeladen war. Parkplätze in dieser Gegend waren rar, aber mit seinem studentischen Gefährt müsste er doch ein Ruheplätzchen finden. Gar nicht so einfach wie gedacht, Vlassi bedauerte zum ersten Mal, dass er sein Auto nicht per Zusammenklappen verkleinern konnte, fuhr schließlich in die Nachbarstraße ein und wurde fündig.

Zu Fuß steuerte er die angegebene Adresse an, drückte auf die Klingel neben dem Namen Rosella, und wider Erwarten hörte er ihre Stimme. Eine Gegensprechanlage hatte er nicht erwartet. Lebte diese Rosella etwa auf großem Fuß, würde er gleich in ein weiträumiges und modernes Loft eintreten, gab es bei dieser Party Lachs und Kaviar? Ein Glas Champagner könnte er auch vertragen, fiel Vlassi ein, die Kaffeestube in der Hochschule hatte ihn unbefriedigt zurückgelassen, und wenn er's recht bedachte, war es höchste Zeit, sich was hinter die Kiemen zu stecken.

„Komm hoch in den vierten Stock", sagte Rosella.

„Bin schon dabei", erwiderte Vlassi und nahm die Treppe im Sturmschritt.

Oben stand Rosella in der offenen Tür und lächelte ihm zu. Fängt ja verheißungsvoll an, dachte Vlassi, ich werde doch nicht etwa meiner Carola heute untreu werden? Und wenn doch – es geschah in Ausübung meines Dienstes, ich bin völlig unschuldig, es handelte sich um einen Dienstbeischlaf. Aber warum überhaupt davon erzählen, warum sich rechtfertigen? Solche Dienstbeischläfe behält man am besten für sich, der wahre Gentleman genießt und schweigt – so machen's schließlich die Bonds dieser Welt immer.

Rosella begrüßte ihn mit einer Umarmung und einem flüchtigen Kuss auf die Wange. Das fängt ja wirklich gut an, ging es Vlassi durch den Kopf, ich bin hier vollkommen richtig, um einen Mord aufzuklären. Dann führte sie ihn aus dem kleinen Flur in einen größeren Raum. Einige Poster hingen an den Wänden, es gab auch eine Nische mit Büchern, und ein flauschiger Teppich lag auf dem Boden, doch der war ziemlich abgetreten. Na ja, ein Loft sah nach Vlassis Vorstellungen eigentlich anders aus, möglicherweise handelte es sich um einen studentischen Loft, verarmter studentischer Adel gewissermaßen. Aber konnte man hier eine rauschende Party feiern und Erotik genießen? Die Beleuchtung sprach dafür, denn eine Stehlampe in einer Ecke spendete schummriges Licht. Auch das plüschige Sofa nahm Vlassi ein, nicht allerdings die beiden Holzkisten, die davorstanden. Und gehörte zu einer Party nicht auch was Essbares? Einen Tisch mit Leckereien wie Kaviar, Lachs und weiteren Häppchen lukullischer Art vermisste der Kommilitone Vlassopolous stark. Und sosehr er sich auch anstrengte, um die dürftigen Lichtverhältnisse zu durchdringen, nirgendwo leuchtete eine Flasche Moet & Chandon auf.

In dem Moment sagte Rosella: „Willst du ’ne Flasche Bier?“

„Bier?“, erwiderte Vlassi enttäuscht. „Na ja, Durst habe ich schon. Gibt’s auch was zu essen?“

„Natürlich“, antwortete Rosella, „ich mach’ gleich mal die Tüte mit den Salzbrezeln auf.“

Vlassis Enttäuschung wuchs ins Maßlose. Bier und Salzbrezeln – das war ein bisschen wenig, eine Party in einem Loft stellte er sich anders vor. Offenbar lebte Rosella doch nicht auf großem, sondern eher unscheinbarem Fuß. Was soll’s, dachte er, muss ich meinen Appetit eben mit Salzbrezeln stillen.

„Sag mal, sind wir eigentlich ganz allein?“, rief er der in einen Nachbarraum geeilten Rosella nach.

Doch just in dem Augenblick traten Geistern gleich aus einer anderen Ecke Florian und Bastian.

„Hallo, Vlassopolous!“, grüßten sie ihn gleichzeitig.

„Hab’ euch gar nicht gesehen“, sagte Vlassi erstaunt.

Florian trat nach vorn, sodass etwas Licht auf ihn fiel: „Wir kommen mitunter aus dem Jenseits.“

„Ach so, wusste gar nicht, dass ihr spiritistisch veranlagt seid.“

Aus dem dunkleren Hintergrund hörte er Bastians Stimme: „Das Metaphysische liegt uns, weißt du.“ Er machte eine kleine Pause und sagte dann: „Das Metaphysische existiert an unserer Hochschule nicht. Die Professoren haben keinen Sinn dafür, eigentlich wissen sie überhaupt nicht, was es bedeutet."

„Dachte ich mir schon", teilte Vlassi mit, „so was wie Theologie gibt's ja nicht an der Rhein-Main-Hochschule." Und er dachte: Ich weiß genug von Sauerinsky, diese Professoren-Kacker haben von den wesentlichen Dingen des Lebens keine Ahnung.

Rosella kam aus dem Nachbarraum, offenbar einer Küche, mit einem Teller zurück, auf dem aufgehäuft kleine Salzbrezeln lagen. In der anderen Hand hielt sie eine schon geöffnete Flasche Bier und ein Glas. Sie stellte alles auf die Holzkisten vor dem Sofa und nahm Platz.

„Mach doch mal ein bisschen Musik", wies sie Florian an.

Der drehte sich sogleich in den dunklen Hintergrund, wo offenbar ein CD-Player auf irgendeiner Kiste stand.

„Setz dich doch", sagte Rosella zu Vlassi.

Natürlich, setzen, dachte der, man sollte sich immer dorthin setzen, wo das Ess- und Trinkbare in Reichweite sind. Er nahm neben ihr Platz, und Rosella griff nach der Flasche und goss ihm etwas Bier ins Glas. Vlassi steckte sich ein paar Brezeln in den Mund, kaute lustlos darauf herum, um dann sein halb volles Glas leer zu trinken.

„Trinkt ihr denn nichts?", fragte er dann.

„Bastian, hol' mir doch auch ein Bier", sagte Rosella nach hinten.

Bastian verschwand in den Nachbarraum, wo zuvor auch Rosella gewesen war. Plötzlich erklang eine seltsam getragene Musik, irgendetwas mit Harfen, eine Musik, bei der Vlassi an Sphärenklänge dachte, Sphärenklänge, die ihn aber seltsamerweise beunruhigten.

„Ich dachte, ihr seid eher so Techno-Typen", sagte er, und seine Stimme kam ihm ein wenig fremd vor, fast schon so wie die Musik.

„Way to heaven", murmelte Rosella.

Bastian kam mit einer Flasche Bier und zwei Gläsern aus der Küche zurück. Er stellte alles auf die Holzkisten, setzte sich und goss ein. Rosella und er nahmen ihre Gläser und prosteten Vlassi zu.

„Trinken wir auf unsere Bekanntschaft", sagte sie und zwinkerte ihm zu: „Vielleicht wird es eine Freundschaft."

Vlassi verspürte einen enormen Durst nach den Salzbrezeln, und so füllte er sein Glas auf, stieß mit ihnen an und trank es wie ein Verdurstender leer. Danach lehnte er sich befriedigt zurück. Müde fühlte er sich plötzlich, das konnte nur an seinem aufreibenden Tag liegen. Wo war eigentlich Florian, war der wieder ins dunkle Jenseits zurückgetreten?, ging es ihm durch den Kopf.

Als hätte der seinen Gedanken gehört, erklang seine Stimme von hinten: „Hier bin ich, ganz nah bei dir."

Vlassi fiel ein, dass er doch eigentlich in dienstlicher Mission bei dieser Party war, er musste das Gespräch ganz unverfänglich auf die Tote bringen. Bloß wie?

Er zwang sich ein Lächeln ins Gesicht und wandte sich an Rosella: „Unser Gespräch beim Kaffee heute Nachmittag ist mir nachgegangen, weißt du. Ich hab dir ja schon gesagt, du als Mörderin – kann ich mir prima vorstellen …"

Sie unterbrach ihn, sah Vlassi prüfend an und wollte wissen: „Gefällt dir die Musik?"

Er nickte: „Aber du sagtest auch, Feinde müssen nicht Kollegen sein. Ich bin furchtbar neugierig, wie meintest du das?“

Rosella schien etwas irritiert – weshalb? Traute sie ihm eine flüssig vorgetragene Frage nicht zu? Sie antwortete: „Ich komme als Mörderin infrage, sehr richtig. Aber Feinde lauern auch außerhalb.“

„Außerhalb der Hochschule?“

Rosella bejahte, Bastian legte ein Bein übers andere und sagte: „Du solltest wissen, dass Köckel-Simons am liebsten Ausstellungsmacherin gewesen wäre.“

„Ausstellungsmacherin“, wiederholte Vlassi und kam sich etwas begriffsstutzig vor.

„Du weißt doch, was das ist?“, fragte Bastian.

„Ja, ja“, nickte Vlassi schwerfällig, während Rosella ihre Frage von vorhin wiederholte: „Gefällt dir die Musik?“

Nun kam es Vlassi so vor, als müsse er sich anstrengen, um eine Antwort zu geben. Dabei war die Frage doch ganz einfach. Gefällt dir die Musik?

Voller Mühe sagte er: „Immer besser.“

„Das ist gut, das ist sehr gut“, erwiderte Rosella mit einem Lächeln, „willst du noch etwas Bier?“

Vlassi nickte, und sie goss ihm aus seiner Flasche den Rest ein, um dann ihr Glas in die Hand zu nehmen und ihm zuzuprosten. Vlassi griff ebenfalls nach seinem Glas, aber seine Bewegung kam ihm irgendwie verlangsamt vor. Machte das der Alkohol? Trank er ein Starkbier, vielleicht ein Superstarkbier, das er nicht kannte? Oder träumte er, war er nach diesem aufreibenden Tag in einen Schlaf gesunken, ohne es zu merken? Ihm kam die Situation am

Schiersteiner Rheinufer in den Sinn, wo er auf der Festwiese im Auto unversehens in einen träumerischen Schlaf gefallen war und ein Arzt ihn geweckt hatte. Vielleicht spielte ihm seine Zirbeldrüse wieder einen Streich, er wusste ja, dass er dringend Melatonin-Pillen brauchte, die erschöpfte Zirbeldrüse schaffte es nicht mehr allein. Eventuell sah er inzwischen auch nicht mehr jugendlich aus, sondern war wieder vorgealtert und hing hier auf dem Sofa wie ein Hundertjähriger herum.

Wie aus weiter Ferne erkannte er Bastian, der ebenfalls das Glas erhob und zum Mund führte. Florian musste noch im Dunkeln stehen, warum eigentlich?

„Ich glaube, du bist jetzt so weit", hörte Vlassi die Stimme Rosellas, „wir können dich jetzt einweihen."

Einweihen – das Wort schwappte in Vlassis Hirn hin und her wie das Bier in seinem Magen und beunruhigte ihn ein wenig, war er etwa einer Sekte auf die Spur gekommen, statt der Zeugen Jehovas den Zeugen der ehemaligen Fachhochschule Wiesbaden? Oder wollte man ihn zum Teufelsanbeter machen, musste er bald auf Friedhöfen herumkrauchen und Leichen ausbuddeln? Aber vielleicht ging es um noch Perverseres? Es kam ihm plötzlich vor, als würde die grässliche Musik von hinten lauter werden und die Harfenzupferei in seine Gehörgänge schneiden.

„Einweihen?", ächzte er.

Rosella nickte: „Wir machen hier das Todesspiel."

„Das Todesspiel?", wiederholte Vlassi langsam und fragend.

„Das kennst du wahrscheinlich nicht", teilte Rosella beiläufig mit.

Noch nie davon gehört, ging es ihm durch den Kopf, und er war dankbar dafür, dass ihm überhaupt etwas durch den Kopf ging, ein völlig leerer Kopf hätte ihn doch mehr als beunruhigt. Gleichzeitig bemerkte er, dass ihm die Vokabel Todesspiel keine Angst einjagte. Müsste er die nicht haben? Denn mit dem Tod spielen – geht das? Da würde der Tod sicher was dagegen haben.

Zu seiner Verwunderung sagte er träge: „Ah ja, das Todesspiel."

Rosella sah ihn aufmerksam an: „Es ist ein Vorlaufen in den Tod."

„Ein Vorlaufen", wiederholte Vlassi mit müder und gedehnter Stimme und wunderte sich, dass er nicht wissen wollte, ob er auch zurücklaufen konnte. Aber er saß hier teilnahmslos auf dem Sofa eines studentischen Lofts und war weder imstande, sich aus dem Fenster abzuseilen, noch in James-Bond-Art seinen Körper mit einem Hechtsprung zur Tür in Sicherheit zu bringen. Vermutlich wollte ihm Lustig zu Recht den 007-Status entziehen. Oder hatte er das bereits und saß Vlassi deshalb jetzt apathisch hier herum?

„Du bist der Richtige dafür, du wirst Unglaubliches erleben", teilte ihm Rosella verschwörerisch mit. Meinte sie das Vorlaufen in den Tod?

Wie aus einer anderen Welt schob sich Bastian in Vlassis Blickfeld, und sein Mund formte die Worte: „Vertraue uns, vertraue uns."

Und auf einmal spürte Vlassi, wie ihm jemand von hinten einen Strick um den Hals legte. Seine Hände wollten nach oben streben, aber er brachte sie seltsamerweise nicht hoch. Komisch, dachte Vlassi, der Tod scheint ja wirklich ein verspielter Mann zu sein, jetzt kommt er sogar mit einer Kordel, die er mir wie eine Krawatte um den Hals bindet. Und nur, um mir zu unglaublichen Erlebnissen zu verhelfen. Ziemlich einfallsreich von ihm, wenn nicht sogar nobel.

In dem Moment zog sich der Strick zu, Vlassi schnappte schnell noch nach Luft und ihm ging dabei durch den Kopf, dass Sauerstoff sicher hilfreich beim Vorlaufen ins Jenseits sei – und vermutlich auch beim Zurücklaufen. Die Sphärenklänge drangen ein letztes Mal in seine Ohren, und ihm fiel die gemurmelte Erklärung Rosellas ein: *way to heaven*. Dann schwanden ihm die Sinne.

13 Tango im Café Superb

Am anderen Tag schaute Hauptkommissarin Julia Wunder in ihrem Büro unruhig auf ihre Armbanduhr. Sie zeigte bereits elf Uhr an, und Vlassopolous Spyridakis war immer noch nicht erschienen. Julia stand von ihrem Schreibtisch auf und ging zum Fenster. Draußen herrschte unfreundliches Wetter, es regnete zwar nicht in Strömen, aber es nieselte, und Nebelschwaden zogen am Fenster vorbei, sodass sie ihren geliebten Neroberg nicht sehen konnte. Hätte ihr Assistent sie nicht wenigstens anrufen können? Sie wandte sich vom Fenster ab und war sich nicht sicher, ob sie sich Sorgen machen sollte. Sie sollte ihn anrufen. Aber eigentlich wusste sie ja, wo er sich herumtreiben wollte – an der Hochschule. Da konnte nicht viel passieren. Wahrscheinlich hatte Kommissar Spyridakis mit Studenten einen flotten Abend verbracht, sie schätzte seinen Diensteifer, aber manchmal kam er ihr völlig übertrieben vor. Und jetzt schaffte er es eben nicht aus dem Bett. Oder war er mit Ernst Lustig, den er einspannen wollte, in einer Weinstube gelandet? Lustig galt als Zecher, solche Naturen sind überredungsstark und reißen die Vlassis dieser Welt mit sich.

In dem Moment ging die Tür mit einem Ruck auf, und Kriminalrat Feuer stürmte herein. Julia kam gerade bei ihrem Schreibtisch an und wollte sich eben setzen.

„Guten Morgen, Frau Wunder", sagte Robert Feuer mit getragener Stimme, „was macht unser Hochschulmord? Wie weit sind Sie?" Er machte eine kleine Pause und schob nach: „Oder sollte ich von unserem Kunstmord sprechen?"

Julia setzte sich und erwiderte: „Kommissar Spyridakis hat mittlerweile mit dem Ehemann der Toten gesprochen, das war nötig, er musste ja unterrichtet werden."

„Ehemann, Ehemann", brummelte Feuer, „ein bedauernswerter Mensch, der gerade seine Frau verloren hat. Wir hatten doch diesen Präsidenten im Visier, diesen Kunstbanausen, der nicht mal weiß, wer die Mona Lisa gemalt hat."

„Den haben wir nach wie vor im Visier. Sie können davon ausgehen, dass wir uns um mehrere Verdächtige kümmern."

„Also um Selbstmord handelt es sich jedenfalls nicht?", fragte Feuer und machte ein paar Schritte im Zimmer. „Das war doch bei unserem letzten Gespräch noch nicht klar."

„Nein, Selbstmord hat Frau Doktor Hauswaldt ausgeschlossen."

„Mal von diesem Präsidenten abgesehen – kommen Kollegen oder Studenten nicht infrage? Ich habe doch die Anregung gegeben, dass die Ermordete wahrscheinlich mit Studenten nicht klargekommen ist."

„Auch das überprüfen wir im Moment …"

Feuers Blick fiel auf den leeren Schreibtischstuhl von Vlassi, er hielt in seinem Schritt inne und fiel ihr ins Wort: „Ich sehe hier gar nicht den Kollegen Spyridakis. Ich sehe ihn überhaupt selten in der Mordkommission."

„Das liegt daran, dass hier so selten Morde passieren", erwiderte Julia.

„Zum Glück, zum Glück", brummte Feuer, „überprüft Spyridakis, ist er unterwegs? Der war ja bei unserem letzten Gespräch schwer auf Zack, Sie erinnern sich, Frau Wunder?"

„Natürlich, er wusste, dass Menschen sich verstellen, vor allem Täter."

„Die Mordbuben dieser Region sind allemal fähig zur Verstellung!", stimmte Kriminalrat Feuer heftig zu. „Das ist es ja, was unseren Beruf so interessant macht. Wollen wir es denn mit Deppen zu tun haben, die über ihren eigenen Schnürsenkel stolpern?"

„Auf keinen Fall", stimmte ihm Julia zu, „der raffinierte, der ausgeklügelte Mord ist gewissermaßen eine Kunstform, und wir sind die Kunstsachverständigen, die ihn beurteilen und aufklären."

Robert Feuer sah sie erstaunt an: „Frau Wunder, ich ziehe meinen Hut. Ausdrucksvoller hätte selbst ich unser Wirken nicht beschreiben können. Ich ernenne Sie hiermit zur Hauptkommissarin h.c.p."

Julia breitete die Arme aus: „Spät kommen Sie mit dieser Ehrung, aber ich nehme sie huldvoll entgegen. Vorher aber würde ich gern wissen, was h.c.p. bedeutet."

„Sie kennen doch das Kürzel h.c. – honoris causa. Es hängt an manchem Doktortitel dran und meint *Der Ehre wegen*. Mein h.c.p. heißt honoris causa poeta. Sie verstehen?"

Julia nickte: „Ich verstehe. Ab sofort werde ich auf meine Visitenkarte drucken lassen: Julia Wunder, Hauptkommissarin h.c.p. Hoffentlich kommt da niemand auf den Gedanken, dass es eventuell eine Krankheit ist."

Feuer lachte bärig auf: „Eine akademische Adelung ist's! Wie kommen Sie auf Krankheit?"

„Ich denke da vor allem an Herrn Spyridakis", erläuterte Julia, „ich bin mir sicher, dass der bei einer vermuteten Krankheit h.c.p. nicht mehr in meiner Nähe sein will."

Feuer fiel beim Namen Spyridakis ein, was er eigentlich wissen wollte: „Wo steckt denn dieser fähige Mensch, der mich letztens so glänzend interpretiert hat? Was überprüft er?"

„Die Hochschule und ihr Personal. Er ist undercover unterwegs."

„Um diese Zeit? Ist die Hochschule da überhaupt schon offen? Wir haben als Studenten am frühen Morgen noch gepennt", erwiderte Feuer ungläubig, um dann mit nachdenklicher Miene fortzufahren: „Na, wenigstens kann er nicht wie beim letzten Fall in den Rhein gefallen sein, die Hochschule ist ja kein Krisenfall, kein Wassernotstandsgebiet."

„Eben das wollte Kommissar Spyridakis erkunden", erwiderte Julia.

„Was gibt's da zu erkunden, das ist doch sonnenklar."

„Für den Außenstehenden schon", erwiderte Julia mit kritischer Miene, „aber Herr Spyridakis will sich immer ein eigenes Bild machen. Er ist fähig, wie Sie schon sagten, wenn auch auf ungewöhnliche Weise."

Sie wollte ihrem Chef nicht mitteilen, dass sie sich leise Sorgen um Vlassi machte, wer weiß, wo er diesmal versackt war. Doch Feuer sollte bei dem positiven Eindruck bleiben, den er beim letzten Gespräch von ihrem Assistenten gewonnen hatte.

„Da haben Sie sicher recht", stimmte ihr Feuer zu, „dieser Spyridakis ist wahrhaftig eine ungewöhnliche Type. Als Kripo-Mann ziemlich schräg, möchte ich sagen. Also an der Hochschule recherchiert er?"

Julia nickte.

„Was soll er denn da finden?", fuhr Kriminalrat Feuer fort. „Professoren sind doch für einen Mord nicht geeignet. Wie ich schon sagte, da handelt es sich um Leute, die über ihre eigenen Schnürsenkel stolpern."

„Kann sein, kann aber auch nicht sein", sagte Julia, „wir dürfen nicht zu sehr von unseren Vorurteilen ausgehen, es gibt auch Professoren, die fallen eher in die Rubrik, die ich vorhin ansprach."

„Sie meinen den raffinierten, ausgeklügelten Mord? So einen Professor können Sie sich vorstellen?"

„Möglich ist alles", erwiderte Julia vielsagend.

„Werden Sie deutlicher, Frau Wunder! Wen genau haben Sie im Verdacht?"

„Lieber Herr Feuer, ich sage Ihnen alles, und ich sage es Ihnen sofort, sogar auf poetische Art, gerade jetzt, wo Sie mir das h.c.p. verliehen haben. Aber lassen Sie mir noch ein wenig Zeit."

Feuer sah sie mit offenem Mund an, als könne er ihre Worte nicht fassen, sodass sich Julia genötigt sah, ihrer Rede etwas Erklärendes hinterherzuschicken: „Meine Strategie beginnt gerade zu greifen."

„Offenbar eine Geheimstrategie", brummte der Kriminalrat und machte zwei Schritte in Richtung Fenster, „also gut, ich gebe Ihnen ein klein wenig Zeit, aber dann müssen Sie mich einweihen."

„Aber natürlich", beruhigte ihn Julia, „ich weihe Sie vollkommen ein."

Die Hauptkommissarin Julia Wunder konnte nicht wissen, dass die Vokabel *Einweihen* in Vlassis Kopf vor nicht allzu vielen Stunden in unguter Weise hin und her geschwappt war, sie ahnte auch nicht, dass die Bedeutung, in der ihr Assistent das Wort kennenlernte, eine ganz andere war als die, in der sie es benutzte. Julia wollte lediglich Robert Feuer beruhigen, während Vlassi dasselbe Wort beunruhigt hatte. So ist es mit den Begriffen dieser Welt, seien sie klein oder groß: den einen bereiten sie Kopfzerbrechen, den anderen schaffen sie Muße.

„Das will ich doch hoffen", erwiderte Feuer auf Julias Einweihungsvorschlag und machte sich auf in Richtung Tür. Als er die Klinke schon in der Hand hielt, wandte er sich um: „Voran, voran! Wir müssen bald mit Ergebnissen aufwarten, mein Chef sitzt mir im Nacken."

Als er die Tür von draußen geschlossen hatte, griff Julia zum Telefon. Sie hätte schon längst Dr. Silke Hauswaldt anrufen müssen, ja, sie musste die Rechtsmedizinerin sogar aufsuchen. Aber vorher wollte sie sichergehen, dass Frau Doktor Hauswaldt auch da war. Als Julia den Hörer in der Hand hielt und wählte, fiel ihr wieder Vlassopolous Spyridakis ein, er war immer noch nicht erschienen, und mittlerweile ging es schon auf halb zwölf zu. Selbst für ihren schrägen Assistenten eine Zeit, die er sich noch nie geleistet hatte.

Julia nahm schnell die Stufen in die Unterwelt zum Gerichtsmedizinischen Institut. Doktor Hauswaldt wusste Bescheid, dass sie kommen würde, und war schon neugierig, um was es ging. Julia hatte sie am Telefon vertröstet, alles Reden sei überflüssig, sie käme sofort. Als sie in den Obduktionsraum eintrat, kam ihr die hochgewachsene Rechtsmedizinerin aus dem Nachbarraum entgegen.

„Hallo, Frau Wunder, Sie haben's ja spannend gemacht. Bringen Sie mir eine neue Leiche? Und ist sie so klein, dass man sie nicht sieht?"

„Ich bin froh, dass ich Sie nicht mit einer weiteren Leiche behelligen muss, aber ich habe tatsächlich was Kleines für Sie."

Sie zog aus ihrer Handtasche jenen Plastikbeutel, den ihr Vlassi nach dem Besuch bei Sauerinsky gegeben hatte. Darin steckte ein Kamm.

Frau Doktor Hauswaldt zog eine verächtliche Grimasse, als sie das Fundstück sah: „Einen Kamm bringen Sie mir? Soll das eventuell der Mörder sein?"

„Seien Sie froh, dass ich Ihnen nicht das Schwarze unter einem Fingernagel bringe. Das langt Ihnen doch, wie Sie sagten. Stattdessen präsentiere ich Ihnen einen Kamm. Untersuchen Sie ihn bitte nach verdächtigen Spuren, DNA, Sie wissen schon."

„Na gut, dann eben einen Kamm", murrte Dr. Hauswaldt, „ich bin schließlich professionell." Sie machte eine kleine Pause: „Vielleicht entdecke ich in ihm eine angegriffene Leber oder funktionsuntüchtige Nieren."

„Sie entwickeln allmählich Humor", erwiderte Julia, „dazu möchte ich Sie beglückwünschen."

Die Rechtsmedizinerin ging auf ihre Spitze nicht ein: „Ich mache mich gleich an die Arbeit, kommen Sie in einer knappen Stunde wieder, da weiß ich mehr über den Kamm und seine Innereien."

Bisschen lang braucht Frau Hauswaldt für einen Kamm, dachte Julia, fast so lange wie für eine Leiche. Laut aber teilte sie mit: „Einverstanden. Ich gehe einen Kaffee trinken irgendwo hier in der Nähe und bin bald wieder da."

Die Rechtsmedizinerin nickte: „Vergessen Sie nicht, sich ein Stück Torte zu gönnen, Sie kommen mir heute schmal und abgespannt vor."

Julia hatte bereits die Tür geöffnet und war auf dem Weg nach draußen. Die Hauswaldt hat recht, dachte sie, offenbar sieht man mir meine Besorgnis an. Sie nahm sich vor, noch vor dem ersten Schluck Kaffee Kommissar Spyridakis anzurufen. Kaum stand sie draußen auf der Straße, zog sie ihr Smartphone hervor und wählte Vlassis Handynummer. Sie ließ es lange klingeln, doch kein Vlassi meldete sich.

Julia wusste, wo sie in der Nähe ein Café finden konnte, es war in der Blücherstraße, sie hatte es in guter Erinnerung, ein Plüschcafé, in dem sie irgendwann mal einen starken Kaffee genossen hatte, einen jedenfalls, der sich nicht vor Schwäche setzen musste – wie Kommissar Spyridakis bei Sauerinsky so treffend bemerkt hatte. Sie machte sich zu Fuß auf den Weg, und ihr kam Vlassi wieder in den Sinn. Es wird ihm doch nicht wirklich was passiert sein, so lange war er noch nie verschollen. Im Café werde ich ihn gleich noch mal anrufen. Hatte ihr Assistent vielleicht im Übereifer einen verdächtigen Professor verfolgt und sich täppisch angestellt, sodass der ihn in einen Hinterhalt gelockt hatte? In einen Hinterhalt am Rhein, wo er den bewusstlos gemachten Spyridakis ins kalte Wasser geworfen und der Fluss ihn mit sich gerissen hatte und er kläglich ertrunken war? Schon im letzten Fall spielte der Rhein eine unglückselige Rolle für ihn. Aber da kam er wenigstens mit einer Unterkühlung davon. Einer Unterkühlung, die ihn beinahe das Leben gekostet hätte. Jetzt denke ich schon wie Kommissar Spyridakis selbst, schalt sich Julia, der Bursche ist nicht nur schräg, sondern auch ansteckend. Wahrscheinlich ist meine Befürchtung vollkommen übertrieben. Aber warum meldet er sich nicht, das sollte man doch erwarten können.

Sie war am Café Superb angekommen, öffnete die Tür und entdeckte einen freien kleinen Tisch. Das Café war für diese Zeit ziemlich voll, nahezu jeder Tisch war besetzt. Außerdem waberte Tango-Musik durch den Raum, was eine lateinamerikanische Atmosphäre schuf. Irgendwie ungewöhnlich, dachte Julia, dieses Café hat sich verändert, mein letzter Besuch liegt offenbar länger zurück, als ich dachte. Kaum hatte sie Platz genommen, näherte sich ihr eine Kellnerin. Julia bestellte einen Kaffee und fragte nach Kuchen.

„Wir haben ganz frischen Streuselkuchen", informierte sie die Kellnerin freundlich.

„Bitte bringen Sie mir ein Stück", teilte ihr Julia mit und dachte dabei an die Worte der Rechtsmedizinerin, vielleicht würde der Streuselkuchen sie ja vitalisieren. Dann fragte sie: „Ich wusste gar nicht, dass es bei Ihnen Tangomusik gibt – ist das neu?"

Die Kellnerin beugte sich zu ihr: „Ein Gast hat sie bestellt, ein Tango-Fan offenbar."

„Aha."

„Er sitzt hinter der Garderobe und ist schon einige Male aufgestanden und hat Tango getanzt." Ihre Augenbrauen zogen nach oben: „Solo."

„Er tanzt allein?", fragte Julia.

„Er sagte, das sei in seinem Herkunftsland so üblich, man müsse zuerst allein üben."

Julia wollte keinen Kommentar geben, dachte aber: Hier scheinen neuerdings seltsame Käuze zu verkehren.

Die Kellnerin verschwand, und Julia zog ihr Smartphone hervor. Noch einmal wollte sie versuchen, Kommissar Spyridakis zu erreichen. Wieder ließ sie es etliche Male klingeln, aber niemand meldete sich. Gerade wollte sie auf die Aus-Taste drücken, als sie in ihrem Apparat etwas hörte. Es klang ganz nach Tango-Rhythmen.

„Hallo!", sprach sie ins Handy. „Herr Spyridakis, hören Sie mich?"

Die Antwort klang vernuschelt und wie aus weiter Ferne: „Ja … ich bin es."

„Herr Spyridakis, wo stecken Sie denn, ich habe schon längst einen Anruf von Ihnen erwartet."

„Bin in Südamerika … auf einer Tango-Tournee."

„Was? Ich verstehe nicht, wie reden Sie denn?"

Vlassis Stimme hörte sich verzerrt an: „Muss mich eintanzen. Bin aus der Übung gekommen." Mit diesen Worten beendete er das Gespräch.

In Julia Wunder stieg ein Verdacht auf – ein Verdacht, der einer Erleuchtung gleichkam. Die Kellnerin näherte sich ihr gerade mit Kaffee und Kuchen, Julia erhob sich und sagte: „Stellen Sie alles hierhin, ich komme gleich wieder."

„Toilette ist da hinten", sagte die Kellnerin erklärend.

Julia war schon auf dem Weg zur Garderobe, und kaum hatte sie die aufgehängten Mäntel passiert, sah sie das, was sie vermutet hatte, war aber dennoch höchst erstaunt. Ein Mann mit roten Haaren und Dalí-Bärtchen saß an einem kleinen Tisch, bewegte seinen Körper vor und zurück und wippte mit den Füßen. Natürlich erkannte Julia in der seltsamen Gestalt sofort Kommissar Spyridakis. Sie war sehr erleichtert, ihn zu sehen, wenigstens schien er körperlich wohlauf – aber war in seinem Kopf auch alles in Ordnung?

„Herr Spyridakis, ich denke, Sie sind in Südamerika?"

Vlassi schaute zu ihr auf: „Geistig. Geistig weile ich in Südamerika, genauer gesagt in Argentinien, dem Land des Tangos."

„Wie sehen Sie denn aus? Trägt man im Land des Tangos Rot?"

„Tarnfarbe", erklärte Vlassi und machte eine geheimnisvolle Miene.

„Darf man neben dem Tango-Enthusiasten in Tarnfarbe Platz nehmen?", fragte Julia und versuchte jede Ironie aus ihrer Stimme zu verbannen.

„Sehr gern. Sie kommen gerade recht, Frau Wunder. Ich musste bisher allein üben, ich brauche dringend eine Partnerin."

„Was soll eigentlich Ihr Oberlippen-Bärtchen? Braucht man das zum Tango-Tanzen?"

„Ein Dalí-Bärtchen ist das! Braucht man für den Tango. Außerdem musste ich mich doch für die Hochschule verwandeln, hab' doch undercover recherchiert", erwiderte Vlassi, um dann zu wiederholen: „Ich brauche dringend eine Tango-Partnerin."

„Denken Sie dabei an mich? Sie wollen mit mir Tango tanzen?"

Vlassi erhob sich: „Unbedingt! Bitte kommen Sie! Sie können sich mir vollkommen anvertrauen, ich habe schon eine Weile geübt, will sagen, für mich selbst getanzt."

In Julias Kopf rotierten die Gedanken, offenbar war Vlassopolous Spyridakis noch in einer anderen Welt, ihn abrupt aus dieser hinauszukatapultieren wäre wahrscheinlich schädlich, sie musste sich peu à peu in seine Tango-Realität einfühlen. So erhob sie sich, wenn auch etwas widerwillig.

„Tanzen wir!", sagte sie. „Ich habe schon immer geahnt, dass Sie ein begabter Tango-Tänzer sind, vermutlich stammen Ihre Eltern aus Argentinien."

Vlassi nahm sie in die Arme und erwiderte: „Das ist inzwischen auch meine Vermutung. Nicht griechischer Herkunft, sondern argentinischer scheine ich zu sein."

Durch das Café Superb tönten nach wie vor wunderbare Tango-Klänge, Vlassi machte ein paar Schritte mit seiner Chefin und erklärte: „Wir tanzen Tango Argentino, nicht die europäische Abart, wir tanzen das Original."

Sein schleichender Gehschritt wechselte abrupt mit kleinen zackigen Schritten ab, fließende Bewegungen gingen in abgehackte über, Vlassi gab alles vor, und Julia war erstaunt, wie sie in seinen Armen Rhythmus und Schrittfolge einhielt. Auch das ruckartige Drehen der Köpfe schien er nahezu perfekt zu beherrschen, und Hauptkommissarin Wunder bemühte sich, es ihm gleichzutun, und zeigte sich als gelehrige Schülerin. Sie waren inzwischen an der Garderobe vorbeigetanzt, und die Cafébesucher sahen ihnen staunend zu, ja, jetzt klatschte sogar einer Beifall, und andere schlossen sich ihm an.

„Sie sind eine hervorragende Tango-Tänzerin", teilte Vlassi seiner Chefin mit.

„Das habe ich nur Ihnen zu verdanken und Ihrem Bärtchen", gab sie das Kompliment zurück.

„Wir könnten Turniertänzer werden, sogar aufs internationale Parkett könnten wir uns begeben!", erklärte Vlassi und ruckte seinen Kopf in Richtung Buffet.

Dort stand die Kellnerin, die Julia vor wenigen Minuten Kaffee und Kuchen gebracht hatte. Sie hielt auch jetzt ein Tablett in den Händen, doch die tänzerische Darbietung der beiden unbekannten Gäste und die plötzliche Hinwendung des einen überraschten sie so, dass sie ungläubig die Augen aufriss und ihr Tablett fallen ließ. Die beiden Tänzer störte das nicht, sie tanzten an ihr vorbei und wieder zurück zur Garderobe.

„Merken Sie, dass ich meine rechte Hand nicht auf Ihr Schulterblatt gelegt habe, sondern auf die Wirbelsäule?", erklärte Vlassi. „Die rechte Hand muss immer auf der Wirbelsäule ruhen."

„Nur nicht zu weit unten", erwiderte Julia.

Die Musik klang aus, Vlassi entließ Julia aus seinen Armen und sagte: „Mir war dieses Detail mit der Wirbelsäule vor Kurzem auch noch unbekannt. Aber es ist äußerst wichtig, wenn man den Original-Tango tanzen will."

Vlassi schob ihr mit Grazie den Stuhl zurecht, dann setzten sich die beiden wieder an den kleinen Tisch hinter der Garderobe. Julia überlegte, ob die Zeit reif war, ihren Assistenten nach seinen Nachforschungen zu befragen und wie er so überraschend seine Liebe zum Tango entdeckt hatte. Vielleicht glaubte er wirklich, dass seine Vorfahren aus Argentinien stammten, vielleicht war er auf sehr schräge Abwege geraten und wusste gar nicht mehr, dass er als Kripo-Mann in Wiesbaden tätig war.

„Lieber Herr Spyridakis", hob sie an, „ich bin Julia Wunder, und Sie wissen, wer ich bin?"

„Aber natürlich, ich würde Sie unter tausend Frauen erkennen."

„Wissen Sie denn auch, wer Sie sind?"

„Ich bin Vlassopolous Spyridakis", erklärte Vlassi mit sehr normaler Stimme, „gibt es daran irgendeinen Zweifel?"

„Bei mir nicht. Aber ich dachte, bei Ihnen."

In dem Moment warf die Kellnerin einen Blick um die Garderobe, einen Blick, in dem sich Neugier mit Verdatterung mischte. Vorsichtig fragte sie in Richtung Julia: „Soll ich Ihnen Ihren Kaffee und Kuchen hierherbringen?"

„Ja, bitte!" Und mit einem Blick auf die junge Frau erklärte Julia: „Ich bin auch unter die Tango-Tänzer gegangen. Hebt die Stimmung und Ihr Lokal."

Vlassi schob nach: „Bringen Sie mir bitte einen Espresso lungo."

„Lungo", wiederholte die Kellnerin, als sei es ein Tango-Geheimwort, und verschwand um die Ecke.

Vlassi nahm das Gespräch mit seiner Chefin wieder auf: „Warum sollte denn bei meiner Identität irgendein Zweifel bestehen?“

Julia war sich jetzt einigermaßen sicher, dass Kommissar Spyridakis wieder in ihrer Welt weilte, er hatte offenbar durch den Tanz mit ihr zurückgefunden, sie konnte ihn jetzt vermutlich sachdienlich vernehmen: „Woher kommt denn Ihre plötzliche Liebe zum Tango, und warum haben Sie sich nicht gemeldet? Wissen Sie, wie viel Uhr es ist?“

„Zeit spielt für den Tango-Tänzer keine Rolle“, erklärte Vlassi mit strenger Miene, „das ist ja das Schöne daran, man verliert den Sinn für die Zeit, man wird gewissermaßen ins Zeitlose gehoben.“

„Schön und gut, das Zeitlose hat sicher was für sich, aber Sie haben doch noch einen Beruf … in der Jetztzeit und im Diesseits.“

„Das Diesseits …“, sinnierte Vlassi, und sein Blick wurde abwesend.

Die Kellnerin kam, brachte das Gewünschte und stellte Kaffee, Kuchen und Espresso auf den Tisch, um schnell wieder zu verschwinden. Vlassi nahm sein Espresso-Tässchen in die Hand und schlürfte einen Schluck in sich hinein. Julia gab ein wenig Milch in ihren Kaffee, trank aber nicht, sondern sah ihren Assistenten an. Hoffentlich half ihm der Schluck Espresso, um seinen Diesseits-Satz zu vollenden.

Tatsächlich fuhr Vlassi nach ein paar Sekunden fort: „Das Diesseits – ich habe es verlassen.“

„Hat man Ihnen was gegeben, eine Droge eingeflößt?“, fragte Julia vorsichtig.

„Kann mich nicht erinnern", murmelte Vlassi, „jedenfalls gab's nicht mal Champagner, nur Bier." Im selben Moment schien er über sich selbst zu erschrecken und fuhr erklärend fort: „Habe das Diesseits verlassen, wenigstens kurzzeitig. Ich hab' nämlich das Todesspiel gespielt."

„Was haben Sie?", fragte Julia entgeistert.

„Jetzt fällt's mir wieder ein. Wissen Sie, es geht da um ein Vorlaufen in den Tod."

„Herr Spyridakis, reißen Sie sich zusammen, und sprechen Sie klar. Wo sind Sie da reingeraten?"

Nun hörte sich Vlassis Stimme etwas kläglich an: „Ich habe doch an der Hochschule recherchiert, und da haben mich Studenten zu einer Party eingeladen und mit mir das Todesspiel gespielt."

„Was ist denn das für ein Unsinn! Mit dem Tod kann man nicht spielen."

„Zu essen bekam ich auch nichts bei dieser Party, der Tod hat offenbar keinen Hunger, und er hat auch keinen Sinn für meine Bedürfnisse", erklärte Vlassi mit Beichtstimme, „stattdessen hat man mir eine Schnur um den Hals gelegt, bis mir die Luft wegblieb."

Julia schloss die Augen und atmete tief durch, ihr Assistent war keineswegs nur schräg, sondern mitunter übermäßig tölpelhaft. Aber das wollte sie ihm in diesem Moment nicht sagen.

„Man hat Sie erdrosseln wollen?", fragte sie und schaute auf seinen Hals, konnte allerdings keine Spuren seiner Jenseits-Erfahrung entdecken.

„Na ja, ein Vorlaufen in den Tod …"

Sie fiel ihm ins Wort: „Man hat Sie mit einer Droge außer Gefecht gesetzt, und dann hat der Tod mit Ihnen Tango getanzt. Da kann ich ja froh sein, dass Sie einigermaßen beieinander sind nach Ihrem Besuch im Jenseits!"

„Das ist es ja. Bei diesem Vorlauf habe ich eine Art Traum gehabt und erkannt, dass ich mal ein berühmter Tango-Tänzer war, ich habe mich auf einer Bühne gesehen, es muss in Buenos Aires gewesen sein, da hab' ich die Massen zu Beifallsstürmen hingerissen ..."

„Haben Sie allein getanzt wie hier im Café?"

„Nein, ich hatte eine glutäugige Partnerin, eine schöne Frau, ich meine, fast so schön wie Sie ..."

„Da galt der doch der Beifall."

„Eigentlich schon, aber ich hab' ihn ganz auf mich gemünzt, ich habe so wunderbar getanzt ..."

„Das ist wieder mal typisch für Sie! Selbst im Tod immer noch ichbezogen." Julia machte eine kleine Pause und sagte dann: „Also gut, Sie hatten eine Vision ..."

Jetzt fiel ihr Vlassi ins Wort: „Eine Vision, aber ganz lebensecht. Der Tod scheint gar nicht so übel zu sein."

„Herr Spyridakis, man hätte Sie beinahe umgebracht – das ist der Fakt, um den es hier geht." Julia hielt inne: „Wie sind Sie denn da wieder rausgekommen?"

„Ich habe tief eingeatmet vor dem Vorlaufen, damit ich wieder zurücklaufen konnte. Das war doch genial von mir – und hat prima funktioniert."

Julia musste grinsen, wollte es aber nicht zeigen und sagte schnell: „Sie haben also dem Tod ein Schnippchen geschlagen."

Vlassi bestätigte durch Nicken.

„Da sind Sie wahrscheinlich der Erste, dem das gelungen ist."

„Einer muss den Anfang machen!", erklärte Vlassi überzeugt.

Jetzt trank Julia von ihrem Kaffee, sie hatte es nach dieser Enthüllung bitter nötig. Als sie die Tasse absetzte, sagte sie: „Was sind denn das für Studenten, die mit Ihnen das Todesspiel exerziert haben? Kennen Sie die Namen?"

„Sie meinen, die haben auch mit der Köckel-Simons das Todesspiel gespielt?"

„Vermeiden Sie bitte das Wort spielen", erklärte Julia streng, „hier geht es um Mord und nicht um Spiel." Dann fuhr sie fort: „Ja, natürlich, die Köckel-Simons könnte so ums Leben gekommen sein."

„Ist sie nicht erwürgt worden?"

„Na und! Man hat falsche Spuren gelegt. Doch vorher hat man sie durch das Todesspiel exekutiert."

Julia trank noch einen Schluck von ihrem Kaffee, auch Vlassi nippte an seinem Espresso lungo. Seine Chefin fragte: „Wie sind Sie eigentlich hierhergekommen? Haben Sie nach Ihrer Vision den Tod gebeten, Sie im Café Superb abzusetzen?"

Aus Vlassis Antwort war etwas Scham herauszuhören: „Ich wachte in einem Hinterhof neben einer Mülltonne auf, dachte an mein früheres Tango-Leben und hab' mich in dieses Café gerettet ..."

„... wo Sie die arme Kellnerin anwiesen, Tango zu spielen."

Vlassi nickte: „Es war zu schön auf dieser Bühne in Buenos Aires. Sie hätten sehen sollen, wie man mir zugeklatscht hat."

Julia nickte mürrisch: „Ja, ja, man kann also sagen, dass Ihnen die roten Haare und das Dalí-Bärtchen zu dieser Erfahrung verholfen haben."

„Eine Kunst-Erfahrung!", bestätigte Vlassi. „Und ich bin als Student vollkommen durchgegangen, musste mich doch verwandeln. Meine Haare, der Bart, ein Rucksäckchen hatte ich auch. Der Lustig brauchte das alles nicht, dem nimmt man so, wie er ist, sofort den Hausmeister ab."

„Gut, gut, Sie sind als Student durchgegangen – und dabei beinahe draufgegangen", konstatierte Julia mit ernster Miene. „Jetzt aber werfen Sie Buenos Aires und den Tango ab und erfreuen sich bitte wieder an Ihrem Wiesbadener Kripo-Dasein."

Vlassi sah sie an und murmelte: „Ich werde mein Dasein als Tango-Tänzer doch sehr vermissen." Er machte eine kleine Pause und warf einen Blick auf das Stück Streuselkuchen auf dem Tisch: „Essen Sie das nicht?"

„Essen Sie's!", erklärte Julia. „Wenn man mit dem Tod getanzt hat, ist man sicher besonders hungrig."

„Vielen Dank, ich kann wirklich einen Happen gebrauchen."

Julia warf einen Blick auf ihre Armbanduhr. Die Zeit war vorangeschritten, und sie musste zu Frau Doktor Hauswaldt zurück. Beim Aufstehen fragte sie Vlassi nochmals: „Also Sie haben die Namen der Studenten, die Sie ins Jenseits geschickt haben?"

Vlassi schluckte und erwiderte kleinlaut: „Rosella ist der Kopf der Bande."

14 Wohin Wissensdurst führt

Auf dem Weg zur Rechtsmedizinerin ging Julia einiges durch den Kopf. War es möglich, dass ihr Assistent eine heiße Spur angezapft hatte? Konnte es sein, dass Studenten mit einem Todesspiel eine Professorin aus dem Leben gekippt hatten? Spyridakis war davongekommen, möglicherweise wollten sie sich nur einen Spaß mit ihm machen, aber das musste ja nicht immer so sein. Vielleicht hatte die Professorin Köckel-Simons einen von den Studierenden durchfallen lassen, und der wollte sich rächen. Aber lässt sich eine Kunsthistorikerin auf ein Todesspiel ein? Man muss ihr das Wort ja nicht sagen, überlegte Julia, man muss sie auch überhaupt nicht zu einer Party oder Ähnlichem einladen, ohne jede Vorwarnung kann man ihr einen Strick um den Hals legen und mit den Händen nachhelfen.

Julia war in ihre Gedanken verstrickt, als sie in die Unterwelt des rechtsmedizinischen Instituts stieg. Sie klopfte kurz an der Tür von Dr. Hauswaldt an und öffnete sie, ohne ein Herein abzuwarten.

„Frau Doktor Hauswaldt, ich bin's, Julia Wunder!"

Aus dem Nachbarraum hörte sie die Stimme der Angesprochenen: „Sie kommen spät, ich wollte gerade gehen."

„Da bin ich ja froh, Sie noch anzutreffen."

Silke Hauswaldt kam durch die Tür des Nachbarraums: „Wo waren Sie denn so lange, ich hab' Sie früher erwartet."

„Ich musste mich um Herrn Spyridakis kümmern, Sie werden es nicht glauben, aber seine Recherchen erweisen sich als hochgefährlich."

„Tatsächlich?", wunderte sich Dr. Hauswaldt. „Und ich dachte, der schwänzelt Ihnen immer nur hinterher."

„Da unterschätzen Sie ihn", nahm Julia ihren Vlassi in Schutz, „Kommissar Spyridakis hat sehr interessante, wenn auch mitunter etwas ausgefallene Ideen …"

„… die sich als hochgefährlich erweisen", vervollständigte die Rechtsmedizinerin ihren Satz und schob neugierig nach: „Was hat er denn diesmal angestellt?"

„Liebe Frau Doktor Hauswaldt", antwortete Julia, „ich schätze Ihr Interesse, aber Sie wissen doch, dass unsere Nachforschungen geheim bleiben müssen."

„Topsecret, was?", grinste die Angesprochene.

Julia nickte: „Was haben Sie denn derweil herausgefunden?"

„Nichts, was topsecret wäre, ich teile Ihnen mein Wissen gern mit. Der Kamm, den Sie mir gebracht haben, ist weiblicher Herkunft."

Die Rechtsmedizinerin hatte sich mit ein paar Schritten Julia genähert und zeigte ein wissendes Gesicht, sprach allerdings nicht weiter.

„Weiblicher Herkunft? Können Sie deutlicher werden?", fragte Julia.

„Ja, das kann ich." Doktor Hauswaldt setzte eine überlegene Miene auf: „Ich habe am Kamm Spuren gefunden, die auf eine ganz bestimmte Person hinweisen."

„Machen Sie's doch nicht so spannend!"

„Es ist eine Person, die Sie kennen!"

„Sie meinen doch nicht etwa die Ermordete?"

„Genau das meine ich, im Kamm befinden sich eindeutig Haare von der Professorin, die Sie mir als Leiche geschickt haben. Mein Befund geht sogar dahin, dass der Kamm dieser Frau … wie hieß sie noch mal?"

„Köckel-Simons."

„Dass der Kamm dieser Frau Köckel-Simons gehört hat", vervollständigte die Rechtsmedizinerin ihren Satz.

Julia sah sie nachdenklich an: „Das ist ja wirklich ein hochinteressantes Ergebnis."

„Ich bin nicht so schräg wie Ihr Kollege Spyridakis und auch nicht so gefährlich", erklärte Frau Dr. Hauswaldt voller Genugtuung, „dafür professionell und ergiebig."

Julia nickte, und dabei ging ihr ein kleiner Gedanke durch den Kopf: Die Rechtsmedizinerin ist bestimmt nicht schräg, dafür fehlt ihr aber auch jeder Witz, von dem Vlassopolous Spyridakis reichlich besitzt – wenn auch manchmal unbewusst.

„Nach Ihren Untersuchungen also gehört der Kamm der Ermordeten?", fragte Julia noch einmal nach.

„Jedenfalls habe ich Haare von ihr darin gefunden."

Julia machte ein paar Schritte durch den Obduktionsraum, dabei überschlugen sich ihre Gedanken. Der Kamm stammte aus Sauerinskys Toilette, er kannte die Ermordete offenbar nicht nur als Kollegin, er musste ein ganz anderes Verhältnis zu Köckel-Simons gehabt haben. Ein intimes? War sie bei ihm im Haus? Oder hatte

Sauerinsky den Kamm der Toten an sich genommen, weil er etwas von ihr besitzen wollte? War der Kamm ein Fetisch, eine Erinnerung an sie? Oder lenkte der Besitz des Kamms nicht eher auf ihn als Täter? Aber warum hatte er ihn dann nicht versteckt? Die Toilette war dunkel, Vlassi hatte keinen Lichtschalter gefunden, fiel Julia ein, und das kam ihr auf einmal wie ein Zeichen, ja wie kalkulierte Absicht vor. Ulysses Sauerinsky wollte kein Licht in die Angelegenheit bringen, obwohl er sehr beredt und ausführlich über seine unfähigen Professorenkollegen und die Hochschule gesprochen hatte. War das eventuell nichts als Ablenkung?

Julia hörte die Stimme der Rechtsmedizinerin: „Haben Sie den Täter gedanklich schon dingfest gemacht?"

„Vielleicht. Mir ist so einiges durch den Kopf geschwirrt."

„Ich frage nicht nach Einzelheiten", sagte Dr. Hauswaldt und schob neugierig nach: „Auch der Täter?"

„Auch der", erwiderte Julia, „aber Sie wissen doch, ich kann Ihnen nichts Genaueres mitteilen."

„Schade, wo ich doch so gesprächig war."

„Warum sind Sie denn an dem Fall so interessiert?", wollte Julia wissen.

Silke Hauswaldt zupfte nachdenklich an ihrem Dutt, um dann zu sagen: „Ich rede – sogar über Einzelheiten. Es ist so: Die Tote war doch Kunsthistorikerin, und ich wollte auch mal Kunstgeschichte studieren, das war eine heftige Neigung von mir."

„Verstehe", nickte Julia, „Sie sind an Kunst interessiert. Da gehen Sie sicher öfter mal in ein Museum."

„Aber natürlich, ich war gerade im Städel in Frankfurt, hab' mir die Vasarely-Ausstellung angesehen."

„Vasarely, ist das nicht der Künstler, der es unerträglich fand, dass Bilder zweidimensional sind?"

„Sehr richtig!", antwortete Silke Hauswaldt erfreut. „Sie wissen gut Bescheid, Vasarely wollte in seinem Schaffen dreidimensional werden."

„Würden Sie sagen, er hat's geschafft?"

Jetzt konnte man spüren, dass die Rechtsmedizinerin in ihrem Element war: „Absolut! Einige Bilder im Städel musste ich von der Seite anschauen, ich dachte, sie sind plastisch, sie treten aus sich heraus. Aber das war ein Irrtum, die Bilder sind alle flach, eben zweidimensional …"

Julia fiel ihr ins Wort: „Sehen Sie, so geht's meinem Kollegen Spyridakis und mir selbst auch öfter. Man fällt auf eine optische Täuschung herein, und wenn man sich die Sache aus einem anderen Blickwinkel ansieht, erkennt man den grotesken Irrtum."

Dr. Silke Hauswaldt nickte bestätigend: „Manche Bilder Vasarelys sind so gemalt, dass man wirklich glaubt, sie seien dreidimensional. Eine Täuschung – aber als Kunstliebhaberin sage ich: eine wunderbare."

„Ja, ja", erklärte Julia, „getäuscht werden wir häufig, aber meist ist es nicht wunderbar, jedenfalls in meiner Branche."

„Da hat die Kunst entschieden Besseres zu bieten!", teilte Doktor Hauswaldt überzeugt mit.

*

Während Julia bei der Rechtsmedizinerin Dr. Hauswaldt einen recht eindeutigen Hinweis bekam, hatte Vlassi nach dem Gespräch mit seiner Chefin das Café Superb verlassen und sich, wenn auch schweren Herzens, von seinem geliebten Tango und seinen rauschenden Erfolgen in Buenos Aires verabschiedet. Zumindest gedanklich. Er war wieder ganz in seiner Wiesbadener Welt angekommen, machte sich in der Toilette des Cafés nicht gerade ausgeh-, aber wenigstens hochschulfein zurecht, um anschließend sein studentisches Gefährt in der Nachbarstraße aufzusuchen, mit dem er zur Rhein-Main-Hochschule fuhr.

Dort war längst Ernst Lustig in seiner Hausmeister-Kammer angelangt. Den kaputten Fernsehapparat von Frau Aimer hatte er natürlich nicht mitgenommen, als er am Spätnachmittag des Vortags sich erschöpft von seinem Winz-Schreibtisch erhob, um in Richtung Mainzer Altstadt zu fahren, da er dort in der Weinstube Michel seinen Feierabend-Schoppen genießen wollIte.

Jetzt aber suchte er den Arbeitsraum der Professorin auf, um sich dem maroden Fernseher noch einmal zu widmen. Vielleicht konnte er ihn ja doch zum Laufen bringen und hatte so einen Stein im Brett bei dieser Frau, hieß sie nun Eimer oder Aimer. Einen Stein im Brett zu haben ist immer vorteilhaft, wusste der Kripo-Mann Lustig, denn das machte das Gegenüber gesprächig. Nun stand er sinnend vor dem Fernsehapparat, griff nach der notdürftig angehängten Rückseite und nahm sie in die Hand. Das Loch könnte ich flicken, dachte er, da bin ich schon mal auf einem guten Weg. Dann schaute er ins Innenleben des altertümlichen Geräts und überlegte, ob er nicht eine dieser Röhren herausnehmen sollte, um mit Überzeugung mitzuteilen: *Daran liegt's, das ist ein vollkommen veraltetes Teil, das den Geist aufgegeben hat.* Er machte sich mit seinen Wurstfingern an die Arbeit, als er Schritte hörte. Im nächsten Moment stand die Professorin Aimer im Raum.

„Ah, Herr Lustidakis, schon bei der Arbeit?"

Lustig machte ein betrübtes Gesicht: „Ich wollte den Apparat ja eigentlich gestern mitnehmen, habe ihn aber nicht in meinen Kleinwagen bekommen."

„Machen Sie sich keine Sorgen darüber", erwiderte Frau Aimer, „es gibt Schlimmeres."

Ja, eine Leiche bei euch im Haus, die nicht zu reparieren ist, dachte Lustig, sprach aber treuherzig: „Ich habe hier gerade ein Teil herausoperiert, an dem es wohl liegt."

„Herausoperiert", lächelte die Web-Designerin, „man merkt Ihnen auf Schritt und Tritt an, dass Sie einmal Mediziner werden wollten."

Ernst Lustig setzte eine bescheidene Miene auf: „Na ja, ein vergeblicher Berufswunsch."

Frau Aimer begab sich zu einem Schreibtisch und begann, irgendwelche Papiere zu sortieren, Lustig hatte das Gefühl, dass die Professorin ganz gut drauf war. Die Gelegenheit schien also günstig, das Gespräch über die Tote aufzunehmen. Nur wie?

Nach einer Weile sagte er: „Ich habe heute Nacht schlecht geträumt, Frau Professor Eimer. Wissen Sie, ich glaube, mir macht sogar im Traum die Ermordete hier an der Hochschule zu schaffen."

„Darum brauchen Sie sich nicht zu kümmern."

„Das hab' ich mir auch gesagt. Lustidakis, das ist nicht dein Bier! Hab' ich mir gesagt. Träume gefälligst etwas anderes." Und mit Achselzucken und vertraulicher Stimme fuhr Ernst Lustig fort: „Aber es hat nicht geklappt."

„Was beschäftigt Sie denn so?"

„Na ja, Sie sprachen doch davon, dass diese Frau sich ihren Tod erarbeitet hat. Das verstehe ich nicht. Kann man sich seinen Tod erarbeiten?"

Jetzt schaute die Professorin zu ihm auf: „Ich habe Ihnen doch gesagt, dass die Tote ihren Beruf gehasst hat ..."

„Und ihre Kollegen wohl auch?", ergänzte Lustig.

„Natürlich", bestätigte Frau Aimer, „mich konnte sie zum Beispiel nicht ausstehen."

„Tatsächlich?", fragte Lustig mit ungläubigem Blick. „Ich kann mir überhaupt niemanden vorstellen, der Sie nicht ausstehen kann."

Die Professorin erkannte nicht die Lüge in Lustidakis' Worten, sie lächelte und fühlte sich geschmeichelt. Ein Effekt, den der Mainzer Kripo-Mann durchaus erzielen wollte. Er sprach weiter: „Ja, glauben Sie denn, dass diese Person hier im Haus Widersacher gehabt hat, tödliche Widersacher, meine ich?"

Zu Lustigs Erstaunen antwortete Frau Aimer: „Ja. Mich zum Beispiel."

„Sie?"

Die Professorin Aimer überlegte kurz, aber dieser Hausmeister war ein schlichtes Gemüt, dem konnte sie so etwas sagen: „Ich hätte sie umbringen können, ich hab's auch oft getan."

„Oft? Aber sie ist doch nur einmal gestorben."

„Ich spreche metaphorisch, Herr Lustidakis, die Metapher ist ein Bild, das einen Sachverhalt klarer machen soll."

„Ach so", nickte Lustig, „also Sie waren's nicht."

„Das habe ich nicht gesagt. Vielleicht war ich's, geb's aber nur nicht zu."

„Jetzt bin ich ganz verwirrt", gestand der Hausmeister Lustidakis, „mich hat eigentlich vor allem interessiert, wie man sich seinen Tod erarbeiten kann."

„Ich habe Ihnen doch schon gesagt, dass ich der Polizei einen Hinweis gegeben habe, und Ihnen übrigens auch."

Mir auch?, überlegte Lustig, Hat die mich etwa durchschaut, wittert die in mir einen Kripo-Mann? Mit argloser Stimme sagte er: „Ach, ich bin so vergesslich, was für einen Hinweis haben Sie denn gegeben?"

Die Design-Professorin schaute auf und lächelte ihn gütig an: „Die Vergesslichkeit ist ein allgemeines Gebrechen, viele leiden darunter und merken es nicht einmal." Sie straffte sich: „Ich habe den Hinweis gegeben, dass Frau Köckel-Simons ihren Beruf gehasst hat, und daraus ergeben sich Folgerungen."

So weit war ich auch schon, ging es Lustig durch den Kopf, ich habe sogar den denkfaulen Spyridakis drauf gestoßen. Aber jetzt muss ich an Ort und Stelle weiterbohren. Er schaute in die Luft, als würde er heftig nachdenken, um schließlich nachdenklich zu sagen: „Folgerungen? … Da würde mir der Kunstbetrieb einfallen … War die Tote nicht Kunsthistorikerin?"

„Was Sie nicht sagen", murmelte Frau Aimer, die sich wieder über ihren Schreibtisch gebeugt hatte. Nach einer

Weile fuhr sie fort: „Natürlich muss einem da der Kunstmarkt einfallen."

„Kunstmarkt, richtig, so muss es heißen", stimmte Lustig zu.

„Wissen Sie, was auf dem Kunstmarkt passiert?"

„Eigentlich nicht, wenn ich offen sprechen darf."

Die Professorin schaute hoch: „Sie sind eine ehrliche Haut, Herr Lustidakis." In Wirklichkeit aber dachte sie: Der Mann ist einfältig und schwerfällig, hat überhaupt keine Ahnung vom wahren Leben, kann bestenfalls einen kaputten Fernsehapparat reparieren.

Lustig schaute zu ihr und hoffte, dass sie weitersprechen würde, doch Frau Aimer blieb stumm. Allerdings nicht sehr lange, denn nach einer Weile sagte sie: „Ich will Sie mal ein bisschen aufklären."

„Sehr gerne, wissen Sie, ich bin im Grunde ein wissensdurstiger Mensch."

Die Professorin Aimer nickte: „Auf dem Kunstmarkt spielen Expertisen eine wichtige Rolle. Wissen Sie, was Expertisen sind?"

„Nicht genau", machte Lustig auf unkundig.

„Eine Expertise ist ein von einem Experten verfasstes Gutachten über ein bestimmtes Gemälde."

„Ach so", erstaunte sich Lustig.

„Und können Sie sich denken, warum man Expertisen braucht?"

„Ja, also … ich könnte mir denken …", hob Hausmeister Lustidakis an.

„Ich sag's Ihnen", beendete Frau Aimer seinen Denkvorgang, „Expertisen benötigt man, um die Echtheit eines Bildes zu klären."

„Das ist mir gerade durch den Kopf gegangen", beeilte sich Lustig zu versichern, denn er wollte der Dame klarmachen, dass er mitdachte.

„Und warum ist man an der Echtheit eines Bildes interessiert?" Die Professorin Aimer wartete keine Antwort ab, sie dozierte gerade so schön, da wollte sie sich nicht durch eine dumme Antwort herausreißen lassen. „Die Echtheit bestimmt den Wert, genauer gesagt, den Preis eines Bildes, so etwas ist ganz wichtig, verstehen Sie?"

Lustig senkte und hob schwerfällig den Kopf, sagte aber nichts, um der Professorin den Eindruck zu vermitteln, dass er das Gesagte mühsam verdauen musste.

„Ich gebe Ihnen ein Beispiel", fuhr Frau Aimer fort, „Sie kennen vielleicht Alexej von Jawlensky, einen berühmten Maler, der mit Wiesbaden stark verbunden war …"

„Er lebt nicht mehr", stellte Lustig überflüssigerweise fest.

„Ja, natürlich. Das Museum wollte sein *Stillleben mit grüner Flasche* ankaufen, war sich aber nicht sicher, ob dieses Bild wirklich von ihm stammte …"

„Verstehe, verstehe", fiel Lustidakis ihr ins Wort, „und da kommt die Expertise ins Spiel."

„Sehr richtig, Sie haben verstanden. Die Expertise stellte fest, dass dieses Gemälde nicht von Jawlensky stammt, sondern von einem unbekannten Maler, der den Jawlensky-Stil nachahmte. Können Sie sich vorstellen, welchen Betrag man für dieses Bild eines Nachahmers ausgegeben hätte?"

„Falls es echt gewesen wäre? Ich meine, von diesem Herrn Jawlensky gemalt?"

„Ein echter Jawlensky ist Unsummen wert!", teilte Frau Aimer mit.

„Die *grüne Flasche* dagegen keinen Cent", erklärte Lustig überzeugt, als habe er es schon immer gewusst.

Frau Aimer genoss ihren pädagogischen Erfolg und sagte voller Genugtuung: „Sie sind ein gelehriger Schüler."

„Danke, ich bemühe mich immer, von gebildeten Menschen zu lernen, vor allem, wo ich jetzt an einer Hochschule arbeiten darf."

„Die richtige Einstellung", nickte ihm die Professorin Aimer zu.

Eine kurze Weile blieb es still im Arbeitsraum, dann meldete sich Lustig wieder zu Wort: „Eine kleine Frage habe ich aber noch, Frau Professor Eimer. Was haben die *Grüne Flasche* und Jawlensky mit der Toten hier zu tun?"

Die Designerin schaute auf: „Herr Lustidakis, das sollten Sie sich nach dem Gesagten doch selbst zusammenreimen können!"

Ich bin im Reimen nicht so gut, dachte Lustig, bei mir klingt manches holprig, deshalb würde ich's gern aus deinem Mund hören, sah sein Gegenüber aber nur mit stumpf-neugierigem Blick an.

Frau Aimer deutete diesen Blick als Denkschwäche, seufzte leise und erklärte: „Frau Köckel-Simons hat Expertisen geschrieben. Wie Sie inzwischen wissen, benötigt der Kunstmarkt solche Gutachten dringend."

„Jetzt fällt's mir wie Schuppen von den Augen", sagte Ernst Lustig spontan, wusste aber gleichzeitig, dass ihm noch eine weitere Schuppe von den Augen fallen müsste, also fragte er mit naiver Stimme: „Für wen hat sie denn diese Expertisen geschrieben?"

„Eine gute Frage", sagte die Professorin zu seiner Überraschung, „ich stelle fest, dass Sie wirklich wissensdurstig sind. So eine Frage sollte ein Mensch von der Kripo stellen, aber die kommen nicht drauf."

Ernst Lustig alias Lustidakis nickte eilfertig, er dachte dabei an seine tumben Wiesbadener Kollegen. Alles Lob gebührte ihm, allen Ruhm konnte er auf sich beziehen.

Frau Aimer fuhr fort: „Die Tote hat für den Galeristen und Kunstauktionator Schnackenberger Expertisen geschrieben, Schnackenberger in Frankfurt."

„Woher wissen Sie das denn?", fragte Lustig vorlaut.

„Ich weiß es eben, Herr Lustidakis!", bügelte ihn die Professorin ab.

Hausmeister Lustidakis übte sich in Stille, nur nicht weiter vorpreschen, er hatte schon genug erfahren. Doch da gestattete sich die Professorin Aimer noch einen Nachschlag und sagte: „Bilder und Fälschungen, Expertisen und Kunstauktionatoren – das alles ist ein kriminelles Milieu. Wer sich da hineinbegibt, darf sich nicht wundern, eines Tages erhängt an einer elektrischen Tafel zu baumeln."

Lustig nickte und murmelte zustimmend: „Sie hat sich ihren Tod wahrhaftig erarbeitet."

15 Bin ich der Mörder?

Kommissar Spyridakis war längst in der Wiesbadener Hochschule angekommen. Er streifte durch die Gänge und hielt Ausschau nach Rosella, Florian und Bastian, den katastrophalen Kommilitonen, aber sosehr er sich auch anstrengte – keine Spur von ihnen. Schlimmer noch: Vlassi konnte sich nicht mehr genau an deren Äußeres erinnern. Trug diese Rosella nicht lange grüne Haare? Oder waren ihre Augen grün und die Haare blond, vielleicht sogar weiß gefärbt? Hatte Florian nicht zerfließende Gesichtszüge und eine Stupsnase? Oder war es ein langer Zinken? Von Bastian fehlte ihm jede Erinnerung. Woran lag das? Vlassi fielen seine Benommenheit und sein Weggetretensein bei dieser sogenannten Party ein – hatten diese todessüchtigen Studiosi ihm was ins Bier geschüttet? Waren die Brezeln vergiftet? Oder beides? Das konnte Spätfolgen nach sich ziehen. Vielleicht würde er demnächst statt Tango irgendeinen afrikanischen Fruchtbarkeitstanz in den Straßen Wiesbadens tanzen? Ob er sich nicht dringend ärztlich untersuchen lassen sollte? *Herr Doktor, ich musste einen üblen Trunk zu mir nehmen, er hat mich vollkommen wehrlos gemacht und alles vergessen lassen, ich kann Ihnen nur sagen, dass ich mal ein berühmter Tango-Tänzer war, jetzt aber als Kommissar durch die Stadt schleiche.*

Vlassi gab die Suche nach seinen katastrophalen Kommilitonen auf und steuerte das Kellergeschoss an, in dem er die Behausung des Hausmeisters Lustig vermutete. Er tappte einen spärlich erleuchteten Gang entlang, fand aber weder einen offenen Raum noch eine Person, die Lustig ähnelte. Als er zurückging und gerade die Treppe nehmen wollte, kam ihm sein Mainzer Kripo-Kollege von oben entgegen.

„Ich bin erfreut, Sie zu sehen und wiederzuerkennen", sagte Vlassi.

„Auch mal bei der Arbeit?", fragte Lustig trocken.

„Ich arbeite wie verrückt, war auf der Suche nach Ihnen."

Lustig schaute nach hinten, ob ihm etwa jemand nachgekommen war, dann sagte er etwas leiser: „Sie brauchen nicht mehr zu arbeiten, Sie brauchen nicht mehr zu suchen."

„Wie bitte? Sie wollen doch nicht andeuten, dass der Fall gelöst ist?"

„Ich will nicht andeuten", erwiderte Lustig gelassen und winkte Vlassi mit sich, „ich sage es, und es ist so. Der Fall ist gelöst."

Vlassi tapste ihm hinterher. Lustig drückte eine Tür auf und winkte ihn in das dahinterliegende Zimmer.

„Die war eben noch geschlossen, diese Tür", sagte Vlassi.

„Kraft muss man haben, lieber Herr Spyridokulus! Wenn eine Tür klemmt, hilft nur Kraft."

„Geistige Kraft zählt mehr, Herr Lustoog", wehrte sich Vlassi, um gleich zu fragen: „Der Fall ist gelöst – wie meinen Sie das?"

Lustig setzte sich an seinen Winz-Schreibtisch, als sei er in seinem Büro im Mainzer Polizeipräsidium angelangt: „Zunächst mal heiße ich hier in diesen unheiligen Mauern Lustidakis, das wissen Sie doch und sollten es sich merken, sodann: Ich weiß nicht, was Sie getrieben haben in den letzten vierundzwanzig Stunden, aber ich war tätig, unermüdlich tätig …"

„Ich ebenfalls, ich war als Tango-Tänzer unterwegs, zuerst in Buenos Aires, wo man mir zugejubelt hat, dann im Wiesbadener Café Superb, wo der Beifall leider spärlicher ausfiel."

„Was?", schnaufte Lustig. „Sind Sie von Sinnen, sind Sie jetzt ganz von der Rolle?"

„Keineswegs, aber auch ich war tätig, mindestens ebenso unermüdlich wie Sie, und dabei hat es mich zum Tango verschlagen." Vlassis Stimme verwandelte sich in ein dramatisches Raunen: „Zu einem höchst gefährlichen Tango, der mich um ein Haar das Leben gekostet hätte."

Hauptkommissar Lustig erhob die Stimme: „Tango, Tango, immer solche Lustbarkeiten! Wahrscheinlich bei dieser Party, zu der Sie eingeladen wurden." Dann ließ er den Kopf sinken: „Dass Sie unsereinen immer übertrumpfen müssen. Dabei habe ich schon das Äußerste gegeben! Und auch das Äußerste erreicht."

„Bei mir geht es stets um Superlative", trumpfte Vlassi auf, „ganz und gar immer, da ist schwer mitzuhalten, ich sage nur Todes-Tango!" Dann fuhr er begütigend fort: „Ich erzähl Ihnen später, was es mit diesem Tango auf sich hat, erzählen Sie erst mal, wie Sie den Fall gelöst haben."

„Ich könnte jetzt ein Glas Wein vertragen, mir ist so danach“, sagte Lustig.

„Bloß kein Bier!“, überraschte ihn Vlassi. „Man weiß nie, was im Bier drin ist.“

Lustig sah ihn müde an, ging aber nicht auf seine unerwartete Bierfeindlichkeit ein, sondern sprach: „Ich habe die Eimer ausgeque…“

„Die?“, fragte Vlassi. „Den Eimer, muss es doch heißen.“

Lustig platzte der Kragen: „Sie vorlauter rothaariger Student! Ich meine natürlich die Professorin Eimer.“

„Ah, richtig, die Eimer mit A vorne.“

„Eben die. Ich habe sie durch meine überaus geschickte Fragetechnik so weit gebracht, dass der Fall quasi gelöst ist. Ich gebe hiermit mein Amt als Hausmeister dieser Klitsche, dieser ehemaligen Fachhochschule, auf und kehre zurück ins gesittete und universitäre Mainz.“

Vlassi ließ sich von seinem Ausbruch nicht beirren: „Sie wollen sagen, die Aimer war's, die hat diese Kunstdame Köckel-Simons umgebracht?“

Hausmeister Lustidakis erhob sich von seinem mickrigen Schreibtisch: „Das ist möglich, aber nicht wahrscheinlich. Ich habe ihr auf den Zahn gefühlt, denn ich arbeite mit psychologischer Raffinesse …“

„Wie ich!“, fiel ihm Vlassi ins Wort.

„Wie Sie?“, entrüstete sich Lustig. „Sie stecken noch in den Anfängen, bei Ihnen kann man von Raffinesse überhaupt nicht sprechen, und Ihre Psychologie ist so gut wie nicht ausgeprägt, vor allem, wenn ich an den Banken-Fall denke, den toten Pfarrer Jacobi und das Gespräch mit dieser Frau Meisel in Bretzenheim.

Da haben Sie doch höchstens einen raffiniert reingelegt, nämlich mich."

Vlassi merkte, dass er den Kollegen von der anderen Rheinseite nicht zum Reden gebracht, sondern lediglich aufgebracht hatte, also gab er schweren Herzens klein bei und sagte: „Sie haben schon recht, ich kann noch viel lernen von Ihnen."

„Manchmal höre ich auch Vernünftiges von Ihnen. Also gut, ich habe also mit psychologischer Raffinesse die Frau Eimer mit A vorne verhört. Natürlich so, dass sie's nicht gemerkt hat."

„Verstehe", tat Vlassi wie ein gelehriger Schüler, „und da haben Sie entdeckt, dass sie es wahrscheinlich nicht war."

„Als Mörderin ist die Eimer zu einfältig, die lebt doch nur aus Ressentiments, die Ermordete war der über."

„Eine gute Beobachtung", lobte Vlassi seinen Mainzer Kollegen, „aber gibt es nicht auch einfältige Mörder?"

„Da haben Sie nicht ganz unrecht. Die gibt's. Aber solche Täter nennt man nicht Mörder, sondern Totschläger."

Vlassi zog in Gedanken vor Lustig sein nicht vorhandenes Hütchen und gab zu: „Ich kann noch viel von Ihnen lernen, Herr Lustidakis."

„Sie zeigen Einsicht, das gefällt mir, Herr Spyridakis. Nun also zum wahren Täter, den ich dieser Eimer entlockt habe."

„Ich bin ganz Ohr", beugte sich Vlassi vor.

„Die Tote hat Expertisen verfasst, ich meine, zu ihren Lebzeiten. Sie wissen, um was es sich dabei handelt?"

„Natürlich, Expertisen werden von Experten geschrieben ...", hob Vlassi an, kam aber nicht weiter.

„Papperlapapp, Expertisen braucht man, um die Echtheit eines Bildes zu klären."

„Gerade wollte ich darauf kommen ..."

Ernst Lustig war in den Dozier-Modus gewechselt, den er bei der Professorin Aimer kennengelernt hatte, und er verwendete der Einfachheit halber auch gleich ihre Rede: „Und warum ist die Echtheit so interessant?"

„Je echter, desto wertvoller."

„Sehr gut, mein lieber rothaariger Studiosus. Die Echtheit bestimmt den Wert oder, seien wir genauer, den Preis eines Gemäldes. Haben Sie alles verstanden?"

Vlassi nickte artig.

„Ich gebe Ihnen ein Beispiel. Sie kennen doch sicher Jawlensky, Alexej von Jawlensky?"

Vlassi überlegte und entschied sich, die Wahrheit mitzuteilen: „Persönlich habe ich ihn leider noch nicht kennengelernt – aber ich vermute, es ist ein Maler."

„Dieser Jawlensky ist doch längst tot, Mann! Konnten Sie nie kennenlernen. Aber er hat in Wiesbaden gewirkt, das sollten Sie wissen." Lustig hielt einen Moment in seiner ruppigen Pädagogik inne, um dann mit erhobenem Haupt fortzufahren: „Von diesem Jawlensky wollte das Museum in Wiesbaden ein Bild ankaufen, das *Stillleben mit brauner Flasche.*"

„Brauner Flasche?", fragte Vlassi. „Sind Bierflaschen nicht grün?"

Lustig fiel ein, dass er die Farbe verwechselt hatte, und sagte unwillig: „Ob braun oder grün, ganz egal, auf die Flasche kommt's an."

„Richtig", stimmte ihm Vlassi zu.

„Entscheidend ist die Frage", hob Lustig die Stimme, „ob dieses Bild *Stillleben mit brauner Bierflasche* wirklich von Jawlensky stammt oder von irgendeinem namenlosen Nachahmer."

„Signieren die Maler nicht ihre Werke?", fragte Vlassi.

„Menschenskind, so 'ne Unterschrift kann doch auch gefälscht sein! Denken Sie an gefälschte Schecks, gefälschte Urkunden und so weiter."

„Richtig, richtig", nickte Vlassi.

„Ein echter Jawlensky ist Unsummen wert!", teilte Lustig in der Manier von Frau Professor Aimer mit. „Und da genau kommen Expertisen ins Spiel."

„Leute, die sagen können, ob das Bild echt ist oder nicht", ergänzte Vlassi.

„Sehr richtig, Sie machen hin und wieder Ihrer studentischen Kluft ein bisschen Ehre", lobte Lustig seinen Kollegen, „den Rest können Sie sich selbst zusammenreimen."

„Ich reime, ich reime … diese Köckel-Simons hat Expertisen geschrieben, richtig?"

„Jawohl, Sie liegen richtig, Herr Kollege. Und jetzt will ich von Ihnen noch die entscheidende Frage hören!"

„Für wen?"

„Wieder richtig. Mir scheint, ich kann Sie zum Examen zulassen." Lustigs Stimme verwandelte sich in ein Raunen: „Die Tote hat Expertisen für den Galeristen und Kunstauktionator Schnackenberger geschrieben. Schnackenberger in Frankfurt. Bei dem liegt der Hase im Pfeffer."

„Ich gehe noch weiter, Herr Kollege", erwiderte Vlassi ebenso raunend, „das ist der Hase im Pfeffer."

Hauptkommissar Ernst Lustig hob den Kopf und erklärte mit Nachdruck: „Was habe ich Ihnen gesagt! Der Fall ist gelöst. Und von wem bitte schön?

*

Nachdem Julia Wunder die Rechtsmedizinerin verlassen hatte, rief sie vom Auto aus ihren Assistenten Spyridakis an, erreichte ihn aber nicht, denn Vlassis Handy war nach der Party-Nacht und seinen Vormittags-Tango-Einlagen im Café Superb ohne Saft, und obendrein hatte er nicht daran gedacht, es aufzuladen. Julia aber wusste, dass sie sich keine Sorgen machen musste, Vlassopolous lebte und war hoffentlich nicht wieder in eine tänzerische Episode seiner früheren argentinischen Existenz zurückgefallen. Sie rief ihren Chef, Kriminalrat Feuer, an und teilte ihm mit, dass sie zwei Beamte brauche für eine Festnahme.

„Was?!", rief Feuer in die Muschel seines Apparats. „Sie haben den Mörder?!"

„Auf jeden Fall müssen wir einen Tatverdächtigen festnehmen. Es gibt ein starkes Indiz gegen diese Person." Und Julia schob nach: „Ich habe Ihnen doch versprochen, dass ich Ihnen alles und sofort sage, wenn auch nicht immer auf poetische Art."

„So oder so: Ich gratuliere! Sie haben sich Ihr h.c.p., das ich Ihnen verliehen habe, wahrhaftig verdient. Um wen handelt es sich denn? Ich tippe auf den Hochschulpräsidenten – Sie wissen, der, der sich bei uns mal beworben hat. Mir kam der von Anfang an nicht geheuer vor."

„Ich muss Sie leider enttäuschen, Herr Feuer, es ist eine andere Person, eine, die in Mainz lebt und die wir schon vernommen haben. Der Mann heißt Sauerinsky."

„Sauerinsky? Das klingt ja schon höchst verdächtig, wie nach einem polnisch-russischen Spion. Wie kommen Sie denn auf den?"

„Er ist ebenfalls Professor, ein Kollege der Ermordeten."

„Professor an der Rhein-Main-Hochschule?", schnaufte Robert Feuer. „Ich würde eher von einer Mörderbande sprechen, die sich da mit Steuergeldern eingenistet hat."

Er machte eine kleine Pause, um versöhnlich fortzufahren: „Na, auf jeden Fall hat sich Ihre Geheimstrategie bewährt, Frau Wunder h.c.p."

„Vielen Dank, aber wir wollen nicht zu früh frohlocken. Sie schicken mir auf jeden Fall die Beamten nach Mainz in die Badergasse 25."

„Wird gemacht. Und meinem Chef werde ich eine positive Nachricht überbringen. Sie wissen ja, dass der sich gern in meinem Nacken festbeißt."

Eine Dreiviertelstunde später erreichte Julia die Mainzer Altstadt zu Fuß. Diesen Stadtteil mit einem Auto zu befahren ist so gut wie unmöglich – davon war jedenfalls Hauptkommissarin Wunder überzeugt. Sie war deshalb mehr als erstaunt, als sie in der Badergasse vor dem Haus mit der Nummer 25 eine grüne Minna stehen sah. Die Kollegen von ihr waren schnell und hatten sich überhaupt nicht an das Fahrverbot in der Altstadt gehalten, offenbar hielten sie Gefahr im Verzug. Etwas unangenehm war ihr allerdings, dass die Nachbarn glauben könnten, bei Sauerinsky handele es sich wahrscheinlich um einen Terroristen, einen üblen Burschen, der unter dem Professoren-Deckmantel und seinem Dalí-Bart in Wirklichkeit für den saudi-arabischen Herrscher Menschen umbrachte. Wenn auch nicht für die Saudis, so hat er doch den Verdacht auf sich gezogen, eine Kollegin ermordet zu haben, beruhigte sich Julia gleich wieder.

Die Haustür war geschlossen, und sie musste klingeln. Sofort wurde die Tür geöffnet, aber nicht von Sauerinsky, sondern von einem Polizeibeamten. Julia wies sich aus, und der Beamte, ein junger Mann von Mitte zwanzig, deutete mit der Hand nach hinten zu dem Raum, den Julia bereits kannte. Es handelte sich um die Küche, wo Ulysses Sauerinsky mit Handschellen gefesselt auf einem Stuhl saß. Er sah zu Julia auf, als sie ins Zimmer trat.

„Danke, dass Sie kommen, Frau Wunder. Ich hätte die Festnahme beinahe nicht überlebt."

„Ist Ihr Herz so schwach?", fragte Julia.

„Nein, aber die Fäuste dieser jungen Beamten so stark."

„Das tut mir leid, es ist Ihnen doch nichts passiert?"

„Im Prinzip nicht", erwiderte Sauerinsky, „aber die Polizisten haben sich aufgespielt, als sei ich ein Serientäter, der die halbe Stadt auf dem Gewissen hat."

Julia warf einen tadelnden Blick auf den zweiten Polizeibeamten, der im Zimmer mit grimmiger Miene Wache stand. Der aber nickte ihr bloß zu, als wolle er sagen: *Mit Mordbuben nur nicht zimperlich umgehen.*

Sauerinsky fragte: „Bin ich der Mörder?"

„Es spricht einiges gegen Sie, Herr Sauerinsky, um nicht zu sagen: entscheidend viel", antwortete Julia, „Sie stehen unter Tatverdacht."

„Oh, das schmerzt mich, wo ich doch so gegen Gewalt bin."

„Schließt Gewalt bei Ihnen Mord ein?", wollte Julia wissen.

„Ich möchte sagen, unbedingt. Der Mord ist ja die extreme, um nicht zu sagen, die übelste Form von Gewalt."

Julia musterte ihn prüfend und dachte: Worte, Worte, nichts als Worte, mit Worten kann man viel behaupten und viel verschleiern. Unsere Politiker machen es uns ja tagtäglich vor.

„Herr Sauerinsky, wir müssen Sie leider mitnehmen, wir haben einen Beweis in der Hand, der vollkommen gegen Sie spricht."

„Das ist bedauernswert. Darf ich fragen, um was für ein Beweisstück es sich handelt?"

„Natürlich dürfen Sie fragen", erwiderte Julia und drehte sich zu dem Beamten im Zimmer: „Nehmen Sie den Herrn Professor mit, und behandeln Sie ihn pfleglich. Er kommt in U-Haft."

„Jawoll", antwortete der ebenfalls junge Polizist.

Julia wandte sich zum engen Flur des Hauses, doch bevor sie in ihm verschwand, drehte sie sich noch einmal zu Ulysses Sauerinsky: „Lassen Sie sich die Zeit nicht lang werden, ich besuche Sie bald."

Sauerinsky antwortete gelassen und ohne jede Nervosität: „Ich fiebere Ihrem Besuch und Ihrer Antwort auf meine Frage schon jetzt entgegen."

16 Der Leser – das kreative Wesen

Nach der Festnahme von Sauerinsky ging Julia Wunder gedankenverloren zurück zu ihrem Auto, das sie in der Nähe des Doms geparkt hatte. Ihr ging die überaus gefasste Reaktion des Design-Professors durch den Kopf. War er so abgebrüht, dass er sich nichts anmerken ließ? Ahnte er, dass sie ein Indiz in den Händen hielt, das als Beweisstück von jedem cleveren Rechtsanwalt in der Luft zerrissen würde? Blieb er deshalb so cool? Vielleicht wusste er sogar, dass sie einen Kamm der Ermordeten in seinem Haus ergattert hatte – wenn ja, warum sprach er sie nicht darauf an?

Julia kam bei ihrem Dienstwagen an, und ihr ging durch den Kopf, dass es manchmal klug war, einen Außenstehenden in die eigenen Überlegungen einzubeziehen. Wer wäre da geeigneter als ihr Freund, der Apotheker Jürgen Stockmann. Sie setzte sich ins Auto und schlug die Richtung zum Mainzer Vorort Gonsenheim ein, fand dort in der Breiten Straße einen Parkplatz und musste nur wenige Schritte zur Römer-Apotheke gehen. Die Filiale für Kranke und Scheinkranke war mal wieder proppenvoll, und Julia wusste, dass sie sich brav anstellen musste. Vordrängen galt hier als unanständig, wenn nicht sogar kriminell, da musste sie aufpassen.

Ob auch heute die alte Dame da war, die sie beim vorletzten Fall kennengelernt und mit der sie beim letzten Mal sogar freundschaftlich über Mode und Hüte gesprochen hatte? Sie schaute sich um, und in der zweiten Reihe weiter vorn erkannte sie tatsächlich eine maritime Damenglocke in dunklem Grün. Die trug ihre Bekannte auch beim letzten Mal. Julia versuchte, durch lautes Husten auf sich aufmerksam zu machen, was aber nicht weiter auffiel, da Husten in der Apotheke und zu dieser Jahreszeit quasi zum guten Ton gehörte.

Julia beugte sich etwas vor, um der Frau mit der Damenglocke näher zu kommen, wurde aber gleich von einer mittelalterlichen Dame vor ihr gebremst: „Habbe Sie's eilig? Sie komme schon noch dran!"

„Ich will nur meiner Bekannten ein Zeichen geben", erwiderte Julia.

„Hier gibt mer keine Zeichen, hier kommt mer zur rechten Zeit dran."

„Ich will mich ja auch nicht vordrängen", beschwichtigte Julia die resolute Frau vor ihr, kam aber nicht weiter in der Erklärung, denn die Frau erhob jetzt ihre Stimme und rief nach vorn: „Hallo, Sie da mit dem Zylinder auf'm Kopp, hier ist jemand für Sie!"

„Es ist kein Zylinder", erklärte Julia, „eine Damenglocke ist's."

Doch schon hatte sich die Frau mit dem Glockenhut angesprochen gefühlt und drehte sich um. Es war wirklich die Dame in fortgeschrittenem Alter vom letzten und vorletzten Mal. Sie warf einen beleidigten Blick auf die resolute Frau, die ihr einen Zylinder angedichtet hatte, dann erkannte sie die dahinterstehende Julia – und sofort lächelte sie.

„Hallo, so sieht man sich wieder."

„Ich freue mich, Sie hier zu treffen", rief ihr Julia zu.

„Kommen Sie doch zu mir!", forderte die grün behütete ältere Dame sie auf.

„Hier wird net vorgedrängt", erklärte die Resolute.

„Aber die Dame hinter Ihnen drängt sich doch nicht vor", erklärte die ältere Frau mit der Damenglocke auf dem Kopf, „ich lasse sie zu mir, ich lasse sie sogar vor mich."

Die Resolute wackelte bedenklich mit dem Kopf, sodass Julias Bekannte erklärend hinzufügte: „Sie braucht dringend ihre Arznei, die Arme, sie leidet so, ich weiß das, weil ich sie kenne."

Die umstehenden Herrschaften begannen zu nicken, ja, hier musste man Einsicht zeigen, und die Resolute merkte, dass sie in eine Minderheitenposition zu rutschen begann. Sie verstand, dass sie sich nicht ausschließen konnte, wer weiß, wie furchtbar krank die hinter ihr Stehende mit dem seltsamen Hut war, und so erklärte sie in reinstem Hochdeutsch in Richtung Julia: „Bitte, ich will nicht im Weg stehen, wenn Sie Ihre Medizin dringend benötigen."

„Vielen Dank", sagte die Hauptkommissarin und begab sich drei Schritte nach vorn zu der alten Dame, um ihr zuzuflüstern: „Das haben Sie großartig gemacht, ich wusste gar nicht, dass ich so krank bin und Sie so ein Schelm."

„Ich könnte wahrscheinlich bei der Polizei arbeiten, mit Sicherheit sogar", erwiderte die alte Dame genauso leise, „als Agentin oder so."

„Absolut", bestätigte Julia sie und dachte: Die und Kommissar Spyridakis wären vermutlich ein ideales Gespann, allerdings auf groteske Art.

„Was haben Sie denn heute auf dem Kopf?", wollte die Glockenhut-Trägerin wissen.

„Es ist mein Afidora-Hut."

„Sehr apart, steht Ihnen prima – ob auch mich so was ziert?"

„Sie sind eine geborene Hutträgerin", gab Julia das Kompliment zurück, „ich bin mir sicher, dass Afidora auch Ihnen steht."

„Dann wundern Sie sich bitte nicht, wenn Sie mich beim nächsten Mal mit Ihrem Hut hier sehen."

„Ich wäre höchst erfreut, man würde uns für Schwestern halten", entgegnete Julia.

„Bitte, bitte, so eitel bin ich nicht. Man würde uns höchstens für Mutter und Tochter halten", sagte die Glockenhut-Trägerin, um gleich nachzufragen: „Sollte ich den Afidora vielleicht in Rot nehmen?"

Julia sah sie an: „Ja, aber in einem dunklen Rot, Bordeauxrot sollte es sein, das passt gut zu Ihrer Gesichtsfarbe."

„Sie sind ja modisch sehr versiert, eine regelrechte Modeberaterin. Ich bin richtig glücklich, Sie hier zu treffen."

„Ich auch", erwiderte Julia, „wozu Apotheken doch nützlich sind."

„Reinste Treffpunkte für hutbewusste Frauen", ergänzte die Glockenhut-Trägerin, „wollen wir uns nicht unsere Vornamen sagen?"

„Julia heiße ich."

„Und ich bin Rita", sagte die alte Dame.

„Sie halten heute gar keine Lektüre in den Händen", wunderte sich Julia, „Sie sind doch eine begeisterte Leserin der *Apotheken-Rundschau.*"

„Lektüre braucht der Mensch", erwiderte Rita, „aber ich hab' die Lektüre gewechselt." Und in verschwörerischem Ton fuhr sie fort: „Nach der Lektüre der *Apotheken-Rundschau* habe ich ständig neue Krankheiten an mir entdeckt."

Das Vlassi-Syndrom, dachte Julia, die würden wirklich gut zusammen passen, jetzt liest sie diese Zeitschrift nicht mehr und fühlt sich schon gesünder.

Prompt teilte Rita mit: „Seitdem ich dieses Blatt nicht mehr lese, fühle ich mich wesentlich gesünder."

Julia nickte ihr bestätigend zu, vielleicht konnte sie auf ähnliche Art auch ihren Assistenten Spyridakis von allerlei eingebildeten Wehwehchen kurieren.

Rita wackelte mit dem Kopf: „Ich habe eine bessere Lektüre entdeckt, eine wesentlich bessere Lektüre."

Julia schaute sie fragend an: „Verraten Sie sie mir?"

„Aber natürlich, Sie sind meine Hutberaterin, ich Ihre Lektüreberaterin." Auf ihrem feinen Gesicht zeigte sich ein Lächeln: „Ich lese derzeit den Krimi *Krisenfall im Rheingau*, ein sehr interessantes Werk."

„Ach ja, was ist denn so interessant daran?"

Rita hob leicht den Kopf: „Es geht um einen Mord in einer Senfmanufaktur. Der Autor will uns weismachen, dass es um Senf geht, aber ich habe schnell gemerkt, dass das wahre Thema ein ganz anderes ist."

Julia kam das, was ihre neue Freundin erzählte, ziemlich bekannt vor, sie fragte aber mit Neugier in der Stimme: „Ein ganz anderes?"

„Es geht in Wirklichkeit um Antisemitismus und die Migration von Menschen moslemischen Glaubens."

„Sie müssen mal Literaturkritikerin gewesen sein", bekannte Julia anerkennend.

„Ich habe für Zeitungen geschrieben, ja, das war einmal", sagte Rita mit trüber Stimme, „schauen Sie sich heute die Tageszeitungen an, es gibt kaum noch ein Feuilleton, das diesen Namen verdient. Der *Wiesbadener Kurier* zum Beispiel hat die Kultur in den Lokalteil gestopft, bei der Mainzer *Allgemeinen Zeitung* wird es auch so gemacht."

„Sie haben recht, das ist mir auch schon aufgefallen", erklärte Julia.

„Man denkt offenbar in den Chefredaktionen, dass es keine Leser mehr für kulturelle Ereignisse gibt. Und die Berichterstattung – oje."

Julia sah ihre neue Freundin fragend an.

„Lesen Sie denn keine Zeitung?", wollte Rita wissen. „Sie tun ja so, als würden Sie auf dem Mond leben."

„Ich komme nur manchmal zur Zeitungslektüre, muss ich Ihnen gestehen."

„Ein Fehler, ein Fehler!", rief Rita etwas zu laut aus, um sich gleich zu korrigieren: „Aber eigentlich verpassen Sie nicht viel. Ich will doch nicht hoffen, dass Sie den ganzen Tag vorm Computer sitzen."

„Nur minutenweise, und auch nur beruflich."

Unbeeindruckt erwiderte Rita: „Sehen Sie, das ist das ganze Elend. Die jungen Leute verbringen den Tag vor dem Computer oder ihrem Handy, da lesen sie fünf Zeilen und denken, sie wüssten was. Ein großer Irrtum."

„Sie werden sich wundern, ich gebe Ihnen vollkommen recht", erklärte Julia mit überzeugter Stimme.

„Wissen Sie auch, warum es ein Irrtum ist, aus fünf oder zehn Zeilen im Internet sein Wissen zu beziehen?"

„Weil es zu wenig ist und häufig einseitig."

„Nicht nur", erklärte Rita überzeugt, „Leser sind immer im Vorteil, ich meine, Leser von Büchern, genauer gesagt von Romanen. Und warum?" Sie zog eine fragende Miene, wartete aber nicht eine Antwort Julias ab: „Weil Leser von Romanen gezwungen sind, eigene Fantasie zu entwickeln. Ach, was sage ich! Niemand zwingt sie, ganz freiwillig machen sie es, weil es ihnen guttut, weil ihre Welt dadurch größer wird und sie selbst weltläufiger."

Julia nickte anerkennend, es leuchtete ihr sofort ein, was Rita sagte.

„Ein Roman hat enorme Vorteile gegenüber anderen Medien. Der Film etwa liefert fertige Bilder, der Zuschauer konsumiert sie, etwas anderes kann er gar nicht tun. Der Leser dagegen muss sich eigene Bilder machen, er muss Vorstellungen von den Personen und Schauplätzen entwickeln. Und bei einem Krimi kommt hinzu, dass er sich nach dem Täter fragt. Mit anderen Worten: Der Leser muss selbst kreativ werden. Stimmen Sie mir zu?"

„Ich bin vollkommen Ihrer Meinung", antwortete Julia.

„Da bin ich ja froh, Sie sind noch nicht verloren."

„Danke. Ich bin immer froh, wenn man mich nicht aufgibt", erwiderte Julia verschmitzt, „Sie haben das übrigens großartig auf den Punkt gebracht."

„Ich bin eben eine Romanleserin. Merken Sie sich die Lektüre, die ich vorhin nannte."

„Auf jeden Fall", erwiderte Julia und dachte einen Moment darüber nach, ob sie ihrer neuen Freundin mitteilen sollte, dass sie in dem Krimi *Krisenfall im Rheingau* auch einen Auftritt hat. Vielleicht würde Rita es noch selbst herausfinden, aber wahrscheinlich hätte das der Autor nicht gern, denn da ging es um ihren verschrumpelten Hals, den sie mit einer Creme zu kurieren suchte.

In dem Moment erschien durch eine hintere Tür der Apothekenchef Jürgen Stockmann. Sein Blick schweifte über die Kunden, und sofort erblickte er Julia.

„Ah, Frau Wunder", sagte er mit diskreter Stimme, „Sie kommen wegen dieser privaten Angelegenheit. Bitte folgen Sie mir."

Julia flüsterte Rita ein leises „Tschüss, bis zum nächsten Mal" zu und arbeitete sich nach vorn, während die Resolute in der anderen Reihe murrte: „Zuerst leidend und schwer krank, jetzt Privatpatient. So was habbe mer gern."

Kaum war Julia mit Jürgen Stockmann in seinem Büro verschwunden, drehte er sich zu ihr: „Schön, dass du mich mal wieder besuchst, ich hab' dich schon vermisst."

„Und ich freue mich, dass ich jetzt als Privatpatientin gelte. Beim letzten Mal wolltest du immerhin eine Vermessung vornehmen."

„Irgendwas Beruhigendes muss man ja sagen, wenn so viele warten", entgegnete Jürgen, „Vermessung passt nicht, hört sich nicht richtig medizinisch an." Dann setzte er fragend hinzu: „Käffchen?"

„Wenn du damit einen Espresso meinst, gern."

Jürgen ging zur Kaffeemaschine: „Natürlich Espresso, ich weiß doch, wonach's dich gelüstet. Ist übrigens dein Vater schon hundert geworden?“

Julia wusste, worauf er anspielte. Sie hatte Jürgen erzählt, dass ihr Vater auf Zuraten seiner Nachbarin Moringa-Tee trinken sollte, um hundert Jahre alt zu werden.

„Ich hab dir doch beim letzten Mal schon gesagt, dass ihm neunundneunzig Jahre genügen, älter werden muss man nicht, meint er. Gesundheitstees gibt's bei ihm auch, aber nur, wenn seine Nachbarin ihn besucht …“

„Immer noch ein Charmeur, dein alter Herr“, fiel Jürgen ihr ins Wort.

„Kann man so sagen, aber mit seinem Gesundheitstee düngt er die Zimmerpflanze, wenn die Nachbarin auf die Toilette geht.“

„Ein Fall von geradezu krimineller Energie“, erklärte Jürgen mit heiterer Stimme, während die Kaffeemaschine vor sich hin blubberte.

Kurz darauf kam er mit zwei Tässchen Espresso zu Julia, die es sich inzwischen auf einem kleinen Sessel gemütlich gemacht hatte.

„Ich habe dir ein winziges Stück Zucker auf den Unterteller gelegt, du würdest mich sonst gleich danach fragen.“

„Du bist wirklich ein aufmerksamer Gastgeber, Jürgen, erinnerst dich an meine Zuckerabneigung, weißt aber auch, dass es mich nach einem kleinen Stück verlangt.“

„Mich ebenfalls, aber wir wissen ja beide, dass es immer auf die Dosis ankommt. Das ist bei Medikamenten wie beim Zucker so.“

Der Apotheker Stockmann setzte sich neben sie in den zweiten kleinen Sessel, Julia nippte am Espresso, Jürgen wollte es ihr gleichtun, konnte seine Neugier aber nicht zügeln.

„Arbeitest du an einem neuen Fall? Erzählst du mir was darüber?"

„Aber natürlich, ich weiß ja, dass du schweigen kannst."

„Um Senf geht es diesmal wahrscheinlich nicht. Aber vielleicht um ein unbekanntes Gift?"

„Leider nicht – bis jetzt jedenfalls." Obwohl Jürgen die Tür zu seinem Büro geschlossen hatte, senkte Julia ihre Stimme: „Eine Frau ist erdrosselt worden, man nannte sie Mona Lisa …"

„Mona Lisa? Hat sie eine innige Beziehung zu Leonardo da Vinci gehabt? Oder bloß ein geheimnisvolles Gesicht?"

„Es war ein Spottname", erklärte Julia, „und wenn sie auch kein geheimnisvolles Gesicht besaß – ein Geheimnis um sie muss es geben. Sie war übrigens Kunsthistorikerin an der Wiesbadener Hochschule."

„Ich wusste gar nicht, dass Wiesbaden eine Hochschule besitzt, ich kenne nur die Fachhochschule."

„Darüber bin ich schon aufgeklärt worden", erwiderte Julia, „eine Namensänderung, die Fachhochschulprofessoren wollen auf Höheres hinaus …"

Jürgen fiel ihr ins Wort: „An diesen Fachhochschulen wird doch nicht geforscht, es gibt keine Forschung da, das ist der Unterschied zur Universität."

„Deshalb wollen die Lehrkräfte da ja auf Höheres hinaus. Sie können sich nicht damit abfinden, auf einem tieferen Level zu stehen. Interessanterweise bin ich darüber ins Bild gesetzt worden von einem Kollegen der Ermordeten."

„Augenblick mal, eine Frau ist ermordet worden, die an der Wiesbadener Fachhochschule unterrichtet hat, und ein Kollege von ihr klärt dich über die fehlende wissenschaftliche Kompetenz dieser Schule auf."

„Genau so ist es", sagte Julia, „aber jetzt kommt das Spannende: Bei ebendiesem Kollegen haben wir einen Kamm der Ermordeten gefunden."

Jürgen hob den Kopf: „Ein Indiz, das gegen ihn spricht."

„Ja, das denke ich auch. Aber der Mann hat auf seine Festnahme gelassen reagiert, zu gelassen für meinen Geschmack."

„Vielleicht hat er vorher eine Beruhigungstablette genommen, manche pharmazeutischen Produkte helfen da sehr."

Julia ging nicht auf seinen fachmännischen Hinweis ein: „Irgendetwas gefällt mir da nicht, ich weiß bloß nicht, was."

„Die Tote war Kunsthistorikerin, sagst du. Ist sie verheiratet? Habt ihr schon mit ihrem Mann gesprochen?"

„Ja, natürlich, sie hat übrigens nicht in Wiesbaden, sondern hier in Gonsenheim gewohnt, mein Assistent war mit seinem Mainzer Kollegen bei ihrem Mann und hat mir berichtet."

„Und?", fragte Jürgen. „Was hat der Ehemann für einen Eindruck auf ihn gemacht?"

„Er kam ihm sehr seriös vor. Der Mann ist übrigens auch Kunsthistoriker, Professor an der Mainzer Universität."

„Also ein echter Gelehrter. Ich könnte mir vorstellen, dass der die Professoren der Wiesbadener Fachhochschule für kleine Knöppe hält."

„Eben das hat mir der Kollege Spyridakis auch vermeldet, war jedenfalls sein Eindruck."

„Hmm", machte Jürgen, „wie ich schon sagte, das liegt daran, dass an den ehemaligen Fachhochschulen kein Forschergeist herrscht. Aber zurück zu der Ermordeten. Solche Kunstmenschen hängen doch an der Kunst und betätigen sich mitunter auch in Galerien, als Ausstellungsmacher oder so."

„Daran dachte ich auch schon", nickte Julia ihrem Freund zu, „aber Galerien gibt es wie Sand am Meer."

„Nun übertreib' mal nicht, so viele gibt es nun auch wieder nicht, und eine Professorin für Kunst wird nicht gerade für eine pimpfige Wohnzimmergalerie arbeiten wollen."

„Du siehst also den Täter eher außerhalb der Hochschule?"

Jürgen zog ein nachdenkliches Gesicht: „Ja, wenn ich's mir recht überlege, schon, du sagst ja selbst, dass dieser Kollege von ihr sehr gelassen auf seine Festnahme reagiert hat. Vielleicht hat er gar keine Beruhigungspille genommen, sondern ist überzeugt von seiner Unschuld und harrt gelassen der Dinge. Will sagen: wartet gelassen auf seinen Rechtsanwalt."

Julia nippte an ihrem lauwarm gewordenen Espresso und sagte nichts, als sie die Tasse abstellte. Jürgen jedoch fiel noch etwas ein: „Weißt du, Professoren sind doch meist Menschen, die in einer anderen Welt leben, die sind für Mord und Totschlag nicht zu haben. Und auch nicht zu gebrauchen."

„Ja", sagte Julia und erinnerte sich an die Worte von Kriminalrat Feuer, „die stolpern sogar über ihre eigenen Schnürsenkel."

17 Sie verschwinden im Sfumato

Hauptkommissar Ernst Lustig fuhr auf der Autobahn in Richtung Frankfurt. Neben ihm saß sein Wiesbadener Kollege Spyridakis mit mürrischem Gesicht.

„Seien Sie doch froh, dass ich Sie fahre", brummte Lustig.

„Ich verstehe nicht, was Sie gegen mein Auto haben, es ist ein wunderbarer Dienstwagen, in dem ich mich wie in einem Ferrari fühle."

Lustig lachte auf: „Einbildung ist auch 'ne Bildung. Davon haben Sie genug. Ferrari! Wenn ich das schon höre."

„Es ist schließlich mein Fall, und da sollte ich in meinem Beinahe-Ferrari unterwegs sein", murrte Vlassi.

„Wenn ich in Ihrem mickrigen Corsa mitfahren muss, tut mir anschließend der Rücken sauweh, und die Bandscheiben wollen rausspringen, das müssen Sie doch längst wissen. Außerdem: Was heißt *mein* Fall? Wer hat denn an der Hochschule was rausgekriegt? Das war ja wohl ich!"

„Und ich – ich musste Tango tanzen!", protestierte Vlassi.

„Ich weiß, Sie haben es mir erzählt. Was kann ich dafür, dass Sie auf so einen Partytrick reinfallen und einen Strick um den Hals gelegt bekommen."

„Ich hätte nicht mehr aufwachen können!"

„Ach was, die Studiosi haben sich einen Spaß mit Ihnen gemacht. Wahrscheinlich haben die Sie durchschaut, Ihnen was vom Todesspiel erzählt und Ihnen nur eine Droge verpasst."

„Nur eine Droge? Wer weiß, was Ihnen passiert wäre – Sie hätten wahrscheinlich ein Erlebnis als Stripteasetänzer in Honolulu gehabt", fauchte Vlassi.

Zu seiner Verwunderung erwiderte Lustig: „Warum nicht. Mit meiner Figur Stripteasetänzer, das wäre doch was Besonderes! Ein Zuschauermagnet wäre ich vermutlich geworden. Man würde wahrscheinlich heute noch begeistert von mir an fernen Gestaden reden."

„Mit Ihnen ist nicht zu reden!", befand Vlassi.

Doch Lustig redete weiter: „Da sehen Sie mal, was Ihre Maskierung Ihnen beschert hat. Rote Haare, ein Dalí-Bärtchen, das Rucksäckchen – hat alles nichts gebracht." Und mit etwas Häme in der Stimme teilte er mit: „Sie wurden zum Spielobjekt, und Ihre Kommilitonen haben sich wahrscheinlich schiefgelacht."

„Das ist überhaupt nicht lustig, Herr Lustig. Ich habe mich im Dienst verzehrt, bin zu einer Party geeilt, wo's keinen Happen zu essen gab …"

Der Mainzer Kollege unterbrach ihn: „Dafür aber was zu trinken!"

„Wollen Sie mir ewig vorwerfen, dass ich nach einem arbeitsreichen Undercovertag einen Schluck genossen habe?"

„Sie haben ja gemerkt, was der Schluck angerichtet hat. Trinken Sie lieber einen guten Riesling wie ich." Und mit sanfter Stimme fuhr Lustig fort: „Der Fall ist durch mich bald gelöst …"

Er kam nicht weiter, denn Vlassi fuhr dazwischen: „Was heißt, durch Sie bald gelöst? Ich halte meine kruden Kommilitonen, diese Todesspieler, nach wie vor für höchst verdächtig, ich wär' ja beinahe selbst draufgegangen, wenn mich der Tango nicht gerettet hätte."

Lustig ging auf seine Rede nicht ein, sondern wiederholte: „Der Fall ist bald gelöst, ich lade Sie in mein Stammlokal Michel in der Altstadt ein, da kommen Sie wieder auf die Beine."

„Einladen? Wahrscheinlich muss ich wieder zahlen."

„Das könnte sein", erwiderte Lustig, „mir geht manchmal das Kleingeld aus, obwohl ich bei Kleingeld im Prinzip großzügig bin."

„Als hätten Sie je große Scheine im Portemonnaie."

„Ob groß oder klein, wichtig ist, dass man genießen kann – da haben Sie Defizite, lieber Herr Spyridokolous."

Vlassi gab klein bei: „Und das, obwohl ich in Mainz zur Schule ging, eigentlich bin ich doch mindestens ein halber Mainzer."

„Genügt nicht", befand Lustig, „man muss ein ganzer Mainzer sein, und das zeigt sich beim Essen und Trinken."

Die beiden fuhren gerade an der Ausfahrt Hattersheim vorbei, und Lustig sagte: „Wir müssen in die Innenstadt zum Niederräder Ufer, da in der Nähe ist die Paul-Ehrlich-Straße."

„Da sind doch all die Museen", kam es von Vlassi.

„Sehr richtig, dieser Schnackenberger weiß, wo er hingehört."

„Ich muss mal meine Chefin anrufen“, sagte Vlassi, „die denkt sonst noch, ich hätte einen Rückfall erlebt und tanze wieder Tango in Buenos Aires.“

„Teilen Sie ihr mit, dass ich bei Ihnen bin und auf Sie aufpasse.“

„Mach ich, mach ich, und ich sage ihr auch, dass Sie den Fall ganz allein gelöst haben. Ich hoffe, das ist Ihnen recht, Herr Lustidakis.“

Lustig grinste: „Sie sagen nur die Wahrheit, und die Wahrheit ziert einen Mann.“

Vlassi zog sein Handy aus seiner Jackentasche, als ihm einfiel, dass es ja immer noch nicht aufgeladen war.

„Geben Sie mir doch mal Ihr Handy, mein's hat keinen Saft.“

„Aber jederzeit, lieber Kollege“, erwiderte Lustig, ließ mit der rechten Hand das Steuer los und zog ein unförmiges Gerät aus seiner Brusttasche: „Bitte schön.“

„Was ist denn das für ein Apparat? Das Ding ist ja noch älter als meins, das muss aus Opas Werkstatt stammen.“

„Funktioniert aber! Und darauf kommt's an.“

„Ich probier's“, murmelte Vlassi und wählte die Smartphone-Nummer von Julia Wunder.

Tatsächlich gab das Uralt-Handy von Lustig Geräusche von sich, allerdings ungehörig laute. Es hörte sich geradezu an, als sei es aus einem Tiefschlaf herausgerissen worden und protestierte dagegen.

Vlassi schaute zu Lustig rüber: „Von Diskretion hat Ihr Handy noch nie was gehört.“

„Nee, Diskretion ist überflüssig, Hauptsache, es geht.“

Doch da hörte Vlassi schon die Stimme seiner Chefin, die offenbar die Nummer des Handys erkannt hatte, allerdings erreichten ihn die Laute abgerissen und verzerrt: „Hallooo … Herr Lusti… waas veerschaf… mir die Hehre?“

Hehre, dachte Vlassi, die meint sicher Ehre, und er sprach in die Muschel: „Ich bin's, Spyridakis.“

„Biitee, was haaaben Sie … gessat, Heer Lussti?“

„Nicht Lustig ist hier, sondern Spyridakis!“, rief Vlassi ins altertümliche Handy seines Kollegen. „Verstehen Sie mich?“

„Nei …nei, ich höeres Si nicht gu… Sleechtee Verbiin…“

Kaum waren diese Worte mühsam durch den Äther gedrungen, machte das Handy von Lustig das, was es ohnehin offenbar viel lieber tat, es fiel wieder in seinen Tiefschlaf und gab keinen Brumm von sich.

Lustig warf einen Blick zu Vlassi: „Miserable Verbindung, was! Ja, ja, die Telekom! Bei der muss man mal aufräumen, das ist eine Firma ohne Saft und Kraft.“

Vlassi presste die Lippen aufeinander, um dann zu sagen: „Ihr Handy, wenn man es überhaupt so nennen kann, ist der Übeltäter. Das hat eine Neigung zum Tiefschlaf.“

Lustig ging auf seine Bemerkung nicht ein: „Wir lösen den Fall ohne Ihre Chefin, die wird Ihnen dankbar sein, dass Sie auch mal was allein hinkriegen.“ Er räusperte sich: „Natürlich nur mit meiner enormen Hilfe.“

Die beiden hatten das Frankfurter Museumsufer erreicht, und Lustig murmelte: „Wir sind ganz nah dran, hier muss die Paul-Ehrlich-Straße sein.“

„Ein Navi wäre ja auch ganz schön", brummelte Vlassi, „schaffen Sie sich so was mal an, da muss man nicht wie ein Luchs auf der Lauer liegen."

„Ich liege gern auf der Lauer, Leute, die mit Navi fahren, finden doch die nächste Laterne nicht, wenn man's ihnen wegnimmt."

Lustig bog in die zweite Querstraße, und tatsächlich befanden sie sich nun in der angesteuerten Straße.

„Welche Nummer war's?", fragte Lustig.

„Zwölf", antwortete Vlassi, „hier vorne ist's, und ich sehe, dieser Schnackenberger hat sogar Privatparkplätze."

Lustig fuhr mit Schwung auf einen freien Platz an der Seite des Hauses, stellte den Motor ab und wandte sich zu Vlassi: „Na, dann wollen wir mal. Lassen Sie mich das Verhör vornehmen, da können Sie was lernen."

Sie stiegen aus, und Vlassi fragte: „Hätten wir diesen Schnackenberger nicht vorher anrufen sollen?"

„Auf keinen Fall. Dann hätte er sich präparieren können, sich irgendeine krumme Geschichte ausgedacht. Wir überraschen ihn!"

An der Klingel, die Lustig kurz darauf drückte, stand lediglich in Großbuchstaben SCHNACKENBERGER. Offenbar wusste damit der Kunstfreund alles.

Eine weibliche Stimme in der Gegensprechanlage ertönte: „Ja, bitte?"

Lustig antwortete mit Dienststimme: „Hauptkommissar Lustig, ich möchte zu Herrn Schnackenberger."

„Da haben Sie Glück, er ist im Haus."

Es summte an der Tür, und die beiden Kripo-Leute traten in eine gar nicht so große Empfangshalle. Eine

Dame mittleren Alters kam ihnen entgegen, begrüßte sie und wollte wissen: „Darf ich fragen, worum es geht?"

„Es geht um ein Verbrechen", antwortete Lustig mit ernstem Gesicht, „wir müssen Herrn Schnackenberger einvernehmen."

„Einvernehmen", wiederholte die Dame mit bedenklicher Miene, als habe sie gerade ein sehr obszönes Wort gehört, „bitte folgen Sie mir."

Mit Lustig und Vlassi im Schlepptau erreichte sie nach einigen Sekunden eine Tür im Hintergrund, an die sie vorsichtig klopfte. Doch kein *Herein* kam als Antwort. Die Dame klopfte ein weiteres Mal, und da hörte man eine Stimme: „Jaja."

Sie öffnete die Tür, und Vlassi und Lustig sahen einen karg eingerichteten Raum vor sich, in dessen Hintergrund vor einem riesigen Fenster ein Schreibtisch stand. An dem saß ein Mann, der jetzt aufstand und wissen wollte: „Was gibt's denn?"

„Herr Schnackenberger, die Herren sind von der Kripo …"

Der Chef ließ sie nicht ausreden: „Von der Kripo? Ist die Kripo neuerdings an Kunst interessiert?"

Schnackenberger schien ein Mann von Mitte fünfzig zu sein, er war mittelgroß und besaß eine üppige Haarpracht von nahezu schwarzer Farbe, sodass Vlassi überlegte, ob dessen Haare gefärbt waren so wie seine. Aber statt Schwarz hätte er doch Blau nehmen können. Blau als Haarfarbe erschien Vlassi für diesen Mann angemessener, weil künstlerischer.

Der Galerist ging um den Schreibtisch herum und teilte der Empfangsdame mit: „Sie können gehen, ich melde mich, wenn wir was brauchen."

Lustig ergriff das Wort: „Ich bin Hauptkommissar Lustig, und das ist mein Kollege Spyridakis …"

Er kam nicht weiter, denn Schnackenberger musterte Vlassis rotes Haar und seinen Dalí-Bart und sagte: „Sie sind ein kunstsinniger Kommissar, wie ich sehe."

Vlassi fühlte sich geschmeichelt, Lustig jedoch teilte mit ernster Stimme mit: „Wir müssen Sie in einem Mordfall einvernehmen."

„Ein Mordfall? Wer ist denn ums Leben gekommen?"

Vlassi hörte genau auf seine Worte, das hatte er von Julia Wunder gelernt. Wie klang die Stimme Schnackenbergers? Neugierig oder gespielt naiv? Wusste dieser Kunstmensch etwas und versuchte es schon mit den ersten Worten zu verschleiern?

„Ums Leben gekommen ist Frau Professor Köckel-Simons", antwortete Lustig, „und wir wissen, dass Sie sie gekannt haben."

„Natürlich habe ich sie gekannt. Aber sagen Sie, wollen wir uns nicht setzen?"

„Warum nicht", brummte Lustig.

Schnackenberger wies auf drei winzige Sessel und ein noch kleineres ovales Tischchen, das alles befand sich in einer Ecke, die den Kripo-Leuten entgangen war. Die Herrschaften setzten sich, wobei Lustig sich mit Anstrengung auf dem winzigen Sessel platzierte und achtgeben musste, dass er nicht hinunterrutschte, für sein Hinterteil war dieses Sitzmöbel einfach zu minimal.

Der Galerist fragte: „Kann ich Ihnen einen Kaffee anbieten, oder sind Sie im Dienst?"

Eifrig antwortete Vlassi: „Wir sind zwar im Dienst, trinken aber sehr gern einen Kaffee."

Lustig schürzte die Lippen und warf ihm einen Blick zu, in dem zu lesen stand: *Müssen Sie sogar bei einem Hochverdächtigen, einem wahrscheinlichen Mörder, noch Kaffee schnorren?*

Schnackenberger stand auf, ging zum Schreibtisch, drückte auf ein Knöpfchen und sagte: „Bitte drei Tassen Kaffee, Frau Schlumperding."

Dass die Leute im Kunstbetrieb alle so ausgefallene Namen tragen, ging es Vlassi durch den Kopf, von Sauerinsky bis Schlumperding, das nimmt ja kein Ende, wenn die Dame wenigstens Schlauberger hieße.

Schnackenberger kam zurück und fragte noch im Gehen: „Also Frau Köckel-Simons ist ermordet worden, das ist ja grauenhaft."

„Jaja", nickte Lustig, „das finden wir auch. Sie war Ihnen bekannt?"

„Ja, ich sagte es schon, allerdings kannte ich sie nicht besonders gut."

Lustigs Miene verzog sich ins Geringschätzige, die Antwort gefiel ihm offenkundig nicht: „Aber sie hat doch für Sie gearbeitet, nicht wahr?"

„Ach, Sie meinen die Expertisen …"

„Eben die meine ich!" Und mit schärferer Stimme erklärte Lustig: „Und soweit ich im Bilde bin, vergibt man doch solche Aufträge nicht an einen x-Beliebigen?"

„Frau Köckel-Simons war keine x-beliebige Kunsthistorikerin."

Jetzt fühlte sich Vlassi bemüßigt einzugreifen: „Aber sie hat doch nur an der Wiesbadener Fachhochschule unterrichtet."

„Das stimmt", entgegnete der Auktionator und Kunsthändler, „dennoch war sie fachlich äußerst beschlagen. Man konnte ihrem Urteil trauen."

Lustig erinnerte sich an die Worte der Professorin Aimer, die den Kunstmarkt als kriminelles Milieu bezeichnet hatte, er wollte aber diesen Ausdruck nicht schon jetzt benutzen, so teilte er ausweichend mit: „Wissen Sie eigentlich, wie man die Ermordete in ihrer Hochschule bezeichnet hat?"

Schnackenberger hob die Schulter, und Vlassi sprang mit der Antwort ein: „Man nannte sie Mona Lisa."

„Mona Lisa, das ist ja hochinteressant. Wissen Sie, dass wir in diesem Jahr den 500. Todestag von Leonardo da Vinci feiern?"

Jetzt hob Lustig die Schulter, während Vlassi den Kunstsinnigen mimte: „Aber natürlich, Leonardo ist schließlich ein Jahrhundertgenie, ich meine, ein Jahrtausendgenie, man wird ihn in weiteren fünfhundert Jahren noch heftiger feiern."

Schnackenberger sah ihn wohlgefällig an: „Sie machen Ihrem Äußeren alle Ehre, Herr Spyridakis." Und gleich fuhr er fort: „Leonardo war tatsächlich ein Jahrtausendgenie. Das ist umso erstaunlicher, weil er der uneheliche Sohn eines Bauernmädchens und eines Florentiner Notars war, seine Mutter kannte er nicht, er war ganz ohne Schulbildung, überhaupt ohne jede humanistische Bildung. Dennoch fühlte er sich den Gebildeten nie unterlegen. Ein ganz erstaunlicher Mensch."

„Das ändert nichts am Tod von Frau Köckel-Simons", schaltete sich Lustig ein.

„Natürlich nicht", bestätigte Schnackenberger, „aber Mona Lisa, wie man sie in ihrer Umgebung nannte, ist ja doch wohl eine Ehrenbezeugung, die Mona Lisa ist das berühmteste Bild in der Geschichte der Malerei."

Vlassis Neugier war erwacht. Wenn sie schon mit einem Spezialisten redeten, könnte er die Gelegenheit nutzen, seine Bildung etwas aufzubessern. Kollege Lustig blieb stumm, offenbar hoffte auch er, vom Wissen des Auktionators zu profitieren.

„Können Sie mir sagen, woran das liegt?" fragte Vlassi. „Warum ist das Bild eigentlich so berühmt?"

„Das liegt an ihrem Lächeln", erwiderte Schnackenberger, „das Lächeln der Mona Lisa ist tief und geheimnisvoll."

Ich bin doch auch tief und geheimnisvoll, dachte Vlassi, aber wenn ich jemandem zulächle, gar meiner Chefin, mache ich doch nicht auf geheimnisvoll, das lasse ich weg, meine Tiefe genügt.

„Aber warum lächelt die Mona Lisa mit geschlossenem Mund?", fragte er den Kunstauktionator.

Der lehnte sich zurück und erklärte mit entschiedener Stimme: „Das bleibt ein großes Geheimnis Leonardos."

Vlassi rutschte auf seinem schmalen Sessel in eine aufrechte Position: „Ich habe da eine Theorie. Könnte es nicht sein, dass die Mona Lisa den Mund nicht aufkriegt, weil sie schlechte Zähne hat, schiefe oder vorstehende – die wollte sie der Nachwelt nicht überliefern?"

Schnackenberger sah ihn in einer Mischung von Verblüffung und Erstaunen an, dann sagte er: „Das wäre eine völlig neue Interpretation des Bildes … interessant."

Die Tür öffnete sich, und Frau Schlumperding erschien mit drei Tassen Kaffee. Sie standen auf einem Tablett, das jedoch zu groß für das ovale kleine Tischchen war, sodass die Herrschaften ihre Tassen vom Tablett herunternehmen und in der Hand halten mussten, was Vlassi nicht daran hinderte, sofort einen Schluck zu trinken. Auch Schnackenberger nippte an seiner Tasse, um dann zu sagen: „Sie sprechen übrigens etwas ganz Wesentliches an, wenn auch mit ungewöhnlicher Deutung." Nach einem weiteren Nippen fuhr er fort: „Wissen Sie, Leonardo war ja ein Universalgenie. Er entwarf nicht nur elegante Häuser und Tempel, er plante auch futuristische Städte – doch weder wurden seine Häuser gebaut, noch entstand auch nur eine einzige Stadt nach seinen Vorstellungen."

„Ein Versager also", brummte Lustig, der unschlüssig seine Tasse in der Hand hielt und sich offenbar nicht getraute zu trinken.

Schnackenberger wackelte mit dem Kopf: „Leonardo war kein Erfolgsmensch und auch nicht der Überkünstler, den viele in ihm sehen wollen. Das kolossale Reiterstandbild, das der Mailänder Herzog bei ihm bestellt hatte, sieben Meter hoch und achtzig Tonnen schwer, wurde nie fertig. Auch ein Historiengemälde für die Stadt Florenz hat er nicht beendet …"

„Da feiert man ihn in Florenz dieses Jahr wahrscheinlich nicht", warf Lustig ein.

„Doch, doch", erwiderte der Galerist, „Leonardo war ein Überflieger im Geiste, es gibt zwar kaum mehr als ein Dutzend Gemälde von seiner Hand, und dennoch war er anerkannt und gefragt."

„Ein Genie im Scheitern, könnte man sagen", teilte Lustig fachmännisch mit, der sich inzwischen entschlossen hatte, auch an seinem Kaffee zu nippen.

„Gar nicht so verkehrt, was Sie sagen", erwiderte Schnackenberger, „aber die Betonung liegt auf Genie. Dieser Leonardo war ja so etwas, was wir heute als Allrounder bezeichnen, ein Renaissance-Mensch, der sich auf vielen Gebieten erprobte."

In Vlassi erwachte die Wissbegier: „Tatsächlich?"

„In Florenz und Mailand kannte man Leonardo als Sänger, der sich selbst auf der Lyra begleitete", erklärte Schnackenberger, „er war auch Dichter und wusste immer, dass die Leute unterhalten werden wollten, was heute gern vergessen wird, vor allem von deutschen Schriftstellern." Er machte eine kleine Pause und sagte dann: „Leonardo inszenierte auch Umzüge und rauschende Theaternächte mit fliegenden Menschen und magischen Monstern …"

„Ist ja unglaublich", streute Lustig ein, der sich inzwischen zu einem kleinen Schluck Kaffee entschlossen hatte, „was hat er eigentlich nicht gemacht?"

„Eben, eben, was hat er eigentlich nicht gemacht?", bestätigte ihn Schnackenberger. „Das Geniehafte an Leonardo war, dass er sehr vieles gemacht hat und immer wie ein Kind geblieben ist. Er hat Fragen gestellt wie keiner sonst:

Warum ist der Himmel blau und nicht grün? Wo hat die Seele ihren Ort? Warum müssen Menschen schlafen?"

„Das hab' ich mich auch schon gefragt", warf Vlassi ein, dem sein Schlafdefizit und das Melatonin-Präparat einfielen, das ihm der Arzt auf der Parkplatzwiese in Schierstein verweigert hatte.

Schnackenberger musterte den rothaarigen Kommissar kritisch: „Gut, wenn Sie sich das schon gefragt haben – allerdings kommen Sie fünfhundert Jahre zu spät." Und mit einem spöttischen Grinsen fügte er an: „Leonardo ist Ihnen zuvorgekommen."

Lustig rutschte auf seinem Sesselchen zur Seite, wollte aber dennoch in Schräglage wissen: „Und ich habe mich ebenfalls schon gefragt, warum der Himmel blau und nicht grün ist, doch da komme ich auch fünfhundert Jahre zu spät, was?"

„Sehr richtig, aber es spricht für Sie, dass Sie so eine Frage stellen", erwiderte Schnackenberger, „der geniale Leonardo hat herausgefunden, dass der blaue Himmel etwas mit der Lichtstreuung und den Lichtwellen zu tun hat …"

„Iss ja doll", fiel ihm Vlassi ins Wort, und er dachte dabei: Man kann ja direkt zum Leonardo-Fan werden. Gut, dass ich in seinem fünfhundertsten Todesjahr so was endlich mal erfahre.

Lustig hatte ebenso wie Vlassi den Erläuterungen des Galeristen und Auktionators mit einer gewissen Faszination zugehört, jetzt wollte der Mainzer Hauptkommissar wissen: „Aber geschrieben hat Leonardo nicht, ich meine, Bücher geschrieben."

„Ich muss Sie enttäuschen, auch das hat er getan. Leonardo hat selbst mitgeteilt, dass er hundertzwanzig Bücher verfasst habe – doch keines davon ist je erschienen."

„Hundertzwanzig! Ist ja enorm", brummelte Lustig, „warum ist denn keins erschienen?"

Schnackenberger trank einen Schluck Kaffee, stellte seine Tasse dann neben sich auf den Fußboden und wirkte seltsamerweise auf einmal viel älter als zu Beginn.

„Das ist das Renaissancehafte an Leonardo", sagte er, „einerseits der Versuch, nicht mehr länger nur Objekt eines Schöpfers zu sein, sondern selbst schöpferisch zu werden, die göttliche Ordnung nach eigenen Idealen zu formen. Andererseits kam er zu keinem Ende und erkannte wohl, dass mit jedem Zugewinn an Wissen auch das Nichtwissen wächst."

Vlassi lehnte sich auf seinem Winz-Sessel zurück, er schien ein wenig deprimiert. Was die Kunstgeschichte doch für traurige Geheimnisse barg. Sollte er sich denn, wie vorgetäuscht, einem Fach hingeben, um letztendlich in einer Gemüts-, ja möglicherweise einer Geisteskrankheit zu versinken? Die Kunststudenten waren ja alle gefährdet. Zum Glück war die Professorin, bei der er studieren wollte, bereits tot.

„Das ist ja tragisch", rang er sich zu einem Kommentar durch.

„Ja", stimmte Schnackenberger zu, „kein verkehrtes Wort für ein Genie wie Leonardo, aber bedenken Sie, dass wir immerhin einige Werke von ihm besitzen. Die Mona Lisa etwa."

Lustig hatte es inzwischen Schnackenberger gleichgetan und seine Tasse neben seinem Stuhl, auf dem er sich mühsam hielt, abgestellt. Die letzten Worte Schnackenbergers waren für ihn das Stichwort.

„Die Mona Lisa …“, sagte er und dachte dabei nicht an Leonardos Bild, sondern an die Ermordete, kam aber nicht weiter.

„Die Mona Lisa“, nahm ihm der Auktionator das Wort aus dem Mund, „ist deshalb so berühmt, weil sie so geheimnisvoll daherkommt – wenn man das bei einem Gemälde sagen darf. Leonardos Menschen sind nicht zu fassen. Sie verschwinden im Sfumato.“

„Sfumato?“, brummte Lustig fragend, während sich Vlassi vornehm zurückhielt, schließlich wollte er sein künstlerisches Aussehen nicht durch eine törichte Frage in Frage stellen.

„Sfumato meint den undurchsichtigen Nebel der Farben“, erläuterte Schnackenberger, auf dessen Stirn sich eine Längsfalte gebildet hatte, „in diesem Nebel liegt das Geheimnis der Mona Lisa.“

„Verstehe ich nicht“, teilte Lustig mit, „im Nebel liegt das Geheimnis. Soweit ich die Mona Lisa kenne, ist doch da kein Nebel.“

„Metaphorisch gesprochen, Herr Lustig, Leonardos Menschen sind nicht zu fassen, sie entziehen sich dem Augenblick, entkommen dem harten Takt der Zeit, mit einem Wort: Sie werden zeitlos.“

Wie der spricht, dachte Vlassi, dem der harte Takt der Zeit imponierte, der ist über der Mona Lisa wohl unversehens zum Poeten geworden. Kann so einer meuchlings morden?

Lustig dagegen erwiderte: „Kann sein, dass das Bild zeitlos wird, aber auf die Mona Lisa der Hochschule trifft das nicht zu, die ist nicht zeitlos, sondern mausetot."

„Und wahrscheinlich wird ihrer in fünfhundert Jahren auch niemand gedenken", schob Vlassi formvollendet nach, „und ihr Bildnis wird in keinem Museum hängen."

Hauptkommissar Lustig dachte angestrengt nach, wollte aber auch jetzt nicht vom Kunstmarkt als kriminellem Milieu sprechen, stattdessen sagte er: „Herr Schnackenberger, die Mona Lisa, ich meine natürlich Frau Köckel-Simons, hat für Sie Expertisen geschrieben, wie Sie selbst zugegeben haben. Was waren das für Expertisen?"

„Keine über Leonardo. Meist ging es um Impressionisten, das war ihr Spezialgebiet."

„Haben Sie sich über diese Expertisen zerstritten?", fragte Lustig und schob seinen Kopf vor. „Gab es zwischen Ihnen Auseinandersetzungen darüber?"

„Auseinandersetzungen gehören zum Geschäft. Aber Sie meinen sicher eine Auseinandersetzung, die tödlich endete?", fragte Schnackenberger und zeigte ein müdes Lächeln.

Vlassi schaltete sich ein: „Auf dem Kunstmarkt geht es schließlich um viel Geld."

„Um sehr viel Geld!", ergänzte Lustig mit einer Miene, die andeuten sollte, dass er Bescheid wusste.

Der Auktionator schaute zuerst Lustig an, dann ließ er seinen Blick zu Vlassi schweifen. Sein Blick kam von weit oben: „Um viel Geld geht es? Ja, aber nur sehr, sehr selten. Wenn Sie zufällig auf Ihrem Dachboden einen Leonardo entdecken, werden Sie Mühe haben, einen Käufer zu finden."

„Warum denn?", fragte Lustig barsch.

„Weil es nur ganz wenige gibt, deren Portemonnaie groß genug für einen kleinen Leonardo ist."

18 Mit Toten reden

Während Vlassi und Lustig in Frankfurt beim Kunstkenner und Auktionator Schnackenberger weilten, senkte sich der Abend hernieder, die Laternen leuchteten bereits gelb, die Schatten wurden länger – und an anderem Ort fand ein recht seltsames Treffen statt.

Am Gartentor zu einem altertümlichen Haus, es war offensichtlich eine Gründerzeit-Villa, waren gerade zwei Männer mittleren Alters angekommen, die sich leise unterhielten.

„Kennst du ihn eigentlich?", fragte der eine.

„Natürlich kenne ich ihn, er hat mich ja eingeladen."

„Mich aber nicht."

„Dich auch, durch mich. Er kennt dich und du vielleicht auch ihn."

„Warum sprichst du dann so geheimnisvoll?"

„Weil die Sache geheimnisvoll ist. Sie soll nicht ans Licht kommen, er möchte es nicht."

„Schleppst du mich in eine kriminelle Vereinigung?"

„Ach was", sagte der Erste, „aber das letzte Mal war es gruselig, man könnte beinahe sagen, apokalyptisch. Sogar Rauch ist aufgestiegen."

„Jetzt hast du mich neugierig gemacht, ich liebe gruselige Situationen."

„Da siehst du, was für ein Menschenkenner er ist. Lass dich überraschen."

Der Mann, der zuletzt gesprochen hatte, drückte auf den Klingelknopf am Tor. Sogleich ertönte ein Summen, und das Tor sprang auf. Die beiden Männer gingen auf einem schmalen Weg in Richtung Haustür, unter ihren Füßen knirschte verheißungsvoll der Kies, als wolle er sie auf ein ungewöhnliches Erlebnis einstimmen. Die Tür des Hauses öffnete sich wie von Geisterhand, innen im Haus war es vollkommen dunkel, sodass der zweite Mann sehr zögerlich einen Schritt vor den anderen setzte und murmelnd seinem Begleiter mitteilte: „Ist das der Eingang zur Hölle?"

„Nein", antwortete der ebenso leise, „aber zu einer anderen Welt."

Die beiden traten ein, und dem zweiten Mann ging durch den Kopf, ob er überhaupt hätte mitkommen sollen. Er begab sich zu einem Menschen, der nicht mit offenen Karten spielte. Vielleicht entpuppte sich die sogenannte gruselige Angelegenheit als Scherz, und letzten Endes erwartete ihn nichts anderes als eine dieser qualvollen Stehgesellschaften mit lauter Leuten, die sich einerseits nichts zu sagen haben und das andererseits nicht formulieren können, aber dennoch unentwegt herumpalavern. Ein leises Bedauern überzog ihn, seinem Freund gefolgt zu sein. Dann kam ihm der Gedanke, dass er das alles vielleicht träume. Ich liege wahrscheinlich längst in meinem Bett und rekele mich in Morpheus' Armen. Wer weiß, wohin er mich noch träumend führt?

Seine innerliche Frage wurde rasch beantwortet, denn im Hintergrund tauchte eine Kerze auf, es hatte den Anschein, als würde sie durch die Luft schweben. Gingen in diesem Haus Gespenster um? Furchtsame Gemüter wären zurückgeschreckt. Doch das war nicht nötig, denn schnell stellte sich heraus, dass eine Person die Kerze in der Hand hielt, eine Person, die schmal und lang war und ein schwarzes Gewand trug, sodass sie zunächst nicht zu erkennen war. Der zweite Mann, der noch in der Nähe der Tür weilte, bekam vom ersten einen sanften Stoß in die Seite, was bedeutete, dass er endlich die Tür schließen solle.

Die Kerze tragende lange Person hatte sich ihnen auf zwei Schritte genähert, doch ihr Gesicht war durch eine Kapuze verdeckt. Der erste Mann wollte etwas sagen und setzte gerade an, als der Kapuzenträger ihm zuvorkam und mit leiser Stimme sagte: „Keine Namen bitte. Wir sprechen uns nicht an."

Es war offenbar eine männliche Stimme – oder hatte eine Frau mit tiefer Stimme gesprochen? Der Kerzenträger reichte jedem von ihnen ein Stück Stoff, das sich als Kapuze herausstellte. Sie sollten sie sich offensichtlich überziehen, was die beiden Männer auch taten. Dann machte der Hausherr, wenn er es denn war, eine auffordernde Handbewegung, sie sollten ihm folgen. Da es stockdunkel war und die Kerze nur ein flackerndes Licht mal hierhin, mal dorthin warf, gingen sie ihm vorsichtig hinterher und erreichten bald ein offenbar größeres Zimmer. Genaueres war nicht zu erkennen, denn dieser Raum wurde auch nur durch eine Kerze erleuchtet, eine Kerze in einem verschnörkelten Kerzenleuchter, der auf einem großen runden Tisch stand. An ihm saßen zwei weitere Personen, ebenfalls in Kapuzen.

Der sie in Empfang genommene Kapuzenträger gebot den Neuankömmlingen mit einer Handbewegung, sich zu setzen. Gerade als sie die Stühle rückten, ertönte ein merkwürdiges Geräusch, zuerst ein Schnarren, das überging in einen schlagenden Klang. Die Angekommenen fuhren zusammen. Was war das? Begrüßte sie so die andere Welt? Führten die Geister hier ein schnarrendes Eigenleben?

Der Kapuzenträger vom Eingang hatte sich bereits gesetzt, gab keine Erklärung, doch dem zuerst Eingetretenen fiel ein, dass der schlagende Klang nur durch die Standuhr im Flur hervorgerufen worden sein konnte. Die Neuankömmlinge nahmen ebenfalls Platz, und der zweite von ihnen zählte die Schläge der Uhr: Drei … vier … fünf … sechs … sieben. Da machte die Standuhr abrupt Schluss, sie war es offenbar leid, auf die verflossene Zeit hinzuweisen, dabei war es doch schon viel später als sieben Uhr.

Der Hausherr wies auf eine Person am Tisch und sagte leise: „Wir können beginnen. Unser Medium ist bereit."

Ah, darum geht es, fiel es dem zweiten Mann, der nicht wusste, warum er zu dieser Tafelrunde gehörte, wie Schuppen von den Augen. Hier handelt es sich um eine Séance, hier werden wahrscheinlich die Toten beschworen, hier sollen sie zum Reden gebracht werden. Das war in der Tat etwas, das ihn sehr interessierte, sein Freund hatte schon recht gehabt, der Einladende war ein Menschenkenner. Er überlegte, ob er mitteilen sollte, dass er an metaphysischen Dingen starken Anteil nahm, unterließ es jedoch, denn das Medium begann mit sehr leiser Stimme zu sprechen.

„Die Verstorbenen sind nicht tot. Das glauben nur naive Personen. Der vermeintliche Tod ist nur für Ungläubige eine unüberwindliche Grenze."

Das war ganz eindeutig eine weibliche Stimme. Aber welche? Der Eingeladene sortierte sein Gedächtnis, aber er konnte die Stimme nicht einordnen.

„Jedes Leben hat ein Geheimnis", fuhr die weibliche Stimme fort, „auch der Tod hat ein Geheimnis, vor allem, wenn er überraschend kommt."

Wenn er überraschend kommt?, fragte sich der eingeladene Gast. Wird hier etwa von Mord gesprochen?

Die weibliche Stimme machte eine Pause, als müsse sie sich sammeln. Dann griff sie zu einem Gegenstand, der auf dem Tisch lag. Die zuletzt Angekommenen hatten sich mittlerweile an die Dunkelheit gewöhnt und konnten sehen, dass es sich um einen Armreif handelte.

„Jeder Gegenstand hat ein inneres Leben", sagte die Frau, „wenn ich ihn berühre, strahlt er eine ganze Geschichte aus." Sie schien einen Blick auf den Hausherrn zu werfen: „Bitte konzentrieren Sie sich. Ich bitte um äußerste Ruhe."

Keiner hatte einen Ton gesagt, es war bereits ganz ruhig, aber vielleicht gab es eine Steigerung von Ruhe, die nur dem Spiritisten bekannt ist.

Der Angesprochene murmelte: „Natürlich, natürlich."

Das Medium teilte leise mit: „Die Toten sind nie gestorben, wir sehen sie nur nicht mehr." Wieder machte die Stimme eine Pause, um dann den Tischkreis aufzufordern: „Wir wollen uns jetzt an den Händen fassen und jeden störenden Gedanken verbannen." Nach einer abermaligen Pause sprach sie weiter: „Es ist unbedingt notwendig, dass ein Kreis entsteht, er dient zu unserem eigenen Schutz."

Der zweite Eingeladene fühlte wohlige Schauer unter seiner Kapuze. Vielleicht passiert sogar etwas Unvorhergesehenes, dachte er, da hätte sich mein Kommen ja gelohnt.

„Man weiß nie, was geschehen wird", sagte die weibliche Stimme jetzt, als hätte sie seine Gedanken gehört, „ergreifen Sie Ihre Hände, und halten Sie sie fest."

Die am Tisch Sitzenden taten es, der zweite Neuankömmling fasste die Hand seines Freundes, die sich überaus trocken anfühlte, die Hand zur Linken dagegen war feucht, und ihre Fingerspitzen rieben sich nervös aneinander. War es eine weibliche Hand? Hoffentlich. Einen kurzen Moment kam ihm der Gedanke, was er hier eigentlich treibe. Er drückte die Hand einer Wildfremden, wenn es denn kein Mann war. Das war schon ein bisschen abartig. Und durfte man überhaupt mit den Toten reden? Ihm fiel eine Bibelstelle ein. Hieß es nicht in einem der Bücher Mose, dass dem Herrn so etwas ein Gräuel sei? Andererseits ging es um Wissbegier, bei ihm jedenfalls, und Wissbegier konnte der Herr unmöglich verbieten. Wissbegier war schließlich der Treibstoff jeder Entwicklung, jedes Voranstrebens, jedes Erschließens neuer Bereiche. Sollte man da achtlos beiseitestehen und in der Nase bohren?

Andererseits – konnte man wirklich etwas über die andere Welt, jene Wirklichkeit jenseits des Todes, erfahren, selbst wenn man daran glaubte? Ist es nicht eigentlich töricht, in Gebieten herumzustochern, die einem verschlossen sind? Und warum sind sie verschlossen? Weil der Tod eine Wand ist, eine geistige Mauer, die die Lebendigen nicht übersteigen, ja, über die sie nicht einmal mit einem Fernrohr, und sei es auch noch so scharf, hinwegschauen können. War es nicht dämlich von mir, herzukommen, hier zu sitzen und mir die Finger von einer Wildfremden reiben zu lassen?, fragte er sich. Diese Leute, mit denen ich am Tisch sitze, wollen doch eigentlich nicht anerkennen, dass das Leben eine Grenze hat, über die wir Lebenden nicht hinauskönnen. Verweigern sie nicht im Grunde dem Tod sein Recht, verfolgen sie nicht die Verstorbenen noch über das Grab hinaus? Wollen sie dem Tod sein Lebensrecht nicht gönnen?

Der Neuankömmling kam in seinem ihn überflutenden Gedankenstrom nicht weiter, denn das Medium richtete sich zum Hausherrn und sagte mit leiser Stimme: „Konzentrieren Sie sich jetzt auf Ihre Frage, aber sprechen Sie sie nicht laut aus. Ich werde sie hören, das Fluidum hilft."

Der Hausherr nickte, das Medium senkte den Kopf, eine Weile versank der Raum und mit ihm die ganze Welt in völliger Stille, nicht der leiseste Ton war zu hören, und sogar die Fingerspitzen der Nachbarin zur Linken hatten aufgehört, sich zu reiben, als seien sie erstarrt. Handelte es sich nur um Sekunden oder ganze Minuten der vollkommenen Versunkenheit? Keiner hätte eine Antwort auf diese Frage gefunden. Doch plötzlich wackelte der Tisch, dann hob er sich in die Höhe und fiel gleich darauf wieder herunter, eine Person schrie laut auf, es war eine weibliche Stimme, gleichzeitig erwachte die Standuhr im Flur zum Leben, sie schlug mit einer Lautstärke, als wollte sie nicht nur ihr Gehäuse, sondern das ganze Haus zertrümmern. Die beiden spät Gekommenen spürten, wie ein eiskalter Hauch sie anwehte, der sie frösteln ließ. Jetzt verkrallte sich die erstarrte Hand zur Linken in die des Spätankömmlings, sodass es ihn schmerzte. Und im selben Moment begann die Kerze auf dem Tisch zu flackern. Es war ein eigentümliches Flackern, das die Flamme zunächst vergrößerte fast bis hinauf zur Decke, dann wieder verkleinerte und nach allen Seiten warf, sodass man Angst bekommen konnte, von ihr entzündet zu werden. Wiederum hätte keiner eine Zeitangabe machen können, wie lange dieser Zustand dauerte, doch plötzlich verlöschte die Kerze, als hätte eine unbekannte Hand ihr das Lebenslicht ausgedrückt.

Dunkelheit umhüllte die kleine Gesellschaft, doch es dauerte nur einen kurzen Moment, bis eine Stimme kläglich rief: „Licht, Licht!“ Dann hörte man einen Aufschrei, der schnell wieder verstummte. Ein Stuhl wurde gerückt, das Ratschen eines Streichholzes wurde hörbar, dann prasselte eine Flamme auf, als hätte jemand ein Holzscheit in Brand gesteckt. Es war der Hausherr, der das Streichholz an die Kerze hielt, die sogleich wieder ganz normal Licht spendete und weder zur Decke strebte noch die Anwesenden entzünden wollte. Das plötzliche Kerzenlicht machte den Hintergrund für einen Moment sichtbar, es war eine Wand voller Bücher. Der Hausherr hob begütigend die Hände: „Es ist alles in Ordnung, keiner von uns ist doch wohl beschädigt?“

Die nach wie vor am Tisch Sitzenden konnten zwar kein Wort sagen, drehten aber ihre Köpfe verneinend.

Das Medium wandte sich an den Hausherrn: „Haben Sie eine Antwort bekommen?“

Der lange, dünne Mann stand auf: „Ja, das habe ich.“

*

Hauptkommissar Ernst Lustig und sein Kollege Vlassopolous Spyridakis fuhren gerade auf der Autobahn am Städtchen Ginsheim-Gustavsburg vorbei. Scheinwerfer von der Gegenfahrbahn leuchteten ihnen ins Gesicht, es war bereits dunkel. Sie befanden sich auf der Rückfahrt von Frankfurt, und Lustig steuerte die Ausfahrt Mainz an.

„Sie kommen doch mit zum Michel", sagte er eben, „wir müssen uns erholen nach diesem Parforceritt bei Schnackenberger."

„Der Mann ist nicht dumm und weiß allerhand", bemerkte Vlassi.

„Das ist es ja! Gescheite Leute reden einen dumm und dusselig. Haben Sie gemerkt, wie der auf meine Expertisen-Frage reagiert hat?"

„Na klar, der ist ausgewichen."

„Mehr noch, Herr Kollege, der hat die Frage runtergespielt. Es geht um viel Geld auf dem Kunstmarkt, aber der hat so getan, als hätten wir's nicht."

„Ganz unrecht hat er damit nicht", erwiderte Vlassi, „oder haben Sie paar Millionen unter meinem Sitz hier versteckt?"

„Menschenskind, es geht doch nicht um uns, es geht doch nicht um unsere paar Millionen, die wir mühsam angespart haben. Das sind Peanuts, wenn Sie verstehen, was ich meine."

„Ihre paar Millionen?", tat Vlassi begriffsstutzig.

„Es geht um die Milliardäre und Billionäre dieser Welt."

„Billionäre – gibt's das Wort überhaupt?"

„Wenn ich es sage, gibt's das! Ich rede von den Öl-Fritzen dieser Welt, von den Saudis und Kuwaitis, für die ist doch 'ne Milliarde so gut wie nix."

Vlassi nickte nachdenklich.

„Na ja, und das sind die Käufer der Mona Lisa – wenn die verkäuflich wäre. Die haben den Schotter, so paar Millionen sind für die Kleingeld."

„Also Sie haben den Schnackenberger im Verdacht …", hob Vlassi an, kam aber nicht weiter.

„Im Verdacht, im Verdacht! Der Mann ist für mich höchst kriminell. Der ganze Vortrag, den er uns gehalten hat, war doch nichts als Ablenkung. Pure Ablenkung."

„Aber lehrreich!", teilte Vlassi voller Überzeugung mit.

„Lehrreich! Werter Kollege, Sie haben sich ja vollkommen in Ihre Studentenrolle verrannt."

„Und wir können ihm nichts bewei…" Vlassi hielt inne und griff sich ans rechte Ohr.

„Was ist denn jetzt mit Ihnen los? Stockt Ihnen die Sprache?", raunzte Lustig.

„Ich hab' was im Ohr", stöhnte Vlassi auf, „ein Ziepen, ein Zerren."

„Eine Ohrvergiftung wahrscheinlich", stellte Lustig sofort die Diagnose, „Sie mussten ja unbedingt Kaffee bei dem trinken."

„Meinen Sie, im Kaffee war was drin?", ächzte Vlassi.

„Sehr wahrscheinlich. Ein Gift, das zuerst taub macht und nach und nach am Lebenslicht bläst – bis es ausgeht."

„Au", machte Vlassi, verzog das Gesicht und griff sich ans Ohr, „spüren Sie denn nichts?"

„Nein, spüre nichts."

Vlassis Kehle entrang sich ein Schmerzenslaut, dann sagte er: „Sie sind ja völlig unsensibel, Sie müssen doch was merken, Sie haben doch auch den Kaffee getrunken."

„Bin abgehärtet, da Weintrinker."

Vlassi überzeugte das nicht: „Vermutlich hat man nur mir was in den Kaffee geschüttet. Der Schnackenberger hat sofort erkannt, dass ich die entscheidende Person bin."

Lustig lachte auf: „Und wer hat uns zu diesem Mordbuben im Kunstgewand geführt? Erinnern Sie sich noch?"

„Das weiß der doch nicht", entgegnete Vlassi, „der hat sofort gemerkt, wen er aus dem Spiel nehmen muss."

„Na, da bin ich froh, dass der so ein Menschenkenner ist. Ich bleibe nämlich gern im Spiel."

Die beiden hatten inzwischen die Kurt-Schumacher-Brücke erreicht, die vom Vorort Kastel über den Rhein hinüber nach Mainz führt. Auf der Brücke mussten sie im Schritttempo fahren, denn sie war vollkommen überfüllt. Drüben sah man im dämmrigen Abendlicht das Wahrzeichen von Mainz, den Dom, sich erheben, man sah ihn deshalb so gut, weil er angestrahlt wurde. Vlassi verzog eben wieder das Gesicht, fasste sich ans Ohr und machte einen spitzen Mund, sodass Lustig ihm einen verwunderten Blick zuwarf.

„Was machen Sie denn für Grimassen? Wollen Sie demnächst im Zirkus auftreten?"

„Mein Ohr, mein Ohr, ich spüre da was", ächzte Vlassi.

„Ein Glas Wein, und Sie sind kuriert", erwiderte Lustig.

„Vielleicht fahren Sie mich besser in die Eusebius-Klinik."

„Krankenhaus? Das ist der sicherste Weg vom Leben in den Tod“, stellte Lustig fest. „Außerdem kennt Sie dieser Chefarzt da schon von unserem Pharmafall, der weiß doch, dass Sie nix haben.“

„Der hat mich beim letzten Mal falsch behandelt“, klagte Vlassi.

„Ach was, der hat Sie richtig behandelt, nämlich gar nichts gemacht.“

Vlassi zuckte zusammen, und seine Miene verwandelte sich in eine Schreckensvisage – aber nicht wegen Lustigs Rede, sondern weil er wieder im Ohr ein Zwicken und Zwacken spürte.

Sie waren inzwischen durch langsames Weiterfahren auf der anderen Seite der Schumacher-Brücke angekommen, und sein Mainzer Kollege wandte sich Vlassi zu: „Ich such’ uns jetzt einen schönen Parkplatz hinterm Dom, und dann gehen wir gemächlich zum Weinhaus Michel und trinken da einen Schoppen. Anschließend spüren Sie Ihr Ohr nicht mehr.“

„Sie meinen, ich höre nichts mehr, ich werde taub?“, fragte Vlassi entsetzt.

„Na ja, so direkt wollte ich es nicht sagen, Sie werden vielleicht nichts mehr hören, aber auf jeden Fall wird es Ihnen besser gehen nach dem ersten Glas.“

19 Ist das Kunst, oder kann das weg?

Während Vlassi und Lustig die Mainzer Altstadt ansteuerten und Lustig inständig hoffte, dass sein Kollege ihn dort nicht mit seinem Grimassenschneiden blamieren würde, erwartete Vlassi vom Besuch der Weinstube die Besserung seines Ohrleidens, er glaubte fest daran, seine Hörfähigkeit nicht ganz zu verlieren, ja, bei einem guten Riesling versprach er sich Genesung, vielleicht würde er sich sogar in einen Luchs verwandeln, jedenfalls, was seine Ohren anging – während sie also mit unterschiedlichen Erwartungen unterwegs waren, wunderte sich Julia Wunder darüber, dass Kommissar Spyridakis sich noch nicht bei ihr gemeldet hatte. Er würde doch nicht einen Rückfall in den Tango erlebt haben und geistig in Buenos Aires weilen? Vielleicht aber funktionierte sein Handy mal wieder nicht, und der Anruf, der sie mit Aussetzern erreicht hatte, stammte von Lustig, die beiden recherchierten offenbar auf eigene Faust. Wo allerdings – das konnte sie nicht wissen.

Sie ahnte auch nicht, dass ihr Apothekerfreund Jürgen Stockmann möglicherweise eine gute Nase gezeigt und eine richtige Vermutung ausgesprochen hatte. Befand sich der Täter außerhalb der Hochschule, war es jemand in einer großen Galerie? Einer Galerie, für die die Tote gearbeitet hatte? So wäre eventuell die Lässigkeit von Sauerinsky zu erklären.

Julia fuhr bereits in ihrem Dienst-Passat die Breite Straße im Vorort Gonsenheim in Richtung Mombacher Kreisel, wo sie die Autobahnbrücke nach Wiesbaden nehmen wollte, als ihr Smartphone klingelte. Sie fuhr an die Seite und meldete sich.

„Julchen, ich bin's", hörte sie ihren Vater, „ich habe über deinen Kunstfall nachgedacht, und mir ist ein Theaterstück eingefallen, das wir uns unbedingt ansehen müssen." Er hielt inne: „Ich störe doch hoffentlich nicht gerade?"

„Nein, ich bin auf dem Rückweg von Mainz."

„Hast du heute Abend schon was vor?", fragte Vater Hillberger.

„Eigentlich nicht, aber ehrlich gesagt ist mir nicht so ganz nach Theater …"

„Aber Julchen, du weißt doch, dass ich immer Stücke aussuche, die was mit deinem gerade aktuellen Fall zu tun haben. Man könnte bei meiner Auswahl sogar von einer Dienstveranstaltung sprechen."

„Das solltest du meinem Chef sagen, damit der was von meinen Überstunden mitkriegt."

„Mach' ich, mach' ich. Und obendrein sehr gern. Den klär' ich auf."

„Ist das Stück wieder von Shakespeare?", wollte Julia wissen.

„Kein Shakespeare, kein Lessing, kein Goethe! Diesmal überrasche ich dich mit einem aktuellen Stück, das just in Wiesbaden gespielt wird. Mitunter arbeiten die sogar nicht hinterm Mond."

„Handelt es sich um einen zeitgenössischen Autor?"

„Woll, woll“, antwortete ihr Vater, „ein Name kommt später, ich ködere dich erst mal mit dem Titel. Das Stück heißt *Kunst*.“

„Du hast es geschafft“, ächzte Julia, „du hast mich neugierig gemacht.“

„Karten hab' ich schon. Wir sehen uns in einer knappen Stunde vor dem Kleinen Haus, ja?“

„Stehe zu Diensten“, erwiderte Julia, deren Müdigkeit plötzlich wie weggeblasen war.

Zur verabredeten Zeit sah man Julia die Christian-Zais-Straße in flottem Tempo entlanggehen. Sie eilte in Richtung Stirnseite der Grünanlage, dort befand sich das Kurhaus und Spielcasino, auf das die Wiesbadener seit alters her größten Wert legen. Das Spielcasino gilt als eine Art Heiligtum, wer dort sein Geld verliert, genießt gewissermaßen hohes Ansehen, und in früheren Zeiten war es sogar verboten, sein Fuhrwerk auch nur in der Nähe des Casinos abzustellen. Der derbe Bauer aus Mainz, der sich auch mal im feinen Wiesbaden verlustieren wollte, wurde streng gemaßregelt. Manchmal von Polizisten, meist aber von einem durch die Zeitläufe gebeutelten, aber doch irgendwie königlich empfindenden Hotelier in der Nähe der Spielbank. Man achtete auf Etikette, denn ohne Etikette ist für den wahren Wiesbadener das Leben nichts als ein öder Schein.

Doch Julia steuerte nicht das Casino, sondern den Eingang zum Kleinen Haus des Wiesbadener Staatstheaters an, der sich seitlich und etwas versteckt befindet. Schon von Weitem erkannte sie ihren Vater.

„Julchen", rief er ihr entgegen, „du musst dich nicht hetzen, du bist doch gar nicht unpünktlich."

„Bei dir kann man nie pünktlich genug sein", sagte sie, und die beiden umarmten sich.

Während sie auf dem Weg ins Innere des Kleinen Hauses waren, einer Nebenbühne des Großen Hauses, gab ihr Wolfgang Hillberger einige Informationen: „Das Stück, das wir gleich sehen, hat eine französische Autorin geschrieben, sie heißt Yasmina Reza, vielleicht kennst du sie."

„Leider nein", gestand Julia.

„Ganz neu ist das Stück nicht, es wurde vor ungefähr zwanzig Jahren uraufgeführt, in Paris."

„Na, das ist doch für deine Verhältnisse ganz frisch", erwiderte Julia schmunzelnd.

„Frau Hauptkommissarin liebt es, freche Antworten zu geben. Aber du hast nicht unrecht, mein Favorit bleibt nach wie vor Shakespeare, hin und wieder gehe ich auch zwei Jahrhunderte weiter."

„Zu Lessing, Schiller und Co.", spöttelte Julia.

Die beiden gaben ihre Mäntel an der Garderobe ab, Wolfgang Hillberger streckte sich und teilte mit: „Riechst du sie auch?"

„Was meinst du?"

„Ich rieche sie schon, die Theaterluft", flüsterte Hillberger seiner Tochter zu und schnüffelte demonstrativ herum, sodass die Garderobenfrau, die natürlich in Wiesbaden Garderobiere genannt wird, sich verwirrt umblickte.

„Du bist und bleibst ein Theaternarr", lächelte Julia.

„Der Enthusiast kann sich schon am Fluidum berauschen, am Fluidum einer Theatergarderobe“, erwiderte ihr Vater und schenkte der Garderobiere einen wohlwollenden Blick.

Auf dem Weg in den Theatersaal teilte Hillberger seiner Tochter mit: „Dieses Stück habe ich für dich ausgesucht, für dich ganz allein. Aber mal sehen – vielleicht gefällt's mir auch.“

Julia setzte hinzu: „Und vielleicht löse ich sogar meinen Kunstfall mithilfe des Stücks.“

Hatte sie das ironisch gemeint? Vater Hillberger warf ihr einen neugierigen Blick zu und erklärte: „Warum denn nicht? Die Literatur ist nicht nur unterhaltsam, sie ist auch nützlich, was leider nur wenige wissen.“

Dann nahmen sie Platz in ihrer Reihe, der Vorhang hob sich, und das Spiel begann.

Knappe zwei Stunden später betraten Vater und Tochter das *Ristorante Venezia* in der Nähe des Staatstheaters. Es war ihr Stammlokal und gehörte gewissermaßen zu jedem Theaterbesuch. Der Kellner vom letzten Mal kam ihnen entgegen und begrüßte sie wie alte Freunde. Julia schaute er mit fragender Miene an, als wollte er wissen, ob sie wieder einen Verdächtigen wie beim letzten Fall im Schlepptau hatte. Musste da ein spezielles Essen zubereitet werden? Julia lächelte ihn an und drehte unmerklich den Kopf. Der Kellner verstand sogleich, bei dem alten Herrn neben ihr handelte es sich offenbar um keinen abgefeimten Mordbuben.

Wolfgang Hillberger hatte natürlich keine Ahnung, dass er als Verdächtiger soeben aussortiert wurde, wusste aber, dass er den Kellner auf Deutsch anreden konnte, vermied es also, mit seinen Italienisch-Kenntnissen zu protzen, und grüßte lediglich leutselig: „Guten Abend, buonasera!"

Der diensteifrige Kellner des italienischen Lokals nahm ihnen die Mäntel ab und freute sich, deutsch sprechen zu können, er teilte mit: „Hier habe ich einen wunderbaren Tisch für Sie. Die Karte bringe ich sofort."

Jetzt fiel Julia sein Name ein: „Salvatore, Sie wissen noch, wer ich bin?"

Salvatore zog eine verschwörerische Miene und antwortete mit einem Zitat, zu dem sie ihn beim letzten Fall angeregt hatte: „Die Polizei, dein Freund und Helfer."

„Großartig", spendierte ihm Julia ein Lob.

Salvatore ging nach hinten weg, und Wolfgang Hillberger fragte sie erstaunt: „Der weiß, dass du bei der Polizei arbeitest?"

„Ja, ja, deine Tochter ist ziemlich bekannt." Sie beugte sich vor und raunte: „Mafia, verstehst du. Vorbeugung."

„Respekt, Respekt", erwiderte ihr Vater, „wusste gar nicht, dass ich so eine vorausschauende Tochter hab'."

Die beiden setzten sich an den kleinen Tisch, den Salvatore für sie ausgesucht hatte, Hillberger lehnte sich zurück und fragte: „Na, was sagst du? Hat dir das Stück gefallen?"

„Sehr gut, ich bin froh, dass du mich mitgezogen hast."

„Und ich bin froh, dass ich dich und mich animiert hab', es anzusehen. Weißt du auch, warum?"

Wieder mal so eine typische Lehrerfrage, dachte Julia, die natürlich wusste, wie ihr Vater tickte, und längst einiges von seinem Fragestil übernommen hatte.

„Kurz gesagt, es geht um die Frage: *Ist das Kunst, oder kann das weg?*", antwortete sie.

„Ausgezeichnet, mein Julchen, sehr richtig. Deshalb war die Autorin ja nach der Uraufführung vielen Anfeindungen ausgesetzt. Man verstand ihr Stück als Frontalangriff auf das Kunstmilieu. Schon das nimmt mich für sie ein."

Julia schaute ihn fragend an, und ihr Vater ergänzte: „Provokation! Alle Künstler, wenn sie was taugen, sind Provokateure. Denk' etwa an Moliere, mit seinem *Eingebildeten Kranken* hat er die Ärzte seiner Zeit als Kurpfuscher bloßgestellt und sie sich natürlich zu Feinden gemacht. Shakespeare, Lessing, Schiller und sogar Goethe haben in ihren Werken Ähnliches getan, immer haben sie provoziert. Karl Moor will kein Bürger, er will ein Räuber sein, der Doktor Faust bedauert, Theologie studiert zu haben, Hamlet ist ein Denker, kann aber nicht handeln, und so weiter und so fort."

Salvatore kam mit zwei Karten und reichte eine Julia, die andere ihrem Vater. Der warf einen kurzen Blick hinein und teilte dem Kellner mit: „Ich nehme wieder die Tagliatelle."

„Abermals mit Pilzen?", fragte Salvatore.

„Sie haben ja ein phänomenales Gedächtnis", erstaunte sich Hillberger und war von dem Wörtchen *abermals* sehr angetan. Der Mann verstand was von der deutschen Sprache.

Salvatore senkte lediglich den Kopf, was Wolfgang Hillberger ebenfalls genoss, er schaute einen Moment sinnend zu ihm auf, um dann zuzustimmen: „Abermals mit Pilzen."

Julia hatte den kurzen Wortwechsel natürlich mitbekommen und orderte jetzt: „Und ich nehme abermals die Tagliatelle mit Lachs."

Salvatore sagte trocken: „Vielleicht kann ich Ihnen das nächste Mal ein Gericht mit dem Namen *Abermals* anbieten, das könnte Sie vermutlich interessieren."

Julia lächelte, und ihr Vater lachte auf: „Schon hier und heute versichere ich Ihnen, das Gericht *Abermals* beim nächsten Mal zu bestellen." Er hielt inne und schob nach: „Heute bringen Sie uns bitte noch zwei Gläser vom guten Montepulciano."

Salvatore verschwand, und Vater Hillberger wandte sich zu seiner Tochter: „Der Mann ist gut, sogar ausgezeichnet, der kann mit der deutschen Sprache umgehen und versteht was von Ironie."

„Und außerdem ist er ein Freund und Helfer der Polizei", ergänzte Julia vieldeutig und schob sogleich nach: „Aber sag' mal, was du gerade über die Provokation erklärt hast – kann das nicht auch auf meinen Fall zutreffen?"

„Du meinst, diese Professorin hat auch provoziert, und deshalb ist sie umgebracht worden?"

„So ungefähr."

„Warum nicht, Provokateure leben nicht ungefährlich", sagte ihr Vater, „aber zurück zu dem Stück, das wir gerade gesehen haben, es geht um ein Gemälde, einen Meter zwanzig mal einen Meter sechzig, das komplett weiß ist mit ein paar kaum sichtbaren Streifen …"

„… und die Figur Serge hat es für viel Geld gekauft“, ergänzte Julia.

„Richtig, der entscheidende Satz in dem Stück ist die Frage: *Für diese Scheiße hast du 30.000 Euro bezahlt?*“

„Ziemlich deftig, was die Freunde ihrem Serge da vorwerfen“, sagte Julia.

„Aber dieser Satz führt genau ins Zentrum des Stücks. Es geht nämlich eigentlich nicht um Kunst, sondern um den Kunstmarkt. Siehst du das auch so?“

Julia nickte: „Genau. Frontalangriff auf das Kunstmilieu, wie du sagtest. Es geht um den Kunstmarkt und die aberwitzigen Preise, die dort aufgerufen werden.“

„Jaja“, sagte Hillberger sinnend, „in unserer Zeit geht's um die Preise. Das war in früheren Zeiten anders.“

„Wirklich?“, fragte Julia.

„Für die meisten Menschen unserer Zeit sind künstlerische Genüsse, also Theater- und Museumsbesuche, Konzerte und das Lesen von Romanen, zunächst mal eine Preisfrage, sodann eine angenehme Zugabe zum Alltagsleben, man erholt und zerstreut sich dabei, es ist gewissermaßen Luxus und Komfort. Aber machen wir uns nichts vor – viele können sich das Leben auch ohne diese künstlerischen Genüsse vorstellen.“

„Ich nicht“, warf Julia ein.

„Das spricht für dich“, nickte ihr Vater, „aber *beseht die Gönner in der Nähe, halb sind sie kalt, halb sind sie roh, der, nach dem Schauspiel, hofft ein Kartenspiel, der eine wilde Nacht an einer Dirne Busen.*“ Wolfgang Hillberger machte eine kleine Pause: „Das wusste schon Goethe, deshalb hab' ich ihn eben zitiert.“

„Goethe ist doch nicht heutig …“, widersprach Julia.

„Aber er ist ein Menschenkenner, wenigstens konnte er seine Zeitgenossen gut beurteilen. Doch vom Florenz der Renaissance wusste er nicht viel. Dort war die Kunst eine Lebensfunktion des Menschen, für sein Lebensgefühl absolut notwendig, sie war gewissermaßen vitalisierend. Ohne Kunst zu inhalieren, fühlte sich der Renaissance-Mensch überhaupt nicht lebensfähig, sie war so etwas wie Sauerstoff für ihn.“

„Muss eine tolle Zeit gewesen sein“, sagte Julia.

„Das war sie“, bestätigte Hillberger, „damals glaubten die Leute noch nicht an die Lüge, dass der Künstler einsam und im Turmstübchen schafft, fernab von menschlichem Getöse. Sie waren vielmehr überzeugt davon, dass er für seine Zeitgenossen arbeitet und ihnen etwas zu sagen hat.“

„Daran glaube ich auch, vielleicht bin ich ein Renaissance-Mensch“, erklärte Julia mit einem Lächeln.

„Du bist eine Ausnahme, mein Julchen, und das sage ich nicht als Vater. Der wahre Künstler arbeitet aus seiner Zeit und für seine Zeit. Shakespeare wäre verwundert über das Interesse, das man ihm vierhundert Jahre nach seinem Tod entgegenbringt.“

„Die Reaktion der Zeitgenossen ist also wichtig, viel wichtiger jedenfalls als die der Nachgeborenen, willst du sagen?“

„Natürlich! Ein Künstler, der behauptet, dass ihn das Urteil von Zeitgenossen und die Auseinandersetzung mit ihnen nicht interessieren, ist überhaupt kein Künstler. Worauf wartet er? Er ist zu Lebzeiten tot und nach seinem Tod noch toter.“

Julia musste grinsen, ihr Vater war in Wallung geraten. Sie sagte: „Mir leuchtet vollkommen ein, was du sagst. Und bei dem Stück, das wir gerade gesehen haben, geht's ja auch um was absolut Zeitgenössisches, nämlich Preise."

„Sehr richtig, deshalb finde ich's ja so gut."

Julia ergänzte: „Aber ich sehe noch ein anderes Thema in dem Stück."

Ihr Vater schob seinen Kopf vor: „Wunderbar – ich nämlich auch. Aber ich lasse natürlich meiner Tochter den Vortritt mit ihrer Interpretation."

Julia merkte, dass ihr alter Herr vom Stück sehr angeregt war, Literaturwerke, die nicht zum Denken anregen, hatte er einmal bemerkt, taugen nicht viel.

„Ich glaube, das vermeintliche Kunstwerk in dem Stück ist nur ein Vorwand", sagte sie, „ein Vorwand, um etwas anderes zu zeigen. Und dieses andere ist der Streit zwischen den Freunden."

„Großartig, gut gesehen!", nickte ihr Vater. „Ich gehe sogar noch einen Schritt weiter: „Die Autorin wollte das Zerbrechen einer langjährigen Männerfreundschaft zeigen. Und das alles nicht wegen eines Bildes, sondern wegen des Preises für das Bild."

„Aber man darf nicht vergessen, dass das Bild der Auslöser ist. Hätte Serge es nicht gekauft, wäre es überhaupt nicht zum Streit gekommen …"

„Richtig, richtig", fiel ihr Wolfgang Hillberger ins Wort, „und die Autorin hat das glänzend gemacht. Sie hat für den Streit ein Gemälde vorgegeben, auf dem absurderweise fast nichts zu sehen ist."

„Eigentlich führt uns dieses Stück doch vor, wie sich Menschen täuschen lassen. Serge ist überzeugt, ein bedeutendes Kunstwerk erworben zu haben …"

„Aber nur deshalb, weil er viel Geld dafür bezahlt hat", schob Vater Hillberger ein.

„Vielleicht ist er wirklich davon überzeugt, große Kunst gekauft zu haben", sinnierte Julia, „dann hätte dieses Theaterstück eine weitere Dimension, nämlich die, wer darüber entscheidet, was große Kunst ist."

„Sehr richtig", stimmte ihr Vater zu, „vielleicht hast du damit den entscheidenden Punkt getroffen. Wer entscheidet, was Kunst ist?"

Wolfgang Hillberger machte eine kleine Pause, um dann zu sagen: „Das war auch das Thema der öffentlichen Diskussion hier im Staatstheater vor ein paar Tagen. Der Intendant und der Chefredakteur des *Wiesbadener Kuriers* haben mit dem Publikum über die Wiesbadener Biennale diskutiert. Ich wollte hingehen, aber es war ausverkauft."

„Die Zeitung hat ausführlich darüber berichtet", sagte Julia.

„Hab' ich gelesen. Unglaublich, dass sich so viele Leute für das Thema *Was darf die Kunst?* interessieren. Am meisten hat das Publikum die Erdogan-Statue auf dem Platz der Deutschen Einheit irritiert …"

„… und die Einrichtung eines Supermarkts im Theaterfoyer", ergänzte Julia.

„Ich finde beides richtig", sagte Vater Hillberger und sah seine Tochter fragend an, „du weißt schon, warum."

„Provokation!", antwortete Julia auf seinen fragenden Blick. „Ich weiß doch längst, dass du für Kunst, die provoziert, was übrig hast."

„Provokation darf nicht das Ziel sein, sie ist nur das Mittel", erläuterte Hillberger, „sie ist der Anlass, über wichtige Dinge ins Gespräch zu kommen. Und das war ja der Fall! Wildfremde Menschen haben erregt miteinander über die aufgestellte Erdogan-Statue diskutiert."

„Es gibt aber auch Diskutanten, die erklärt haben, dass es gefährlich werden kann, wenn es politisch wird", wandte Julia ein.

„Großartig, wenn es politisch und gefährlich wird!", rief Hillberger aus. „Da kommt Leben in die Bude."

Julia sah ihren Vater nachdenklich an: „Du meinst also, die Kunst sollte politisch sein?"

„Julia", erwiderte Wolfgang Hillberger ernst, „niemand kann einem Künstler vorschreiben, was er zu tun hat. Wenn aber ein Künstler lediglich Blümchen malt, muss man ihn irgendwann fragen, ob er überhaupt auf dieser Welt und in unserer Zeit lebt. Die Kunst kann die Politik und die Zeitläufe nicht meiden, sie würde sich sonst selbst amputieren. Sie würde sich überflüssig machen."

In Julias Kopf überschlugen sich einige Gedanken, schließlich sagte sie: „Die Frage ist halt, was Kunst ist."

„Die Fähigkeit und die Potenz des Künstlers entscheiden das", antwortete ihr Vater, „es ist natürlich purer Nonsens, was einer der Kuratoren der Biennale sagte, der meinte, dass jeder Leserbrief und jedes Gespräch Teil der Kunst seien. Das ist völlig hirnrissig, da könnte ich auch behaupten, wenn ich mit einem Freund über die Mona

Lisa plausche, gehöre ich zum Bild und bin ebenso Künstler wie Leonardo.“

„Das leuchtet mir ein“, sagte Julia, „aber ich glaube nicht, dass allein die Fähigkeiten darüber entscheiden, ob einer Künstler ist. Entscheidet darüber nicht das Publikum?“

„Nein, nein, das ist naiv, so was zu glauben“, widersprach ihr Vater, „das machen ganz andere Leute. Ich hab dir doch bei unserem letzten Gespräch schon gesagt, dass der Kunstmarkt eine halbseidene Angelegenheit …“

„Du sprichst vom Salvador Mundi-Gemälde?“, fiel ihm Julia ins Wort.

„Genau, angeblich stammt es von Leonardo da Vinci und ist, wie ich dir erzählt habe, für 400 Millionen versteigert worden. Vermutlich von Leuten, die es für 500 Millionen weiterverkaufen werden.“

„Auf das kunstsinnige Publikum kommt es nicht an, willst du sagen.“

„Richtig, nicht auf die Leute kommt es an, die es in Museen zieht, weil sie Interesse an der Kunst haben. Wichtig ist zunächst mal die Potenz des Künstlers, aber entscheidend sind die, die bestimmte Bilder als Kunst markieren, die gewissermaßen das Prädikat Kunst dranhängen.“

„Dann wäre es so, wie es uns im Theater gerade gezeigt worden ist“, erklärte Julia.

„Unbedingt. Nur ist dein aktueller Kunstmord weiter gehend, wenn ich so sagen darf.“

„Du darfst, Papa, es ehrt mich sogar.“

„Du hast nämlich nicht nur eine Mona Lisa an der Backe, sondern zu allem Überfluss eine tote Mona Lisa.“

Salvatore näherte sich ihrem Tisch mit den zwei Gläsern Montepulciano, die er formvollendet abstellte und mitteilte: „Das Essen kommt sofort."

„Grazie", sagte Wolfgang Hillberger, um sich sogleich zu korrigieren: „Danke, meinte ich natürlich."

„Italienisch verstehe ich auch, wenigstens ein bisschen", erwiderte Salvatore.

Kaum war er zwei Schritte entfernt, beugte sich Vater Hillberger grinsend zu seiner Tochter: „Der Bursche gefällt mir immer besser. Hast du gehört, ein bisschen Italienisch versteht er auch."

Julia lächelte: „Deshalb gehen wir doch immer nach einer Aufführung hierher. Hier wird eben auch Theater gespielt."

Jetzt lachte ihr Vater, ihm gefiel sehr, was seine Tochter gerade gesagt hatte. Dann teilte er mit: „Aber viele Menschen wissen nicht, dass das Spiel im Leben so wichtig ist. Dieser Salvatore hat's kapiert! Eine echte Theaterfigur."

Schon kam die Theaterfigur namens Salvatore mit zwei Tellern in der Hand zurück, die er mit Grazie auf dem Tisch platzierte: „Diesmal noch kein *Abermals*. Dafür Tagliatelle mit Pilzen und Tagliatelle mit Lachs. Bitte lassen Sie es sich munden."

Hillberger schmunzelte, Julia lächelte Salvatore an. Dieser Italiener – er besaß mehr als Charme, er besaß den Superlativ davon, doch dafür fehlt im Deutschen ein Wort.

Ihr Vater beugte sich zu ihr: „Weißt du, was ich gerade bedaure?" Er wartete keine Antwort ab, sondern sprach weiter: „Dass ich kein Theaterregisseur bin, ich würde diesen Salvatore auf der Stelle engagieren."

„Ich auch", stimmte ihm Julia zu, „in dessen Adern fließt wirklich reinstes Theaterblut."

Die beiden wandten sich ihren Gerichten zu, und nach den ersten Bissen fragte Wolfgang Hillberger: „Was haben wir nun aus diesem Theaterabend und dem Stück *Kunst* für unseren Fall gelernt?"

„Für unseren Fall? Hast du heimlich meinen Chef, den Kriminalrat Feuer, abgelöst?"

„Wer weiß, wer weiß, dein Chef hat doch vermutlich keine Ahnung vom Theater und von der Kunst wahrscheinlich auch nicht."

„Da könntest du schon recht haben. Aber kürzlich hat er mich zur Hauptkommissarin h.c.p. ernannt."

Wolfgang Hillberger schaute fragend: „h.c. – honoris causa, und was ist p.?" Julia erläuterte: „Ich bin poetische Hauptkommissarin ehrenhalber."

„Großartig, Frau Ehrenkommissarin. Ich nehme alles zurück, was ich über deinen Chef gesagt habe, so übel scheint der gar nicht zu sein."

Vater und Tochter widmeten sich wieder ihrem Essen, doch nach einer Weile sagte Hillberger: „Wenn man das Stück, das wir gesehen haben, weiterdenkt, ich meine, ins Kriminalistische weiterdenkt, wäre es doch möglich, dass einer der Freunde den Kunstanbeter Serge umbringt. Sie streiten sich nicht nur über das Bild, das er für viel Geld gekauft hat, sondern sie gehen hasserfüllt auseinander, und dann geschieht ein Mord."

„Papa, deine Fantasie und Rothschilds Geld, und ich wäre eine gemachte Frau", sagte Julia.

„Rothschilds Geld brauchen wir nicht, Julchen, und die Fantasie hast du schon, und wenn du sie mal nicht hast, kannst du zu mir kommen. Ohne Fantasie ist man immer aufgeschmissen."

„Du meinst also, bei meinem Mord sollte man die Freunde von Mona Lisa unter die Lupe nehmen?"

Wolfgang Hillberger nickte: „Freunde, Kollegen."

Julia legte ihre Gabel zur Seite: „Du liegst vielleicht ganz richtig. Einen Hauptverdächtigen habe ich schon – einen Kollegen."

20 Führen Techtelmechtel zum Tod?

„Und stellen Sie sich vor!“, rief Kommissar Spyridakis. „Ich höre wieder! Ich höre wieder ganz normal, das Zwicken und Zwacken in meinem Innenohr hat aufgehört, ein Wunder ist geschehen.“

Es war früher Vormittag des nächsten Tages, und Vlassi saß in ihrem gemeinsamen Büro seiner Chefin, Hauptkommissarin Wunder, gegenüber.

„Ich bin schon froh“, erwiderte Julia, „dass ich Sie nicht wieder beim Tango-Tanzen aus einem Café ziehen muss.“

„Sie glauben ja nicht, welche Sorgen ich mir um meine Ohren gemacht habe, die Ohren sind doch ein wesentlicher Bestandteil des Menschen.“

„Wie sind Sie denn kuriert worden?“, fragte Julia. „Haben Sie wieder Klinikärzte verrückt gemacht?“

Vlassi stöhnte auf: „Nein, nein. Ich bin durch Wein kuriert worden. Ich kann dem Kollegen Lustig im Grunde dankbar sein …“

„Ach, der verbringt doch am liebsten seine Zeit in einer Weinstube“, fiel ihm Julia ins Wort.

„Und er hat recht. Wein hat sich als Gesundheitselixier entpuppt.“

„Sie haben Wein genossen? Im Dienst?“

„Na ja, anderthalb Gläschen. Unscheinbare Gläschen. Gewissermaßen homöopathische Gläschen. Und es war außerhalb des Dienstes. Im Dienst trinke ich nur Kaffee, aber das hat mir mein Ohrenleiden eingebracht."

Julia schmunzelte nach innen, sie wusste, dass Vlassi ein begabter Hypochonder war, und wollte das Gespräch über seine vermeintliche Ohrenkrankheit nicht vertiefen, wer weiß, von welch anderen Gebrechen ihr Assistent noch berichtete.

Doch der teilte ihr jetzt mit: „Ich glaube, nein, ich bin überzeugt, dass man Wein immer im Haus haben sollte. Als Arznei, wissen Sie."

„Oder man sollte einen Mainzer wie Lustig kennen, der einen mitreißt zu Wein, Wurst und Gesang", fügte Julia spöttisch an, um mit ernster Stimme fortzufahren: „Sie waren also in Frankfurt bei dem Galeristen und Auktionator Schnackenberger?"

„Ja, ja, ich hab' Sie ja auch angerufen, bin mit dem Kollegen Lustig hin, wir sind ja gewissermaßen die Soko Hochschule, und er hat von dieser Frau Aimer was erfahren, Sie kennen sie ja …"

„Was hat er erfahren?", unterbrach ihn Julia unwirsch.

„Expertisen. Die Tote hat Expertisen für diesen Schnackenberger geschrieben – ich musste leider mit Lustigs Handy vorliebnehmen, sonst hätte ich Ihnen das schon am Telefon gesagt, aber mit seinem vorsintflutlichen Gerät bin ich nicht zu Ihnen durchgedrungen."

„Gut, gut, und dieser Schnackenberger – was für einen Eindruck haben Sie von ihm?"

„Ein gebildeter Mann", erwiderte Vlassi, „er hat uns über Leonardos Wirken unterrichtet. Nicht, dass das bei mir nötig gewesen wäre – aber für den Lustig war's dringend erforderlich."

Julia nahm ihren Assistenten in den Blick: „Unterrichtet? Was hat er Ihnen beiden denn Neues gesagt?"

„Das Geniehafte an Leonardo war", begann Vlassi zu dozieren, „dass er wie ein Kind geblieben ist. Der hat sich zum Beispiel gefragt, warum wir schlafen müssen. Und das habe ich mich auch schon gefragt."

„Dann können wir jetzt von Ihnen als Leonardo II sprechen?"

Vlassi wehrte mit Stolz und Bescheidenheit ab: „Na ja, so weit würde ich nicht gehen, aber ich fühle mich dem Leonardo schon irgendwie verbunden."

„Was für Expertisen hat denn Köckel-Simons für Schnackenberger angefertigt?"

„Ihr Fachgebiet war der Impressionismus."

„Bringt uns das irgendwie weiter?", wollte Julia wissen.

„Das kann man jetzt noch nicht sagen. Der Kollege Lustig ist nach wie vor davon überzeugt, dass dieser Schnackenberger was mit dem Tod von Köckel-Simons zu tun hat."

„Warum?"

„Wegen der Expertisen. Der glaubt, dass sie sich darüber zerstritten haben. Tödlich zerstritten. Es geht doch um 'ne Menge Kohle."

„Und was meinen Sie?", fragte Julia.

„Meine Hauptverdächtigen sind die Studenten, die mich ins Todesspiel gezerrt haben. Der eine ist bei der Köckel-Simons durchgefallen, der hatte Wut auf die, wie ich vor meiner Tango-Episode festgestellt habe …"

„Haben Sie die Studenten wiedergefunden an der Hochschule?“, fragte Julia.

„Sie glauben nicht, wie ich nach den dreien gefahndet habe, schweißtreibende Undercoverarbeit. Aber ich hab’ sie nicht entdeckt. Und der Name Rosella ist natürlich ein Deckname – wahrscheinlich auch die beiden anderen.“

Julia schürzte die Lippen, sagte aber nichts. Sie dachte nach. Wer kam für den Mord an der Kunsthistorikerin in die engere Auswahl? Zum einen Sauerinsky, den sie bald aufsuchen würde, zum anderen die studentischen Todesspieler, zum Dritten ein Kunstauktionator in Frankfurt, für den die Tote gearbeitet hatte. War’s das? Eine Weile herrschte Stille in ihrem Büro, bis Julia aufstand und zum Fenster ging. Vlassi wusste, dass seine Chefin in Gedanken war. Jetzt sie bloß nicht stören, am besten war es vermutlich, wenn er sich auch seinen Gedanken hingab. Nur welchen? Ihm fiel Leonardo ein, ein Universalgenie, ein Überflieger im Geiste, der wie ein Kind geblieben war. So was war also möglich. Da sah er gute Chancen für sich. Dieser Spyridakis, ein Kommissar, der wie ein Kind die kompliziertesten Fälle löst – so würde man demnächst von ihm sprechen.

Genau in diesem Moment ging die Tür auf, und Kriminalrat Robert Feuer stürzte herein. Er machte ein paar Schritte, sein Blick fiel auf Vlassi, und er rief aus: „Wer sind Sie denn?“

„Kommissar Spyridakis“, antwortete Vlassi, als wolle er sich zum Dienst melden.

„Sie sind Spyridakis? Wie sehen Sie denn aus? Rotes Haar und ein Bart, der Ihnen überhaupt nicht steht! Haben Sie sich verschandelt?“

Vlassi fiel ein, wie Schnackenberger sein Äußeres kommentiert hatte: „Nimmermehr, ich sehe nur künstlerischer aus."

„Das kommt ja ungefähr aufs Gleiche raus", erwiderte Feuer.

Bin doch Kunststudent, wollte Vlassi erläutern, ließ es aber bleiben, dem erzürnten Kriminalrat würde das vermutlich nicht einleuchten.

Julia drehte sich von ihrem Fensterblick ins Zimmer und sagte zu Feuer: „Wie Sie wissen, ermittelt Kommissar Spyridakis an der Hochschule undercover. Er hat sich nicht verschandelt, sondern verwandelt."

Feuer warf einen prüfenden Blick auf Vlassopolous Spyridakis: „Verwandlung, Verschandlung, Sie sind jedenfalls kaum wiederzukennen."

Vlassi nahm es als Kompliment und dankte.

„Herrschaften!", ergriff Feuer das Wort. „Wie weit sind wir im Kunstmord?" Er hielt einen Moment inne und wandte sich an Vlassi: „Sie haben an dieser mörderischen Rhein-Main-Hochschule in Ihrer Verschandlung also recherchiert – mit welchem Ergebnis?"

„Ich bin knapp mit dem Leben davongekommen, Herr Feuer. Man hat mich betäubt und auf eine Reise nach Buenos Aires geschickt, wo ich als Tango-Tänzer gefeiert wurde."

„Was?", schnaubte Feuer. „Was reden Sie da? Sind Sie immer noch betäubt? Ich hab' Sie als fähigen Menschen in Erinnerung, wollen Sie meinen positiven Eindruck jetzt auch verschandeln?"

„Herr Feuer", griff jetzt Julia ein, „Sie wissen doch, dass der Kollege Spyridakis auf ungewöhnliche Weise arbeitet.

Er ist von verdächtigen Studenten eingeladen worden, und die haben ihm übel mitgespielt."

„Hab' noch nie gehört, dass Tango-Tänzern übel mitgespielt wird", widersprach Feuer, „aber gut, meinetwegen. Die Studenten hatten wir doch ohnehin im Verdacht."

„Nicht alle Studenten, aber einige", korrigierte Julia.

„Vor allem einen", schaltete sich Vlassi ein, „einen, der bei der Ermordeten durchgefallen ist, wie ich bei meiner Tango-Mission erfahren habe."

„Bitte, da haben wir das Motiv!", trumpfte Feuer auf und warf Vlassi einen anerkennenden Blick zu. „Vom Motiv kommen wir zum Täter. Haben Sie diesen üblen Studenten dingfest gemacht, Herr Spyridakis?"

„Leider noch nicht. Ich musste ja Tango tanzen, war ja völlig weggetreten nach dieser Tango-Betäubung."

„Sprechen Sie vernünftig, Mann! Man hat Ihnen vermutlich was eingeflößt, was Sie zum Tango-Tänzer hat werden lassen – richtig?"

Vlassi nickte.

„Also gut, Sie fahnden in Ihrer Verschandlung weiter nach den Tätern. Aber nicht wieder auf Tango-Tricks reinfallen!"

Feuer wandte sich zu Julia: „Aber Sie haben doch einen festgenommen, in Mainz, mit einem polnisch-russischen Namen. Saupinsky oder so?"

„Sauerinsky heißt er."

„Hat er schon gestanden?"

„Noch nicht. Ich werde ihn gleich aufsuchen."

„Machen Sie das, und berichten Sie mir. Ist das ein Kollege der Toten?"

Julia nickte.

„Sehen Sie", sagte Feuer, „meine Nase hat mich nicht belogen, diese ganze sogenannte Hochschule ist eine Mörderbande – und das mit Steuergeldern."

„Sauerinsky machte bei seiner Festnahme allerdings einen gelassenen Eindruck", erwiderte Julia und wollte gerade eine Vermutung anschließen, doch Feuer ließ sie nicht ausreden: „Das ist es, das sind die Schlimmsten! Wir waren uns doch einig darüber, dass die raffinierten Mörder uns die liebsten sind. Eine Herausforderung für uns. Hier haben wir so einen!"

Kriminalrat Feuer wandte sich zur Tür, dort angelangt, drehte er sich um: „Und der Präsident dieser ehemaligen Fachhochschule? Das war doch mein Favorit für die Tat – ist der ganz außen vor? Vielleicht hat der mit diesen Studenten, die unseren Kollegen Spyridakis zum Tango betäubten, gemeinsame Sache gemacht?"

Julia sah ihn erstaunt an.

„Darauf sind Sie noch nicht gekommen, Frau Wunder h.c.p., was? Möglicherweise wollte dieser Präsident, der sich bei der Polizei vergeblich beworben hat, ein Techtelmechtel mit der Toten beginnen, sie hat ihn aber abblitzen lassen, was er nicht verwinden konnte. Solche Männer gibt es." Er machte eine kleine Pause, um nachzuschieben: „Voran, voran!" Dann verließ er den Raum.

Vlassi schaute Julia verwundert an: „Wie hat der Sie genannt, Frau Wunder h.c.p.?"

„Das erklär' ich Ihnen ein andermal", teilte ihm Julia mit, „ich muss jetzt dringend zu unserem Hauptverdächtigen."

„Ja, ja", erwiderte Vlassi diensteifrig, „aber haben Sie gemerkt, dass unser Feuer neuerdings eine blühende Fantasie entwickelt, wie er sie noch nie gehabt hat?"

„Hab' ich gemerkt", sagte Julia, während sie nach ihrem Mantel griff und ihn überstreifte, „aber wer sagt Ihnen, dass es nur Fantasie ist?"

„Sie meinen also", hob Vlassi an, „dass ein Techtelmechtel mit der Toten ..."

Er kam nicht weiter, denn Julia erwiderte kurz und bündig: „Warum nicht?"

Dann setzte sie sich ihren Hut auf, es handelte sich um einen Pam Wolly Trilbyhut in Dunkelrot, und verließ den ratlos dasitzenden Vlassi.

Der überlegte, was er tun könne, und nach reiflichem Nachdenken fiel ihm der Kollege Lustig ein. Er wählte seine Nummer in Mainz, und schon nach einmaligem Klingeln hörte er dessen Stimme.

„Lustig."

„Ich bin's, Spyridakis."

„Brauchen Sie schon wieder einen Schoppen?"

„Noch nicht, aber ich wollte Ihnen danken für den gestrigen Schoppen."

„Warum? Sie haben doch gezahlt."

„Das weiß ich doch, Herr Lustig. Aber ich höre wieder ganz normal, mein Ohrenleiden ist weg – wie weggeblasen."

„Dabei haben Sie nur zweieinhalb Gläser getrunken. Wie würde es Ihnen erst gehen, wenn Sie dreieinhalb trinken?", fragte Lustig listig.

„Ja, meinen Sie denn, der Wein ist so wirksam ...?"

„Lieber Herr Kollege, Sie würden Ihre sämtlichen Gebrechen nicht mehr spüren."

„Ich leide neuerdings an Schlaflosigkeit", gestand Vlassi, „Schlaflosigkeit, die ich durch Melatonin zu kurieren suche. Meinen Sie denn, der Wein ist da auch wirksam?" Er war unversehens in einen vornehmen medizinischen Slang gefallen, über den Ernst Lustig heimlich schmunzelte.

„Aber natürlich", sagte der, „konsultieren Sie einen erfahrenen Weintrinker wie mich. Sie brauchen keine Melatonin-Tropfen oder ähnliches Zeug. Was Sie brauchen, ist ein ordentlicher Schoppen Wein. Ein guter Wein nach einem ertragreichen Tag ist Lebenselixier und Jungbrunnen zugleich."

„Auch wohl ein Gesundheitselixier, wie ich am eigenen Ohr erfahren habe", ergänzte Vlassi mit nachdenklicher Stimme.

„Sie haben's erfasst", erklärte Lustig und schob nach: „Haben Sie schon Ihrer Chefin von unserer erfolgreichen Untersuchung in Frankfurt berichtet?"

„Hab' ich, hab' ich."

„Und? Wir brauchen einen Haftbefehl für diesen Schnackenberger."

„So weit bin ich nicht gekommen. Ehrlich gesagt, wir haben ja eigentlich auch nichts Konkretes in der Hand", erklärte Vlassi.

„Papperlapapp, Sie haben Ihrer Chefin wahrscheinlich von einem gebildeten Mann vorgeschwärmt. Als wäre Bildung je ein Hinderungsgrund für Mörder."

Vlassi räusperte sich, und Lustig hörte darin eine Art Zweifel.

„Hören Sie mal", sagte er, „die Kriminalgeschichte zeigt, dass die gebildetsten Leute zu Mördern werden können. Der Mord ist keineswegs nur eine Angelegenheit für Dummbeutel und Hilfsschüler."

Vlassi wollte Schnackenberger nicht in Schutz nehmen, erinnerte sich aber mit Wohlgefallen an dessen Äußerungen über ihn, die ihm schmeichelten. So entgegnete er seinem Mainzer Kollegen: „Also meine Hauptverdächtigen sind nach wie vor die Studenten, die mit mir das Todesspiel spielten."

„Ich hab' Ihnen doch gesagt", raunzte Lustig, „dass die sich einen Spaß gemacht haben mit einem Mann, der auf Kunst macht und wie Salvador Dalí aussehen will."

„Einen tödlichen Spaß, meinen Sie?"

„Sie neigen zur Übertreibung. Sie konnten doch Tango tanzen. Hab' noch nie einen Toten Tango tanzen sehen."

„Woher wollen Sie das denn wissen?", fragte Vlassi energisch. „Vielleicht können Tote mehr, als wir uns vorstellen können." Und er führte pathetisch aus: „Das Reich der Toten ist uns unbekannt! Außerdem hatte ich enormes Glück, der Tango hat mich gerettet, ich habe mich tanzend vorm Tod gerettet. Ohne Tango wär' ich wahrscheinlich mehr als tot – mausetot."

„Mausetot – das glaub' ich nicht. Lediglich ein anderes Gebrechen hätte Sie überfallen, ein vielleicht angenehmeres als der Tod. Ich meine natürlich angenehmer für Sie. Für mich und den Rest der Welt wäre es unangenehmer …"

Vlassi wurde dienstlich: „Unangenehmer? Ich muss um eine Erklärung bitten."

„Denken Sie an Ihre Ohren!“, schallte es ihm entgegen. „Sie haben mir wegen Ihrer Ohren auf dem Rückweg von Frankfurt unentwegt in meinen Ohren gelegen. Ein sensibler Mensch, wie ich es nun mal bin, empfindet so etwas als unangenehm.“

„Mein Ohrenleiden habe ich doch wegen Ihnen bekommen!“, schnappte Vlassi. „Sie haben mich doch zu diesem Schnackenberger mitgeschleppt, und dort musste ich Kaffee trinken …“

„Ich habe auch den Schnackenberger-Kaffee getrunken, und mir ist nichts passiert.“

„Weil Sie eben nicht so sensibel sind, wie Sie glauben, und vor allem nicht so sensibel wie ich“, erwiderte Vlassi überzeugt.

„Streiten wir uns jetzt über unsere Sensibilität, entwickeln Sie neuerdings ein Sensibilitätmaßband?“ wollte Lustig wissen, um gleich fortzufahren: „Auf jeden Fall hab’ ich Sie kuriert, man kann sagen, gerettet, wie Sie selbst bestätigt haben.“

Vlassi gab klein bei: „Das stimmt, da haben Sie ausnahmsweise ein bisschen recht.“

Mit Triumph in der Stimme erklärte Lustig auf der anderen Seite der Leitung: „Von Melatonin, oder wie der Kram heißt, muss man zu einem guten Schoppen Wein finden. Das ist der gesunde, ja ich möchte sagen, der sensible Weg im Leben.“

21 Diese furchtbare Dunkelheit

Julia war mittlerweile dort angekommen, wo sie hinwollte. Nämlich in die Nähe zu Professor Ulysses Sauerinsky, der sich allerdings nicht in seinem Haus in der Mainzer Baderstraße befand, sondern in Untersuchungshaft. Der Wärter öffnete ihr die Tür zur Haftzelle, und Julia sah Sauerinsky auf einer Pritsche liegen. Mit seiner gelben Hose, dem hellblauen Hemd und dem feuerroten Tuch an seinem Hals wirkte er wie einer, der gerade seinen Südseeurlaub genoss.

„Störe ich?", fragte sie.

Sauerinsky richtete sich auf: „Auf keinen Fall. Ich habe Sie allerdings schon früher erwartet."

„Es tut mir leid, mir kam ein Theaterbesuch dazwischen."

„Oh", machte Sauerinsky, „Sie sind Theatergängerin, das ist ja höchst erfreulich. Was haben Sie denn gesehen?"

„Kunst. Ich habe ein Stück mit dem Titel *Kunst* gesehen."

„Sie werden sich vielleicht wundern, aber dieses Stück ist mir bekannt."

„Warum sollte ich mich darüber wundern?", fragte Julia.

„Weil die meisten meiner Kollegen es natürlich nicht kennen. Sie sind nur über ihr eigenes kleines Gebiet einigermaßen informiert." Und wie zur Bestätigung seiner

Kenntnis erklärte Sauerinsky: „Das Theaterstück *Kunst* hat die Französin Yasmina Reza geschrieben."

Julia nickte anerkennend: „Was halten Sie von dem Stück?"

„Es ist wunderbar, ganz großartig. In ihm wird der Scheinkunst der Garaus gemacht."

Garaus, dachte Julia, ist ein passendes Stichwort, und sie erinnerte sich daran, was ihr Vater im Ristorante Venezia sagte. Nämlich, dass ihr aktueller Fall vielleicht die mörderische Fortführung des Stückes sei.

„Herr Sauerinsky, haben Sie sich gefragt, warum wir Sie festgenommen haben?", wollte Julia wissen.

„Das habe ich allerdings, bin jedoch zu keinem Ergebnis gekommen. Aber ich dachte mir, dass Sie mich recht bald aufklären werden. Ihr Hut ist übrigens sehr apart. Darf ich Ihnen Ihren Mantel abnehmen?"

„Danke, aber das ist nicht nötig."

„Schade, dass ich Ihnen in dieser Umgebung keinen Kaffee anbieten kann", bedauerte der Design-Professor, „ich hätte mir Mühe gegeben, ihn nicht so schwach zu machen, dass er sich setzen muss."

Julia schmunzelte und nahm Platz auf einem einfachen Holzstuhl, während Sauerinsky auf seiner Pritsche sitzen blieb.

„Wir haben etwas bei Ihnen gefunden", eröffnete Julia den harten Teil des Gesprächs, „das Sie höchst verdächtig macht."

„Ach ja?"

„Wollen Sie nicht wissen, was es ist?"

„Unbedingt", antwortete Sauerinsky, wirkte aber unbeteiligt.

„Es geht um einen Kamm, einen Kamm, der weiblicher Herkunft ist."

„Trauen Sie mir denn keinen weiblichen Besuch zu?", wollte der Professor wissen.

Julia achtete genau auf seine Mimik und Sprache, war das nicht etwas kokett gesprochen? Es war gut möglich, dass Sauerinsky eine Hinhaltetaktik verfolgte, schließlich wusste er nicht, was sie wusste.

„Herr Sauerinsky, im Kamm finden sich nicht nur Haare der Ermordeten, der Kamm stammt offensichtlich von ihr, das hat unser Labor festgestellt."

Der Designer richtete sich im Sitzen auf: „Kann sich Ihr Labor nicht auch mal irren, das kommt doch öfter vor, als man denkt."

„Nein, das kommt bei uns nicht vor", entgegnete Hauptkommissarin Wunder streng. Sie machte eine kleine Pause und schlug einen versöhnlichen Ton an: „Sie müssen mit mir reden. Sie sind der Hauptverdächtige. Sie sitzen nicht ohne Grund hier."

„Immer diese Verdächtigungen, sogar Hauptverdächtigungen."

„Bitte keine scherzhaften Bemerkungen jetzt, ich weiß doch längst, dass Sie ein Kreativer sind. Sagen Sie mir, wie Sie zu dem Kamm Ihrer toten Kollegin kommen."

„Ach", sagte Sauerinsky und schwieg.

„Sie haben Frau Köckel-Simons geschätzt, das weiß ich. Ist der Kamm vielleicht ein Fetisch?"

Sauerinsky ließ den Kopf hängen und murmelte: „Ja."

„Wenn Sie sich zu etwas mehr als einem ‚Ja' durchringen könnten, wäre das hilfreich – auch für Sie", erklärte Julia.

Jetzt hob Sauerinsky seinen Kopf und entgegnete mit fester Stimme: „Ach, was wissen denn Sie? Die Sache ist viel komplizierter."

Julia nickte: „Ich liebe komplizierte Sachen, Sie haben mich als Zuhörerin schon gewonnen, ich bin ganz Ohr, man könnte sagen, ich habe meine Ohren ausschließlich für Sie gespitzt."

Sauerinsky warf einen Blick zu ihr, man konnte sehen, dass Julias gewählte Sprache ihm gefiel. Natürlich hatte sie das beabsichtigt, längst wusste sie, dass der Designer ein artifizieller Typ war, dem man am besten etwas entlocken konnte, indem man ihm sprachlich entgegenkam.

„Also gut", sagte er, „ich will Ihnen die Wahrheit sagen, die ganze Wahrheit und nichts als die Wahrheit."

„Wunderbar. Sie scheinen schon Ihr Plädoyer vorzubereiten. Meine Ohren sind gerade noch etwas spitzer geworden."

Sauerinskys Gesicht zeigte ein leichtes Lächeln, dann sagte er: „Ich hatte eine Beziehung zu Frau Köckel-Simons."

„Dieser Gedanke ist mir auch schon durch den Kopf gegangen – aber warum haben Sie nicht schon früher darüber gesprochen?"

„Die Kollegen!", stöhnte Sauerinsky auf. „Die Kollegen interessieren sich kaum für ihr Fach, aber Beziehungen werden zu Liebschaften aufgebauscht, herumgetratscht und breitgetreten. Das wollte ich auf keinen Fall."

„Aber mir hätten Sie es doch sagen können", erklärte Julia.

„Da hätten Sie mich doch sofort verdächtigt. Ich weiß doch, wie die Polizei tickt. Ein Liebhaber, der abgewiesen wird – das muss der Mörder sein.“

„Aber bitte, Herr Sauerinsky, so schätzen Sie mich doch hoffentlich nicht ein?“

„Wie soll ich wissen, wie ich Sie einschätzen soll, wenn ich Sie kaum kenne?“

„Wir arbeiten im Allgemeinen subtiler“, teilte Julia mit.

„Subtiler? Und der Assistent, der bei Ihnen war, als Sie mich in der Badergasse aufgesucht haben, dieser Kommissar mit dem griechischen Namen. War das der Höhepunkt der Subtilität?“

Julia ging nicht auf seine Worte ein, sondern sagte: „Wieso eigentlich *Liebhaber, der abgewiesen wird?* Sind Sie von ihr abgewiesen worden?“

„Kann man nicht sagen“, erklärte Sauerinsky, „ich bin nicht abgewiesen, eher angenommen worden. Wir pflegten eine starke geistige Freundschaft.“

Julia beobachtete ihn aufmerksam: „Ich will keine Details wissen, also Frau Köckel-Simons hat Sie in Ihrem Haus besucht und den Kamm…“

„… vergessen!“, führte Sauerinsky ihren Satz zu Ende. „Ja, so muss es gewesen sein.“

„Aber es muss Ihnen doch aufgefallen sein, dass ein fremder Kamm in Ihrer Toilette liegt!?“, bohrte Julia nach.

„Das ist es eben, Sie haben ja mein Haus kennengelernt. Ich habe gar nichts von dem Kamm gewusst, es ist ja leider dunkel in meiner Toilette.“

Das hört sich ganz plausibel an, überlegte Julia, Sauerinsky hätte den Kamm längst entsorgen können, wenn er von seiner Existenz in der Toilette gewusst hätte. Und entsorgt hätte er ihn erst recht, wenn er der Mörder von Köckel-Simons ist. Andererseits hat er, wie er selbst eingestand, gar nichts von dem Kamm gewusst, folglich ist es ihm nicht in den Sinn gekommen, dieses Beweisstück zu vernichten.

„Herr Sauerinsky", sagte Julia, „im Moment sieht es nicht gut für Sie aus, denn alles, was Sie sagen, sind Behauptungen, die nicht überprüfbar sind."

„Die Dunkelheit, ich möchte sagen, die furchtbare Dunkelheit, in meiner Toilette haben Sie doch selbst erlebt!"

„Nicht ich, sondern Herr Spyridakis hat sie erlebt. Überhaupt: Warum ist es dort so dunkel?"

„Ich habe mich an die Dunkelheit gewöhnt. Unser Leben ist generell dunkel, warum soll es auf dem Klo hell sein?!", erklärte Sauerinsky mit philosophischer Finesse.

„Bitte, bitte, wenn die Dunkelheit für Sie existenzielle Bedeutung hat", erwiderte Julia.

„Das Dunkle ist nun mal vorhanden. Sie erleben es doch jeden Tag. Und Ihr Assistent mit dem griechischen Namen hat den Kamm überhaupt nur gefunden, weil er krampfhaft danach gesucht hat. Ich aber habe nie meine Toilette nach einem fremden Kamm abgesucht."

Zu seiner Verwunderung entgegnete Julia: „Warum haben Sie nicht danach gesucht? Frauen lassen öfter etwas liegen, womit sich Männer dann abquälen."

„Ich hätte nach etwas Unbekanntem suchen sollen? Meinen Sie das?"

„Worauf ich hinauswill", erklärte Julia, „ist, dass eine Frau bei einem Mann in aller Regel nur etwas liegen lässt, weil sie weiß, dass sie ihn öfter besuchen wird."

Sauerinsky sah sie mit offenem Mund an, nach einer Weile sagte er: „Mein Kompliment, Frau Wunder. Sehr gescheit, sehr gut kombiniert, ich würde Sie mir als Studentin wünschen."

„Lassen wir das Süßholzgeraspel", erwiderte Julia in charmantem Ton, „ich darf also wohl feststellen, dass Ihr Verhältnis mit Frau Köckel-Simons von längerer Dauer war."

„Kein Verhältnis bitte! Aber mit der längeren Dauer haben Sie nicht ganz unrecht."

„Wie lange ging Ihre Bekanntschaft denn schon?"

Sauerinsky ließ sein Haupt sinken: „Keine Äonen. Nicht sehr lange. Vielleicht ein paar Monate." Er hob wieder den Kopf: „Aber ich habe sie nicht umgebracht! Warum hätte ich das tun sollen?"

„Da gibt es viele Möglichkeiten", sinnierte Julia, „es gibt Affekttaten, Sie haben sich gestritten, und plötzlich spürte Ihre geschätzte Kollegin Ihre sanften Finger an ihrem Schwanenhals ..."

„Sie sagen es", fuhr Sauerinsky dazwischen, „meine sanften Finger! Sie sind unfähig für so eine Tat. Ein grässlicher Mord, noch dazu mit meinen Fingern, liegt mir nicht. Meine sanften Finger sind dazu geschaffen, meinen Oberlippenbart zu zwirbeln und Kunstwerke zu betasten."

„Bei unserem ersten Zusammentreffen in der Tiefgarage der Hochschule sagten Sie doch, dass die Tote eine Expertin auf ihrem Gebiet war. Sie aber sind auch ein Experte, im Gegensatz zu vielen Ihrer Kollegen ..."

„Sie sagen mir nichts Neues", brummte Sauerinsky.

„Vielleicht doch. Denn jetzt erfahre ich, dass Sie und die Ermordete eine Beziehung hatten. Experten aber geraten häufig aneinander, und verschlimmernd kann es sein, wenn sie was miteinander haben – mitunter ist so etwas tödlich."

Der Design-Professor atmete theatralisch durch: „Wir hatten nichts miteinander. Und Frau Köckel-Simons und ich waren in der Beurteilung von Kunstgegenständen fast immer einer Meinung."

„Fast?", fragte Julia.

„Kennen Sie zwei Menschen, die immer und unentwegt einer Meinung sind?", erwiderte Sauerinsky gelassen.

Julia ging auf seine Frage nicht ein, sondern stellte fest: „Wenn Sie partout nicht der Mörder sein wollen, frage ich Sie jetzt das, was mein Assistent schon bei unserer ersten Begegnung in der Tiefgarage von Ihnen wissen wollte."

Sauerinsky winkte ab: „Ich weiß schon, Sie wollen wissen, wer der Mörder ist. Ich kann Ihnen nur sagen: Ich bin's nicht."

Julia fiel das Gespräch mit Vlassi ein und dessen Recherche mit Lustig in Frankfurt: „Dann will ich Sie mal was anderes fragen. Sie wissen wahrscheinlich, dass Frau Köckel-Simons Expertisen für den Frankfurter Auktionator Schnackenberger schrieb?"

„Ja, ja, sie hat mir mal davon erzählt."

Julia wusste natürlich von Vlassi, über welche Gemälde der Kunstgeschichte die Tote Expertisen verfasst hatte, aber wusste es auch Sauerinsky?

Sie fragte: „Worum ging es denn da?"

„Bei den Expertisen?"

Julia nickte.

„Frau Köckel-Simons war Expertin für Impressionismus, da wird sie über Bilder aus dieser Zeit geschrieben haben."

„Kennen Sie eigentlich Herrn Schnackenberger in Frankfurt?", fragte Julia.

„Nein, kenne ihn gar nicht", kam es kurz und bündig von Sauerinsky zurück.

Julia ging durch den Kopf, dass der Mainzer Kollege Lustig den Auktionator Schnackenberger für hochverdächtig hielt, wie Vlassi ihr gesagt hatte.

„Wie schätzen Sie denn solche Leute ein?", wollte sie wissen.

Sauerinskys Antwort kam sofort: „Die Schnackenbergers dieser Welt sind Haie."

„Haie?"

„Geldhaie! Es geht immer um Geld, um viel Geld. Die machen für Geld doch alles", erwiderte Sauerinsky.

„Auch einen Mord?", wollte Julia wissen.

Der Design-Professor sah sie an: „Ich kann Ihnen nur sagen, dass ich für Schnackenberger nicht gearbeitet hätte."

„Wegen unsauberer Geschäfte?"

„Ich will nichts behaupten, was ich nicht genau weiß", entgegnete Sauerinsky, „aber solche Leute sind Getriebene. Getriebene Haie, könnte man sagen. Wenn die glauben, einen Monet, Degas, Matisse oder Reinhold vor sich zu haben …"

„Einen Reinhold?", fragte Julia.

„Heinrich Reinhold, auch ein Impressionist, aber nicht so bekannt, wie er sein müsste", erläuterte Sauerinsky und fuhr fort: „Wenn die Kunsthaie glauben, ein Gemälde von solchen Leuten vor sich zu haben, dann …"

Er stockte und redete nicht weiter.

Julia sagte: „Sie lassen das Ende des Satzes offen, wollten Sie sagen: *Dann gehen die über Leichen*?"

„Das haben Sie gesagt, ich als Hauptverdächtiger senke lediglich meinen Kopf."

„Das lege ich als Zustimmung aus, Herr Sauerinsky."

„Sie sind die Kommissarin, Sie können es auf Ihre Weise interpretieren."

„Warum tun Sie sich so schwer, mit mir zu kooperieren?", fragte Julia. „Warum stellen Sie sich quer, haben Sie Angst vor irgendjemandem? Sie erwecken bei mir den Eindruck, dass Sie doch etwas mit dem Tod von Frau Köckel-Simons zu tun haben."

Sauerinsky ließ den Kopf hängen, und sein Dalí-Bärtchen zeigte müde nach unten: „Ach, ich kann mich ja nicht dauernd wiederholen. Wissen Sie, diese Auktionatoren und Kunsthändler sind mir zuwider. Ich bin es leid, über solche Leute Vermutungen anzustellen. Außerdem liegen sie ja doch meist falsch."

„Wer liegt falsch? Die Auktionatoren?"

Sauerinsky erhob sich von seiner Pritsche und machte zwei Schritte in dem kleinen Raum: „Na ja, beim Laien entsteht doch der Eindruck, dass Kunst ein super Investment sei, was diese Schnackenbergers befeuern. Wenn Leute Kunst kaufen, um ihr Geld zu vermehren, liegen sie fast immer falsch. Die Medien berichten ja auch nur über die Millionendeals auf dem Kunstmarkt, der Normalbürger mit einem bisschen Geld in der Tasche verfällt leicht auf die Idee, da mitverdienen zu können. In Wirklichkeit geht es bei den großen Geschäften nur um einen winzigen Bereich, die allermeisten Kunstwerke steigern ihren Wert nicht – aber darüber wird nicht berichtet."

„Interessant, was Sie mir da sagen", stellte Julia fest.

„Wenn man keine Liebe für die Kunst empfindet, hat es gar keinen Sinn, irgendwelche Bilder zu erwerben. Schon gar nicht Bilder, die viel kosten."

„Und Sie meinen, dass jemand wie Schnackenberger den Markt künstlich anstachelt?"

„Ja, natürlich, im Grunde ist das dessen Job." Sauerinsky blieb an seiner Pritsche stehen: „Ich sage Ihnen jetzt etwas, das die meisten Menschen nicht wissen."

„Ich bin ganz Ohr."

Sauerinsky legte eine Kunstpause ein, um dann zu erklären: „Verglichen mit der Wertsteigerung einer Apple-Aktie, ist die Steigerung eines Modigliani-Gemäldes schwach, sehr schwach sogar."

„Tatsächlich?", fragte Julia.

„Ich hab' das mal untersucht", fuhr Sauerinsky fort, „wenn Sie sich im Jahr 2004 eine Apple-Aktie gekauft haben, sind Sie im Jahr 2019 bei einem Plus von 11 400 Prozent gelandet, das Papier hat sich mehr als verhundertfacht. Das Modigliani-Gemälde *Nu couché* ist im selben Zeitraum aber nur knapp viermal so teuer geworden. Und es handelt sich immerhin um einen Modigliani, einen der ganz Großen!"

„Das wusste ich nicht", gestand Julia, um gleich zu fragen: „Bedeutet das nicht, dass die Auktionshäuser am Hungertuch nagen?"

Jetzt lachte Sauerinsky kurz auf: „Glauben Sie etwa, dass dem Verkäufer eines Modigliani der gesamte Erlös zufließt? Die Auktionatoren verlangen Gebühren von etwa zwanzig Prozent, manche sogar noch mehr, dazu kommen Kosten für Lagerung und Versicherung, die natürlich der Verkäufer des Modigliani zahlen muss. Bei dem Apple-Papier und Aktien generell fallen dagegen die Depotgebühren kaum ins Gewicht."

Julia hatte aufmerksam zugehört, jetzt sagte sie: „Und ich wollte mir gerade einen Picasso zulegen – aber Sie raten ab."

Sauerinsky grinste sie verschmitzt an: „Ich rate dringend ab, aber nur dann, wenn Sie mit dem Picasso Geld verdienen wollen. Wenn Sie Picasso und seine Malerei lieben, rate ich Ihnen dringend zu. Am Geld, das Sie für ihn lockermachen müssen, wird es ja wohl nicht mangeln."

Julia nickte bedächtig: „Eventuell doch. Und warum kommen wir eigentlich immer wieder aufs Geld zurück?"

Sauerinsky musterte sie lächelnd und machte dann zwei Schritte in Richtung Tür: „Liebe Frau Wunder, so gern ich mit Ihnen auch plaudere – wir müssen jetzt leider das Gespräch beenden. Mein Anwalt hat sich angekündigt, er wird jeden Moment da sein, und ich muss mich vollkommen auf meine Freilassung konzentrieren."

22 Wenn Tote röcheln

Vlassi war unterdessen an die Wiesbadener Hochschule zurückgekehrt. Er streifte durch die Gänge, hatte sich sogar ein Vorlesungsverzeichnis besorgt und kam gerade vor einem Hörsaal an, in dem eine Vorlesung mit dem Titel *Moderne Malerei – gestern und heute* stattfand. Die Veranstaltung selbst interessierte ihn eigentlich nicht wahnsinnig, vielmehr hoffte er, seine drei Kommilitonen wiederzufinden, die ihn ins Todesspiel gezerrt hatten. Nach wie vor hielt er sie für tatverdächtig. Wer einen Mitstudenten mit einem verseuchten Bier betäubt und eine Schnur um den Hals legt, der ist erst recht fähig, so etwas bei einer verhassten Professorin zu tun.

Als Vlassi in den Hörsaal eintrat, stellte er fest, dass die hinteren Plätze alle belegt waren. Sie erfreuten sich offenbar großer Beliebtheit, weil man, ohne Aufsehen zu erregen, wieder verschwinden konnte. Das war wohl häufig nötig, denn etliche Professoren redeten so, dass Schlaftabletten, verglichen mit ihnen, wie Aufputschmittel wirkten. Vlassi warf einen spähenden Blick nach vorn, wo gerade ein ältlicher Professor mit wehendem grauem Haarschopf ausrief: „Was ist das Bezeichnende, was ist das Charakteristische am Expressionismus?! Wenden wir uns zunächst dieser Kunstrichtung zu, um dann zurückzublenden, zu den Künstlern des Impressionismus, die ganz andere

Intentionen verfolgten. Sinnlich Erlebtes versus innerlich Geschautes!“

Vlassi ging durch den Kopf, dass er beides am eigenen Leib erlebt hatte, innerlich hatte er schließlich den Tango geschaut, und sinnlich hatte er ihn erlebt, indem er ihn im Café Superb tanzte. Im Grunde war er, Vlassopolous Spyridakis, Impressionist und Expressionist in einem, er war ein Künstler der Tat. Und er dachte daran, was Sauerinsky seiner Chefin und ihm Unschönes über die Hochschulkollegen erzählt hatte. Waren diese Profs nicht Leute, die sich an der Hochschule eingenistet hatten und bis zu ihrem seligen Ende immer wieder dasselbe erzählten nach dem Motto: Einkünfte auf Lebenszeit und nicht mehr arbeiten müssen!? Wahrscheinlich handelte es sich auch bei diesem wehenden Grauschopf hier lediglich um einen Schauspieler, der immer wieder dasselbe Stück aufführte. An den ollen Kamellen durfte er festhalten, weil er sich sicher sein konnte, dass sich sein Publikum in jedem Semester verjüngte und den alten Kram für neu hielt. Ja, ja, sinnierte Vlassi für sich, Professoren sind Beamte auf Lebenszeit, aber untüchtige im Gegensatz zu mir. Die wissen, dass man ihnen nichts antun kann – deshalb behalten sie ihren alten Trott bei. Und vielleicht kommen sie sogar mit einem Mord davon.

Aber wenn er bleiben wollte, musste Vlassi wohl oder übel bis in die vierte Reihe hinab. Der Prof sah ihn bei seinem Schleichgang, unterbrach kurz seine flammende Rede und bemerkte launig: „Ah, da kommt Salvador Dalí, ein Augenzeuge der Entwicklung.“

Der Dalí-Vlassi nickte bestätigend und dachte dabei, dass er sich eigentlich viel mehr mit Leonardo verbunden fühlte, vielleicht hätte er besser dessen Äußeres annehmen sollen. Nachdem er sich gesetzt hatte, schaute er sich unauffällig um. War da irgendwo Rosella zu sehen?

Keine Spur von ihr, stellte er fest. Was war das für eine Studentin? Interessierte die sich nicht für Impressionismus versus Expressionismus, für sinnlich Erlebtes und innerlich Geschautes? Aber Augenblick mal, sah er in der hintersten Reihe nicht jenen Burschen, der sich Florian genannt hatte? Vlassi wusste, dass er auf undercover machen musste, und so drehte er wieder den Kopf und hörte eine Weile dem Prof vorne zu, der sich mit seinen flammenden Eingangssätzen offenbar verausgabt hatte und sich inzwischen seiner wahren Berufung hingab und furchtbar langweilig vor sich hin knödelte, was einige Mitstudenten unseres Kommissars zum Gähnen brachte. Sie taten das allerdings verstohlen, hielten sich eine Hand vor den Mund oder an die Nase, damit es nicht offensichtlich wurde – wahrscheinlich wollten sie irgendwann bei dem Knödel-Professor Examen machen. Vlassi nutzte die allgemeine Erschlaffung, um sich umzudrehen und eine bessere Sicht auf Florian zu erhaschen. Aber nun sah er ihn überhaupt nicht mehr. Er war verschwunden. Wegen ihm? Hatte der ihn umgekehrt auch erkannt?

Vlassi sah sich sofort bestätigt, wer flüchtet, ist verdächtig und gefährlich zugleich. Er stand auf und eilte nach hinten zum Ausgang, ihm konnte es egal sein, ob der Prof ihn für einen unfähigen oder wahnsinnigen Studenten hielt, der seine schöne Vorlesung ignorierte. Wer als

Salvador Dalí auftrat, hatte dazu jede Berechtigung. Der Künstler ist allemal bedeutender als jener, der irgendwas über ihn erzählt, vor allem dann, wenn es ins Monotone übergeht. Wie überhaupt ein vor sich hin labernder Durchschnittsprofessor eine künstlerische Leistung nie erkennt, wenn sie vollbracht wird – er erklärt sie erst dafür, nachdem sie sich allgemein durchgesetzt hat.

Kaum war Vlassi vor der Tür des Vorlesungsraums angekommen, schaute er nach allen Seiten. Kein Florian zu sehen! Hatte der sich in Luft aufgelöst? Vlassi ging den Gang zur rechten Seite bis zum Ende, dann nach links ebenso. Das war doch unmöglich. Dieser Bursche musste sich verkrümelt haben, aber wohin?

Mit schnellen Schritten stürmte Kommissar Spyridakis zur Cafeteria, wo er jenen Florian und die beiden anderen, Rosella und Bastian, kennengelernt hatte. Es war möglich, dass sich dieser Todesspieler Florian hier in einer Nische oder hinter einer Säule niedergelassen hatte. Vielleicht hatte er sogar eine Tarnkappe übergezogen, solche Leute sind erfindungsreich, viel erfindungsreicher, als ihre Professoren es sich ausmalen können. Ein Glück, dass es die Vlassis auf dieser Welt gibt, die sich Tarnkappen und Ähnliches ohne Probleme vorstellen können. Doch unser eifriger Kommissar wurde auch in der Cafeteria nicht fündig, obwohl er mit strengem Blick und hochgezwirbeltem Dalí-Bart auch hinter den abseitigen Ecken suchte.

Vlassi setzte sich an einen der Tische. Er war doch nicht einer Fata Morgana aufgesessen? Unmöglich, dass ihn sein Erinnerungsvermögen trog. Ob er einen Kaffee trinken sollte? Aber mit Kaffee hatte er jüngst schlechte Erfahrungen gemacht. Er verließ die Cafeteria, und ihm fiel der Kollege Lustig ein. Der hatte seinen Dienst als Hausmeister hier in der Hochschule offenbar quittiert, er war ja überzeugt davon, dass er mit Schnackenberger den Täter ausfindig gemacht hatte. Aber vielleicht werkelte er doch in seiner Kellerklause herum, vielleicht hatte er doch noch was zu erledigen. Vlassi richtete seinen Schritt zur Treppe, die nach unten führte. Kaum war er in der Nähe der Hausmeister-Kemenate angekommen, kam ihm eine Frau hinterher.

„Entschuldigen Sie, wissen Sie, wo der Hausmeister Lustidakis steckt?"

Vlassi drehte sich um: „Ich suche ihn auch."

„Meine Bildschirme tun's nicht mehr, und er wollte doch einen reparieren, aber jetzt finde ich Herrn Lustidakis nicht."

„Das ist ja bedauerlich."

„Mehr als bedauerlich! Sie sind Studierender hier?"

„Jaja", beeilte sich Vlassi mit unschuldiger Miene zu versichern.

Er hatte längst erkannt, dass es sich bei der Dame um die Professorin Aimer handelte, die ihn aber umgekehrt nicht erkannte. Sein Äußeres als Salvador Dalí war offenbar perfekt und hatte sich schon bezahlt gemacht. Ein Vlassopolous Spyridakis ist eben ein Verwandlungskünstler.

Zu allem Überfluss bemerkte Frau Aimer: „Ich habe Sie noch nie hier gesehen. Ich bin Professor Aimer. Weshalb suchen Sie denn Herrn Lustidakis?"

Vlassi überlegte blitzschnell, er musste eine überzeugende Antwort geben: „Ich … ääh, wollte ihn nach meinem Fahrrad fragen, es ist plötzlich nicht mehr da."

„Gestohlen?“, fragte Frau Aimer.

„Jaja, gestohlen … ich vermute gestohlen.“

„Da wird Ihnen Herr Lustidakis auch nicht helfen können.“

„Vielleicht habe ich es auch nur falsch abgestellt, und er hat es konfisziert“, überlegte Vlassi laut, „wäre das nicht möglich?“

„Fragen wir ihn doch selbst“, entschied die Professorin Aimer und klopfte an die Hausmeistertür. Da kein „Herein“ erschallte, drückte sie kurzerhand die Klinke nieder, aber die Tür öffnete sich auch jetzt nicht. Vlassi wusste, warum, er lehnte sich mit der Schulter gegen die Tür, sodass diese sich mit empörtem Knarzen öffnete.

„Wenn eine Tür klemmt, hilft nur Kraft“, teilte er der verdutzten Professorin mit und hoffte, dass er den Kollegen Lustig richtig zitierte.

Tatsächlich war das kleine Zimmer leer, doch in einer Ecke stand auf dem Boden ein alter Bildschirm.

„Ah!“, rief Frau Aimer aus und betrat die Kemenate. „Er hat doch an mich gedacht, er hat ihn repariert.“

Vlassi folgte ihr und teilte mit: „Auf Herrn Lustidakis ist Verlass.“

Frau Aimer sah ihn verwundert an: „Woher wissen Sie denn das? Sie haben doch noch gar nicht erfahren, wo Ihr Fahrrad geblieben ist.“

Vlassi räusperte sich und sagte: „Auf einen Menschen mit griechischem Namen ist doch durchweg Verlass.“

Die Professorin sah ihn skeptisch an: „Wenn Sie meinen. Am besten wird es sein, wir warten einen Moment, unser Hausmeister wird ja sicher gleich kommen.“

„Das kann ich mir gut vorstellen", erwiderte Vlassi und dachte für sich: Die weiß nicht, dass Lustig überhaupt nie mehr kommen wird, aber eine Weile halte ich's noch mit ihr aus, bis ich ihr mitteile, dass ich unbedingt zur Vorlesung „Moderne Malerei – gestern und heute" eilen muss.

Frau Aimer setzte sich auf den Stuhl am winzigen Schreibtisch, während Vlassi sich an die Wand lehnte. Was sage ich eigentlich, überlegte er, wenn sie mich nach meinem Namen fragt? Ich mach's wie Lustig, statt Spyridakis heiße ich Spyrig, oder besser noch Sperrig, das klingt deutscher.

Doch die Professorin Aimer fragte nicht nach seinem Namen. Eine Weile herrschte Schweigen im Hausmeisterzimmer, ein Schweigen, das immer lauter wurde, je länger es dauerte, bis Vlassi schließlich sagte: „Mir fällt gerade ein, dass hier an der Hochschule eine Kollegin von Ihnen tot aufgefunden wurde …"

„Jaja", erwiderte Frau Aimer.

Ein bisschen mehr könnte sie mitteilen, dachte Vlassi, und ihm fiel ein, dass der Kollege Lustig sie als einfältig bezeichnet hatte, für einen Mord käme die nicht in Frage. Wenn der sich mal nicht täuschte! Vielleicht machte die Dame nur auf einfältig? Und auf wortkarg. Vorsichtig tastete sich Vlassi voran: „Aber diese Tote war doch irgendwie angesehen, habe ich gehört."

„Nein, nein", hörte er als Antwort, und das klang sehr müde.

„Ah ja", murmelte Vlassi und überlegte, ob er Frau Aimer vielleicht etwas provozieren könnte. Vielleicht sollte er jene Information ins Spiel bringen, die ihm Lustig gesteckt hatte. Er dachte dabei an das Gemälde von Jawlensky, wie hieß es noch mal?

„Hat sie nicht mal ein Bild von Jawlensky begutachtet, ich meine das berühmte Gemälde *Stillleben mit brauner Bierflasche*?“, formulierte er vorsichtig und schaute zur Decke, als sei ihm von dort eine Eingebung gekommen. Und da Vlassi seinem kunstmäßigen Äußeren gerecht werden wollte, schob er nach: „Solche Expertisen sind ja absolut notwendig in der Kunstbranche. Da scheint sie wohl ein gewisses Renommee genossen zu haben?“

Jetzt kam überhaupt keine Antwort mehr von Frau Aimer, nicht mal ein Ja oder Nein. Vlassi drückte sich von der Wand weg und näherte sich ihr. Was er sah, machte ihn verlegen. Dann bestürzte ihn der Anblick. Denn der Kopf der Professorin war nach unten gesunken, und ihre Augen waren geschlossen. Er ging in die Knie, um sich zu überzeugen. Die Frau wirkte nicht nur sehr unlebendig, sondern ausgesprochen tot.

Habe ich sie durch meine fachmännischen Äußerungen in den Tod getrieben?, war Vlassis erster Gedanke. Ein plötzlicher Tod, von hier auf jetzt? So was soll es ja geben. Vielleicht hat sie sich aufgegeben, weil sie merkte, dass sie bei mir nicht durchkommt mit ihren braunen Bierflaschen, die ein gewisser Jawlensky gemalt hat? Vielleicht habe ich eine völlig neue Todesart entdeckt, die in der Medizin noch ganz unbekannt ist. Den plötzlichen Tod aus Verzweiflung und Vergeblichkeit.

Dann fiel ihm ein, dass er dann wohl an ihrem Tod schuld sei. Der Student Sperrig alias Kommissar Spyridakis hat sie in den Tod getrieben. Nein, nein, andersherum wird ein Schuh draus. Vlassopolous hat sie vernommen, und da ist diese Professorin Aimer nichts anderes mehr eingefallen, als in den plötzlichen Tod zu flüchten.

In diesem Moment ging die Tür mit einem Ruck auf, und Ernst Lustig kam herein. Sein Blick fiel zuerst auf Vlassi, dann schaute er verwundert auf die zusammengerutschte und wie tot dasitzende Aimer.

„Was ist denn hier passiert?", fragte Lustig.

„Ich war's nicht, ich hab sie nicht in den Tod getrieben", erklärte Vlassi und ergänzte schnell: „Jedenfalls nicht willentlich."

„Hier sterben die Professoren wie die Fliegen", sagte Lustig ohne jede Spur von Mitleid und ging näher an die Web-Designerin heran.

„Atmet sie noch?", murmelte er. „Das müssen Sie überprüfen."

„Ich?", entsetzte sich Vlassi. „Und wenn sie plötzlich vom Tod genug hat und wieder erwacht, wirft sie mir sexuelle Belästigung vor."

„Ach was, das geht als Leichenfledderei durch."

Vlassi hob empört den Kopf: „Wer Leichen fleddert, ist noch schlimmer dran. Wer weiß, was ich mir da einfange." Er machte eine kleine Pause, um dann zu fragen: „Was machen Sie überhaupt hier, Herr Lustidakis? Ich dachte, der Fall ist für Sie abgeschlossen."

„Da sehen Sie mal, was für ein gewissenhafter und treuer Kollege ich bin. Wollte nur nach dem Rechten schauen, außerdem hab' ich einen Notizzettel hier liegenlassen, Herr Spyridokolus."

„Heiße in dieser Umgebung weder Spyridokolous noch Spyridakis“, erwiderte Vlassi, „mein Name ist hier Sperrig.“

Lustig sah ihn verwundert an: „Sperrig? Wieso denn das?“

„Diese Frau Aimer ist zwar ins Reich der Toten übergesiedelt, aber falls sie mich nach meinem Namen gefragt hätte ... Sie verstehen! Ich ermittle schließlich undercover.“ Und Vlassi setzte hinzu: „Sie habe ich übrigens vorhin ausdrücklich gelobt.“

„Wie komme ich zu dieser Ehre?“

„Na, wegen Ihres Namens, Ihres Decknamens. Lustidakis klingt doch absolut griechisch.“

Lustig schürzte die Lippen: „Mit anderen Worten, Sie haben Missbrauch getrieben. Sie haben sich lediglich selbst gelobt.“

Vlassi wollte gerade etwas erwidern, als er ein röchelndes Geräusch hörte. Kam das von der Toten? Wollte sie ihnen vielleicht aus dem Jenseits noch einen Tipp geben? Oder mitteilen, dass sie es war, die ihre Kollegin Köckel-Simons umgebracht hatte, aber nun in der anderen Welt von ihr mit Peitschenhieben zurückgetrieben wurde? In ein Diesseits, wo sie ihre gerechte irdische Strafe erleiden soll?

Kollege Lustig warf einen verdutzten Blick auf die Tote, die eben ihre Augen öffnete und sich aus ihrer zusammengerutschten Sitzlage aufrichtete. Sofort spielte er wieder seine Hausmeister-Rolle: „Frau Professor Aimer, ich habe mir gerade ein wenig Sorgen um Sie gemacht.“

„Ich war wohl etwas weggetreten?“

„So könnte man sagen, Frau Professor, ich bin wohl zur rechten Zeit eingetroffen."

Vlassi schien es angebracht, sich ebenfalls zu äußern. Mit besorgter Miene teilte er mit: „Und ich wollte gerade einen Arzt alarmieren, als Herr Lustidakis …"

„Machen Sie sich keine Sorgen", erklärte Frau Aimer, „ein Arzt ist überflüssig. Aber ein Glas Wasser können Sie mir geben."

Vlassi schritt sogleich zu dem winzigen Waschbecken in der Ecke. Da stand auch ein Glas, besonders sauber sah es nicht aus, aber die Dame wollte ja vor allem Wasser. Vlassi öffnete den Hahn, ließ Wasser ins Glas fließen, und dabei schüttelte es ihn innerlich. Das Wasser in diesem Glas würde wahrscheinlich etliche Krankheiten auslösen und die Dame wahrhaftig ins Jenseits befördern. Und wer war's mal wieder? Immer bleibt alles an mir hängen, an mir Unschuldigem, ging es Vlassi durch den Kopf.

Er brachte Frau Aimer das Glas und sagte: „Manche Menschen, natürlich unkundige, könnten denken, dass Sie …"

„Jaja, ich weiß", nahm sie Vlassi abermals das Wort ab, „man könnte denken, ich sei plötzlich gestorben."

Lustig und Vlassi nickten und versuchten, einen möglichst betrübten Flunsch zu ziehen. Tatsächlich ging ihnen durch den Kopf, dass sie eine solche Paar-Minuten-Scheintote noch nie erlebt hatten. Und Vlassi schwirrte ein weiterer Gedanke durchs Hirn: Wenn dieses Scheintot-Leiden bei der Aimer länger andauerte, würde man sie am Ende lebendig begraben. Sehr unangenehm, aus einem Sarg zwei Meter unter der Erde nach Hilfe zu rufen.

Die Professorin bekam von seinen Gedanken natürlich nichts mit, sie griff in ihre Kollegmappe, zog eine Aspirin-Schachtel heraus, drückte eine Tablette aus dem Blister, nahm sie in den Mund und trank vom Wasserglas, das ihr Vlassi reichte. Dann bemerkte sie die fragenden Gesichter vor ihr und erklärte: „Es bleibt doch unter uns, was ich Ihnen jetzt sage?"

„Natürlich!", versicherten die beiden Kripo-Leute unverzüglich, und Vlassi teilte sogar noch mit: „Ich heiße übrigens Sperrig, falls Sie meinen Namen brauchen."

Frau Aimer winkte ab: „Es ist ein Leiden, das mich nur hin und wieder ereilt. Man nennt es Mikroangiopathie."

„Ach so", murmelte Vlassi, getraute sich aber nicht, weiterzureden.

„Es handelt sich um eine zerebrale Gefäßverengung."

„Eine zerebrale ...", wiederholte Vlassi begriffsstutzig.

„Das Blut fließt nicht mehr. Das Gehirn wird nicht mehr richtig durchblutet."

Lustig alias Lustidakis schaute kritisch: „Ja, aber wenn es nicht mehr richtig fließt, dann ... ääh ... ist da nicht das Ende nah?"

„Nein", widersprach die Designerin, „nicht das Ende ist nah, nur der Druck im Kopf nimmt zu, und plötzlich überkommt mich ein Schlafbedürfnis. Ich kann mich nicht dagegen wehren."

„Deshalb schlafen Sie unverzüglich ein", stellte Vlassi mit nachdenklicher Miene fest.

Frau Aimer nickte: „Wie gesagt, es passiert nur hin und wieder, und man kann nichts dagegen machen."

Vlassi war vom nachdenklichen Modus in den hellwachen übergewechselt, er hörte den Ausführungen der Web-Designerin genau zu – denn ihm waren seine Schlafdefizite eingefallen. Jetzt sagte er: „Das hat aber auch einen gewissen Vorteil, Sie werden nie an Schlafmangel leiden. Wo doch Schlaf so wichtig ist für die Gesundheit."

„Ich überlasse Ihnen gern meine Mikroangiopathie", erwiderte Frau Aimer, „und ich verlange dafür keinen einzigen Cent."

Hausmeister Lustidakis warf einen ernsten Blick auf seinen Kollegen: „Also da würde ich zugreifen, Herr Sperrig. So ein Angebot kommt nicht jeden Tag."

23 Sauerinsky schnappt verzweifelt nach Luft

Der Abend hatte sich über die Stadt gesenkt, die Laternen strengten sich an, mit ihrem funzligen gelben Licht die Straßen in den Vororten zu erhellen, und eine eilige Gestalt verschwand gerade hinter einem Gartentor, um bei diesem Wetter rasch das behagliche Haus zu erreichen. Sonst war kein Mensch auf der Straße zu sehen. Es war kalt, und es nieselte ununterbrochen, und dieses fortwährende Nieseln hörte man an den Fensterscheiben als ein Pochen, das manchmal sogar in ein Trommeln überging. Es hörte sich geradezu an, als begehrte jemand immerfort Einlass.

In einem Haus, das wir bereits kennen, wurden eben die Fensterläden geschlossen und die Vorhänge zugezogen. Dann wandte sich die Person ins Innere des Zimmers, ging zu einem plüschigen Sofa und ließ sich darauf nieder. Offenbar war sie in Gedanken versunken, jedenfalls blieb sie eine Weile sitzen und schaute mit leerem Blick in den Raum und zu dem runden Tisch, der in seiner Mitte stand. Nach einer Weile, es mochten fünf oder zehn Minuten vergangen sein, schloss die Gestalt ihre Augen, zog ihre Beine nach oben und nahm einen Schneidersitz ein. Es kehrte plötzlich vollkommene Stille ein, und es schien, als würde sogar das Ticken der Standuhr verstummen.

Doch jetzt hört man etwas. Etwas Leises, Gemurmeltes. Was war es? Es hörte sich an wie „Om mani padme hum". Meditierte die Person? War das ein Mantra? Dieses „Om mani padme hum" wurde jetzt etwas lauter, fast schien es, als würde es gesungen werden – doch gleich darauf fiel der Sprecher wieder zurück in einen leiseren Ton. Der Singsang hielt jedoch an, und offenbar wurde er der Person keineswegs zu lang. Denn nach weiteren zehn Minuten veränderte sich der Sprechgesang in ein „Om benza satto hung" – was auch immer das bedeuten sollte. Schließlich verstummte die Gestalt. Wieder lag vollkommene Stille in dem Raum.

Schließlich sprach die Person leise, als würde sie in ein Zwiegespräch mit jemand anderem treten: „Es ist auffallend, dass sich der Mensch mit dem Ende seines Erdendaseins nicht beschäftigen will, während er allen anderen Vorgängen eine tiefe Bedeutung beizulegen sucht."

Die Gestalt verstummte, eine Weile war nichts zu hören, bis sie aufs Neue das Wort ergriff: „Es ist doch traurig, dass die meisten ihre Zeit auf Erden in leichtsinnigem Selbstbetrug durchtaumeln. Die Stunde der Ablösung sollten sie begrüßen, weil sie ein unbedingter Fortschritt ist."

Wieder trat Stille ein, nicht das leiseste Geräusch wurde hörbar, offenbar hatten sogar die Mäuse hinter der Tapete ihre Tätigkeit eingestellt und hörten andächtig zu. Dann sprach die Person wieder: „Der Tod ist doch nichts weiter als die Geburt in eine feinstoffliche Welt …"

Es schien so, als würde die Gestalt im Schneidersitz sich etwas aufrichten, weil sie unterbrochen wurde und um selbst deutlicher zu hören. Nach einer kurzen Pause sagte sie: „Ich weiß, kein lautes Klagen, ich will nicht klagen, der in Loslösung Befindliche könnte es hören oder fühlen." Die Person hielt kurz inne und sagte dann: „Ja, er empfindet alle Schmerzen noch einmal, all die Schmerzen, denen er schon enthoben war, und auch solche, die er anderen beigefügt hat. Ich weiß von dem Brief, ich weiß es."

Wieder trat eine Pause ein, bis die Gestalt im Schneidersitz sagte: „So ist es ein normaler Gang. Die Gefahr des Hängenbleibens ist viel größer, als in Fleisch und Blut auf Erden weiterzuwandeln …"

Die Person verstummte, Stille beherrschte wieder den Raum, bis man sie aufs Neue murmeln hörte: „Ja, ich weiß, das Hinübergleiten von der grobstofflichen in die feinstoffliche Welt bedeutet nur eine Wandlung. Der wahre Tod ist der geistige Tod auf Erden."

Aufs Neue hielt die Gestalt inne, um dann einen weiteren Gedanken anzuhängen: „Blind und taub sind jene, die nichts von einem Leben nach dem Tod wissen wollen, in dem man all sein Tun und Lassen auf dieser Erde zu verantworten gezwungen ist."

Kaum war das letzte Wort verklungen, schlug die Standuhr übermäßig laut, es hörte sich geradezu an, als wäre sie zu einem Eigenleben erwacht und als wollte sie das zuletzt Gehörte mit drei Ausrufezeichen versehen.

*

Eine gute Stunde später sah man Professor Ulysses Sauerinsky die Rhein-Main-Hochschule in Wiesbaden betreten. Natürlich hatte ihn sein Anwalt aus der Untersuchungshaft herausgeholt, Sauerinsky wusste, dass er sich auf den pfiffigen Rechtsverdreher verlassen konnte. Und was er der Hauptkommissarin Wunder, die er überhaupt nicht unsympathisch fand, was er ihr erzählt hatte – geschenkt! Damit würde sie nicht weit kommen, es handelte sich um weniger als ein Indiz.

Die Nacht war bereits hereingebrochen, und Sauerinsky wusste, dass um diese Zeit keiner seiner Kollegen sich mehr im Haus befand. Schließlich waren sie nicht nur unfähig, sondern auch arbeitsscheu. Niemals würden sie nach Ableistung ihrer vertraglich festgehaltenen Unterrichtsstunden auch nur Minuten länger in dieser sterilen Umgebung bleiben. Ja, steril geht es hier schon zu, dachte er, als er den Gang zu seinem Zimmer entlangging, steril und geistesabwesend. Er konnte das förmlich riechen, und wenn Sauerinsky ein Hund wäre, hätte er sich geschüttelt.

Er ahnte allerdings nicht, dass ihn durch das Glasfenster seiner Zimmertür ein Augenpaar beobachtete, das rasch verschwand, als er sich der Tür näherte. Professor Sauerinsky drückte die Klinke nieder, nie verschloss er seine Tür wie die meisten seiner Kollegen. Das schien ihm Getue, was hatte er denn schon in seinem Zimmer verborgen? Ein paar Goldbarren? Einen echten Leonardo, von dem die Welt noch nichts wusste? Vielleicht einen Vasarely, der für den Fachmann auch eine Menge wert war? Nichts von alledem! Es befanden sich lediglich studentische Arbeiten und Prüfungsunterlagen in seinem Büro, für die sich nicht mal die Studierenden selbst wirklich interessierten. Und allerdings noch etwas, das für die Allgemeinheit von keinerlei Interesse, für ihn aber von Bedeutung war. Ebendarum ging es ihm, ebendeshalb war er zu später Stunde in seiner Hochschule aufgetaucht.

Sauerinsky konnte nicht wissen, dass es doch jemanden gab, der seinen späten Besuch erwartete, der von seiner Festnahme und seiner Freilassung Kenntnis hatte, ja, der sogar von dem Papier wusste, um das es dem Design-Professor ging, und dass Sauerinsky so rasch wie möglich versuchen würde, es an sich zu bringen.

Der Designer legte nicht seinen Mantel ab, sondern knipste die Schreibtischlampe in seinem Bürozimmer an und setzte sich an den Tisch. Er zog die unterste Schublade auf der rechten Seite des Schreibtischs auf und griff nach hinten, wo sich ein Geheimfach befand, das nur er kannte. Er fingerte einen Moment, und dann spürte er das, was er suchte, in seiner Hand. Vorsichtig zog er es hervor, es schien ihm wichtig, es sollte offenbar keinen Schaden nehmen.

Die Schreibtischlampe spendete ein intimes Licht, ihr Strahl beleuchtete nur den Tisch und auch von ihm nur einen Teil. Der Rest des Zimmers lag im Halbdunkel. Sauerinsky legte das Papier, das er hervorgeholt hatte, auf den Tisch und strich darüber, man könnte sogar sagen, er strich zärtlich darüber, während er es ansah. Er konnte nicht sehen, dass sich aus der Ecke hinter dem Schrank, in den er normalerweise seinen Mantel hängte, eine Gestalt löste. Sie war schwarz gekleidet und trug Sportschuhe, die beim Auftreten nicht das geringste Geräusch verursachten.

Mit drei kleinen lautlosen Schritten näherte sie sich von hinten Sauerinsky, der von dem Besucher nichts ahnte.

Gerade als der Design-Professor noch einmal liebevoll über das Papier strich, erkannte man, dass die dunkle Gestalt hinter ihm eine dünne Schnur in ihren behandschuhten Händen hielt. Mit einer schnellen Bewegung streifte sie sie über Sauerinskys Kopf bis zum Hals. Der Designer war so überrascht, dass er weder seine Hände hochbekam, noch sich umdrehen konnte. Er spürte lediglich, wie die Schnur an seinem Hals sich zusammenzog, fester, immer fester. Sauerinsky schnappte verzweifelt nach Luft, dann zitterten seine Hände, und schließlich erschlaffte sein ganzer Körper.

*

Während Professor Ulysses Sauerinsky verzweifelt nach Luft schnappte, rekelte sich Kommissar Spyridakis gemütlich auf der Wohnzimmercouch seiner Freundin Carola.

„Schön, dass du auch mal wieder bei mir vorbeikommst!“, rief sie ihm aus der Küche zu.

„Wenn du wüsstest, was für einen kniffligen Fall ich derzeit vor der Brust habe.“

„Du allein? Wird das denn was?“, hörte Vlassi die skeptische Stimme Carolas.

„Nein, meine Chefin Frau Wunder habe ich auch eingespannt.“

„Was hast du denn noch so viel zu tun? Ich dachte schon, du hast was abbekommen und liegst im Krankenhaus.“

Vlassi richtete sich auf: „Im Krankenhaus?“

„Na, könnte doch sein, dass dich eine Kugel erwischt hat.“ Carola streckte ihren Kopf ins Wohnzimmer: „Ich meine natürlich nicht einen richtigen Schuss, mehr einen Streifschuss.“

„Streifschüsse sind gefährlicher“, erwiderte Vlassi, „die können einen lahmlegen und gesundheitlich schwerste Schäden anrichten.“

„Vor allem bei dir“, konnte sich Carola nicht verkneifen zu murmeln.

„Außerdem arbeiten unsere Mörder komplizierter, mit Gift oder bloßen Händen“, erklärte Vlassi.

„Mit Gift? Da könnte dich ja ein Giftstrahl treffen?“, rief ihm Carola zu.

„Hat mich ja auch“, kam es von Vlassi zurück, um dann mit überzeugter Stimme nachzuschieben: „Gefahr ist mein Geschäft!“

Carolas Gesicht erschien wieder an der Tür: „Ein Giftstrahl hat dich getroffen?“

„Ja, ja, er hat mich in einen Tango-Rausch versetzt. Nicht alle Gifte sind tödlich, weißt du.“

„Tango-Rausch?“, murmelte Carola in ihrer Küche. „Da hätte ich auch mitgemacht. Kannst du überhaupt Tango tanzen?“

„Na und wie! Meine Chefin hat’s erlebt, ich hab’ die mitgerissen und ihr auf dem Tanzboden die ausgefallensten Schritte beigebracht.“

Wieder erschien Carolas Gesicht an der Küchentür, diesmal mit leicht empörtem Ausdruck: „Warum hast du mich nicht angerufen?"

„Du hast doch immer so viel zu tun! Und wenn ich anrufe, redest du mich mit Doktor Meier an."

Carola zog sich zurück und erwiderte nichts. Vlassi hielt es für angebracht, ihr etwas Positives hinterherzuschicken: „Dein Anti-Aging-Tipp war übrigens wunderbar."

„Ach, deshalb siehst du so komisch aus mit deinem Bärtchen und dem roten Haar. Meinst du, das macht dich jünger?"

„Ich war vorgealtert und musste mich verjüngen", erläuterte Vlassi, „der neue Fall erfordert es."

„Mir kommst du wie ein Kunst-Hallodri vor", rief Carola, „wie einer, der gern möchte, aber nicht kann. Wie ein Impotenter, der lieber potent wäre." Und für sich dachte sie: Ach, das war er ja auch, und wie potent er war bei seinem letzten Einsatz.

„Ich sehe aus wie Salvador Dalí, wenn dir der Name was sagt", kam es von Vlassi zurück.

„Dalli – war das nicht ein Quizmaster? Oder meinst du den von der SPD, der sich um die Kultur kümmert?"

Bei denen kümmert sich höchstens einer angeblich um die Kultur, dachte Vlassi, ich aber kämpfe vergeblich um Bildung. Laut erwiderte er: „Ich sehe diesem Dalí verteufelt ähnlich, könnte ihn in einem Film glatt darstellen."

„Werden deine Taten denn jetzt verfilmt?", kam es von Carola zurück.

Vlassi seufzte leise auf und antwortete noch leiser: „Warum denn nicht, nur müssten diese Filmfritzen lesen können und etwas Fantasie haben."

„Was hast du gesagt?"

„Ich habe gesagt, dass ich von dir geträumt habe", log Vlassi.

„Tatsächlich? Träumst du etwa deine kniffligen Fälle?"

„Nein, nein, aber ich schlafe doch so wenig, ich leide im Grunde unter einem starken Schlafmangel, vor allem nachts, und jetzt habe ich bei meinen Nachforschungen eine Frau kennengelernt, die einfach so einschläft …"

„Einfach so? Gibt's das?"

„Ich dachte zuerst, sie sei tot, so fest hat die geschlafen. Es handelt sich um eine Krankheit. Mikroangiopathie."

Carola rief: „Gut, dass du dir das Wort gemerkt hast! Die Krankheit käme doch für dich infrage."

„Ja, ja, da hast du recht. Das wäre was für mich." Er machte eine kleine Pause und sagte dann: „Aber stell dir vor, auf der Schiersteiner Festwiese bin ich kürzlich ganz plötzlich eingedöst …"

„Vielleicht hast du schon diese Mikro-Krankheit. Und überhaupt: Was machst du auf der Schiersteiner Festwiese?"

„Was werde ich da schon machen?", fragte Vlassi verärgert. „Einem Schwerverbrecher bin ich hinterhergejagt, einem Mordbuben."

„Und dabei bist du eingeschlafen?"

„Nicht direkt", erwiderte Vlassi und überlegte laut: „Wenn ich's mir recht überlege, liegst du wahrscheinlich richtig. Ich habe vermutlich auch diese Mikroangiopathie und weiß es bloß nicht. Ich Ahnungsloser! Und ich dachte, ich müsste mein Schlafdefizit ausgleichen. Dabei hat mich eine Krankheit ereilt."

Von Carola war zu hören: „Ist denn Schlafen eine Krankheit?"

Vlassi war auf der Couch zusammengesunken, jetzt richtete er sich auf, und seine Stimme klang bedeutend frischer: „Ach, wie recht du hast, warum soll denn Schlafen eine Krankheit sein! Und wenn doch, ist es wenigstens eine gesunde."

Carola hielt es nicht für nötig, auf seine Überlegung einzugehen, stattdessen fragte sie: „Du hast von mir geträumt? Was hab' ich denn in deinem Traum für eine Rolle gespielt? War ich eine gute Fee? Hab' ich dich aufgepäppelt?"

„Das ist es ja eben", brummelte Vlassi, „du bist in einem luftigen hellblauen Sommerkleid auf mich zugeschwebt, hast dann aber mit einem Senfglas nach mir geworfen und bist wieder zurückgeschwebt."

„Ein Senfglas!", rief Carola, die sich mit Wohlbehagen an den aphrodisierenden Senf von Vlassis letztem Fall erinnerte. „Vielleicht bedeutet das, dass ich mal wieder ein Senfgericht zubereiten soll."

„Ich weiß nicht", sinnierte Vlassi und dachte für sich: Deine Senfgerichte haben mich doch eher hingerichtet. Dann fuhr er laut fort: „Auf jeden Fall hat mich ein Arzt derb aus meinem wunderbaren Traum herausgerissen. Und weißt du, was er mir verweigert hat?"

„Ich habe keine Ahnung, Vlassi."

„Melatonin hat er mir verweigert."

„Ein Schlafmittel?“

„Wenn die Zirbeldrüse nicht mehr will, muss Melatonin her“, erklärte Vlassi, hörte jedoch von seiner Freundin: „Du machst dir zu viele Sorgen um deine Zirkeldrüse!“

„Zirbeldrüse“, korrigierte Vlassi, „das ist ein ganz wichtiges Organ, nur wissen die meisten nichts von ihr.“

„Du kennst seltsame Organe und seltene Krankheiten“, schallte es zurück.

„Ja“, sinnierte Vlassi, „vielleicht ist es besser, wenn man nichts von diesen Organen und Krankheiten weiß.“

Eine Weile war es ruhig in Küche und Wohnzimmer, doch schließlich rief Carola: „Was ist denn das für ein kniffliger Fall, für den du dich so komisch verwandelt hast?“

„Ich darf nichts sagen, arbeite undercover.“

Diese Auskunft irritierte Carola nicht im Geringsten: „Ich vermute, du willst als Künstler oder Quizmaster irgendwo durchgehen …“

„Als junger Künstler bitte“, unterbrach Vlassi sie.

Carola ließ sich nicht beirren: „Quizmaster beim ZDF, das könnte klappen.“

„Unsinn. Wer will denn beim ZDF arbeiten? Ich habe Höheres im Sinn, um nicht zu sagen, Nachhaltigeres.“

Vlassi wusste, dass die Vokabel *nachhaltig* im Schwang war und für jeden Unsinn herhalten musste. Warum nicht auch für seinen?

„Also junger Künstler will der Herr werden“, tastete sich Carola vor.

„Ich bin Künstler der Tat. Expressionist und Impressionist in einem!“

„Ach nee“, rief Carola, und das hörte sich sehr unbeeindruckt an.

Vlassi fühlte sich gefordert: „Ein Professor in einer Vorlesung hat mir das bescheinigt. Und er hat recht.“

„Du arbeitest also derzeit als Kunststudent“, folgerte Carola sofort.

Vlassi verkniff sich ein Ja, was Carola natürlich als Zustimmung deutete.

„Vlassi geht als Student durch den Tag?“, rief sie heiter aus der Küche. „Na, wenn dir das mal einer abnimmt.“

„Du würdest dich wundern! Ich bin vollkommen anerkannt – als Student und Künstler der Tat.“ Und er setzte würdevoll hinzu: „Sowohl von Professoren- wie von studentischer Seite.“

„Nur musst du halt manchmal Tango tanzen“, kam es zurück.

Mit ernster Stimme, die ein wenig ins Pathetische schlitterte, informierte Kommissar Spyridakis seine Carola: „Das ist nun mal Berufsrisiko. Du weißt, Gefahr ist mein Geschäft. Und auch der Tango ist kein harmloses Tänzchen, wie der Laie denkt, es lauern versteckte und unheimliche Gefahren in ihm, Gefahren, die ich zu meistern in der Lage war.“

Carola erschien mit zwei Tellern an der Küchentür: „War? Ist der Fall schon gelöst?“

„Noch nicht. Aber ich, na sagen wir ruhig wir, ich und meine Chefin, sind nah daran, wir sind kurz vor dem Ziel.“

„Na, hoffentlich zieht sich das nicht hin, und du musst demnächst wieder einen unheimlichen und gefährlichen Tango tanzen“, sagte Carola schnöde.

Mit diesen Worten stellte sie die leeren Teller auf den Tisch, verschwand wieder und kehrte kurz darauf mit einer geschlossenen Schüssel zurück. Sie lächelte ihn an. Vlassi schöpfte Verdacht, das Lächeln verhieß nichts Gutes, er erhob sich aus seiner Ruheposition auf der Couch und ließ seinen Blick schweifen. Wollte ihn Carola etwa diesmal mit einer orientalischen Wanderratte am Spieß überraschen? Bei ihr und ihrem Hang zu lukullischen Abartigkeiten musste man derlei befürchten, und lange genug hatte die Zubereitung schließlich gedauert. Oder hatte sie im nahen Kurort Schlangenbad ein paar Nattern eingefangen, die sie ihm jetzt offerierte? Giftzähne als Sättigungsbeilage eingeschlossen. Heute essen wir mal wie im Orient, könnte sie dazu sagen, das würde zu ihr passen. Klingt originell, würde ihn aber für immer in die Bettlägerigkeit treiben, wenn nicht sogar in einen Sarg.

„Ich habe etwas Wunderbares zubereitet, eine Gaumenfreude, wie du gleich merken wirst", sagte Carola.

„Ja?", fragte Vlassi zaghaft.

Carola hob den Deckel der Schüssel: „Ich habe uns Spaghetti gekocht, echte italienische Spaghetti!"

„Wirklich?", tat Vlassi überrascht.

„Mit einem herrlichen Pesto", zwinkerte ihm Carola zu.

Vlassi wusste sofort, dass etwas auf ihn zukam, das ihm derzeit überhaupt nicht in den Kram passte. Schließlich litt er an Schlaflosigkeit, und wenn der weitere Abend und die Nacht so verliefen, wie sich Carola das vorstellte, würde er morgen vor Müdigkeit strotzen und doch nicht einschlafen können. Die Zirbeldrüse, die Zirbeldrüse, sie kam nicht auf Trab, und Melatonin hatte man ihm verweigert. Das baldige Ende war vorprogrammiert, sein Grabstein winkte ihm schon zu. Er musste unbedingt die Professorin Aimer aufsuchen und herausfinden, wie man diese Zwischenschlafkrankheit erwerben konnte. Nur das konnte ihn retten, es war seine einzige Chance, zu überleben.

24 Die Rhein-Main-Totenhochschule

Am nächsten Tag, früh am Vormittag, schrillte in Vlassis Traum ein Samba-Rhythmus. Er war sehr ungehalten darüber, denn schließlich schlief er. Er befand sich im Tiefschlaf, war sich aber dessen nicht bewusst. Der Kommissar wälzte sich auf die andere Seite und hoffte, dass es bald aus war mit Samba. Dann versteckte er seinen Kopf unter dem Kissen. Aber das half nicht. Die flotten Rhythmen drangen durch und schienen ihn ohne Unterbrechung zum Samba aufzufordern – hatte der etwa den Tango abgelöst?

Schließlich dämmerte ihm, dass es sich um den Klingelton seines Handys handelte, Vlassis Kehle entrang sich ein Ächzen, er streifte das Kissen zur Seite und schaute schlaftrunken nach seinem mobilen Telefon. Wo war es? Warum funktionierte es? Wieso war der Klingelton so laut? Er hievte sich aus dem Bett, und sofort wunderte er sich. Hatte er etwa richtig geschlafen? Dann wäre ein Wunder geschehen, er litt doch an Schlaflosigkeit. Er tappte zu seinem Jackett, das an der Tür hing. Wo war er eigentlich? Ach ja, bei Carola.

„Carola!", rief er.

Doch Carola antwortete nicht. War sie schon gegangen? Mitten in der Nacht? Normalerweise machte sie doch ein Frühstück. Vlassi fingerte das Handy aus der Seitentasche seines Jacketts.

„Ja, hallo?"

Er hörte die Stimme von Julia Wunder: „Herr Spyridakis, wo stecken Sie denn? Es ist schon spät. Sie müssen sofort zur Hochschule kommen."

„Es ist doch mitten in der Nacht, ich war gerade eingeschlafen."

„Mitten in der Nacht? Es ist neun Uhr, da werden Sie doch ausgeschlafen sein."

„Ich weiß nicht", murmelte Vlassi.

„Kommen Sie!", befahl Julia. „Und zwar sofort!"

Vlassi fiel etwas ein: „Soll ich denn mit meinem Tarnbart und der Tarnfarbe auf dem Kopf kommen? Ich bin doch eigentlich undercover an der Hochschule zugange."

„Kommen Sie so, wie Sie sind, Sie ermitteln weiter als Student. Gerade jetzt ist das wichtig."

„Was ist denn passiert?"

„Ein neuer Mord", beschied ihm kurz seine Chefin.

„Neuer Mord? Da brauch' ich einen Kaffee, ich muss meine Eingeweide vorbereiten – den kann ich mir doch schnell noch kochen?"

„Auf keinen Fall", antwortete Julia, „Sie trinken Ihren Kaffee hier in der Cafeteria."

Keine dreißig Minuten später betrat Kommissar Spyridakis alias Student Sperrig die Rhein-Main-Hochschule im Kurt-Schumacher-Ring. Er verbarg seine brennende Neugier hinter einer ahnungslosen Miene. Und da er sich nicht rasiert hatte und neben seinem Dalí-Bärtchen die Stoppeln sprossen, wirkte er auch etwas verwegen. Diese

Verwegenheit sollte ihm bald nützlich sein. Im Foyer sah er seine Chefin Julia Wunder im Gespräch mit dem Präsidenten Schüttler, dessen Dreitagesgestrüpp im Gesicht, wie Vlassi feststellte, nicht mit seinem wundervollen Eintagesbart mithalten konnte. Julia blickte kurz zu ihm, ließ sich nichts anmerken, war aber offenbar zufrieden mit seinem raschen Erscheinen.

Vlassi drehte sich zu einem neben ihm stehenden Studenten: „Was ist denn hier los?"

„Ein Toter – hab' ich gehört."

„Wer ist es denn?"

„Um Professor Sauerinsky soll es sich handeln."

„Was? Sauerinsky?", fragte Vlassi erstaunt.

„Kennst du ihn?"

„Nein, überhaupt nicht", log Vlassi, „hab' nur mal den Namen gehört."

„Der ist Grafikdesigner."

„Wieso bringt man so einen um?", wollte Vlassi wissen.

„Bist du Geheimagent?", fragte sein Nebenmann. „Von umbringen weiß ich nichts."

„War nur so 'ne Vermutung", redete sich Vlassi raus, „hier war doch kürzlich schon mal ein Mord."

„Vielleicht hast du sogar recht", stimmte ihm der andere zu, „vielleicht entwickelt sich diese Bruchbude hier zu einer Todeshochschule."

Vlassi stimmte ihm zu: „Eine Hochschule der Toten wird das. Damit kann der Präsident bei den Selbstmordkandidaten werben. Demnächst heißt es *Rhein-Main-Totenhochschule.* Da haben wir Lebenden bald gar keinen Platz mehr."

Sein Nachbar grinste und wandte sich zwei anderen zu, die er offenbar kannte und von denen er mehr zu erfahren hoffte. Durch Vlassis Hirn schossen einige Gedanken: Sauerinsky tot, natürlich war er ermordet worden, sonst hätte man nicht die Kripo gerufen. Aber warum Sauerinsky? Der wäre besser in U-Haft geblieben, da hätte er sich eines fröhlichen Zellenlebens erfreuen können. Wie sinnvoll doch ein Gefängnis sein kann.

Und was macht jetzt sein Cracula-Vogel? Herrenlos wird er durchs Haus flattern, nicht mehr mit seinem Herrchen plaudern und sich auch keinem mehr ins Haar setzen können und sich wahrscheinlich darüber aus Gram im Klo ertränken. Dann fiel ihm die Visitenkarte von Sauerinsky ein. Die sollte doch nach seinem Tod explodieren, wertmäßig gesehen – so hatte der Designer selbst gesagt. Vielleicht wie ein Bild von Leonardo. Vlassi kam in den Sinn, dass er eventuell das speckige Kärtchen ergattern sollte. Vielleicht konnte man damit einen Ferrari finanzieren?

Vlassis Blick wanderte über die Gesprächsgruppen, und er lobte sich innerlich für seine grandiose Verwandlung zum Studenten. Hier erkannte ihn niemand, schon gar nicht dieser Präsident, dem es nicht mal einfiel, zu ihm zu schauen. Das sollte dieser einfältige Mensch tun, denn Mörder zieht es schließlich häufig an den Ort ihrer Tat zurück. Dann fiel ihm ein, dass er selbst auch etwas genauer spähen sollte. Wenn in ihm auch keiner den Kommissar erkannte, vielleicht erkannte er mit scharfem Blick einen Verdächtigen? Vielleicht sah er diese Frau Aimer mit höhnischer Miene an einer Säule stehen – doch wahrscheinlich war sie gerade wieder mal eingeschlafen. Oder er erblickte Rosella und ihre Kumpane. *Na, jetzt dem Sauerinsky eine Schlinge um den Hals gelegt?*, würde er lässig fragen.

Weder die eine noch die anderen konnte Vlassi erblicken. Schließlich ging er gemächlich in Richtung Cafeteria. Seinen Frühstückskaffee hatte er sich redlich verdient. Am Tresen orderte er eine Tasse Kaffee und ein trockenes Hörnchen, mehr vertrug er nicht am frühen Morgen. Mit dem Tablett in den Händen suchte er nach einem freien Tisch. Um diese Zeit schienen so gut wie alle Studenten in dieser Todeshochschule frühstücken zu wollen. Hatten die denn nichts Besseres zu tun? An einem Seitentisch in einer hinteren Ecke sah Vlassi einen freien Platz. Und im selben Moment sah er noch etwas. Er sah Rosella an einem Nachbartisch. Sie erhob sich gerade und wollte offenbar gehen. Vlassis Kripo-Instinkt erwachte – ganz ohne Kaffee. Ohne lange zu überlegen, stellte er sein Tablett auf dem nächstbesten Tisch ab und sagte erklärend: „Mit bester Empfehlung von Professor Sauerinsky. Trinkt auf sein Wohl im Grab."

Dann drehte er sich um und sah gerade noch, wie Rosella die Cafeteria verließ. Er eilte ihr hinterher. Draußen auf dem Gang erkannte er, dass sie mit schnellen Schritten davonstrebte. Sie musste ihn ebenfalls gesehen haben. Auch er wurde schneller, er lief sogar. Diese Todesspielerin durfte ihm nicht entgehen. Wer weiß, wer ihr nächstes Opfer war?

Rosella verschwand in einer Toilette. Das war gar nicht dumm von ihr, überlegte Vlassi, als er vor der Tür ankam.

Offenbar glaubte sie sich sicher in einer Damentoilette. Nicht mit Vlassopolous Spyridakis! Unbeeindruckt stieß er die Tür auf und ging hinein. Sein erster Blick galt den Fenstern. Es waren kleine Luken in zwei Metern Höhe, und sie waren geschlossen. Dieser Fluchtweg war also so gut wie ausgeschlossen. Sie musste sich auf einem der Klos verschanzt haben.

„Rosella, wo bist du denn?“, fragte Vlassi laut.

Keine Antwort.

„Ich weiß, dass du hier bist. Und ich will dich lediglich etwas fragen.“

Hinter der letzten Klotür erschallte eine barsche Stimme: „Was machen Sie hier? Das ist eine Damentoilette.“

„Sie habe ich nicht gemeint, ich meine eine andere Dame. Und außerdem bin ich Transvestit.“

Hinter der vorletzten, ebenfalls geschlossenen Tür regte sich jetzt eine andere Stimme: „Transvestit bist du?“

Die Stimme gehörte Rosella, wie Vlassi sofort heraushörte. Er antwortete: „Das macht doch nichts, wenn du es nicht weißt. Man kann nicht alles wissen.“

„Wieso läufst du dann in Männerkleidern rum?“, fragte Rosella.

Vlassi antwortete mit gewichtiger Stimme: „Nicht doch den ganzen Tag Frauensachen! Wenn die Dunkelheit herniederfällt, ziehe ich mich um. Du solltest meinen Minirock mal sehen und meine Pumps.“

Hinter der letzten Tür wurde die barsche Stimme wieder laut: „Ist ja unglaublich, was sich hier abspielt. Da kann man ja kaum zuhören.“

„Sie müssen nicht zuhören“, antwortete Vlassi, „verstopfen Sie Ihre Ohren mit Klopapier. Es ist doch hoffentlich genügend da.“

„Sie sind wahrscheinlich auch sehr interessiert an Ausscheidungsgeräuschen …“, fauchte die barsche Stimme.

„Kann man sagen“, bestätigte Vlassi, „vor allem an weiblichen Ausscheidungsgeräuschen.“

„Ist ja widerlich“, tönte es zurück, „diese Hochschule ist offenbar ein Sumpf an Perversität.“

„Nicht nur das“, ergänzte Vlassi ernst, „es ist auch eine Totenhochschule. Gerade hat mir ein Toter einen Kaffee spendiert. Ich kannte ihn gut und habe auf sein Wohl getrunken.“

„Was?“, rief die barsche Stimme. „Sie sind offenbar nicht nur pervers.“

„Ich bin viel mehr als das. Ich bin ein abartiger todessüchtiger Kunststudent, der sich seine Opfer am liebsten auf Damentoiletten aussucht.“ Und Vlassi setzte überzeugt hinzu: „Der Tod ist schließlich ein Kunstwerk!“

Diesmal kam keine Antwort aus der letzten Toilette, stattdessen hörte man ein Rauschen, die Spülung war gedrückt worden. Wenige Sekunden später öffnete sich die Tür, und ein Frauengesicht schaute vorsichtig heraus. Vlassi griff sich in seine roten Haare und schnitt ein Gesicht, wie er es mal bei Mussolini in einer Fernseh-Doku gesehen hatte. Das wirkte tatsächlich so, wie er es beabsichtigt hatte. Denn die mittelalterliche Dame, offenbar eine harmlose Sekretärin oder unfähige Professorin, also völlig fantasielos, sah ihn in einer Mischung aus

Missbilligung und Erschrockenheit an und eilte, ohne ein weiteres Wort zu verlieren, an ihm vorbei.

Nachdem sie draußen war, hörte Vlassi hinter der vorletzten Klotür ein leises Kichern.

„Du lachst, Rosella?“, fragte Vlassi. „Dir wird bald das Lachen vergehen.“

„Ich wusste halt nicht, dass du todessüchtig bist, und noch dazu Transvestit“, erwiderte sie. „Hätte ich das mal nur geahnt!“

„Hättest du mich dann anders in den Tod geschickt?“, wollte Vlassi spitzfindig wissen.

„Aber natürlich, jeder soll …“

Vlassi unterbrach sie: „Danke, das genügt. Du hast gerade bestätigt, dass du mit deinen Kumpanen einen tödlichen Anschlag auf mich ausgeübt hast.“

„Sag mal, lässt du ein Tonband mitlaufen? Und warum sprichst du so bürokratisch?“

Vlassi merkte, dass er unversehens in den Polizeijargon gefallen war, schnell antwortete er: „Na, ist der Tod etwa nichts Bürokratisches? Meine Leiche muss schließlich entsorgt werden. Oder hättet ihr mich als Mumie ausstaffiert und mir ab und zu ein vergiftetes Bier angeboten?“

„Ist dir eigentlich schon aufgefallen, dass du noch lebst?“, wollte Rosella hinter der Klotür wissen.

„Mit Mühe, mit allergrößter Mühe“, gab Vlassi zurück.

Eine Weile war es still hinter der vorletzten Klotür, sodass Vlassi schon überlegte, ob Rosella sich auf irgendeine Weise dünnegemacht hatte. Aber wie? Sich durchs Klo runterspülen kam wohl nicht in Frage, da müsste sie sich zu einem Cracula-Vogel verwandeln. Vielleicht verfügte sie über irgendeine Mixtur, die sie unsichtbar machte, und wenn sich gleich die Tür öffnete, würde er niemanden sehen, nur einen leichten Luftzug spüren. Aber wie konnte er sich auf einen Ballen Luft stürzen, wo sich festhalten, vielmehr: wie diese unsichtbare Luftgestalt festhalten?

Vlassis Gedanken waren nicht ganz grundlos, schließlich war er ja selbst von einer verseuchten Biermixtur in den Tango und nach Buenos Aires getrieben worden. Und doch erwiesen sich seine Überlegungen als haltlos, denn plötzlich ging die Klotür auf, und Rosella erschien in voller Lebensgröße.

„Hier bin ich, Vlassopolous!", sagte sie.

„Wurde auch Zeit, ich dachte schon, du brauchst Stunden für deine Verrichtung hier."

„Ausscheidungen", korrigierte sie und setzte spöttisch hinzu: „Ich dachte, du bist an weiblichen Ausscheidungsgeräuschen höchst interessiert."

Vlassi zog die Stirn kraus: „Ich freu mich, dass du dich wenigstens noch an meinen Namen erinnerst. Warum habt ihr mich in den Tod geschickt?"

Rosella ging auf seine Frage nicht ein, sagte stattdessen: „Die Meier hast du gut rausgeekelt aus ihrem Klo nebenan, wusste gar nicht, dass du schauspielerische Fähigkeiten hast."

„Meier – endlich mal ein vernünftiger Name."

„Frau Professor Meier vertritt das Fach Betriebswirtschaftslehre hier an der Schule", erklärte Rosella, „und sie macht ihrem Namen alle Ehre – nämlich keine."

„Schon gut", murrte Vlassi, „warum wolltet ihr mich umbringen?"

„Wir wollten dich doch nicht umbringen“, lächelte Rosella, „wir wollten nur ein Experiment machen.“

„Ein Experiment, das mich in den Wahnsinn getrieben hat!“, fauchte Vlassi.

„Wieso Wahnsinn? Du hörst dich ganz normal an. Oder ist das dein Wahnsinn?“

Vlassi blieb stumm und sah sie böse an.

„Erzähl doch mal, was ist denn genau passiert?“, wollte Rosella wissen.

„Erzählt wird nichts. Du musst mir was erzählen!“

„Wollen wir hier auf dem Klo reden, bis wieder so eine Frau Meier hereinschneit und sich an deinen Perversionen ergötzt, oder gehen wir einen Kaffee trinken?“, fragte Rosella.

Vlassi überlegte: War das schon wieder eine Finte? Wollte sie ihn hinhalten? Eventuell mit Kaffee in einen neuen Tango-Wahn treiben?

Er sagte: „Na gut, gehen wir in die Cafeteria. Du voran.“

Rosella machte einige Schritte zur Tür und sagte: „Du kommst mir heute gar nicht wie ein Kommilitone vor, eher wie ein Kripo-Mann.“

„Da siehst du, wie verwandlungsfähig ich bin. Gestern Salvador Dalí, heute genialer Kommissar. Ich kann auch auf Kripo machen.“

Keine zwei Minuten später erreichten sie die Cafeteria. Rosella ließ sich einen Kaffee am Tresen geben und schaute Vlassi fragend an. Der schüttelte den Kopf und dachte: Wer weiß, was sie mit ihren flinken Fingern in meine Tasse reinfallen lässt, und überhaupt habe ich mit Kaffee, wenn ich nicht aufpasse, schlechte Erfahrungen gemacht.

Ich darf nicht wieder von unerwarteten Ohrgeräuschen heimgesucht werden.

Sie suchten sich einen freien Tisch, und noch im Setzen fragte Vlassi: „Was habt ihr mir ins Bier getan bei eurer angeblichen Party?“

„Ganz harmlos, wie gesagt, ein Experiment. Es war ein Mandragora-Pulver.“

Vlassi kramte in seinem Gedächtnis: „Mandragora? Ist das nicht eine Rauschdroge?“

„Mandragora wird aus der Alraune gewonnen, gilt als Liebes- und Fruchtbarkeitszauber …“

„Was?“, schnaufte Vlassi. „Fruchtbarkeit? Soll ich Kinder gebären?“

„Warum nicht?“, erwiderte Rosella. „Wenn es künstlerische Kinder sind, ich meine Kunstwerke.“

„Ach so“, brummte Vlassi, „du hast mich also künstlerisch fruchtbar machen wollen.“ Um im nächsten Moment festzustellen: „Ich bin doch schon längst künstlerisch fruchtbar. Ich bin ein Künstler der Tat.“

Rosella nippte an ihrem Kaffee, dann stellte sie fest: „Na ja, das ist vielleicht dein Eindruck – meiner war es nicht. Und deshalb wollte ich etwas nachhelfen.“

Sie lächelte ihn an, und Vlassi bemerkte, dass er sie eigentlich ganz hübsch fand, geradezu liebreizend. Doch schnell nahm er sich wieder an die Kandare. Gerade die hübschen und liebreizenden Zeitgenossen können die übelsten Mörder sein, vor allem, wenn es sich um Frauen handelt. Frauen sind ganz generell Meister der Verstellung, und damit hatte er es hier zweifelsfrei zu tun.

„Weißt du“, sagte Rosella jetzt, „dass Mandragora schon bei Shakespeare auftaucht? Ich hab’ leider das Stück vergessen, aber es gibt da eine Stelle, wo ein Mann ausruft: *Lasst mich Mandragora trinken.*“

„Will der auch fruchtbar werden?“, fragte Vlassi trocken.

„Vielleicht will er sich nur verlieben“, überlegte Rosella laut und sah Vlassi lächelnd an.

Nur nicht auf diese Meisterin der Verstellung hereinfallen, ging es unserem Kommissar durch den Kopf, sonst tanze ich bald wieder Tango im Café Superb.

„Genug von Mandragora!“, sagte er mit strenger Stimme, um gleich etwas weniger dienstlich fortzufahren: „Und überhaupt diesen Hexengetränken, mit denen du harmlosen Kommilitonen den Abend vergällst und sie in den Beinahe-Tod treibst.“

Rosella sagte nichts, lächelte ihn nur an.

Vlassi kam das verdächtig vor: „Dieses Mandragora hat doch hoffentlich keine Spätfolgen?“

„Das kann man nie wissen“, erklärte sie, und ihr Lächeln wirkte jetzt vieldeutig.

Habe ich demnächst mit irgendwelchen Gebrechen zu kämpfen, die ich mir nicht erklären kann?, überlegte Vlassi. Vielleicht werde ich so fruchtbar, dass ich bald Vater von Fünflingen werde oder gar Sechslingen. Sechs kleine Vlassis schauen mir auf einmal entgegen, und ich weiß nicht, wie ich das hingekriegt habe. *Mandragora*, müsste ich dann schuldbewusst Carola zumurmeln. Er riss sich los von diesem beängstigenden Gedanken.

„Rosella, ich habe dich und deine Kumpane im Verdacht!“

Sie trank von ihrem Kaffee und schaute zu ihm auf: „Im Verdacht?“

„Vermutlich habt ihr auch mit der Köckel-Simons euer Todesspiel gespielt – die aber leider nicht so viel Glück wie ich hatte.“

Sie setzte die Tasse ab: „Das ist jetzt wirklich abartig, so wie deine Vorstellung vorhin auf dem Klo.“

„Und heute ist schon wieder ein Toter gefunden worden. Habt ihr auch auf den Brass gehabt und mit ihm das Todesspiel gespielt?“

„Ich weiß von Sauerinsky“, erwiderte sie, „auf den hatte keiner von uns Brass. Im Gegenteil, wir konnten ihn gut leiden. Der war so ungefähr der Einzige, der in seinem Fach was auf die Beine gestellt hat. Und sympathisch war er auch.“

Vlassi schaute Rosella scharf an: „Vielleicht habt ihr ihn irrtümlich umgebracht? Vielleicht habt ihr ein Experiment vorgehabt wie mit mir? Leider schief gegangen.“

„Hör mal, den Sauerinsky kannten wir, dich aber nicht. Sauerinsky kannst du dir abschminken …“

„Was ist denn das für eine Logik?“, ächzte Vlassi. „Die Köckel-Simons habt ihr auch gekannt, Florian ist doch bei ihr durchgefallen, da haben wir das Motiv.“

Rosella schickte ihm einen giftigen Blick, dann trank sie in Seelenruhe den Rest ihres Kaffees, erhob sich und sagte: „Du bist vielleicht ein Kunststudent, aber du wirst höchstens mal ein Kunstquatschkopf, nie ein richtiger Künstler.“

Sie drehte sich vom Tisch weg und machte Anstalten zu gehen.

„Hehe, was soll das, wie meinst du das?", fragte Vlassi und dachte: Ich bin doch längst Künstler, nämlich Künstler der Tat.

Rosella drehte sich halb um und erwiderte von oben: „Es fehlt dir an Menschenkenntnis."

25 Lasst mich Mandragora trinken!

Während Vlassi darüber nachsann, was Rosella damit sagen wollte, als sie ihm fehlende Menschenkenntnis bescheinigte, hatte Julia Wunder inzwischen den toten Ulysses Sauerinsky in die Rechtsmedizin bringen lassen. Der Hochschulpräsident Schüttler, mit dem sie ein kurzes Gespräch führte, schien völlig von der Rolle. Er klagte – aber sein Klagen war nicht gespeist von Mitgefühl oder gar Mitleiden, es bezog sich mehr darauf, dass er schon wieder eine Lehrkraft verloren hatte. Das bedeutete nämlich, dass er ein Ausschreibungsverfahren einleiten musste, was vor allem Arbeit für ihn zur Folge hatte.

„Wir stehen ja bald ganz ohne Professoren da, wenn das so weitergeht", teilte er der Hauptkommissarin mit.

Julia hörte seiner Klage aufmerksam zu und fragte: „Glauben Sie denn, dass der Täter auf den Geschmack gekommen ist?"

Natürlich war das eine Fangfrage, sie wollte herausfinden, ob Schüttler ein Motiv sah für einen Serienmörder.

Der Präsident warf ihr einen erschrockenen Blick zu: „Auf den Geschmack gekommen? Ja meinen Sie denn, wir sind hier alle gefährdet?"

Julia antwortete mit Bedacht: „Nicht alle. Die Studenten scheinen nicht gefährdet zu sein. Aber die Lehrkräfte."

Sie machte eine kleine Pause und sagte dann: „Woran liegt das wohl?"

Schüttler schien empört: „Wollen Sie andeuten, dass unsere Professoren gefürchtet und gehasst werden?"

Julia zog die Schulter hoch: „Vielleicht. Es ist doch merkwürdig, dass zuerst eine Kunsthistorikerin umgebracht wird und dann ein Grafikdesigner, und beide unterrichteten hier an dieser Hochschule."

Schüttler strich sich über seinen ungepflegten Dreitagebart: „Das kann doch Zufall sein, nichts als Zufall."

„Herr Professor Schüttler", erwiderte Julia, „in meinem Beruf habe ich es mir abgewöhnt, an Zufälle zu glauben."

„Ja, dann müsste man doch den Täter unter den Studierenden suchen", erklärte Schüttler und teilte mit vertraulicher Stimme mit: „Soviel ich weiß, war Herr Sauerinsky nicht sonderlich beliebt."

Das kann ich mir denken, dachte Julia, bei seinen Kollegen war er bestimmt nicht beliebt, und ihr fiel das Gespräch mit Sauerinsky in dessen Haus ein, wo er aus seiner Abneigung für diese ganze ehemalige Fachhochschule und ihre Professorenschaft keinen Hehl gemacht hatte. Wusste Präsident Schüttler davon nichts? Ziemlich unwahrscheinlich, denn Ulysses Sauerinsky hatte unverblümt vom Leder gezogen und schien ganz generell kein Mensch gewesen zu sein, der sich mit seiner Meinung zurückhielt. Wollte Schüttler sie mit Absicht auf eine falsche Fährte, nämlich die der Studenten, führen?

„War Professor Sauerinsky denn nur bei den Studenten nicht beliebt?", fragte sie.

Schüttler nickte: „Bei den Studierenden, jaja."

„Und bei den Kollegen?"

„Da war er ausgesprochen angesehen, durchaus auch beliebt", antwortete der Präsident.

Das war eine Lüge, sie wurde für Julia durch eine kleine Geste Schüttlers offenkundig, er strich sich nämlich ganz unmotiviert über sein Kinn. Julia Wunder nickte zu seiner Antwort, als wolle sie ihm zustimmen. Tatsächlich überlegte sie, warum der Präsident zu solchen Lügen Zuflucht nahm. War es Zuflucht? Oder Selbstschutz? Wollte er die ganze Hochschule im besten Licht erscheinen lassen? Oder dachte er vor allem an sich und seine Reputation, die durch wahrheitsgemäße Aussagen Schaden nehmen könnte? Solche Leute, die sich Präsidenten nennen, agieren fast immer wie Politiker – mit der Wahrheit rücken sie nicht raus, aus welchen Gründen auch immer, und hilfreich sind sie nie, stattdessen verdunkeln sie die Umstände.

Julia teilte Schüttler mit: „Das war's fürs Erste. Sie hören wieder von mir."

Der Präsident sah sie hilflos an: „Ja bitte, unbedingt."

*

Eine halbe Stunde später betrat Julia das rechtsmedizinische Institut. Sie wusste nicht genau, ob Dr. Silke Hauswaldt schon den toten Sauerinsky begutachtet hatte, aber ihre Neugier ließ ihr keine andere Wahl. Diesmal ertönte sofort ein „Herein", nachdem sie an die Tür im Kellergeschoss geklopft hatte. Frau Doktor Hauswaldt hob den

Kopf, der eben noch über einen Leichnam auf der Liege gebeugt gewesen war.

„Diesmal kommen Sie früh, aber nicht zu früh", teilte sie mit.

„Ich bin begeistert, Sie nicht zu überfordern."

Die Rechtsmedizinerin überhörte ihre Ironie, wandte sich Julia zu und fragte: „Haben Sie mir wieder einen Kunstmenschen geschickt?"

Julia warf einen Blick auf die Person auf der Liege, es handelte sich um Sauerinsky. Sie sagte: „Künstlich war er nicht, aber mit Kunst hat er sich schon beschäftigt."

„Na, das wollte ich doch nur wissen. Er sieht ja auch recht künstlerisch aus."

„Wie ist er denn zu Tode gekommen?", fragte Julia. „Wieder so wie die Dame, die ich Ihnen vor Kurzem schickte?"

„Ich hab' mir schon gedacht, dass die beiden Toten zum selben Fall gehören, zu dem Topsecret-Fall, bei dem es um Kunst geht", nickte die Rechtsmedizinerin.

„Genau so ist es", bestätigte Julia.

„Also dieser Kunstmensch hier ist nicht mit Händen umgebracht worden, sondern mit einer Schnur, einer dünnen, aber reißfesten."

„Schon mal ein Unterschied zu Frau Köckel-Simons", murmelte Julia und fragte: „Warum eine Schnur, haben Sie dafür eine Erklärung?"

„Warum keine Schnur? Eine Schnur hinterlässt keine Spuren, und schon ist man als Mörder fein raus."

„Finger hinterlassen auch keine Spuren, wenn man Handschuhe anzieht", widersprach Julia.

„Ihr Täter ist halt flexibel“, erwiderte Dr. Hauswaldt, „mal mordet er mit den Händen, mal mit einer Schnur. Und überhaupt: Es muss ja gar nicht ein und dieselbe Person sein. Vielleicht handelt es sich um einen zweiten Mörder.“

„Theoretisch haben Sie recht, praktisch aber nicht.“

„Warum sollte ich nicht auch praktisch recht haben?“, wollte die Rechtsmedizinerin wissen.

„Das sagt mir mein Instinkt“, antwortete Julia.

Dr. Hauswaldt ächzte leicht auf: „Ich weiß schon, der Fall ist topsecret und Ihr Instinkt sicher auch.“

Julia ging nicht darauf ein, sondern fragte noch einmal nach: „Also Spuren oder andere Hinweise haben Sie nicht gefunden?“

„Nein – das hätte ich Ihnen doch sofort gesagt. Dieser Tote ist sauber erdrosselt worden – beinahe hätte ich gesagt: Sauber und topsecret ist er ins Jenseits geschickt worden.“

Julia warf einen nachdenklichen Blick auf den toten Ulysses Sauerinsky, dieser Mann war ihr gar nicht unsympathisch gewesen, und sie bedauerte seinen Tod, ja vielleicht betrauerte sie ihn sogar. Warum eigentlich? Weil Sauerinsky ein Paradiesvogel in seiner grauen Umgebung war? Weil er sehr offen geredet hatte? Weil sie seine Ansichten insgeheim teilte? Das allein konnte es nicht sein. Wenn sie in sich ging, hatte sie auch nie so recht an seine Schuld geglaubt. Vielleicht hatte sie ihn instinktiv in U-Haft gebracht. Dort wäre er sicher gewesen, wenn ihn sein Anwalt nicht rausgeholt hätte. Wie das Leben so spielt: Die Freiheit hat Sauerinsky den Tod gebracht. Und ein weiterer Gedanke ging ihr durch den Kopf: Was hatte Sauerinsky so spät am Abend in der Hochschule eigentlich gemacht?

Frau Doktor Hauswaldt fragte: „Haben Sie sich inzwischen die Vasarely-Ausstellung in Frankfurt angesehen? Sie waren doch interessiert."

„Leider noch nicht. Das werde ich nachholen. Wie Sie wissen, bin ich an der Malerei und den Eigenarten Vasarelys sehr interessiert."

„Ich weiß, ich weiß", bekräftigte Doktor Hauswaldt, „Sie haben doch beim letzten Mal das Außergewöhnliche dieses Malers so wunderbar auf den Punkt gebracht."

„Die optischen Täuschungen", ergänzte Julia. „Ich bin nach wie vor sehr an optischen Täuschungen interessiert – nicht nur in der Malerei."

*

Kurze Zeit später kam Julia in ihrem Büro im Polizeipräsidium an. Vlassi saß bereits am Schreibtisch und schaute ihr neugierig entgegen. Da sie nichts sagte, sondern ihre Kopfbedeckung, heute eine Seeberger Baskenmütze in hellem Rot, an einen Haken und ihren Mantel in den Schrank hängte, begann ihr Assistent zu sprechen: „Stellen Sie sich vor, ich weiß jetzt, warum ich dem Tango verfallen war."

Julia ging zu ihrem Platz am Schreibtisch und fragte etwas uninteressiert: „Warum?"

„Ich musste Tango tanzen. Ich konnte gar nicht anders. Man hat mir eine Rauschdroge verabreicht."

„Eine Tango-Droge?"

„Bei mir hat sie den Tango ausgelöst. Bei Ihnen vielleicht Wiener Walzer." Vlassi hielt kurz inne und sagte dann: „Oder noch was Eleganteres."

„Bitte keine Komplimente, falls das eines war. Mir ist nicht danach."

„Verstehe", beeilte sich Vlassi zu versichern, „auf jeden Fall hat man mich mit Mandragora zu tänzerischen Höchstleistungen animiert."

Julia sortierte einige Papiere auf ihrem Schreibtisch und erwiderte nichts. Vlassi musste nachhelfen: „Bei Mandragora handelt es sich um eine nicht ungefährliche Droge, die eventuell auch Spätfolgen zeitigen kann."

Jetzt sagte Julia: „Wie reden Sie denn? Zeitigen kann! Wollen Sie ins Medizinfach wechseln?"

„Nein, überhaupt nicht. Und noch weniger will ich ins Totenfach wechseln. Als Toter würde ich mich unterbeschäftigt fühlen."

Julia dagegen fühlte sich durch Vlassis Rede etwas aufgeheitert: „Glauben Sie denn, die Tanzwut erwischt Sie noch mal, und Sie tanzen sich zu Tode?"

„Möglich ist alles, Spätfolgen sind es erst recht", sagte Vlassi mit ernstem Gesicht, „das wissen wir doch bei unserer Tätigkeit allemal."

Julia sah ihn zweifelnd an, sodass ihr Assistent den Drang verspürte, sich ausführlicher mitzuteilen: „Ich habe die Rädelsführerin auf dem Klo in der Hochschule dingfest gemacht, diese Rosella. Sie hat gestanden."

Julia schaute auf: „Sie hat gestanden?“

„Sie hat gestanden, mir diese Rauschdroge eingeflößt zu haben.“

„Sonst nichts?“

„Das ist genug an Geständnis. Man hat mir schließlich auch einen Strick um den Hals gelegt.“

„Herr Spyridakis, das hätten Sie mir schon viel früher sagen müssen!“

„Ich konnte ja nicht, ich musste doch tanzen.“

„Was hat diese Rosella denn noch gestanden?“, wollte Julia wissen.

„Sie werden sich wundern, Mandragora ist eine Droge, die schon Shakespeare kannte. Er hat sie sogar in einem Stück verwendet.“

„Ja, und?“, fragte Julia.

„Ich hab' das mal nachrecherchiert“, log Vlassi, „hab' mir gedacht, mit Shakespeare kann ich Ihnen kommen.“

Julia warf ihm einen kurzen Blick zu, sie war mit ihren Gedanken woanders. Vlassi sprach weiter: „*Lasst mich Mandragora trinken*, sagt eine Figur in einem Stück.“ Und da ihm nur ein Theaterstück von Shakespeare einfiel, setzte er hinzu: „Aus dem *Hamlet* ist das.“

Jetzt nahm ihn Julia ins Visier: „Schlecht recherchiert, Herr Spyridakis. Die Stelle heißt: *Lasst mich Mandragora trinken, dass ich die leere Spanne Zeit verschlafe, mein Antonius ist fort.* Und das Stück, in dem so gesprochen wird, ist nicht der *Hamlet*, sondern …“

Sie schaute ihn auffordernd und prüfend an, und Vlassi antwortete treuherzig: „Also, ich hätte geschworen, dass es der *Hamlet* ist.“

„Ich habe Ihnen doch schon einen Hinweis auf die wahre Quelle gegeben“, erwiderte Julia. „Wenn Sie Kriminalist sein wollen, muss Ihr Spürsinn Sie zur richtigen Antwort treiben.“

„Treiben, treiben“, wiederholte Vlassi und dachte fieberhaft nach, ob ihm ein anderes Stück von Shakespeare einfiel. Schließlich sagte er: „Wenn es der *Hamlet* nicht ist, kann es nur der *Othello* sein.“

Julia stöhnte auf: „Mit Ihren Theaterkenntnissen ist es nicht weit her. Und ich dachte, Sie interessieren sich neuerdings für die Bühne.“ Sie machte eine kleine Pause und sagte dann: „In dem Zitat, das ich Ihnen gerade sagte, steckt doch schon die Antwort!“

Vlassi schnitt ein überaus nachdenkliches Gesicht, aber in Wirklichkeit ging ihm kein einziger Gedanke durch den Kopf. Julia wusste, dass er schauspielerte, das war seine Verbindung zur Bühne, nichts anderes. Sie klärte ihn robust auf: „*Mein Antonius ist fort*, habe ich gesagt. Das ist der Hinweis auf den Titel. Das Stück heißt *Antonius und Kleopatra.*“

„Ah, richtig“, entfuhr es Vlassi, und er tat so, als kenne er das Stück, „das Zitat stammt aus *Antonius und Kleopatra*. Sie haben meinem Gedächtnis aufgeholfen.“

„Ich habe Sie erleuchtet, das kommt eher hin“, bemerkte Julia mit einem zarten Lächeln.

Vlassi nickte, allerdings mit einem gewissen Ingrimm, er litt es nicht, dass seine Chefin ihn so erbarmungslos durchschaute. Auf jeden Fall, dachte er, weiß ich jetzt, dass Shakespeare ein Stück mit dem Titel *Antonius und Kleopatra* geschrieben hat, das war mir bisher ganz entgangen.

In dem Moment wurde die Tür aufgerissen, und Kriminalrat Feuer stürmte ins Zimmer.

„Es ist ja unglaublich!", rief er aus. „Ein neuer Mord an der Hochschule!"

„Leider, leider", nickte Julia.

„Wie konnte denn das geschehen? Arbeiten die Mörder jetzt schon im Akkord? Diese ehemalige Fachhochschule muss ja bald geschlossen werden, wenn das so weitergeht."

Robert Feuer warf einen Blick auf den trübe dasitzenden Vlassi: „Herr Spyridakis, aufwachen! Sie sind doch mit Ihrer Verschandlung undercover unterwegs – was haben Sie herausgefunden?"

„Ich lebe gefährlich …", hob Vlassi an, wurde aber gleich von Feuer unterbrochen: „Weiß ich doch, weiß ich doch, deshalb laufen Sie ja mit dem abartigen Bart und dem roten Haar rum. Aber die Gefährlichkeit muss doch was bringen. Reden Sie!"

Vlassi wischte seine eben noch spürbare Lethargie zur Seite und erklärte: „Ich wurde mit Mandragora schachmatt gesetzt, und dieses Mandragora ist ein Gift, das schon Shakespeare bekannt war, er hat es in seinem bekannten Theaterstück *Antonius und Kleopatra* verwendet."

„Na und? Hilft uns das weiter?", knurrte Feuer.

„Vielleicht schon", erwachte Vlassi jetzt zu voller Lebenskraft, „ich habe die Rädelsführerin dingfest gemacht. Sie hat mir Mandragora im Bier verabreicht und mir eine Schlinge um den Hals gelegt."

„Wer ist diese Rädelsführerin, und wo ist sie jetzt? In U-Haft?"

Vlassis Antwort wirkte etwas kleinlaut: „Es ist eine Studentin, und sie hat sich durch Flucht meiner Verhaftung entzogen."

Kriminalrat Feuer war nah an den Schreibtisch Vlassis getreten, er schaute von oben auf den Kommissar herab: „Ihrer Verhaftung entzogen? Wie kann so was passieren? Sind Sie wieder schachmatt gesetzt worden?"

Jetzt griff Julia helfend ein: „Kommissar Spyridakis hat das Äußerste getan, er hat ja schon mal sein Leben riskiert."

Vlassi nickte zustimmend.

„Und ehrlich gesagt", sprach Julia weiter, „glaube ich nicht so recht an die studentischen Täter."

Feuer wandte sich ihr zu: „Frau Wunder, ich bin überrascht. Man hat unseren verschandelten Herrn Spyridakis mit Shakespeare betäubt und ihm eine Schlinge um den Hals gelegt, und Sie glauben nicht recht an die studentischen Täter?"

Wieder nickte Vlassi zustimmend, wenn auch jetzt zu den Worten des Kriminalrats.

„Wer soll denn dann diesen Saupinsky umgebracht haben?", fragte der in Richtung Julia.

„Sauerinsky hieß er, Ulysses Sauerinsky", korrigierte sie.

„Meinetwegen, Sauerinsky, Saupinsky – warum denn eigentlich Ulysses?"

„Das kann ich Ihnen nicht beantworten", erwiderte Julia.

„Vielleicht ist das ein Deckname, wer heißt denn schon Ulysses, das ist ja ein so abartiger Vorname wie das rote

Haar des Kollegen Spyridakis?", grummelte der Kriminalrat.

Vlassi horchte auf: „Ein Deckname? Ja, natürlich, Herr Feuer, das ist gut möglich, ich arbeite ja auch mit einem studentischen Decknamen an der Hochschule."

Feuer wandte sich ihm zu: „Mit welchem denn?"

„Vlassopolous nenne ich mich."

„So heißen Sie doch auch wirklich!"

„Aber das weiß doch keiner. Vlassopolous klingt griechisch, und die Griechen haben die Kultur und Kunst enorm bereichert."

„Wie viele Jahrtausende ist das her?", brummte Feuer.

„Heute noch alles gültig", erwiderte Vlassi nicht ohne Stolz und wollte mit seinen Kenntnissen etwas angeben: „Sogar die Römer haben alles von uns gelernt, und die Römer haben's zu den Germanen gebracht."

Julia schaltete sich ein: „Herr Feuer, wenn Sie vermuten, dass Ulysses ein Deckname ist, haben Sie vielleicht nicht unrecht. Aber die Erklärung dafür ist einfach. Sauerinsky war vermutlich ein Verehrer von James Joyce, der den berühmten Roman *Ulysses* geschrieben hat."

„Das wird's sein", nickte Feuer, „und jetzt ist er tot, da hat ihm sein Ulysses nichts geholfen." Er besann sich und sprach zu Julia: „Also Sie glauben nicht an die studentischen Täter. Wen haben Sie im Visier?"

„Offen gesagt, ich bin mir noch nicht ganz im Klaren."

„Muss ich Ihnen Ihr h.c.p. wieder entziehen? Äußern Sie wenigstens einen dringenden Verdacht!"

„Zum jetzigen Zeitpunkt ist auch das nicht möglich", antwortete Julia ungerührt.

Robert Feuer machte ein paar unruhige Schritte im Zimmer: „Wir hängen also völlig in der Luft. Die Hochschule in Wiesbaden entwickelt sich zu einer Todeshochschule, und wir bohren in der Nase."

Vlassi fand, dass es an der Zeit war, seiner Chefin beizuspringen: „Ganz so ist es nicht", sagte er, „Frau Wunder hat mich zum Kunstauktionator Schnackenberger nach Frankfurt geschickt, dort habe ich ebenfalls recherchiert."

Dass Julia ihn nach Frankfurt geschickt hatte, war gelogen, aber dieser Situation angemessen, Vlassi wollte die Aufmerksamkeit auf sich lenken.

„Weiter, weiter!", animierte ihn Feuer. „Was haben Sie bei diesem Schnackenberger rausgefunden?"

„Ein Fachmann zwar, aber höchst verdächtig. Die tote Professorin hat für ihn Expertisen verfasst."

„Expertisen, wenn ich das schon höre!", rief Feuer aus, um gleich fortzufahren: „Expertisen sind völlig normal im Kunstbetrieb. Was ist daran höchst verdächtig?"

Vlassi hatte von seiner Chefin schnell gelernt, er machte es wie sie, mit überlegener Miene teilte er mit: „In dem, was Sie gerade sagten, steckt schon die Antwort."

Feuer sah ihn verdutzt an: „Die Antwort? Wo steckt die Antwort?"

Vlassi antwortete mit einem Geistesblitz und einer Gegenfrage: „Expertisen können gefälscht sein. Wussten Sie das nicht?"

„Natürlich wusste ich das. Nehmen wir mal an, Sie haben recht. Diese Köckel-Simons hat falsche Expertisen für diesen … wie heißt er noch mal?"

„Schnackenberger", half ihm Vlassi.

„… für diesen Schnackenberger geschrieben. Warum sollte der sie umbringen, der hat doch davon profitiert."

„Das ist … richtig", murmelte Vlassi und wollte gerade weiterreden, kam aber nicht dazu, denn Feuer fuhr fort: „Und dieser Sauerinsky – hat der etwa auch Expertisen gefälscht?"

„Sehen Sie", sagte Julia jetzt, „so kommen wir der Sache schon näher."

Das war eine ablenkende Lüge, denn Julia wusste von dem Gespräch in Sauerinskys Haus, dass er keine Gutachten verfasst hatte. Für sie absolut glaubhaft, denn der Design-Professor war ihr jederzeit integer vorgekommen und hatte nie um den heißen Brei herumgeredet. Sie wollte mit ihrem Hinweis lediglich ihren Chef ruhigstellen.

Prompt erwiderte der: „Na also, die eine hat gefälscht, der andere auch. Schon haben wir das Gemeinsame gefunden. Oder wie wir Lateiner sagen: das Tertium comparationis." Er machte eine kleine Pause und streckte sich auf seine volle Körperlänge. Dann sagte er: „Wie gehen wir weiter vor? Ich meine, wie gedenken Sie, *Frau Wunder h.c.p.*, weiter vorzugehen?"

„Ich danke Ihnen erst mal für die weitere Gewährung des h.c.p., Herr Feuer. Zunächst einmal gedenke ich, einen Kaffee zu trinken, der meine grauen Zellen anregen wird, sodann arbeitet eine weitere Idee in mir, deren vollen Umfang ich Ihnen leider noch nicht mitteilen kann."

„Was?", raunzte Feuer.

Vlassi meldete sich: „Und ich, Herr Feuer, wollen Sie mich nicht fragen, wie ich weiter vorzugehen gedenke?

Der Kriminalrat warf einen verwunderten Blick zu ihm, und Vlassi griff theatralisch in seinen roten Haarschopf: „In mir brodelt ebenfalls eine Idee, eine künstlerische Idee gewissermaßen, aber ich kann, will und werde Ihnen zum jetzigen Zeitpunkt nichts Genaueres darüber sagen."

26 Sie kennen doch Dada?

Kaum hatte Kriminalrat Feuer kopfschüttelnd das Zimmer unserer Kommissare verlassen, fragte Vlassi seine Chefin: „Schon wieder hat er Sie Frau Wunder h.c.p. genannt, was will er denn damit sagen?"

Julia stöhnte auf: „Ach, Herr Spyridakis, das ist völlig unbedeutend, das müssen Sie nicht wissen."

„Aber was bedeutet es denn?"

Julia warf ihm einen müden Blick zu: „Er will mir ab und zu ein Kompliment machen, aber nur, damit ich besser arbeite."

Kommissar Spyridakis nahm eine aufrechte Haltung in seinem Stuhl ein: „Wir arbeiten nicht nur gut, besser, am besten, sondern gewissermaßen auch glorreich, denken Sie nur an die letzten Fälle!"

Julia lächelte: „Das ist Schnee von gestern für ihn."

„Schade, ich mag Schnee, der lange liegen bleibt. Da hat man doch viel mehr davon."

Julia erhob sich und ging zum Fenster. Sie liebte den Blick nach draußen, wo sich weit im Hintergrund die Taunushügel erhoben. Man konnte sie gerade noch erkennen, denn leichter Regen hatte eingesetzt, begleitet von einem Wind, der sich offenbar noch überlegte, ob er heftiger werden und am Fensterrahmen rütteln sollte. Einen langen Moment trat vollkommene Stille ein, es war gerade so, als hätte die Welt aufgehört, sich zu drehen. Vlassi schien auf seinem Stuhl erstarrt zu sein, Julia stand mit dem Rücken zu ihm, und ebendiese Situation hätte ein begabter Maler in ein Stillleben gebannt. Aber wie hätte er es genannt? Ratlose Kommissare? Oder: Kommissare bei heftigem Nachdenken? Oder: Kommissare in der Falle?

Als wären Vlassi ähnliche Gedanken durch den Kopf gegangen, löste er sich aus seiner Starre und fragte in Richtung Julia: „Welche Idee arbeitet denn in Ihnen?"

Er meinte natürlich jene Idee, die seine Chefin gegenüber Kriminalrat Feuer angedeutet hatte, es handelte sich mit Sicherheit um einen bedeutenden Gedanken, der sie der Lösung des Falles näher brachte. Julia drehte sich ihm nicht zu, als sie bedächtig antwortete: „Ich überlege gerade, was besser für meine grauen Zellen ist. Ein Kaffee oder ein Spaziergang im Regen. Und zwar ohne Hut."

Vlassi erwiderte unverzüglich: „Wenn ich da mal einen Tipp geben darf. Spaziergang im Regen ohne Hut ist vorzuziehen. Mit Kaffee habe ich in jüngster Zeit schlechte Erfahrungen gemacht."

Jetzt drehte sich Julia zu ihm: „Herr Spyridakis, Sie haben mir bei meiner schwierigen Überlegung geholfen! Ich werde ohne meine Baskenmütze nach draußen gehen."

„Eine großartige Entscheidung", bestätigte sie Vlassi.

Julia ging zum Schrank, um ihren Mantel herauszuholen, sie streifte ihn über, ließ wie angekündigt ihre Seeberger-Baskenmütze am Haken hängen und drehte sich zu Vlassi um: „In Ihnen brodelt doch eine Idee, eine künstlerische Idee. Um was handelt es sich denn dabei?"

Nun war Vlassi an der Reihe, sich zu erklären. Und natürlich tat er es mit Bravour: „Meine brodelnde Idee ist derart geheim, dass ich sie sogar vor mir selbst verheimlichen muss. Nur so viel kann ich mitteilen: Ich werde mich Ihnen anschließen, aber im Regen draußen eigene Wege gehen, Wege, die mein künstlerisches Hirn befeuchten und mich zum angestrebten Ziel führen."

„Ah ja", nickte Julia.

Vlassi erhob sich, ging ebenfalls zum Schrank und zog seine Windjacke heraus, die heute als Regenjacke herhalten musste. Eine Minute später sah man die beiden, wie sie dem Ausgang des Polizeipräsidiums zustrebten.

„Hoffentlich steht Feuer hinter einer Säule", sagte Vlassi leise, „und sieht, wie zielstrebig wir an dem Fall arbeiten."

Julia nickte: „Wer sich den Kopf nicht besprengen lässt, hat keine Ahnung, wie hart wir arbeiten."

Draußen nieselte es inzwischen nur noch, aber wer länger herumtappte, wurde trotzdem pitschnass. Vlassi deutete mit dem Kopf in eine unbestimmt Ferne und sagte: „Ich geh' mal in die Richtung."

Julia erwiderte: „Und ich nehm' die andere Richtung. Mal sehen, ob wir ans Ziel kommen."

Vlassis Ziel war natürlich sein Auto, doch Julia stand ihm nicht nach. Kaum hatte sich ihr Assistent entfernt, suchte sie ebenfalls ihr Auto im Hof des Präsidiums auf. Sie wusste schon, wohin sie fahren wollte.

Vlassi hingegen war sich uneins, als er im trockenen Auto dem Nieselregen entronnen war. Er saß einen Moment unschlüssig da, dann ließ er den Motor an und fuhr los. Warum nicht zum Buchhändler Dieterle im Vorort Schierstein fahren, das hatte er sowieso die ganze Zeit schon vorgehabt. Er dachte an den letzten Fall. Schließlich hatte er von Dieterle einen segensreichen Tipp bekommen, und seine Sexsucht wurde von der Therapeutin Heidi Teubler-Berg so gut wie geheilt, jedenfalls machte sie ihm klar, dass es sich bei ihm nur um eine vorübergehende Störung handelte. Vlassi wusste immer noch nicht, dass ein bestimmter Senf als Ursache seiner hormonellen Überfunktion gelten konnte, war aber glücklich gewesen, dass ihm die Therapeutin keine lebensbedrohliche Krankheit attestierte.

Als er im Vorort Schierstein ankam, fuhr er auf den Parkplatz hinter der *Buchecke*. Womit würde er Andreas Dieterle diesmal belästigen? Ach ja, Kunstbücher interessierten ihn. Die Expressionisten, die Impressionisten, Monet und Renoir, das alles musste er studieren – wozu war er Kunststudent. Als er ausstieg und die Buchhandlung ansteuerte, stellte er fest, dass es aufgehört hatte zu regnen, kein Tropfen fiel mehr vom Himmel.

In der *Buchecke* war von Dieterle keine Spur, eine blonde Frau klärte Vlassi auf, dass der Chef krank sei und sie ihn vertrete. Vlassi überlegte, ob er sich dennoch Kunstbücher zeigen lassen sollte, als die Tür aufging und Volker Born eintrat.

„Ah, Herr Spyridakis, Sie mal wieder hier."

„Muss ja auf dem Laufenden bleiben", erwiderte Vlassi.

Volker Born schickte ihm einen irritierten Blick, der allerdings nicht Vlassis Wissbegier galt, sondern seinem Aussehen.

„Sie haben sich verändert, ich meine äußerlich", sagte er.

„Der neue Fall“, teilte Vlassi mit, machte zwei kleine Schritte auf den Theologen zu und sagte leise: „Ich arbeite undercover als Kunststudent.“

Born entgegnete ebenso leise: „Verstehe, deshalb die roten Haare und Ihr Bärtchen. Steht Ihnen übrigens gar nicht schlecht.“

„Tatsächlich?“, fragte Vlassi, der noch Robert Feuers Wort von der Verschandlung im Ohr hatte.

Born nickte: „Wenn ich's Ihnen doch sage. Unsinnige Komplimente sind mir ein Gräuel.“ Er machte eine kleine Pause, um dann zu fragen: „Hängt das mit dem Mord an der Rhein-Main-Hochschule zusammen?“

„Gewissermaßen schon“, wehrte Vlassi ab, der sich ungern weitere Informationen entlocken ließ.

War auch gar nicht nötig, denn Born warf einen auffälligen Blick durch den Laden: „Wo ist denn unser Freund Dieterle?“

„Krank“, erklärte Vlassi.

„Schade, schade“, murmelte Volker Born, „ich wollte ein wenig fachsimpeln mit ihm. Und Andreas Berg ist auch nicht da.“

Aber ich bin ja da, dachte Vlassi, vielleicht eigne ich mich auch als Fachsimpler.

Schon sprach Born weiter: „Haben Sie das eigentlich mit unserem Oberbürgermeister mitgekriegt?“

Vlassi sah ihn fragend an, und Volker Borns Miene verdüsterte sich: „Der Gerich tritt doch zurück wegen des Skandals.“

„Ja, ja“, sagte Vlassi schnell, dabei wusste er nichts von einem Skandal.

Er schnitt dabei ungewollt ein ratloses Gesicht, sodass Born erklärte: „Der hat doch seinen Mainzer Kollegen eingeladen, die haben in der *Villa im Tal* aufs Feinste getafelt. Kostenpunkt: über tausend Euro."

„Warum nicht?", fragte Vlassi.

„Der Gerich hat das über die Stadtkasse laufen lassen. Dabei war das Treffen privat, nicht dienstlich, die hatten geschäftlich nix zu besprechen. Und selbst wenn, da könnte er höchstens fünfzig Euro pro Person ausgeben."

„Weil's Steuergelder sind", erklärte Vlassi dienstlich, „ich kann nicht mal meinen Becher Kaffee für einen Euro absetzen."

„Der Mainzer Oberbürgermeister Ebling hat auf Anfrage mitgeteilt, dass er geglaubt hat, sein Amtskollege würde das Essen aus eigener Tasche zahlen."

Volker Born hielt inne: „Glauben wir's mal. Aber unser OB Gerich weiß nicht, was sich gehört, der hat keine Bedenken, für tausend Euro auf Staatskosten zu dinieren."

Vlassi sagte: „Ein handfester Beschiss an unsereinem. Da wird man politikmüde, wenn man so was hört."

„Sehr richtig", bestätigte ihn Born, „aber es kommt noch doller."

Vlassi beugte sich neugierig vor.

„Er wird zurücktreten", fuhr Volker Born fort, „man kann ihn nicht länger halten, denn man hat mittlerweile herausgefunden, dass er schon öfter solche Essen veranstaltet hat. Aber wissen Sie, was passiert?"

Vlassi schüttelte den Kopf.

„Der Gerich tritt erst in fünf Monaten zurück. Warum wohl?"

„Ich habe keine Ahnung", gestand Kommissar Spyridakis.

„Das hat simple Gründe", erklärte Born. „Bei einem sofortigen Rücktritt hätte der Gerich seine Pensionsansprüche verloren, wenn er aber erst in einigen Monaten Schluss macht, bekommt er 71 Prozent seines Gehalts. Und das für ein paar Jahre Oberbürgermeisterei. Der arglose Steuerzahler hat den Eindruck, dass in der Wiesbadener Lokalpolitik alles drunter und drüber geht und mancher schnell noch mal in den Geldsack greift, bevor er aussortiert wird."

„Ist ja unglaublich", platzte es aus Vlassi heraus.

„Unglaublich, aber wahr. Er bekommt übrigens die Pension bis zum Lebensende." Born setzte mit einem Zwinkern hinzu: „Und solche Leute werden ja meist uralt, die wollen nicht sterben, denen geht's hier glänzend, vermutlich viel besser als im Jenseits."

„Politiker haben's gut", sagte Vlassi nachdenklich.

„Die haben's nicht nur gut, die haben's am besten. Wissen Sie, was der Wiesbadener OB für ein Grundgehalt hat?"

„Wahrscheinlich etwas mehr als ich", überlegte Vlassi.

„Das können Sie laut sagen. Der Gerich kassiert 11.700 Euro im Monat. Das ist doch 'ne Zahl, die sich hören lassen kann."

„So viel?", fragte Vlassi und dachte im Stillen: Da könnte ich ja in wenigen Jahren statt einen Opel Corsa einen Ferrari fahren. Und müsste auch gar nicht mehr die wertvolle Visitenkarte des toten Sauerinsky erhaschen.

„Und die Frage ist", fuhr Volker Born fort, „wofür? Wofür bekommt ein Oberbürgermeister-Darsteller so viel Geld?"

Ich bin Kunststudent-Darsteller, ging es Vlassi durch den Kopf, eigentlich sollte ich dafür auch viel mehr Geld bekommen. Vor allem, wenn ich dran denke, dass ich Mandragora trinken musste und mich tangomäßig verausgabt habe, mich fast in den Tod getanzt habe. Die Spätfolgen sind ja noch gar nicht zu überschauen, wer weiß, wie brüchig meine Gelenke in ein paar Jahren sind. Oder schon in ein paar Monaten?

Laut sagte er allerdings: „Ich bin ja regelrecht froh, Herr Born, dass Sie mich über diesen Fall aufgeklärt haben."

„Ein Fall? Vielleicht wird es einer für Sie." Und Volker Borns Miene wurde verschmitzt: „Kennen Sie Politiker, die unverhofft als Tote vor die Kamera treten?"

Vlassi grinste: „Derzeit nicht. Aber ich wäre sehr daran interessiert. Ich würde zu gern mal als Leichenbestatter fungieren."

„Mehr als das! Sie würden sich in einen Politik-Guru verwandeln und die korrupte und ranzige Innenseite unserer politischen Akteure kennenlernen."

„Klingt vielversprechend", erwiderte Vlassi, „das wäre was für mich."

„Ach, diese kleinen Politiker sind ja übermorgen vergessen, nicht mal an ihre Namen wird man sich erinnern", teilte sein Gegenüber mit und fuhr fort: „Kommen Sie, Herr Spyridakis! Ich führe Sie zu einem Lokal, in das ich fördernd eingestiegen bin. Das *New Orange* unten am Hafen. Es gibt dort nur biologisch einwandfreies Essen.

Sie wissen wahrscheinlich, dass ich im Bio-Kreis tätig bin."

Mit Essen bin ich wählerisch, dachte Vlassi, ich geh' am liebsten zu McDonalds, der Hamburger dort schmeckt mir am besten.

„Gibt's auch Hamburger im *New Orange*?", fragte er und wollte damit Volker Born von seiner Idee abbringen, doch zu Vlassis Erstaunen antwortete der: „Aber natürlich. Bei uns bekommen Sie einen einwandfreien biologischen Hamburger."

Die beiden Männer traten hinaus auf den Vorplatz der Buchhandlung und gingen hinüber zur Straße mit dem seltsamen Namen Wasserrolle. Sie führte hinunter zum Rheinhafen, wo elegante Jachten und Jollen ankerten.

Vlassi fragte: „Interessieren Sie sich eigentlich für Kunst, Herr Born?"

„Aber natürlich. Ich bin fast ein Kunstjünger. Und wissen Sie, warum?"

Dass er Jünger ist, verstehe ich, überlegte Vlassi, der an Borns theologischen Beruf dachte, aber Kunstjünger?

Schon sprach Volker Born weiter: „Wahre Kunst gibt nicht das Sichtbare wieder, sondern macht sichtbar."

„Ah ja", murmelte Vlassi, „daran habe ich auch schon gedacht."

„Und im Grunde meines Herzens bin ich Dadaist", erklärte Born.

„Dadaist?"

„Dada!", rief Born aus. „Sie kennen doch Dada!"

Vlassi nickte, allerdings etwas unschlüssig, für ihn klang Dada so wie Gaga.

„Dada ist eine Kunstbewegung", sagte Volker Born, „der Andreas Berg hat mal einen Film über Dada und Hugo Ball gedreht, in den Weinbergen hier, da hat ein Schauspieler als Hugo Ball verkleidet aus einem Rasierspiegel gesprochen." Er lachte: „Großartig war das und absolut treffend."

Vlassi fragte: „Der Andreas Berg vom SWR?"

„Genau der. Wissen Sie, 1918 trat eine Dada-Gruppe zum ersten Mal in einer Berliner Galerie auf. Richard Huelsenbeck las ein Manifest vor, in dem Politiker nicht nur wegen Verschwendung, sondern wegen Mord und Totschlag angeklagt wurden. Die Anwesenden trampelten vor Begeisterung, die Polizei schritt ein, und George Grosz pinkelte an die Bilder der Ausstellung."

„Wär' ich gern dabei gewesen", kommentierte Vlassi, „war ja offenbar eine Art Happening."

Im Gehen erklärte Volker Born: „Wer weiß heute noch, was ein Happening ist? Die Dadaisten fragten: Was ist Dada? Eine Kunst? Eine Philosophie? Eine Politik? Eine Feuerversicherung? Oder eine Staatsreligion?"

„Ich würde mich für die Feuerversicherung entscheiden", erklärte Vlassi.

„Gar nicht so verkehrt", teilte Born mit, „die Gesellschaft als Feuerversicherung. George Grosz, der berühmte Künstler, bezeichnete die Welt als blutigen Karneval und als Irrenhaus …"

„Die Dadaisten werden mir allmählich sympathisch", flocht Vlassi ein, „blutig und Irrenhaus, das trifft die Sache doch heute noch, vor allem in meinem Beruf."

„Aber wissen Sie, was mir die Dadaisten so angenehm macht?“, wollte Born wissen.

„Nicht die Feuerversicherung?“, fragte Vlassi.

„Die auch. Aber die Dadaisten hatten mehr drauf. Man muss wissen, dass vor ihnen die Kunstrichtung des Expressionismus beherrschend war. Doch die Expressionisten wussten sich nicht anders zu helfen als mit Verzweiflung und Menschheitsanrufung.“ Borns Stimme wurde pathetisch: „Oh, du böse Welt, werde endlich besser!“

„Ganz verkehrt scheint mir das nicht“, schob Vlassi ein.

„Aber vollkommen wirkungslos“, erwiderte Volker Born, „die Menschen lernen nicht durch Appelle und Aufrufe!“

Da hat er wohl nicht unrecht, ging es Vlassi durch den Kopf, aber wodurch lernen sie eigentlich, die Menschen?

Doch schon sprach Born weiter: „Die Dadaisten dagegen griffen zum Cherry brandy flip. Sie waren satirisch-melancholische Dandys und verlachten die Welt. Sie genossen den Thrill, wie sie sagten, noch einmal mit dem Leben davongekommen zu sein.“

„Wer wollte ihnen denn ans Leder?“, fragte Vlassi naiv.

„Herr Spyridakis, der Erste Weltkrieg war gerade vorbei mit unglaublich vielen Toten. Deshalb waren die Dadaisten auch alle Pazifisten.“

„Ja, natürlich“, nickte Vlassi.

Volker Born ergänzte: „Die Dadaisten wollten auch keine Grenzen anerkennen, weder politische noch künstlerische. Malerei, Literatur, Musik und Politik flossen ihrer Meinung nach ineinander. Sie verachteten Künstler, die

Blümchen oder Bäume malten, das war 19. Jahrhundert. Ihnen ging es immer ums Ganze …"

„Wie uns Kriminalisten", schob Vlassi ein und dachte daran, dass er ein Künstler der Tat war.

Born nickte verwundert und redete unverdrossen weiter: „Die Dadaisten verstanden sich aber nicht als Antikünstler, wie man meinen könnte. Sie fanden ein neues Wort für ihre Aktivitäten. Sie nannten sich Anartisten, sie wollten Künstler der Kunstlosigkeit sein."

„Ist das nicht ein Widerspruch in sich?", fragte Vlassi.

„So waren sie eben, meine Dadaisten", erklärte Volker Born heiter und fügte hinzu: „Sie wollten auch alle Sexualbeziehungen durch Errichtung einer dadaistischen Geschlechtszentrale regeln."

„Etwa mit Senf?", fragte Vlassi entsetzt.

Born lachte laut auf: „Wie kommen Sie denn darauf? Nein, das ist doch ein Witz. Das war ein Witz von den Dadaisten, es waren Satiriker, mit Witz und Scharfsinn begabte Satiriker. Sie machten sich unentwegt lustig über die Regulierungswut in unserem Land."

„Ach so", sagte Vlassi erleichtert, um gleich nachzuschieben: „Wie ich sagte, in meinen Augen waren es Happening-Künstler."

„Recht haben Sie", bestätigte ihn Volker Born, „meine Dadaisten veranstalteten die frühesten Happenings, die es gegeben hat. Mit ihren Aktionen spiegelten sie auf geniale Weise die gesellschaftliche Realität."

Vlassi war vollkommen auf Borns gedanklicher Höhe, als er jetzt sagte: „Obwohl es gewissermaßen Hohl- und Zerrspiegel waren."

„Sehr richtig, Herr Spyridakis! Sie haben ganz und gar verstanden, worum es bei Dada ging und was die Dadaisten für Leute waren."

Jetzt musste Vlassi ein Gegenkompliment loswerden: „Ist ja doll, was ich durch Sie alles erfahre. Ich fühle mich bereichert."

Die beiden waren inzwischen am Schiersteiner Hafen angekommen, Born schlug den Weg nach rechts ein und wies Kommissar Spyridakis an: „Folgen Sie mir unauffällig, wir sind gleich da." Nach ein paar Schritten fiel ihm aber doch noch etwas ein, was er offenbar unbedingt loswerden wollte.

„Die Dadaisten waren natürlich Moralisten, das darf man nie vergessen."

„Moralisten? Ich dachte Anartisten", sagte Vlassi.

„Bleiben Sie nicht an so einem Kunstwort hängen", erklärte Born, „man muss hinter die Dinge schauen und sich nicht mit dem Vordergründigen aufhalten. Anartist, das ist der Vordergrund, Moralist ist der Hintergrund, verstehen Sie?"

„Ich bemühe mich", beeilte sich Vlassi zu versichern.

„Sie glauben vielleicht, dass nur Theologen Moralisten sind. Da irren Sie sich! Nicht wenige Menschen sind Moralisten, auch unter den Künstlern und Kunstfreunden findet man sie …"

„Tatsächlich?", fragte Vlassi verwundert in seine Rede, denn er war bislang davon überzeugt, dass Künstler im Allgemeinen Freunde des Obszönen und Pornographischen seien.

Als hätte Volker Born seine Gedanken gehört, sprach er weiter: „Moralisten sind nicht unbedingt gegen Obszönitäten, manche Künstler benutzen das Obszöne sogar, um dem Publikum einen Spiegel vorzuhalten. Der moralische Mensch kämpft gegen Fälschung und Lüge, die sind ihm ein Gräuel."

„Aha", nickte Vlassi.

„Der wahre Moralist stellt sich mit seinen Überzeugungen natürlich nicht vor die gaffende Menge", fuhr Born fort, „heute weniger denn je. Die Menge würde ihn ja nur verlachen, er würde als Relikt gelten, aus der Zeit gefallen, als vorsintflutlich und so weiter und so fort."

„Verstehe", murmelte Vlassi, „er muss seine Überzeugungen tarnen."

„Ganz genau, der wahre Moralist, ob Künstler oder Kunstfreund, tarnt sich. So, wie die Dadaisten das ehemals auch getan haben. Aber man darf nie vergessen, dass ihre hohe Moral der Antrieb und das Motiv für ihre Handlungen war."

„Ja, ja", murmelte Vlassi nachdenklich.

Ihm ging etwas durch den Kopf, das er aber weder aussprechen wollte noch konnte. Es arbeitete gewissermaßen in ihm.

„Wir sind da!", sagte Volker Born. „Hier ist das New Orange, wo Sie gleich einen biologisch einwandfreien Hamburger verspeisen werden. Und wissen Sie was: Ich schließe mich Ihnen an."

Vlassi sah seinen kunstkundigen Begleiter etwas geistesabwesend an und teilte mit: „Ich hab' gar keinen Appetit mehr."

Mit diesen Worten drehte er sich um und machte sich auf den Rückweg zur Straße namens Wasserrolle. Born sprach ihm hinterher: „Was ist denn plötzlich los mit Ihnen? Sie werden hier vorzüglich bedient. Und der Hamburger ist pures Bio."

Vlassi wendete den Kopf zu Volker Born: „Tut mir leid. Aber mir ist da was eingefallen. Ich muss weg."

Mit diesen Worten stapfte er davon. Der Theologe sah ihm erstaunt nach, und ihm ging durch den Kopf, ob er vielleicht einmal zu viel auf die Bio-Ware seines Lokals hingewiesen hatte. Zu viel Bio ist für Unbedarfte eventuell nicht erträglich. Dabei hatte er Kommissar Spyridakis noch nicht einmal darüber aufgeklärt, dass die Rinder für den guten Bio-Hamburger nicht bei lebendigem Leib in den Schlachthof geführt, sondern weidebetäubt werden, was eine äußerst humane, ja moralisch einwandfreie Art ist, sie auf ihre Zukunft als Lebensmittel vorzubereiten.

Vlassi wiederum glaubte nach einigen Schritten, Volker Born eine Erklärung für seinen plötzlichen Aufbruch schuldig zu sein. Er drehte sich um und wiederholte, was der Theologe zu Beginn ihres Gesprächs gesagt hatte: „Wissen Sie, ich bin im Grunde meines Herzens auch Dadaist, durch Ihre Rede ist's mir gerade klargeworden."

27 Warum eigentlich 99 Prozent?

Während Vlassi sich als Dadaist durchschaute, fuhr Julia ein Stück durch den schönen Rheingau und kam dort an, wo sie hinwollte. Nämlich im Ort Walluf, wo sie den Supermarkt Rewe ansteuerte. Sie wollte etwas einkaufen und anschließend ihren Vater in Eltville besuchen. Ein Gespräch mit ihm brachte sie fast immer auf neue Gedanken.

Sie schlenderte zur Käsetheke, und ihr ging ein Gedanke durch den Kopf, den sie gleich zu Beginn gehabt hatte. Als sie und Kommissar Spyridakis zu der toten Köckel-Simons gerufen wurden. Sie hing an der elektrischen Tafel im Hörsaal. Warum eigentlich da? Warum hatte sich der Mörder solche Mühe gemacht? Er hätte sie doch auch am Tisch neben dem Diaprojektor liegen lassen können, nachdem er sie erwürgt hatte. Bei Sauerinsky hatte er es jedenfalls so gemacht, ihn fand man tot am Schreibtisch sitzen. Aber unterschiedliche Mörder hatte Julia ausgeschlossen. Es war zu eindeutig, dass die Fälle zusammengehörten. Konnte es sein, dass der ungewöhnliche Todesort der Kunsthistorikerin ein Hinweis war? Julia hatte schon einige Male darüber nachgedacht, jedoch immer ohne Ergebnis. Und bei Sauerinsky fehlte jeder Hinweis. Oder war es bereits ein Fingerzeig, dass er ebenfalls in der Hochschule umgebracht worden war? Von einem jener Kollegen, die er mit Inbrunst verachtete?

Die Frau hinter der Käsetheke fragte nun schon zum zweiten Mal: „Bitte!“ Das erste „Bitte“ hatte Julia überhört, jetzt aber schaute sie ihr Gegenüber an und sagte: „Hab’ Sie gar nicht gehört, war wohl in Gedanken.“

Die Käsedame lächelte sie an: „Geht mir oft genauso, mache Sie sich nix draus.“

„Danke“, nickte Julia, „vom Brie eine Ecke bitte und dann noch ein Stück vom Appenzeller.“

Eine Stimme von hinten fragte: „Appenzeller – ja, das ist auch mein Lieblingskäse.“

Julia erkannte die Stimme sofort, wollte aber noch ein bisschen Komödie spielen und sagte: „Dieser Appenzeller hat eine ganz besondere Reife. Er ist nur was für Genießerinnen wie mich.“

„Reifer Käse für reife Frauen?“, wollte die Stimme wissen.

„Bin ich schon so reif, dass ich Appenzeller essen muss?“, erwiderte Julia und legte viel gespielte Empörung in den Satz.

„Aber nein, für dich käme auch ein junger Gouda in Frage, ich möchte sogar sagen, ein sehr junger.“

Julia drehte sich um und lachte ihren Vater an, denn kein anderer als er verbarg sich hinter der Stimme. Sie umarmten sich, und Wolfgang Hillberger fragte: „Was machst du denn zu dieser unchristlichen Zeit hier bei Rewe? Noch dazu mit dieser Mütze auf dem Kopf, ich bin den flotten Seafolly-Hut gewöhnt, oder wenigstens den Schnaffidora.“

„Du meinst den Afidora-Hut!“, korrigierte Julia ihren Vater. „Heute bin ich mit einer Seeberger-Baskenmütze unterwegs.“

„Meinetwegen. Steht dir eigentlich auch ganz gut, die Baskenmütze. Aber was machst du hier?“

„Genau das wollte ich dich auch fragen“, antwortete Julia, „aber du hast zuerst gefragt. Also: Ich wollte was einkaufen und dich anschließend mit meinen Einkäufen beglücken.“

„Dazu brauchst du doch nicht einzukaufen. Du beglückst mich allein mit deiner Anwesenheit.“

„Gute Antwort, die lass ich durchgehen“, erwiderte Julia lächelnd, „aber was machst du hier?“

„Na, glaubst du, ich müsste nie was einkaufen? Soll ich warten, bis du kommst? Außerdem muss der Mensch unter Menschen, wir sind soziale Lebewesen, ein Plausch hier, ein Plausch dort, das hält am Leben.“

Jetzt mischte sich die Dame hinter der Käsetheke ein: „Sehr richtig, ich bin ganz Ihrer Meinung. Die Leut', die den lieben langen Tag in ihrer Stube hocken, sind mordsmäßig gefährdet. Die sitzen vorm Fernseher und fallen plötzlich vom Schemel – Schlaganfall und weg.“

„Siehst du“, sagte Vater Hillberger zu seiner Tochter, „das ist eine Fachfrau, die hat die Sache durchschaut.“ Der Käseverkäuferin teilte er mit: „Wir beide sind ganz d'accord – wir könnten uns an einem Appenzeller laben und uns dabei keine Sekunde langweilen.“

Die etwa fünfzigjährige und etwas korpulente Frau hinter der Theke überlegte zwar, wer dieser d'accord sein könnte, lächelte Wolfgang Hillberger aber gewinnend an: „Das glaube ich auch.“

Sie reichte Julia den georderten und sauber verpackten Käse und wandte sich dem älteren, doch sehr viril scheinenden Herrn neben ihr zu.

Doch der beschied ihr: „Heute muss ich mal ohne Käse bleiben. Aber wir sehen uns bald wieder, ich muss mich um die junge Dame hier kümmern."

„Ach, wie schade", sagte die Frau hinter der Theke, während Julia, nachdem sie sich einige Schritte von der Käsetheke entfernt hatten, ihrem Vater zuraunte: „Du bist und bleibst ein alter Charmeur."

„Charmeur lass' ich mir gefallen, aber die Vokabel *alt* bitte ich zu vermeiden", hörte sie von Wolfgang Hillberger.

Die beiden verschwanden im nächsten Gang, in dem allerlei Süßkram zu finden war.

„Du wirst doch nicht rückfällig werden und zu Schokolade greifen?", ermahnte Julia ihren Vater.

Der erwiderte: „Kein Zucker, darüber sind wir uns doch einig. Du siehst, wie achtlos ich an den zuckrigen Sachen vorbeigehe, aber Schokolade ja. Jedoch nur mit wenigstens siebzig Prozent Kakao-Anteil."

„Wieso siebzig Prozent?", fragte Julia.

„Hat mir mein Arzt gesagt, nicht die Frau Becker."

Die Frau Becker, seine Nachbarin im Reihenhaus in Eltville, quälte ihn, wie wir wissen, gern mit Gesundheitstees. Wolfgang Hillberger hatte seiner Tochter bereits erzählt, dass er mit dem von Frau Becker gebrauten Moringa-Tee am liebsten seine Zimmerpflanze düngte. Man müsse eben gute Miene zum bösen Gesundheitstee-Spiel machen und den richtigen Moment abwarten, um ihn wegzuschütten.

Jetzt ergänzte Hillberger: „Siebzig Prozent, verstehst du – da tut man was für die Gesundheit."

„Warum dann nicht gleich neunzig Prozent Kakao?“, wollte Julia wissen.

„Kauf dir eine Tafel mit neunzig und sag mir, wie sie dir geschmeckt hat. Schon jetzt prophezeie ich: überhaupt nicht. Neunzig Prozent und mehr Kakao schmecken nicht!“

„Warum denn nicht?“

„Zu bitter. Probier's aus“, erwiderte ihr Vater. Er hielt kurz inne: „Es gibt sogar Schokoladen mit 99 Prozent Kakao. Wenn ich's mir recht überlege, sollte ich mir vielleicht so eine kaufen.“

Julia schüttelte den Kopf: „Zu bitter! Hast du doch gerade selbst gesagt.“

Ihr Vater setzte die Miene eines Oberstudienrats auf, der er ja tatsächlich auch mal war, und teilte mit: „Das ist die hohe Kunst des Vermeidens, in die ich dich jetzt einführe. Von der Schokolade mit 99 Prozent würde ich ein kleines Stückchen lutschen und schon genug haben. Fort damit! Die Schokoladentafel würde also ewig bei mir liegen, ich hätte das Gefühl, dass Schokolade im Haus ist, ich keinen Mangel leide, sie aber gar nicht brauche. Kurzum: Die Schokolade würde einen therapeutischen Zweck erfüllen, sie ist da, wird aber nicht gegessen und wird auch nicht schlecht.“

„Nahezu genial“, sagte Julia, „die hochprozentige Schokolade als Therapeutikum.“

Ihr Vater nickte zufrieden, sie gingen ein paar Schritte weiter, und Julia sagte: „Ich überlege gerade, ob mir dein Schokoladen-Beispiel eine Hilfe sein kann.“

„Bei deinem aktuellen Fall, dieser Kunst-Professorin?“

„Leise, Papa, es muss doch nicht jeder hören.“

Julia zog ihren Vater ein Stück weiter, wo niemand zugange war. Dann sagte sie: „Wir haben eine weitere Leiche. Es handelt sich um jenen Kollegen, den ich im Verdacht hatte."

„Ich erinnere mich", erwiderte ihr Vater, „du hast mir davon erzählt, der hatte doch so einen ungewöhnlichen Namen, hieß er nicht Sauerinsky?"

„Gutes Gedächtnis", lobte Julia, „Ulysses Sauerinsky hieß er."

„Und die Tote zuvor hieß Margaretella …"

„Richtig, du hast einen Sinn für ausgefallene Namen."

„Ich erinnere mich auch, dass dieser Sauerinsky zu gut über die tote Kollegin gesprochen hat", sagte Hillberger.

„Ganz genau, das sagte ich dir, und deshalb hatte ich ihn im Verdacht. Er ist in U-Haft gekommen." Julias Stimme wurde leiser: „Wir haben einen Kamm mit Haaren der toten Margaretella bei ihm gefunden."

„Aha", sinnierte ihr Vater, „da schöpft man allerdings Verdacht. Vielleicht ein Fetischjäger, der noch dazu zu gut über die Tote sprach."

„An den anderen Kollegen hat er dagegen kein gutes Haar gelassen." Julia sah sich um, aber in dem Gang, in dem sie standen, war kein weiterer Kunde aufgetaucht. Jetzt sagte sie: „Aber weißt du, eigentlich habe ich nicht wirklich an seine Schuld geglaubt."

„Tatsächlich?", fragte Hillberger. „Warum denn das?"

„Nenn es meinetwegen weibliche Intuition, aber dieser Sauerinsky kam mir wie ein Paradiesvogel vor, und er war mir irgendwie sympathisch."

Wolfgang Hillberger richtete sich zu voller Größe auf: „Sympathie, das sollte eigentlich nicht das Kriterium einer Kommissarin sein."

„Vor allem, wenn sie den Ehrentitel h.c.p. bekommen hat", ergänzte seine Tochter.

„Ich weiß, ich weiß, du hast mir davon erzählt. Dein Chef hat dich gewissermaßen befördert, im Prinzip sehr richtig, müsste halt nur mit einer Zulage verbunden sein."

Julia überhörte das, ächzte stattdessen leise auf: „Wenn Sauerinsky in U-Haft geblieben wäre, dann wäre er jetzt nicht tot."

„Diese Kunstfritzen, diese Bildermenschen", schnaufte Wolfgang Hillberger, „ich hab' dir ja schon gesagt, sie rutschen auf einem glitschigen Pflaster herum, sie rutschen auf ihm in den Tod." Er hob den Kopf: „Ich bleibe lieber beim Wort." Und er setzte theatralisch hinzu: „Alles ist durch das Wort geworden, und ohne Wort wurde nichts, was geworden ist."

Julia sah ihn verdutzt an: „Wirst du jetzt prophetisch?"

„Ganz recht, meine Julia, nur bin nicht ich der Prophet. Ich habe lediglich zitiert. Weißt du was?"

Wieder mal so eine Lehrerfrage, dachte Julia, als hätte ich nicht wichtige andere Fragen, die mich umtreiben und auf die ich Antworten suche. Sie hob verneinend die Schulter.

„Das findest du nicht bei Shakespeare", erklärte ihr Vater, „das ist aus der Bibel. Da stehen ausgezeichnete Sachen. Was ich gerade zitiert habe, steht im Johannesevangelium. Da findest du auch die Erklärung für die hohe Meinung gegenüber dem Wort. Bei Johannes heißt es nämlich: *Im Anfang war das Wort, und das Wort war bei Gott, und das Wort war Gott.*" Er machte eine kleine Pause und wiederholte: „Verstehst du, das Wort war Gott."

Julia sah ihn verwundert an: „Studierst du neuerdings die Bibel?"

„Ich lese die Bibel schon immer. Glaubst du, ich begnüge mich mit Shakespeare?"

„Ja, natürlich, ich weiß doch, dass du ein gebildeter Mensch bist, aber hilft mir deine Bibelfestigkeit bei meinen zwei Kunstleichen?"

„Warum denn nicht?!", antwortete Hillberger zu ihrer Verwunderung. Er machte zwei Schritte in den nächsten Gang hinein, in dem Nudeln, Reis und ähnliche Produkte zu sehen waren. Julia blieb ihm auf den Fersen.

„Ohne Wort wurde nichts, was geworden ist", sagte ihr Vater, „behalt' diesen Bibelsatz im Gedächtnis und verknüpfe ihn mit dem, was wir im Theater gesehen haben, ich meine das Stück *Kunst*. Unsere Erkenntnis war, dass durch den Ankauf eines Bildes provoziert wurde. Der Auslöser war das Gemälde, die Provokation aber wurde verbal geführt …"

„Gehst du nicht etwas zu akademisch an die Sache?", fragte Julia, ihrem Vater ins Wort fallend.

„Überhaupt nicht. Hier ist das Akademische, wie du es nennst, nicht nur angebracht, das folgerichtige Denken wird sich sogar als absoluter Vorteil entpuppen. Du hast doch selbst bei unserem letzten Gespräch festgehalten, dass diese Margaretella, genannt Mona Lisa …"

„Köckel-Simons hieß sie", fügte Julia schnell und leise ein.

„… dass diese Mona-Lisa-Margaretella provoziert hat“, fuhr Wolfgang Hillberger fort, „und ich habe angemerkt, dass Provokateure nicht ungefährlich leben. Richtig?“

„Ja“, antwortete Julia, „aber worauf willst du hinaus?“

„Hier kommt mein Bibelsatz ins Spiel: *Ohne Wort wurde nichts.* Margaretella-Mona-Lisa hat natürlich durch Worte provoziert. Sie hat jemanden aufgebracht, in Zorn versetzt, zur Weißglut getrieben …“

Julia wurde es zu viel: „Genug, ich habe verstanden.“

Ihr Vater sah sie streng an: „Hast du wirklich verstanden?“

„Ich glaube schon.“ Und leise erklärte Julia: „Ich hab’ dir nicht erzählt, dass die tote Mona Lisa für einen Frankfurter Auktionator Expertisen verfasst hat, mein Assistent Spyridakis hat ihn schon aufgesucht und befragt.“

Ihr Vater reckte sich: „Na bitte, Expertisen bestehen aus nichts anderem als Worten.“

„Schon, aber selbst wenn die Expertisen falsch waren – warum sollte der Auktionator die Köckel-Simons umbringen, er hat ja durch sie viel Geld verdient. Und unsere zweite Leiche Sauerinsky wollte mit dem Auktionator nichts zu tun haben.“

Wolfgang Hillberger machte ein nachdenkliches Gesicht: „Zunächst mal: Die Expertisen waren vermutlich keine, sie waren gefälscht. Das aber ist kein Mordmotiv für den Auktionator, denn er profitierte ja davon, da hast du recht. Zum anderen, warum wollte dieser Sauerinsky nichts mit diesem Frankfurter Kunsthändler zu tun haben? Wusste er von dessen dunklen Geschäften, ahnte er etwas von den getürkten Expertisen?“

„Vielleicht. Ich könnte mir sogar denken, dass er deshalb nichts mit dem Auktionator, er heißt übrigens Schnackenberger, zu tun haben wollte."

„Ein Motiv, den Sauerinsky umzubringen, könnte also eigentlich nur unsere Mona Lisa gehabt haben", murmelte Hillberger.

„Aber die ist schon vor ihm ins Jenseits übergesiedelt."

„Übergesiedelt worden", korrigierte Wolfgang Hillberger.

Das war für eine kleine Weile seine letzte Bemerkung, und auch Julia sagte nichts. Denn in ihrem Gang hatten sich zwei Kunden eingefunden. Vater und Tochter gingen wortlos und unachtsam zurück in den Gang, in dem sie schon gewesen waren und wo es jene Süßigkeiten und Schokoladen gab, über die Hillberger bereits gesprochen hatte. Abermals zeigten weder Vater noch Tochter Interesse für die zuckrigen Sachen – oder doch? Denn plötzlich blieb Wolfgang Hillberger am Schokoladenregal stehen und sagte: „Du hast doch vorhin von den hochprozentigen Schokoladen als Therapeutikum gesprochen…"

„Papa, wir waren doch gerade bei den Motiven."

„Weiß ich, weiß ich."

Hillberger deutete auf eine Schokoladentafel, die auf der Verpackung mit 99 Prozent protzte: „Da haben wir vielleicht das Motiv!"

„Wie bitte?", fragte Julia und war sich nicht sicher, ob ihr Vater eventuell in die gedankliche Wirrnis übergesiedelt war.

Wolfgang Hillberger konnte sich nicht verkneifen, sie unverschämt anzugrinsen, dann sagte er: „Ich hab' dir doch beim letzten Mal gesagt, dass man ohne Fantasie aufgeschmissen ist. Und was hab' ich dir noch gesagt?"

Vaters Rede klang immer noch wirr in Julias Ohren, sie sah ihn irritiert und verständnislos an.

„Ich habe dir gesagt", fuhr Vater Hillberger fort, „dass du Fantasie hast, jedenfalls im Allgemeinen, und wenn du sie mal nicht hast, kannst du zu mir kommen."

Julia nickte, sie erinnerte sich.

„Der Moment ist gekommen, ich möchte sogar sagen, der Schokoladen-Moment ist gekommen. Von der 99-Prozent-Schokolade werde ich dich jetzt zum Motiv führen. Allein durch Sprache, denn du weißt: *Ohne Wort wurde nichts.*

28 Ein irrlichternder Moralist

Inzwischen war Vlassi nach dem Gespräch mit Volker Born zu seinem Auto zurückgeeilt. Die plötzliche Erkenntnis, Dadaist zu sein, hatte ihn beflügelt. So deutlich war ihm das bisher gar nicht klar gewesen. Nicht lediglich um einen Künstler der Tat handelte es sich bei ihm, er war auch Dadaist. Denn nach Borns Belehrungen ging es den Dadaisten um die Moral, es waren Moralisten. Und war er das nicht auch? Ja, Vlassi konnte und wollte es nicht länger vor sich verbergen, dass er als Moralist durchs Leben ging, auch wenn es ihm bisher nicht aufgefallen war. Ein Kommissar wie er konnte nur Moralist sein, schließlich wollte er die Übeltäter dieser Welt zur Strecke bringen.

Und noch eine andere Idee hatte im Gespräch mit Volker Born Gestalt in ihm angenommen. Wahrlich, eine Gestalt war in ihm aufgestiegen. Ganz sicher war sich Vlassi allerdings nicht, aber je länger er nachdachte, desto sicherer wurde er. Er musste unbedingt den Kollegen Lustig aufsuchen – aber würde er ihn jetzt erreichen? Vlassi saß bereits in seinem Corsa, als er zum Handy griff und die Nummer Lustigs wählte. Der meldete sich nach dem zweiten Klingeln mit strammer Stimme: „Lustig."

„Hier Spyridakis", sprach Vlassi in die Muschel, „ich muss Sie unbedingt aufsuchen."

„Wegen des Kunstfalls?“, brummte Lustig. „Den hab’ ich doch schon geklärt. Ich sage nur: Schnackenberger.“

„Der ist sicher dran beteiligt, aber ich habe neue Infos.“

„Neue Infos? Sie wollen mich doch nicht etwa wieder in Ihre Wiesbadener Fachhochschule schleppen?“

„Nein, nein“, sagte Vlassi, „ich weiß doch, dass Sie Ihren Dienst dort quittiert haben. Niemals würde ich mich erdreisten, Sie wieder in diese Mordbude zu bugsieren.“

„Also gut, kommen Sie. Aber schnell! Der Feierabend ruft.“

„Ich komme!“, rief Vlassi, als wäre er der Feierabend höchstpersönlich. „Machen Sie sich auf was gefasst.“

Eine knappe halbe Stunde später betrat Kommissar Spyridakis das Mainzer Polizeipräsidium und strebte schnurstracks zum Büro seines Kollegen Lustig. Der saß mit hochgekrempelten Ärmeln am Schreibtisch, als bereite er sich darauf vor, in den Ring zu steigen. Er schaute beim Eintreten von Vlassi auf: „Na, ist Ihnen endlich klargeworden, dass wir den Täter längst kennen?“

Vlassi pflanzte sich lässig ihm gegenüber in einen Stuhl: „Sie haben recht, Herr Kollege, wir kennen ihn längst.“

„Ich wusste doch, dass sogar Sie meiner Logik irgendwann folgen, Herr Spyridokolus. Es dauert bei Ihnen zwar immer etwas länger, aber daran bin ich schon gewöhnt.“

Nun verwendete auch Vlassi den Kosenamen für seinen Kollegen von der anderen Seite des Rheins: „Herr Lustoog, ich muss Sie etwas fragen, und bitte antworten Sie mit höchster Konzentration.“

„Ich bin immer konzentriert, sowohl bei der Arbeit wie im Weinhaus Michel, wo ich, wie Sie wissen, des Öfteren ja auch arbeite."

Vlassi ging auf seine Rede nicht ein, sagte stattdessen: „Zunächst aber muss ich Sie aufklären. Wir haben eine weitere Leiche."

„Ach was! Um wen handelt es sich?"

„Um einen Kollegen von dieser Köckel-Simons, Sauerinsky heißt er."

„Wo haben Sie ihn denn gefunden. Etwa auch in der Fachhochschule?"

Vlassi nickte: „Ebenfalls erdrosselt. Aber er hing nicht an einer Tafel."

„Warum denn nicht? Wollte der Mörder mal variieren?"

Vlassi ignorierte seine Bemerkung: „Erdrosselt wurde er mit einem Strick, nicht mit den Händen."

„Also doch eine Variation", nickte Lustig und fragte unvermittelt: „Sind Sie deswegen gekommen? Wollen Sie mich auf dem Laufenden halten mit Ihrer Mordbude, die sich Hochschule nennt?"

„Gar nicht, gar nicht", beeilte sich Vlassi zu versichern, „ich habe Ihnen Wichtigeres zu sagen, viel Wichtigeres."

Lustig warf ihm einen misstrauischen Blick zu, und sein Wiesbadener Kollege wusste, dass er jetzt punkten konnte. Misstrauen war die beste Voraussetzung.

„Wissen Sie eigentlich", sagte Vlassi, „dass ich im Grunde meines Herzens Dadaist bin?"

„Was?!", schnauzte Lustig ihn an. „Wie kommen Sie mir denn, sind das die neuesten Infos?"

„Wissen Sie, was Dada ist?", fragte Vlassi unverdrossen.

Hauptkommissar Lustig nahm eine aufrechte Haltung hinter dem Schreibtisch ein: „Ich weiß nicht, worauf Sie mit Ihrer kruden Frage hinauswollen, aber natürlich weiß ich, was Dada ist."

„Dada klingt nur wie Gaga", erläuterte Vlassi, der vom Gespräch mit Volker Born nicht nur inspiriert war, sondern auch tüchtig profitiert hatte, und fuhr fort: „Dada ist keine Feuerversicherung oder Philosophie, die Dadaisten waren Happening-Künstler, sie veranstalteten die frühesten Happenings in der Menschheitsgeschichte."

Lustig sah ihn forschend an: „Glauben Sie, ich wüsste das nicht? Ich bin an Kunst sehr interessiert, obwohl ich mitunter auch mal den Hausmeister an einer Fachhochschule gebe."

„Die Dadaisten nannten sich Anartisten", fuhr Vlassi fort, „aber wir wollen nicht am Vordergrund hängen bleiben, wir müssen den Hintergrund beleuchten …"

Lustig fiel ihm ins Wort: „Dieser Kunstmord hat Sie doch sehr mitgenommen, stelle ich gerade fest."

Vlassi ließ sich nicht beirren: „Den Hintergrund beleuchten, sagte ich. Wissen Sie, was das bedeutet?"

„Hat man Sie an Ihrer Wiesbadener Fachhochschule zum Kunstprofessor ernannt?", fragte Lustig trocken.

Als hätte Vlassi die Frage nicht gehört, redete er weiter: „Worin besteht der Hintergrund? Ich sage es Ihnen. Die Dadaisten waren Moralisten, das ist der Hintergrund. Menschen von hoher Moral – so wie Sie und ich."

„Ich bestimmt, bei Ihnen bin ich mir nicht ganz sicher", brummte Lustig, „Sie wollten doch im letzten Fall sogar Ihre Seele verkaufen. Ich dagegen bin kein Seelenverkäufer, weil Moralist. Und deshalb bin ich auch Dadaist? Na meinetwegen, wenn Sie das sagen."

„Mir ist das ja auch neu, ich bin Künstler der Tat, das wusste ich, aber Dadaist – das ist mir bisher völlig entgangen."

„Ich weiß schon lange, dass Sie ein irrlichternder Kommissar sind", erwiderte Lustig, „und vielleicht sind Sie sogar ein hypochondrisch-irrlichternder Moralist."

„Ja, ja", sagte Vlassi, „aber man darf's mit der Moral auch nicht übertreiben."

Vlassi sah den Kollegen einen Moment sinnend an, sodass Lustig sich ermutigt fühlte, weiterzusprechen: „Nicht übertreiben? Da könnten Sie recht haben. Aber Sie und ich, wir sind also beide Dadaisten. Sie allerdings ein ganz besonderer." Seine Stimme bekam einen fürsorglichen Klang, als würde er mit einem psychisch Geschädigten sprechen: „Aber wollen wir nicht mal wieder ein Happening veranstalten? So was scheint Ihnen ja zu liegen."

Vlassi antwortete: „Unbedingt! Und ich kenne auch das Ziel unserer dadaistischen Aktivität."

„Wirklich?", fragte Lustig ungläubig.

„Ja! Unser Ziel ist der Wiesbadener Oberbürgermeister. Der muss nämlich abtreten, greift aber als Davongejagter schnell noch mal in den Geldtopf. Er bekommt für seine paar Jahre Oberbürgermeisterei 71 Prozent als Pension. Und jetzt verdient er 11.700 Euro im Monat."

„Sie reden wieder einigermaßen vernünftig, Herr Spyridakis. Mich haben Sie auf Ihrer Seite. Wie sieht unser Happening aus?"

„Ich schlage faule Eier vor. Solche Oberbürgermeister treten ja gern vor die Kameras, und da sollten sie faule Eier und Farbbeutel zu spüren bekommen. Gewissermaßen als gerechten Lohn. Sie könnten ihn eventuell auch anpinkeln, so was ist sehr dadaistisch."

„Einverstanden, Herr Kollege, warum nicht. Ich bin dabei. Manchmal wachsen Sie mir direkt ans Herz." Lustig machte eine kleine Pause und sah Vlassi scharf an: „War's das schon mit den neuen Infos?"

„Wir könnten noch ein weiteres kleines Happening veranstalten, bei einer anderen Person …"

Lustig ließ ihn nicht ausreden: „Bitte nicht übertreiben, Sie alter Dadaist, zuerst die Lokalpolitiker, die müssen wir aufs Korn nehmen."

„Lassen Sie mich doch ausreden. Die Dadaisten waren Moralisten, und über diese Fährte ist mir eine Idee gekommen in unserem aktuellen Fall."

„Sie meinen, Schnackenberger in Frankfurt ist auch Dadaist, will sagen Moralist?", fragte Lustig.

„Der gerade nicht. Schnackenberger hat uns mit seinem Fachwissen nur beeindrucken …"

„Sie hat er beeindruckt, ja, ja, mich dagegen nicht!"

„Ich wollte doch sagen, dass er uns beeindrucken wollte, und Sie haben recht, mich hat er auch beeindruckt."

„Sag ich doch. Und warum hat er Sie beeindruckt? Weil Sie von Kunst nichts verstehen – im Gegensatz zu mir."

Vlassi erhob sich von dem Stuhl, in dem er sich fläzte, und machte zwei Schritte zum Fenster: „Schnackenberger ist in den Fall verwickelt, aber er ist nicht unser Mann, davon bin ich überzeugt."

Lustig drehte sich zu seinem Wiesbadener Kollegen: „Er ist nicht der Mörder, wollen Sie sagen?"

„Nein", erklärte Vlassi, „dieser Schnackenberger ist ein mit Wissen angefüllter und vermutlich auch intelligenter Handlanger, mehr nicht."

„Das genügt doch", beharrte Lustig auf seiner Meinung, „er hat dem Mörder seine Hand zur Verfügung gestellt."

„Seine Hand hat er nicht zur Verfügung gestellt, aber Sie haben trotzdem nicht ganz unrecht", erwiderte Vlassi.

„Sie reden wie ein Anwalt vor Gericht – ein bisschen unverständlich", murrte Lustig.

„Es ist unwahrscheinlich", fuhr Vlassi fort, „dass Schnackenberger mit den Morden direkt was zu tun hat." Und Vlassi tat es jetzt seiner Chefin nach und fragte nach Julia-Art: „Und warum? Warum, Herr Lustig?"

Tatsächlich senkte Lustig seinen Kopf und schien nachzudenken. Vlassi ließ ihm wenig Zeit dafür: „Der Schnackenberger hat doch von den mit Sicherheit falschen Expertisen der Köckel-Simons profitiert!"

„Da haben Sie recht", murmelte Ernst Lustig.

„Warum sollte er also die Kuh, die ihm Milch gab, umbringen? Aber er hat die Kuh gefüttert."

„Die Kuh gefüttert?", fragte Lustig. „Sie meinen ..."

„Ganz genau", nahm ihm Vlassi das Wort, „er hat die Kuh namens Köckel-Simons an den Trog geführt."

„Sie werden mir zu bildhaft. Sprechen Sie einfach und klar!"

„Herr Lustig, die Sache ist doch klar. Die Kunstprofessorin Köckel-Simons hat für Schnackenberger Expertisen angefertigt, das konnte sie doch nur, weil der Auktionator mit ihr ins Geschäft kommen wollte, sie aufgefordert und ermuntert hat. Er hat sie zum Trog geführt."

„Jetzt reden Sie verständlich", nickte Lustig.

„Er hat sie zum Trog geführt, weil er die Köckel-Simons brauchte. Weil die Bilder durch ihre Expertisen einen vielfachen Wert bekamen."

„Verstehe", sagte Lustig, „sie war eine anerkannte Expertin, ihrem Wort glaubte man."

„Eben!"

„Und Sie meinen, der Schnackenberger hat gewusst, dass die Expertisen falsch waren?"

Vlassi hob die Schulter: „Ich glaube ja, der Mann hat uns ja bei unserem Besuch in Frankfurt mit profundem Wissen beeindruckt …"

„Ich wiederhole mich ungern", sagte Lustig, „aber beeindruckt hat er vor allem Sie."

Vlassi redete weiter: „Aber das war eine Finte. Und man wird ihm nichts nachweisen können. Schnackenberger wird sich darauf rausreden, dass er in gutem Glauben gehandelt hat. Er hat der Fachfrau vertraut."

Lustig lehnte sich in seinem Schreibtischsessel zurück: „Da sind wir also wieder ganz am Anfang." Und er fügte hinzu: „Vor allem beim zweiten Mord."

„Nein, sind wir nicht", erwiderte Vlassi, ging zu seinem Stuhl zurück und ließ sich auf ihm nieder, „der zweite hängt mit dem ersten Mord zusammen, ich habe da schon eine Idee."

In Lustigs Blick lag ein klein wenig Bewunderung, als er jetzt sagte: „So kenne ich Sie ja gar nicht. Ihre Höhenflüge sind erstaunlich, Herr Kollege, bitte reißen Sie mich mit."

„Sie können sich selbst nach oben reißen, in die höchsten Höhen gewissermaßen, wo Sie mich antreffen werden."

„Jetzt reden Sie wieder einigermaßen normal", erklärte Lustig beruhigt.

„Ich komme zurück auf die Dadaisten", dozierte Vlassi und kam sich wie ein Kunstprofessor vor, „Kunst gibt nicht das Sichtbare wieder, sondern Kunst macht sichtbar. Diese Dadaisten waren Künstler und starke Moralisten, wie wir wissen. Sie haben mich der Lösung des Falls näher gebracht."

„Ich bin erstaunt", ließ sich Lustig hören, „Sie arbeiten ja regelrecht intuitiv."

„Mehr als das! Ich arbeite intuitiv und mit Moral."

„Sie machen's den Dadaisten nach."

„Nein, ich war schon immer Moralist, hab's nur nicht so genau gewusst." Vlassi hielt sinnierend inne: „Vor allem hab ich's mit der Moral nicht übertrieben. Aber jetzt können Sie mich als Dadaisten der Tat bezeichnen."

„Sehr schön, ich glaube, ich schließe mich Ihnen an, wenn das möglich ist", teilte Lustig seinem Kollegen mit.

„So sei es!", sprach Vlassi mit erhobenem Haupt. „Ihre Neugier ist von erhabener Größe und edler Einfalt. Wir beide werden jetzt eine Fahrt unternehmen …"

„Eine Fahrt – in Ihrem Auto etwa?", wollte Lustig mit banger Stimme wissen.

„Meinetwegen auch in Ihrem", erwiderte Vlassi großzügig, „für den Künstler der Tat ist das unbedeutend. Wir werden eine Fahrt unternehmen, nicht ins Blaue, wie Sie in Ihrer Schnackenberger-Ahnungslosigkeit denken könnten, sondern hin zum Täter, hin zum Mörder! Und wir werden ihn mit dadaistischen Mitteln überführen."

„Mit dadaistischen Mitteln?", fragte Lustig. „Muss ich da vorher Farbbeutel besorgen?"

„So seien Sie doch etwas kunstbewusster, Herr Lustoog!", erklärte Vlassi und griff sich theatralisch in seinen nach wie vor roten Haarschopf. „Seien Sie so wie ich! Dadaistisch und künstlerisch."

Lustig war bei seinen Worten etwas zusammengerutscht, jetzt brummelte er kleinlaut: „Vielleicht eigne ich mich doch eher zum Hausmeister."

„Nicht zum Hausmeister sind Sie geboren", teilte Vlassi lässig mit, „sondern zu einem Präsidenten, wenn auch nur zu einem Fachhochschulpräsidenten."

29 Zu spät, zu spät

Eine gute halbe Stunde später fuhr Ernst Lustig mit seinem Beifahrer Vlassopolous Spyridakis in den Mainzer Vorort Gonsenheim ein. Lustig hatte sich unterwegs darauf besonnen, dass er ja eigentlich zum Präsidenten geboren war, zu einem Präsidenten, der Auskunft verlangen kann, und löcherte Vlassi mit Fragen. Der aber blieb einsilbig und wies ihn lediglich an, wie er fahren musste.

„Hier waren wir doch schon mal“, sagte Lustig, als sie in die Carlo-Mierendorff-Straße einbogen.

„Hier waren wir schon mal“, bestätigte Vlassi, „ganz am Anfang. Ihr Gedächtnis funktioniert noch.“

„Mir dämmert allmählich, wo Sie hinwollen.“

„Das wurde aber auch Zeit“, erklärte Vlassi mit heiterer Stimme, „ich habe mir bereits Sorgen um Sie gemacht. Wenn Sie künstlerischer, will sagen dadaistischer, denken würden, wären Sie eher drauf gekommen.“

„Dabei versuche ich schon die ganze Zeit, mehr ins Dada zu rutschen“, teilte Lustig mit. „Vielleicht sollte ich mir die Haare auch färben – meinen Sie, das hilft?“

„Sie wollen sich Ihre Glatze rot färben?“, fragte Vlassi.

„Ein paar Haare habe ich schließlich noch, zusammengenommen ist’s ein Haarbüschel, das man gut färben könnte.“

„Wie wär's mit einem Zopf?", fragte Vlassi ernsthaft. „Ich kenne Glatzköpfe, die haben sich aus ihrem Resthaar einen Zopf geflochten."

„Wir wollen doch mit dem Kunstquatsch nicht übertreiben", teilte Lustig nun entschieden mit, „bei den Zopfleuten handelt es sich doch um Männer, die von Kunst keine Ahnung haben, aber so tun, als ob."

Vlassi schaute angestrengt nach vorn und sagte: „Ich bin gespannt, ob ich diesmal der Erste bin."

„Wieso sprechen Sie in der Einzahl, wir sind schließlich zu zweit."

Vlassi gab keine Antwort, er schien mit seinem Ausblick zufrieden zu sein, doch Lustig legte nach: „Wen erwarten Sie denn noch? Einen Mann mit grünem Zopf?"

Vlassi schüttelte leicht den Kopf und murmelte: „Keinen grünen Zopf. Eher Frau Wunder."

Lustigs Miene hellte sich auf: „Ah, Frau Wunder. Das wäre ein Lichtblick nach der Fahrt mit Ihnen. Bin gespannt, was sie für einen Hut trägt."

„Hier!", sagte Vlassi. „Nehmen Sie den Platz hier, wir laufen ein Stück zum Haus."

„Zu Befehl", sagte Lustig und rangierte seinen alten Golf rückwärts auf den freien Platz an der Straße.

„Jetzt will ich Ihrer Erinnerung noch einen kleinen Schub geben", erläuterte Vlassi mit einem kritischen Blick auf den sich nach hinten gedrehten Lustig.

„Reden Sie, ich weiß doch längst, wo wir sind!"

„Erinnern Sie sich an den Satz: *Es gibt Bilder, die man nicht ungestraft ansehen darf?*"

„Hat er das gesagt?"

„Ja, und er hat auch gesagt, dass vielleicht der Pissarro sie umgebracht hat.“

„Das war doch ein Witz“, erwiderte Lustig.

„Ich glaube nicht. Wir dürfen diesen Satz natürlich nicht wortwörtlich verstehen, sondern … metaphorisch, wie der Fachmann sagt.“

„Im übertragenen Sinn, meinen Sie?“

Vlassi nickte, und Lustig brummte: „Auch das macht für mich keinen Sinn. Ich glaube, Sie haben sich da in was verrannt.“

Der Wagen kam zum Stehen, Lustig hatte perfekt eingangiert, doch jetzt fasste ihn Vlassi am Arm: „Wir haben die Hinweise nicht verstanden. Jetzt sage ich Ihnen den entscheidenden Satz, den wir beim Besuch bei ihm sogar überhört haben.“

„Überhört haben? Ich hab’ nix überhört – bei Ihnen kann ich mir das eher denken.“

„Legen Sie doch Ihren Starrsinn ab!“, beschwor Vlassi seinen Kollegen. „Ich habe Ihnen doch schon gesagt, dass Sie eigentlich zum Präsidenten geboren sind, und Präsidenten sind nicht starrsinnig.“

„Sollten es nicht sein“, brummte Lustig, um dann versöhnlich fortzufahren: „Lassen Sie mal den entscheidenden Satz hören.“

„Spitzen Sie die Ohren. Er hat gesagt, dass Kunsthistoriker moralisch einwandfrei arbeiten müssen.“

„Hat er das gesagt?“

„Erinnern Sie sich nicht?“

Lustig legte den Kopf nach hinten, offenbar versuchte er, sein Erinnerungsvermögen anzukurbeln, nach einigen

Momenten sagte er: „Sie haben recht, jetzt ist es mir wieder eingefallen."

„Da bin ich aber froh. Wenn's Ihnen nicht eingefallen wär', hätte ich Sie eventuell in die Eusebius-Klinik fahren müssen. Notfall – aber diesmal bei diesem Herrn!" Vlassi deutete auf Lustig, und der wusste sofort, was gemeint war, schließlich musste er im letzten Fall den Kollegen Spyridakis in diese Klinik expedieren.

Lustig teilte mit: „Es ist mir eingefallen, jawohl, aber ich muss gestehen, dass der Zusammenhang mir noch fehlt."

„Der Zusammenhang mit Dada?", fragte Vlassi und wartete keine Antwort ab: „Das ist doch vollkommen klar. Meine intensive Beschäftigung mit den Dadaisten hat mich darauf gebracht. Auf den Zusammenhang, verstehen Sie?!"

Lustig schüttelte den Kopf: „Nein."

„Dieses einsilbige Nein ist ja nervtötend", stöhnte Vlassi auf, „ich merke schon, dass Sie aus Ihrer Hausmeister-Rolle nicht mehr rauskommen. Seien Sie doch flexibel wie ich! Sonst kann ich Sie nicht mal mehr als Hausmeister engagieren."

Lustig entgegnete: „Als Präsident verstehe ich Sie erst recht nicht."

„Bitte etwas mehr Mühe geben, Herr Präsident Lustig!" Und Vlassi erklärte: „Den Zusammenhang wollen Sie wissen? Aufgemerkt! Wahre Künstler, und um solche handelt es sich bei den Dadaisten, sind Moralisten, hohe Moralisten. Sie wollen die Welt bessern, scheitern aber immer wieder …"

„Wie wir", schob Lustig ein.

„Na endlich verstehen Sie. Von meiner ganzen inneren Einstellung her bin ich ebenfalls Dadaist."

„Ich eigentlich auch", beeilte sich Lustig zu versichern – es klang aber nicht ganz überzeugend.

Vlassi nickte, wobei ihm durch den Kopf ging, dass sein Mainzer Kollege, verglichen mit ihm, doch ein recht kärglicher Dadaist war. Mit theatralischer Geste erwiderte er jedoch: „Ich nehme Sie auf in die Gilde der Spät-Dadaisten, wir sind zwar Nachgeborene, aber umso eifrigere Kunstjünger."

„Jaja", murmelte Lustig etwas verwirrt.

Doch Vlassi sprach schon weiter: „Kunstjünger, ist das Stichwort. Denn natürlich sind auch Kunsthistoriker in Wahrheit nichts anderes als Kunstjünger. Sie lieben und verehren die Kunst, sie ist ihnen das Höchste, ohne sie könnten sie nicht leben …"

Lustig unterbrach ihn: „Ich werde Sie vorschlagen für die nächste freie Professur für Kunstgeschichte, da sind Sie bestimmt richtig."

Vlassi ließ sich in seinem Wortschwall nicht aufhalten: „Und es widert sie an, wenn jemand ihre geliebten Gegenstände zu Fälschung und Lüge benutzt, die herrlichen Bilder und Gemälde lediglich als Mittel für profane Geldgeschäfte ansieht. Denn echte Kunsthistoriker sind auch Moralisten, natürlich sind sie Moralisten – Moralisten, die allerdings ihre Überzeugungen tarnen müssen."

„Wie die Dadaisten, gell?"

„Wie die Dadaisten, wie wir!", bestätigte Vlassi. „Ich merke, Herr Kollege, Sie haben mich verstanden, wenn Sie auch sehr lange dazu gebraucht haben."

„Mit Ihrer gütigen Hilfe", wehrte sich Lustig, „habe ich inzwischen ein tieferes Verständnis erlangt, ich benötige als praktizierender Moralist einfach ein tieferes Verständnis, und schließlich bin ich auch Kunstjünger."

Vlassi sah ihn skeptisch an: „Haben Sie wirklich verstanden, um was es geht?"

„Ei klar, wir gehen jetzt rein und nehmen den Mann fest. Da kenn' ich null Pardon."

Mit diesen Worten öffnete Hauptkommissar Lustig die Tür seines Golfs und stieg aus, Vlassi tat es ihm auf der anderen Seite nach. Nach ein paar Schritten auf dem Bürgersteig wollte Vlassi dem Mainzer Kollegen die Vorgehensweise erläutern: „Wir müssen ihn in die Enge treiben, bis er gesteht, wir müssen ihm klarmachen, dass wir Dadaisten, also Moralisten, sind, wenn auch nicht so hohe wie er …"

„Papperlapapp", schnitt ihm Lustig die Rede ab, „der Mann wird dingfest gemacht, nix mit langen Erklärungen, die können Sie ihm irgendwann schriftlich geben."

Sie kamen an der Gartentür an, die merkwürdigerweise offen stand, sodass sie nicht zu klingeln brauchten.

„Rein mit Ihnen!", befahl Lustig, der Vlassi offenbar zeigen wollte, wie ein echter Kripo-Mann die Sache in die Hand nimmt. Kommissar Spyridakis machte ein paar Schritte, überließ dann aber doch Lustig den Vortritt. Ihm ging offenbar durch den Kopf, dass man nicht unbedingt in der ersten Reihe stehen sollte, wenn ein Schuss fällt.

Die Haustür schien geschlossen, aber das war ein Irrtum, wie sich sofort herausstellte. Sie war lediglich angelehnt, sodass jedermann eintreten konnte, wenn er nur wollte.

„Die Sache kommt mir komisch vor", teilte Vlassi seinem Mainzer Kollegen leise mit, doch der erwiderte: „Was kann Ihnen denn schon passieren? Man wird Sie höchstens aufgehängt an der Tür hier finden." Und er brummte: „Als kriminalistischer Dadaist im Dienst gestorben."

Lustig drückte die Haustür auf, Vlassi blieb dicht hinter ihm, vor ihnen erstreckte sich der Korridor, den sie von ihrem ersten Besuch her kannten. Diesmal fiel Vlassi die altmodische Standuhr sofort ins Auge, und offenbar fiel umgekehrt auch er der Standuhr ins Auge. Denn kaum sah sie ihn, fing sie unvermittelt an, mit dumpfem Ton zu schlagen. Vlassi schrak zusammen und blieb stehen, lebten in diesem Haus sogar die scheinbar toten Dinge? Lustig jedoch drehte sich zu ihm und murmelte: „Die Standuhr verschießt keine Kugeln."

Das leuchtete Vlassi ein, er fasste sich und rief zögernd: „Herr Professor! …Wir sind's … die freundlichen Kommissare … ein kleiner Besuch zur Kaffeestunde."

Sehr leise informierte er den Kollegen Lustig: „Einlulltaktik."

Keine Antwort kam aus dem Zimmer von hinten, das weit offen stand. Lustig und Vlassi gingen dem Raum entgegen, der, wie sie wussten, als Arbeitszimmer und Bibliothek diente. Kaum waren sie an der offenen Tür angelangt, erblickten sie den Mann, zu dem sie wollten. Er saß auf einem der mageren Stühle, nicht auf der fahrbaren Treppe, auf die er sich beim letzten Mal gesetzt hatte, und wirkte irgendwie zusammengerutscht. War er etwa tot? Doch jetzt hob er den Kopf und sagte leise: „Ich habe Sie schon erwartet."

Wirklich? Sind Sie seherisch veranlagt?, wollte Vlassi fragen, hielt sich aber zurück und schaute nur verwundert.

Lustig jedoch sagte mit ernster Stimme: „Herr Professor, als Dadaisten der Tat sind wir Ihnen auf die Spur gekommen."

Ein leichtes Lächeln zeichnete sich auf dem Gesicht des Angesprochenen ab, lediglich ein leichtes Lächeln, er machte keinerlei Anstalten aufzuspringen und zu einer Verteidigungsrede überzugehen.

Dann sagte er langsam: „Dada, Dada."

„Ja, Dada", bestätigte Lustig, „wir wissen, dass Sie so einer sind."

Diese Rede seines Kollegen erschien Vlassi nun doch ein wenig oberflächlich und profan, er hielt es für nötig, sie zu ergänzen: „Wir wissen, dass Sie Moralist sind."

Das Lächeln verschwand aus dem Gesicht des Professors. Er senkte leicht den Kopf, es schien, als wolle er nicken, was ihm offenbar Mühe bereitete.

„Ich habe mir gedacht, dass Sie zustimmen", erklärte Lustig unbeirrt.

Vom Sitzenden kam eine leise Entgegnung: „Sie kommen zu spät."

30 Dada in die Politik!

Zu spät? Vlassi dachte an die Standuhr im Flur, die auf rätselhafte Weise zum Leben erwacht war. Hatte etwa die Uhr in diesem Haus die Herrschaft übernommen? Nein, umgekehrt musste es sein, dieser Mann gebot der Uhr, befahl der Zeit. Er war nicht nur hoch moralisch, sondern offenbar eine Inkarnation von Zeit und Moral. Gibt es so etwas überhaupt?, fragte sich Vlassi im nächsten Moment, gibt es so etwas wie eine durch Dada ausgelöste Moraldiktatur?

Wir sehen, dass Vlassi in dieser heiklen Situation zu geradezu philosophischen Gedankenflügen abzuheben drohte, können dieselben aber nicht weiterverfolgen, da in diesem Moment von der Haustür eine Stimme ertönte, die sowohl Vlassi wie Lustig sofort erkannten.

„Herr Professor Simons, sind Sie da?"

Statt seiner antwortete Lustig: „Ja, und wir sind auch da, Frau Wunder."

Im nächsten Moment stand Julia im Arbeitszimmer, hinter ihr in gebührendem Abstand zwei Beamte in Uniform. Julia erkannte sofort die Situation, näherte sich dem Mann auf dem Stuhl und sagte: „Ich bin Hauptkommissarin Wunder." Um gleich zu fragen: „Geht es Ihnen nicht gut?"

Die Antwort kam wiederum leise, vielleicht noch leiser als zuvor: „Sie kommen zu spät."

Julia zog sich einen anderen Stuhl heran und setzte sich: „Sie wussten, dass wir kommen?"

Ein leichtes Nicken war die Antwort. Julia verspürte ein gewisses Bedauern, als sie ihn anschaute. Ihr tat der Mann auf einmal leid. Warum eigentlich? Sie befürchtete Schlimmes, hatte sich Simons etwa … vergiftet?

„Haben Sie etwas genommen?", fragte sie.

Professor Simons hob leicht den Kopf, gab keine Antwort auf ihre Frage, sagte stattdessen langsam: „Meine Frau hat mich gerufen."

Vlassi horchte auf, dachte jedoch nicht im Geringsten an Séancen, wo derlei Praktiken und Beschwörungen geübt werden, stattdessen überlegte er: Aus dem Jenseits hat ihn seine mausetote Frau gerufen? Dann können Kunstbegabte auch Stimmen von drüben hören! Da sieht man mal, wie wichtig die Kunst ist, ich kann ja heilfroh sein, dass ich mich als Dadaist erkannt habe.

„Wir müssen Sie mitnehmen", teilte Julia sanft Professor Simons mit.

„Nicht nötig", erwiderte er, dessen Stimme wiederum leise, schwach und sogar stockend war, „ich habe Ihnen … alle Last … abgenommen."

Eine Weile trat Stille in dem Raum ein, es schien so, als sei die Zeit angehalten, als seien die Figuren eingefroren – nur Vlassis Gehirn tickte, und ihm zuckte die Frage durch den Kopf, ob die Standuhr im Flur eventuell noch einmal schlagen würde oder ob ihr Herr hier auf dem Stuhl ihr geboten hatte zu schweigen. Die Uhr schlug nicht, es blieb still.

Professor Simons hob die Hand und deutete auf die fahrbare Treppe. Dort lag auf der obersten Stufe ein Buch, ein Kunstbuch, wie man an dem Format erkennen konnte. Dann fiel seine Hand zurück auf seinen Schoß, und sein Kopf kippte vornüber.

Lustig sagte: „Einen Arzt, wir brauchen einen Arzt, der Mann ist ja am abnippeln."

Julia wusste es besser, sie erhob sich und legte Professor Simons zwei Finger an den Hals. Nach einem Moment hatte sich ihre Befürchtung bestätigt.

„Professor Simons ist tot", sagte sie.

Eine Stunde später saßen sich Julia Wunder und Vlassopolous Spyridakis in ihrem Büro gegenüber.

„Sie sind nach mir zu Professor Simons gekommen", sagte Vlassi, „aber wieso sind Sie überhaupt gekommen?"

Julia erwiderte: „Ich weiß, dass Sie mitunter von genialen Geistesblitzen heimgesucht werden. Ich wollte Ihnen zeigen, dass sie bei mir mitunter auch einschlagen."

„Und ich dachte, die Blitze wären 'ne ausschließliche Spezialität von mir."

„So kann man sich irren." Julia lächelte Vlassi an: „Holen Sie uns mal einen Kaffee, mir ist jetzt danach."

Vlassi erhob sich, verließ das Zimmer und ging zum Kaffeeautomaten im Flur, wo er zwei Becher zog. Kaum hielt er sie in den Händen, erschien am anderen Ende Kriminalrat Feuer. Da niemand sonst im Gang war, rief er schon von Weitem: „Herr Spyridakis, was machen unsere Kunsttoten?"

„Die sind nach wie vor tot", antwortete Vlassi.

Robert Feuer kam näher: „Sie verstehen mich schon. Sind Sie endlich so weit? Sie hatten doch bei unserem letzten Gespräch eine Idee?" Feuer verzog die Miene: „Eine geheimnisvolle künstlerische Idee."

„Ja", stimmte Vlassi zu, „und meine künstlerische Idee hat ins Schwarze getroffen."

„Tatsächlich?"

„Wir haben den Täter", erklärte Vlassi lässig und nippte an seinem Kaffeebecher.

„War's doch der Präsident dieser Todeshochschule? Den hatte ich ja gleich im Verdacht."

„Kalt, ganz kalt", wehrte Vlassi ab.

„Die Studenten, die sich ihrer Verhaftung entzogen haben?"

„Auch sehr kalt."

„Sie hatten doch diese Frankfurter Adresse im Visier, Schnackenheimer oder wie der hieß?", fragte Feuer.

„Schnackenberger", korrigierte Vlassi, „ein übler Bursche, ich hatte ihn im Grunde gleich durchschaut, er hat nur indirekt was mit dem Fall zu tun, leider ist er nicht der Mörder."

„Die Toten waren doch Fälscher, Expertisen-Fälscher, wenn ich's recht in Erinnerung habe …"

„Nur die eine Tote hat gefälscht", fiel ihm Vlassi ins Wort, „Festnahme nicht möglich, da sie inzwischen im Jenseits siedelt."

„Ich denke, Sie haben ins Schwarze getroffen!", schnaubte Feuer. „Wen haben Sie denn dann, wenn alle tot sind?"

„Herr Feuer", erwiderte Vlassi formvollendet höflich, „ich darf Ihnen bescheinigen, dass Sie mit seherischer Kraft begabt sind."

„Was?"

„Ja“, nickte Vlassi und nippte wieder an seinem Kaffeebecher, „denn der wahre Täter, der Mörder, ist inzwischen auch tot.“

Auf dem Gesicht von Kriminalrat Feuer zeigte sich Verwirrung, er sagte: „Ich muss jetzt zum Chef. Ist der Fall denn nun gelöst?“

„Das kann ich vollumfänglich bestätigen“, teilte Vlassi in feinster Bürokratensprache mit.

„Also ja?“, wollte Feuer wissen.

„Ja und jawohl“, antwortete Vlassi.

Feuer warf ihm einen unwilligen Blick zu: „Dann schaffen Sie sich endlich Ihr rotes Haar vom Kopf, den abartigen Bart können Sie auch in die Tonne werfen. Sie sind Kommissar und keine Kunstfigur.“ Er schritt an Vlassi vorbei den Gang nach hinten und teilte mit: „Ich komme später bei Frau Wunder und Ihnen vorbei.“

Als Vlassi bei Julia wiederauftauchte und ihr den Kaffeebecher reichte, erzählte er kein Wort davon, dass er Feuer gerade etwas konfus zurückgelassen hatte. Stattdessen sagte er: „Also meine genialen Geistesblitze schlagen hin und wieder auch bei Ihnen ein. Darüber wollten Sie mir was sagen.“

„Nicht *Ihre* Geistesblitze, sondern *meine* schlagen bei mir ein“, erwiderte Julia, „ich hab’ meine eigenen.“

Sie nahm einen Schluck vom Kaffee, lächelte Vlassi an und fuhr fort: „Wissen Sie, wer mein Blitz war?“

„Da bin ich überfragt“, antwortete Vlassi.

„Mein Vater war der Blitz.“

„Hat er sich wieder als Schrebergärtner verkleidet wie im letzten Fall?“, fragte Vlassi verdutzt.

„Er hat mir über ein Schokoladenbeispiel den Fall klargemacht. Ist Ihnen Schokolade mit 99 Prozent Kakao ein Begriff?"

„Viel zu bitter", erwiderte Vlassi.

„So denken viele, vielleicht sogar die meisten. Es gibt aber Menschen, die finden gerade solche Schokoladen gut, wichtig und unentbehrlich. Sie sind ihnen gewissermaßen ein Therapeutikum. Ich nenne sie die 99-Prozenter. Und so einer war Professor Simons."

Vlassi legte den Kopf nach hinten, er dachte nach. Nach einer Weile sagte er: „Ja, das trifft sich mit meinem Geistesblitz. Ich bin aber ganz anders auf die Fährte von Simons gekommen."

Julia schickte ihm einen fragenden Blick.

Vlassi setzte sich akkurat in seinen Stuhl: „Wie Sie wissen, bin ich ein großer Kunstanhänger geworden. Insbesondere hänge ich Dada an, und Sie wissen wahrscheinlich, dass die Dadaisten überzeugte Moralisten waren. Und ich weiß, dass Kunst nicht Sichtbares zeigt, sondern sichtbar macht – eine meiner genialen Erkenntnisse, wenn ich so sagen darf …"

Julia wurden seine Ausführungen zu lang, sie fragte: „Die Moral, ganz richtig. Menschen mit hoher Moral neigen dazu, Leute mit weniger Moral gerinzuschätzen."

„Sehr richtig", bestätigte Vlassi, „geringzuschätzen bis hin zum Mord – auch eine meiner genialen Einsichten."

„Herr Spyridakis, auch wenn wir auf Ihre genialen Einsichten verzichten müssten, wir haben etwas noch Besseres."

„Etwas noch Besseres?", fragte Vlassi ungläubig.

Julia nickte, und Vlassi erinnerte sich an das Buch, auf das der sterbende Professor Simons gedeutet hatte. Seine Chefin hatte es mitgenommen.

„Sie meinen das Buch auf dem Rolltreppchen?", fragte er.

„Eben das. Es ist ein Buch über die Renaissance und seine Maler, vor allem über Leonardo. Die Mona Lisa spielt eine große Rolle darin. Aber das Buch selbst ist gar nicht so wichtig. In ihm habe ich eine Erklärung von Professor Simons gefunden ..."

„Erklärt er sich zum Dadaisten?"

„Das gerade nicht. Er teilt auch nicht mit, dass er Anhänger von 99-prozentiger Schokolade ist. Er gesteht aber die Morde an seiner Frau und Sauerinsky. Er wusste genau, dass seine Frau aus Habgier und Geltungssucht falsche Expertisen geschrieben hat ..."

„Aber warum Sauerinsky?", fiel ihr Vlassi ins Wort.

„Er wusste, dass seine Frau ein Verhältnis mit Sauerinsky hatte und auch mit Schnackenberger in Frankfurt. Sie blieb über Nacht fort, und Simons glaubte, dass sie ihn verlassen würde. Er blieb äußerlich ruhig und scheinbar unbeeindruckt, wusste aber, dass seine Frau dem Sauerinsky eine Liebesbotschaft geschrieben hatte ..."

Vlassi unterbrach sie: „Vielleicht hat sie auch an Schnackenberger anzügliche Briefe geschrieben. Dann wäre er der nächste Tote gewesen."

„Möglich ist das", nickte Julia.

„Schnackenberger wär' mir als Leiche lieber als dieser Paradiesvogel Sauerinsky", sagte Vlassi, „ich vermisse direkt seinen Cracula-Vogel."

„Sie haben ihn doch nie kennengelernt!“

„Aber gehört! Er ist mir ins Haar geflogen und hat mir in der dunklen Toilette irgendwelche Worte zugekrächzt.“

Julia lächelte: „In gewisser Weise haben Sie recht“, stimmte sie ihm zu.

Ihr war das Bibelzitat ihres Vaters in den Sinn gekommen: *Ohne Wort wurde nichts, was geworden ist.*

Vlassi fuhr fort: „Also dann handelte es sich bei Professor Simons um einen 99-prozentigen Moralisten, der seine Frau wegen ihrer Habgier und Geltungssucht …“

„Vergessen Sie nicht, dass er auch sehr menschlich war“, fiel ihm Julia ins Wort, „die Eifersucht brannte in ihm, er konnte es nicht ertragen, verlassen zu werden. Und seine Frau wollte er auf jeden Fall wiedersehen. Denken Sie an seine letzten Worte: *Meine Frau hat mich gerufen.*“

Vlassi nickte nachdenklich: „Man darf die Moralisten nicht unterschätzen.“

Julia nickte: „Schon richtig, nur sollten die Moralisten ihre Moral nicht über alles stellen.“

In dem Moment klingelte das Telefon, und Vlassi hob ab. Er kam nicht dazu, seinen Namen zu nennen, denn von der anderen Seite säuselte ihm die Stimme Ernst Lustigs entgegen: „Liebe Frau Wunder …“

„Hier ist Spyridakis, der liebe Spyridakis“, sprach Vlassi.

„Ach so, Sie sind's bloß“, erwiderte Lustig mit normaler Stimme, „ich hatte mich schon auf Ihre Chefin gefreut, wollte ihr gratulieren.“

„Gratulieren Sie mir, das wäre nicht verkehrt“, sagte Vlassi stolz.

Doch statt einer Gratulation hörte er von seinem Mainzer Kollegen: „Sind Sie denn noch Dadaist?"

„Ja natürlich."

„Ich bin nach reiflicher Überlegung zu einem wichtigen Ergebnis gekommen", setzte Lustig an, „zu einem Ergebnis, das ich Ihnen jetzt mitteilen will", und Vlassi vermutete durch den gravitätischen Vorlauf, dass der Kollege von dribbdebach auf keinen Fall mehr etwas von Dada hören wollte. Stattdessen sprach Lustig weiter: „Ich halte mich inzwischen für einen reifen Spät-Dadaisten, einen reifen, überzeugten Spät-Dadaisten, und habe dies bereits meinen Kollegen hier mitgeteilt."

Vlassi murmelte: „Gratulation! Endlich sind Sie auf meiner hohen Ebene angekommen."

„Mehr noch", fuhr Lustig fort, „ich habe des Weiteren mitgeteilt, dass die Welt generell dadaistisch werden sollte. Mein Vorschlag zur Genesung: Dada in die Politik! Und vor allem in die Politikerköpfe!"

Kunstmuseen in der Rhein-Main-Region, deren Besuch sich lohnt

Städel Museum, Schaumainkai 63, 60596 Frankfurt a. M. Schwerpunkte: Alte Meister (Johannes Vermeer, Lucas Cranach d. Ä., Rembrandt, Sandro Botticelli u. a.); Die Moderne (Claude Monet, Edgar Degas, E.-L. Kirchner, Max Beckmann, Pablo Picasso u. a.); Gegenwartskunst (Francis Bacon, Georg Baselitz, Gerhard Richter, Jeff Wall u. a.), Führungen: Tel. 069/ 60 50 98-200

Museum Wiesbaden, Hessisches Landesmuseum für Kunst und Natur, Friedrich-Ebert-Allee 2, 65185 Wiesbaden, Tel. 0611/ 335 2250
Schwerpunkte: Alte Meister vom 12. bis 18. Jahrhundert; Klassische Moderne, insbesondere Alexej von Jawlensky; Deutscher Expressionismus; Konstruktivismus.

Nassauischer Kunstverein, Wilhelmstr. 15,
65185 Wiesbaden, Tel. 0611/ 30 11 36
Hat sich vor allem um die Kunstbewegung Fluxus verdient gemacht, v. a. Arbeiten von Ben Patterson sind zu sehen.

Landesmuseum Mainz, Große Bleiche 49, 55116 Mainz, Tel. 06131/ 28 570
Schwerpunkte: Frühes Mittelalter; Renaissance (Lorenzo di Credo, Lucas Cranach d. Ä. u. a.); Niederländische Malerei; Goethezeit und Biedermeier; Judaica; Kunst der Moderne (Wilhelm Lehmbruch, Sigmar Polke)

Museum für Moderne Kunst Frankfurt a. M., Domstr. 10, 60311 Frankfurt, Tel. 069/ 21 23 04 47
Das MMK zeigt zeitgenössische Kunst von 1960 bis in die Gegenwart, darunter Pop-Art, Minimalismus, Joseph Behufs, Blinky Palermo.

Schirn-Kunsthalle Frankfurt, Römerberg 6, 60311 Frankfurt a. M., Tel. 069/ 29 98 820
Wechselnde Ausstellungen von Gegenwartskunst und -künstlern, u. a. Politische Kunst und Videoinstallationen.

Wilhelm-Hack-Museum Ludwigshafen, Berliner Str. 23, 67059 Ludwigshafen, Tel. 0621/ 504 30 45
Das Hack-Museum zeigt vor allem zeitgenössische künstlerische Positionen, Sehen in der Moderne, thematische Sonderausstellungen, Rudolf-Scharpf-Galerie, private Führungen.

Kunsthalle Mannheim, Friedrichsplatz 4, 68165 Mannheim, Tel. 0621/ 29 36 423
Die Kunsthalle Mannheim war Pionier in der deutschen Museumsszene. Der Begriff Moderne wurde hier mittels kontrovers diskutierter Erwerbungen der französischen

Avantgarde von Manet bis zum Expressionismus und der Neuen Sachlichkeit mitgeprägt. Zu sehen sind u. a. Gemälde von Corinth, Liebermann, Slevogt, Ensor, Munch. Auch eine reichhaltige grafische Sammlung mit Werken von Picasso, Grosz, Götz und vielen anderen.

Im Verlag CW Niemeyer bereits erschienen ...

Am Bahnhof Minden begeht ein Mann Selbstmord – angeblich. Die Ereignisse häufen sich und es sieht so aus, als würde in den sozialen Medien gezielt zu Selbstmorden aufgerufen. Doch Videoaufnahmen vermitteln ein anderes Bild. Die Kripo geht von einem Serientäter, einer Gruppe oder mehreren Nachahmern aus. Hauptkommissar Alexander Rosenbaum ermittelt mit dem Team „Bahnsteig" mit zeit- und kräfteraubendem Einsatz.

Andrea Gerecke. Endstation Minden
352 Seiten. Klappenbroschur. ISBN 978-3-8271-9509-8
E-Book 978-3-8271-8566-2 (Pdf)
978-3-8271-8365-1 (Epub)

#niemeyerbuch

Jetzt kein Buch mehr verpassen

Im Verlag CW Niemeyer bereits erschienen ...

Eine Gruppe von Männern kommt in Hannover zusammen, um eine Feier zum 30-jährigen Bestehen ihres Abiturs zu organisieren. Schon bald wird einer der alten Schulkameraden ermordet.
Der 20-jährige Paul ist Schlafwandler mit einer dissoziativen Identitätsstörung und hat ein E-Book veröffentlicht, in dem ein Schlafwandler mit derselben Störung Männer tötet. Paul hält es für möglich, selbst der Täter zu sein. Er hat das Opfer gehasst ... Und kann sich an nichts erinnern ...

Thorsten Sueße. Hannover sehen und sterben
512 Seiten. Klappenbroschur. ISBN 978-3-8271-9508-1
E-Book 978-3-8271-8565-5 (Pdf)
978-3-8271-8364-4 (Epub)

Im Verlag CW Niemeyer bereits erschienen ...

Bei einer Schießerei auf dem Klütturm in Hameln kommt ein Mann ums Leben. Wie sich herausstellt, ist der Tote ein Verkehrswissenschaftler aus Wuppertal. Während die Mördersuche auf Hochtouren läuft, wird ein Unternehmer-Ehepaar kaltblütig in seiner Villa erschossen – hat der Killer wieder zugeschlagen?

Lokalreporter Frank Dirzius wittert eine heiße Story – und gerät unter Mordverdacht. Die Kommissare Sophie Stein und Karl Brauer ermitteln in Wuppertal – Grundmann und Maja Klausen leiten im Weserbergland die Ermittlungen. In seiner Heimat war der Tote umstritten. Doch warum starb er ausgerechnet in Hameln?

Andreas Schmidt. Höhentod
400 Seiten. Klappenbroschur. ISBN 978-3-8271-9531-9
E-Book 978-3-8271-8540-2 (Pdf)
978-3-8271-8339-2 (Epub)

#niemeyerbuch

Jetzt kein Buch mehr verpassen

Im Verlag CW Niemeyer bereits erschienen ...

Die Liebesnacht am Strand wird für Sanna zur Hölle. Ihr Geliebter hängt aufgespießt an einem Strandwagen, ein langer Holzstiel ragt aus seiner Brust.

Tage später wird der Anführer von „Thorgodins Kindern", einer sektenartigen Verbindung, tot aufgefunden. In seinem Kopf klafft ein riesiges Loch.

Als kurz darauf in einem Windpark zwei der Ungetüme umfallen, ist Tomke und ihren Kollegen klar: Das war kein Unfall. Schon lange kämpfen Bürgerinitiativen gegen die „Götter des Windes" ... Das Ermittlerteam von der Küste ist gefordert.

Gaby Kaden. KüstenGötter
416 Seiten. Klappenbroschur. ISBN 978-3-8271-9475-6
E-Book 978-3-8271-8534-1 (Pdf)
978-3-8271-8333-0 (Epub)

#niemeyerbuch

Jetzt kein Buch mehr verpassen